CLIVE CUSSLER
Hebt die Titanic!

Autor

Clive Cussler, geboren in Alhambra/Kalifornien, war Pilot bei der US Air Force, bevor er als Funk- und Fernsehautor bekannt wurde. Er lebt heute mit Frau und Kindern in Denver/Colorado.

Außer dem vorliegenden Band sind von Clive Cussler
als Goldmann-Taschenbücher erschienen:

CLIVE CUSSLER
Hebt die Titanic!

Roman

Deutsch von
Werner Gronwald

PORTO
BELLO

Die Originalausgabe erschien unter dem Titel
»Raise the Titanic!«
bei Viking Press, New York

Umwelthinweis:
Alle bedruckten Materialien dieses Taschenbuches
sind chlorfrei und umweltschonend.

Portobello Taschenbücher erscheinen im
Wilhelm Goldmann Verlag, München, einem Unternehmen
der Verlagsgruppe Random House GmbH

Einmalige Sonderausgabe April 2002
Copyright © der Originalausgabe 1976
by Clive Cussler
Copyright © der deutschsprachigen Ausgabe 1977
by Blanvalet Verlag, München, in der
Verlagsgruppe Random House GmbH
Umschlaggestaltung: Design Team München
Umschlagfoto: AKG, Berlin
Druck: Elsnerdruck, Berlin
Verlagsnummer: 55268
KvD · Herstellung: sc
Made in Germany
ISBN 3-442-55268-0
www.portobello-verlag.de

1 3 5 7 9 10 8 6 4 2

Inhalt

April 1912

Vorspiel

Ein Alptraum ängstigte den Mann in Luxuskabine 33, A-Deck. Ruhelos, mit schweißfeuchtem Gesicht wälzte er sich in seinem schmalen Kajütbett. Er war nicht größer als ein Meter fünfundfünfzig: mit schütterem, weißem Haar und einem glatten Gesicht, dem nur die dunklen, buschigen Brauen einen markanten Zug gaben. Die Finger seiner auf der Brust verkrampften Hände zuckten in nervösem Rhythmus. Seine Haut war kränklich bleich und seine Augen dunkel umrändert. Obwohl er in zehn Tagen erst vierunddreißig Jahre alt wurde, wirkte er wie ein Mann in den Fünfzigern.

Der körperliche und geistige Streß der vergangenen fünf Monate hatte ihn bis an den Rand des Wahnsinns getrieben. In den Stunden der Wachheit verirrten sich seine Gedanken in düsteren Labyrinthen, und er verlor jeden Sinn für Zeit und Wirklichkeit. Immer wieder mußte er sich ins Bewußtsein rufen, wo er war und welchen Tag man schrieb. Er trieb dem Wahnsinn entgegen: langsam, aber unentrinnbar, und das Schlimmste daran war, daß er es genau wußte.

Seine bebenden Lider öffneten sich, und er richtete den Blick auf den reglosen Ventilator an der Decke der Kabine. Als er mit den Händen unwillkürlich über sein Gesicht strich, spürte er die Bartstoppeln von vierzehn Tagen. Auch ohne hinzuschauen, wußte er, daß seine Kleidungsstücke verschmutzt, zerknüllt und durchgeschwitzt waren. An Bord des Schiffes hätte er als erstes baden und sich umziehen sollen. Statt dessen hatte er sich in seine Koje geworfen und nahezu drei Tage geschlafen: von Alpträumen heimgesucht, aus denen er gelegentlich in einen halbwachen Dämmerzustand emportauchte, um nur noch tiefer in die Abgründe seiner Angstvisionen hinabzustürzen.

Es war spät am Sonntagabend, und das Schiff sollte New York erst in mehr als fünfzig Stunden am Mittwochmorgen erreichen.

Er versuchte sich einzureden, daß er jetzt außer Gefahr war. Es gelang ihm nicht, obwohl die Beute, die so viele Leben gekostet hatte, absolut sicher verstaut lag. Zum hundertsten Mal tastete er an seine Westentasche, und als er den Schlüssel dort spürte, schloß er wieder die Augen.

Später wußte er nicht, wie lange er im Halbschlaf gedöst hatte. Irgend etwas weckte ihn plötzlich. Es war kein lauter Ton oder eine heftige Bewegung, sondern ein Gefühl wie ein leichtes Erdbeben und ein merkwürdiges Schaben und Knirschen irgendwo tief unter seiner Steuerbordkabine. Er richtete sich steif auf und schwang die Füße auf den Boden. Einige Minuten vergingen, ehe er das Fehlen des üblichen Vibrierens spürte und den Grund dafür erkannte: Die Maschinen standen still. Er lauschte, aber es war nichts zu hören als gedämpftes Stimmengewirr aus den angrenzenden Kabinen.

Eisiges Unbehagen beschlich ihn. Unter anderen Umständen hätte er vielleicht den Stillstand der Maschinen einfach ignoriert und sich wieder schlafen gelegt. Aber er war einem Nervenzusammenbruch nahe, und seine Sinne reagierten überempfindlich. Drei Tage in seiner Kabine ohne Essen und Trinken und nur den entsetzlichen Erinnerungen an die Geschehnisse der vergangenen fünf Monate ausgeliefert: das hatte die Glut des Wahnsinns in seinem zermürbten Geist noch stärker angeschürt.

Er schloß die Tür auf und ging taumelig den Gang entlang zur Haupttreppe. Leute kamen fröhlich plaudernd aus den Gesellschaftsräumen und gingen in ihre Kabinen. Über dem mittleren Treppenabsatz hing eine Prunkuhr aus Bronze, flankiert von zwei flachen Relieffiguren.

Die vergoldeten Zeiger deuteten auf 11 Uhr 51.

Unten an der Treppe stand ein Steward neben einem Zierleuchter und blickte etwas verächtlich zu dem schäbigen Passagier hinauf, der sich in diese luxuriöse Umgebung mit Orientteppichen und 1.-Klasse-Passagieren in Abendkleidung nur verirrt zu haben schien.

»Die Maschinen . . . sie laufen nicht mehr«, sagte der Mann aus Kabine 33 unruhig.

»Wahrscheinlich muß nur eine Kleinigkeit repariert werden, Sir«, antwortete der Steward. »Schließlich ist es eine Jungfernfahrt. Da passieren immer kleine Pannen. Kein Grund zur Besorgnis. Das Schiff ist unsinkbar.«

»Es besteht aus Stahl und kann daher auch untergehen.« Er unterdrückte ein nervöses Gähnen. »Ich werde mich mal draußen umschauen.«

Der Steward machte ein bedenkliches Gesicht. »Das würde ich nicht empfehlen, Sir. Es ist furchtbar kalt draußen.«

Der Mann in dem zerknüllten Anzug zuckte mit den Schultern. Er war an Kälte gewöhnt. Wortlos wandte er sich ab, stieg eine Treppe hinauf und trat durch eine Tür auf die Steuerbordseite des Bootsdecks hinaus. Unwillkürlich biß er die Zähne zusammen. Die Temperatur dicht unter null Grad traf ihn nach den drei Tagen in der warmen Geborgenheit seiner Kabine wie ein Eishauch. Es war vollkommen windstill – nur diese beißende Kälte hing reglos unter dem wolkenlosen Nachthimmel.

Er trat an die Reling und schlug seinen Jackenkragen hoch. Das Meer tief unter ihm war schwarz und ruhig wie ein Teich. Ein Blick nach beiden Seiten zeigte ihm, daß das Bootsdeck vom Dach über dem Rauchzimmer der 1. Klasse bis zum Steuerhaus vor den Offiziersquartieren völlig leer war. Rauch kräuselte aus den drei vorderen der vier riesigen gelbschwarzen Schornsteine. Aus den Fenstern des Salons und Lesezimmers fiel Lichtschein, der Behaglichkeit, Wärme und Menschennähe suggerierte.

Die weiße Gischt unten am Rumpf wurde dunkler und verschwand, als das Schiff langsam Fahrt verlor und fast lautlos unter dem Sternenhimmel dahintrieb. Der Schiffszahlmeister kam aus der Offiziersmesse und spähte über die Reling.

»Warum haben wir gestoppt?«

»Wir sind gegen etwas gestoßen«, antwortete der Zahlmeister, ohne den Kopf zu wenden.

»Ist es schlimm?«

»Höchst unwahrscheinlich, Sir. Falls irgendwo ein Leck ist, werden die Pumpen schon damit fertig.«

Urplötzlich brach ein Dröhnen aus den acht Dampfablaßrohren. Es klang wie das Donnerrollen vieler gleichzeitig durch einen Tunnel rasender Lokomotiven, und schon als er unwillkürlich die Hände an die Ohren preßte, erkannte der Passagier aus Kabine 33 den Grund dafür. Er war technisch bewandert und wußte, daß der überflüssige Dampf aus den jetzt sehr langsam arbeitenden Maschinen durch die Entlastungsventile abgeblasen wurde. Das schreckliche Getöse machte ein weiteres Gespräch mit dem Zahlmeister unmöglich. Der Passagier wandte sich ab und sah Matrosen auf das Bootsdeck eilen. Das Unbehagen, das er schon in der Kabine gespürt hatte, steigerte sich zu lähmendem Entsetzen, als er beobachtete, wie die Matrosen die Persennings von den Rettungsbooten abzustreifen begannen und die Taue zu den Davits freimachten.

Das Donnern aus den Dampfablaßrohren wurde zu dumpfem Grollen und verhallte zischend, während der Mann immer noch dastand und die Reling umklammert hielt: wie gelähmt von jener Erkenntnis, die all seine Mühen, seine Verbrechen und seine Hoffnungen so absolut sinnlos und lächerlich erscheinen ließ. Er bemerkte es kaum, daß kleine Gruppen von Passagieren in einer seltsam gedämpften Art von Verwirrung auf dem Bootsdeck umherzuirren begannen.

Ein junger Schiffsoffizier tauchte auf. Er war Anfang Zwanzig, hatte das typisch englische Milchgesicht und den typisch englischen Gesichtsausdruck von gelangweilter Blasiertheit.

»Verzeihung, Sir«, sagte er und tippte dem Passagier auf die

Schulter. »Sie müssen Ihre Schwimmweste anziehen.«

Der Mann drehte sich langsam um. »Wir sinken, nicht wahr?«

Sogar in der Dunkelheit spürte der Offizier die wahnsinnsstarre Intensität des Blicks. Er zögerte einen Moment und nickte. »Das Wasser dringt schneller ein, als die Pumpen es bewältigen können.«

»Wieviel Zeit bleibt uns noch?«

»Schwer zu sagen. Noch etwa eine Stunde, wenn das Wasser nicht an die Kessel herankommt.«

»Was ist passiert? Es war kein Schiff in der Nähe.«

»Wir haben einen Eisberg gerammt. Der Rumpf hat einen Riß unter der Wasserlinie. So ein verdammtes Pech.«

Der Mann packte den Arm des Offiziers. »Ich muß in den Laderaum«, sagt er wild entschlossen.

»Fast unmöglich, Sir. Der Postraum im F-Deck ist überflutet, und das Gepäck wird bereits in den Laderaum hinuntergespült.«

»Sie müssen mich hinbringen – Sie müssen!«

Der Offizier versuchte seinen Arm freizuschütteln, aber die Finger krallten sich eisern fest. »Unmöglich, Sir! Ich habe Befehl, mich um die Rettungsboote an dieser Seite zu kümmern.«

»Das kann auch ein anderer Offizier tun.« Der Mann sprach leise, aber mit fanatischer Eindringlichkeit. »Sie werden mich zum Laderaum hinunterführen.«

Und als der Offizier den harten Druck einer Pistolenmündung an seinem Unterleib spürte, wurde ihm schockartig klar, daß er es offenbar tatsächlich mit einem Verrückten zu tun hatte.

»Los! Führen Sie mich hinunter«, sagte der Mann leise, aber mit unüberhörbarer Drohung. »Sonst bleibt Ihnen überhaupt keine Chance, den Untergang vielleicht zu überleben.«

Der Offizier starrte auf die Waffe hinunter und wieder in das Gesicht des Mannes. In einer anderen Situation hätte er vielleicht an Widerstand gedacht. Aber nicht jetzt – nicht hier, wo ohnehin Sicherheit und Ordnung im Chaos einer wahnsinnigen Panik zu zerbrechen begannen.

»Ich kann es nur versuchen«, sagte der junge Offizier in dumpfer Resignation.

»Dann tun Sie es!« Die Stimme des Passagiers wurde lauter, schärfer. »Und machen Sie keinen Unsinn. Ich bin immer dicht hinter Ihnen. Eine falsche Bewegung, und Sie brauchen sich nicht mehr um irgendein Rettungsboot zu kümmern.«

Er schob die Pistole in seine Jackentasche und hielt die Mündung an den Rücken des Offiziers gepreßt. Ohne Schwierigkeiten konnten sie sich ihren Weg noch durch die Menge bahnen, die jetzt bereits das Bootsdeck zu füllen begann. Die Atmosphäre hatte sich schlagartig verändert. Es gab keine Passagiere verschiedener Klassen mehr: nur noch Menschen voller Todesfurcht. Die Stewards bewahrten als einzige Gelassenheit, während sie die weißen Schwimmwesten verteilten.

Die Notsignale der Leuchtraketen zischten empor, aber sie schimmerten schwach und wirkungslos in der Dunkelheit und Weite der Nacht. Nur die Szenen an Deck erhellten die Leuchtraketen mit unwirklicher, blitzlichtartiger Grellheit: Männer, die mit gespielter Ruhe und Hoffnungsfreudigkeit ihre Frauen und Kinder in die Rettungsboote hoben – Abschiedsworte, Umarmungen und letzte Küsse. Die gespenstische Unwirklichkeit dieser Szenen wurde noch verstärkt vom Aufmarsch der achtköpfigen Bordkapelle, deren Schwimmwesten einen grotesken Kontrast zu den Instrumenten schufen. Es war ein makaber-komisches Schauspiel, als die Kapelle jetzt Irving Berlins *Alexander's Ragtime Band* zu spielen begann und die forcierte Fröhlichkeit der Melodie so lächerlich und leer in der Unermeßlichkeit des Meeres verhallte.

Vom drohenden Druck der Pistolenmündung vorwärtsgetrieben, drängte sich der Schiffsoffizier durch das Gewimmel der Passagiere, die immer hastiger zu den Rettungsbooten emporstrebten. Die Neigung zum Bug hinunter wurde jetzt spürbarer.

Treppab fiel es den beiden schwerer, die Balance zu halten.

Am B-Deck holten sie einen Aufzug und fuhren zum D-Deck hinunter.

Der Offizier warf einen schnellen Blick über die Schulter auf den Mann, dem er auf Gedeih und Verderb ausgeliefert war. Einen Moment trafen sich ihre Augen, und das flackernde Glimmen des Wahnsinns wurde für kurze Zeit von einer Regung des Mitleids gedämpft.

»Machen Sie sich keine Sorgen . . . «

»Bigalow, Sir.«

»Keine Bange, Bigalow. Sie schaffen es schon noch, bevor der Kasten untergeht.«

»In welche Abteilung der Laderäume wollen Sie?«

»Die Tresorkammer in Abteilung eins, G-Deck.«

»Das G-Deck ist bestimmt schon überflutet.«

»Darüber werden wir uns an Ort und Stelle informieren.«

Er machte eine auffordernde Geste mit der Waffe in seiner Jackentasche, als die Lifttüren aufglitten. Sie traten auf den Gang hinaus und bahnten sich ihren Weg durch eine immer wilder dahinhastende Menge. Schreie, Rufe, Flüche ringsumher. Von Angst und Panik verzerrte Gesichter, und alle nur von einem Gedanken vorwärtsgetrieben: nach oben – nach oben – heraus aus dieser riesigen Grabkammer aus Eisen und Stahl.

Das Menschengewimmel lichtete sich, als die beiden die zum E-Deck führende Treppe erreichten. Sie blieben stehen und starrten auf die Flut hinunter, die tückisch langsam die Stufen emporschwemmte. Unter Wasser brannten noch einige Lichter in gespenstisch grünlichem Schimmer.

»Es hat keinen Sinn«, sagte der Offizier mit erzwungener Ruhe. »Sie sehen ja selbst.«

»Gibt es keinen anderen Weg?«

»Die wasserdichten Türen sind gleich nach dem Zusammenstoß geschlossen worden. Wir könnten es die Notleitern hinunter versuchen.«

»Also weiter.«

Es wurde zu einem Wettlauf gegen die steigende Flut: durch

ein Labyrinth enger Gänge und Stahltunnel, die unter ihren Schritten hallenden Sprossen der Notleitern hinab in die Tiefe. Bigalow wandte sich am Fuß einer Leiter zur Seite, hob einen runden Lukendeckel und spähte durch die Öffnung. Überraschenderweise stand das Wasser unten im Ladedeck nur knietief.

»Hoffnungslos«, log er. »Es ist überflutet.«

Der Passagier schob ihn mit der freien Hand beiseite und spähte selbst hinunter.

»Für meine Zwecke ist es noch trocken genug«, sagte er und machte mit der Pistole, die er jetzt nicht mehr verborgen halten mußte, eine gebieterische Geste. »Gehen Sie voran.«

Die Deckenbeleuchtung brannte noch. Unten empfing sie die eisige Kälte des Wassers. Sie torkelten und stapften wie Betrunkene durch die Flut, die jeden ihrer Schritte hemmte und die Eiseskälte von den Beinen betäubend schnell in ihre Körper emportrieb. Endlich waren sie vor der Tresorkammer. Es war ein mächtiger Würfel von zweieinhalb Meter mit Wänden aus zwölf Zoll dickem Belfast-Stahl mitten in diesem Abteil der Laderäume.

Der Mann zog den Schlüssel aus seiner Westentasche und schob ihn in den Schlitz. Das Schloß war neu und schwer beweglich, aber schließlich rasteten die Zuhalterungen mit hörbarem Klicken aus. Er schob die dicke Tür auf und trat in die Panzerkammer. Dann wandte er sich um und lächelte zum ersten Mal. »Vielen Dank für Ihre Hilfe, Bigalow. Gehen Sie jetzt lieber wieder hinauf. Sie haben noch Zeit.«

Bigalow starrte ihn ungläubig an. »Sie wollen hierbleiben?«

»Ja, ich bleibe, ich habe acht gute und treue Männer ermordet. Mit dieser Schuld kann ich nicht länger leben.« Er sagte das ohne jedes Pathos, aber mit einer von Verzweiflung und Wahnsinn gelenkten Entschlossenheit. »Es ist endgültig vorbei und erledigt. Alles.«

Bigalow versuchte zu sprechen, aber seine Stimme versagte. Der Passagier nickte ihm noch einmal mit einem gespenstisch starren Lächeln zu und begann die Stahltür zuzuschieben.

»Gott sei Dank für Southby«, sagte er.

Und dann war er allein – in der undurchdringlichen Schwärze der Stahlkammer.

Bigalow gewann den Wettlauf gegen die steigende Flut. Sekunden vor dem Untergang des Schiffs erreichte er das Bootsdeck und warf sich über die Reling.

Als der riesige Ozeandampfer versank, entfaltete sich der schlaff an der hinteren Mastspitze hängende rote Wimpel mit dem weißen Stern noch einmal beim Berühren der Wasserfläche als ein letzter Gruß an fünfzehnhundert Männer, Frauen und Kinder, die in dem eisigen Wasser ihr Grab fanden.

In blindem Instinkt griff Bigalow nach dem hinabgleitenden Wimpel. Bevor ihm die Verrücktheit dieser Tat klar wurde, fühlte er sich schon unter Wasser gezogen. Trotzdem hielt er den Wimpel in verzweifeltem Starrsinn fest. Er war schon fast sechs Meter unter Wasser, ehe die Taukränze des Wimpels aus der Halterung gerissen wurden und die Flagge ihm gehörte.

Jetzt erst kämpfte er sich durch die ihn umfließende Schwärze empor. Es schien eine Ewigkeit zu dauern, ehe er an die Oberfläche tauchte und keuchend Luft in seine gequälten Lungen sog. Sein erster Gedanke war: Der Sog des sinkenden Schiffes wird mich in die Tiefe reißen.

Mit dem Wimpel in der einen Hand machte er ungeschickte Schwimmstöße vom Schiff weg. Aber das hätte ihm kaum etwas genützt, wenn sich nicht der tödliche Sog an einer anderen Stelle befunden hätte.

Das eiskalte Wasser spülte fast die letzte Lebenskraft aus seinem Körper. Noch weitere zehn Minuten in dieser erbarmungslosen Umklammerung, und er wäre lediglich ein statistisches Opfer mehr dieses schrecklichen Unglücks gewesen.

Ein Tau rettete ihn. Seine Hand streifte dagegen, und die steifen Finger umklammerten unwillkürlich das nachschleppende Tau eines gekenterten Bootes. Mit dem letzten Funken von verlöschendem Lebenswillen klammerte er sich an das Dollbord des umgeschlagenen Boots. Mit dreißig anderen Männern durchlitt er noch einmal alle Qualen der Todesangst und Kälte, bis sie vier Stunden später von einem anderen Schiff gerettet wurden.

Der grausige Chor von Hilferufen Hunderter von Ertrinkender würde die meisten Überlebenden für immer in ihrer Erinnerung verfolgen. Aber in Bigalows Geist nistete sich noch eine andere grausige Erinnerung ein: die Erinnerung an den Mann, dessen selbstgewählte Grabkammer der Tresorraum des Schiffes war.

Wer war dieser Mann?

Und wer waren die acht Männer, die er angeblich ermordet hatte?

Welches Geheimnis barg der Tresorraum?

Das waren Fragen, die Bigalow immer wieder beunruhigen und heimsuchen würden: all die sechsundsiebzig Jahre bis zu seinen letzten Lebensstunden.

1

Projekt Sizilien

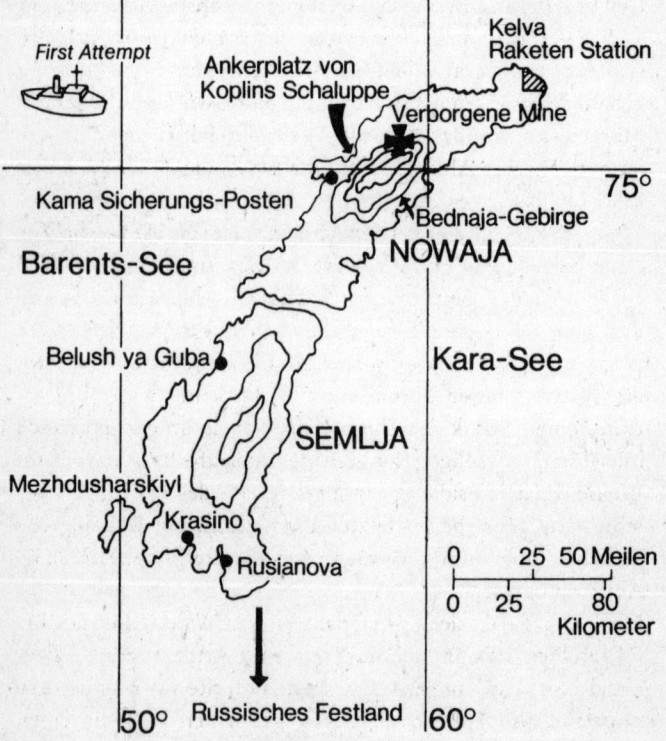

NORDPOLAR - MEER

First Attempt

Ankerplatz von
Koplins Schaluppe

Kelva
Raketen Station

Verborgene Mine

Kama Sicherungs-Posten

75°

Bednaja-Gebirge

Barents-See

NOWAJA

Kara-See

Belush ya Guba

SEMLJA

Mezhdusharskiyl

Krasino

Rusianova

0   25 50 Meilen

0   25   80
         Kilometer

50° Russisches Festland 60°

ARCTIC OCEAN

(Landkartenskizze)

Juli 1987

1

Der Präsident schwang sich in seinem Drehsessel herum und starrte verdrossen aus dem Fenster des ovalen Büros. Er haßte sein Amt mit einer Leidenschaft, deren er sich nicht für fähig gehalten hätte. Wann das begonnen hatte, wußte er: an jenem Morgen, als ihm das Aufstehen schwergefallen war. Das war immer das erste Alarmzeichen: die lähmende Furcht, sich den Pflichten des Tages zu stellen.

Wie schon oft seit seinem Amtsantritt fragte er sich, weshalb er eigentlich so lange und verbissen um diese undankbare Würde gekämpft hatte. Seine politische Laufbahn hatte ihn Freunde und eine zerbrochene Ehe gekostet. Und unmittelbar nach Ablegung des Amtseids war seine Stellung fast gleichzeitig erschüttert worden durch einen Skandal im Finanzministerium, einen Streik des Flughafenpersonals im ganzen Lande und einen feindseligen Kongreß, der im Laufe der Zeit jeden im Weißen Haus residierenden Präsidenten das Mißtrauen gelehrt hatte. Seine beiden letzten Vetos waren von der Kongreßmehrheit überstimmt worden, und das steigerte noch seine Amtsmüdigkeit.

Ein Glück, daß er sich nicht einer weiteren Wahl stellen mußte. Es erschien ihm immer noch als eine Art Wunder, daß er überhaupt zwei Amtszeiten gewinnen konnte. Denn er hatte so ungefähr alle politischen Tabus gebrochen, die für einen erfolgreichen Kandidaten seit eh und je unerläßlich waren. Er war geschieden, ging nicht zur Kirche, rauchte in aller Öffentlichkeit Zigarren und trug außerdem einen großen Schnurrbart.

In achtzehn Monaten würde seine zweite Amtszeit vorüber sein. Dieser Gedanke tröstete ihn – und die Vision eines freiwilligen Exils, das er dann an Bord einer Jacht im Südpazifik genießen würde. Er schloß die Augen, um die Vision deutlicher werden zu lassen. In diesem Moment öffnete sein Assistent die Tür und räusperte sich.

»Verzeihung, Mr. Präsident, aber Mr. Seagram und Mr. Donner warten.«

Der Präsident schwenkte zu seinem Schreibtisch zurück und fuhr sich durch sein dichtes silbergraues Haar.»Gut, lassen Sie sie herein.«

Seine Laune besserte sich. Für Gene Seagram und Mel Donner war der Präsident immer zu sprechen. Sie waren die Planungsleiter der Meta-Abteilung: einer Gruppe von Wissenschaftlern, die ganz geheim an bisher noch nie untersuchten Forschungsprojekten arbeiteten – an Projekten, die den jetzigen Stand der Technologie sprunghaft um zwanzig bis dreißig Jahre vorantreiben sollten.

Die Meta-Abteilung war ein eigenes Geistesprodukt des Präsidenten. Schon im ersten Jahr seiner Amtszeit hatte er das Projekt geplant und dazu mit allen möglichen Manipulationen den unbegrenzten Geheimfonds benutzt. Eine kleine Gruppe von ihm persönlich ausgewählter Männer mit glänzenden Fähigkeiten und Forschungsdrang bildeten den Kern der Abteilung. Insgeheim war er sehr stolz auf sein Werk. Sogar der CIA und das Nationale Sicherheits-Amt wußten nichts von dessen Existenz. Es war immer sein Traum gewesen, die finanzielle Grundlage für eine Gruppe von Forschern zu schaffen, die ihr Wissen und ihre Talente der Planung und Durchführung von Phantasieprojekten widmeten, bei denen die Erfolgschancen eins zu einer Million standen. Sein Gewissen wurde nicht im geringsten von der Tatsache belastet, daß die Meta-Abteilung fünf Jahre nach ihrer Gründung noch völlig erfolglos arbeitete. Die Begrüßung ohne Händeschütteln war fast freundschaftlich formlos. Seagram öffnete eine abgegriffene Lederaktenmappe und entnahm ihr einen Faltdeckel mit Luftaufnahmen. Er breitete die Fotos auf dem Schreibtisch aus und deutete auf einige Gebiete, die auf den durchsichtigen Deckblättern umkreist waren.

»Die Bergregion im oberen Teil der Insel Nowaja Semlja nördlich vom russischen Festland. Alle Meßdaten unserer Satellitensensoren errechnen für dieses Gebiet eine schwache Möglichkeit.«

Der Präsident stieß einen leisen Fluch aus. »Jedesmal, wenn wir etwas entdecken, muß das in der Sowjetunion oder einem anderen unerreichbaren Gebiet liegen.« Er ließ seinen Blick über die Fotos gleiten und wandte sich Donner zu. »Die Erde ist doch recht groß. Sicherlich gibt es noch andere erfolgversprechende Gebiete.«

Donner schüttelte den Kopf. »Tut mir leid, Mr. Präsident, aber Geologen sind auf der Suche nach Byzanium, seit Alexander Beesley dessen Existenz im Jahre 1902 entdeckt hat.«

»Die Radioaktivität von Byzanium ist so extrem hoch, daß nur noch winzige Reste davon irgendwo auf den Kontinenten vorhanden sein können«, erklärte Seagram. »Was wir über dieses Element ermitteln konnten, haben wir aus den kleinen, künstlich hergestellten Partikeln errechnet.«

»Kann man denn nicht auf künstlichem Wege eine größere Menge des Elements herstellen und lagern?« fragte der Präsident.

»Nein, Sir«, antwortete Seagram. »Das langlebigste Teilchen, das wir in einer sehr energiereichen Beschleunigungsanlage herstellen konnten, zerfiel in weniger als zwei Minuten.«

Der Präsident lehnte sich zurück und sah Seagram nachdenklich an. »Wieviel brauchen Sie, um Ihr Programm zu vollenden?«

Seagram sah Donner an und dann den Präsidenten. »Sie wissen ja, Mr. Präsident, daß wir noch im Versuchsstadium sind ...«

»Wieviel brauchen Sie?« wiederholte der Präsident.

»Nach meiner Schätzung etwa zweihundertfünfzig Gramm.«

»Ich verstehe.«

»Das ist lediglich die Menge, die wir zur vollständigen Prüfung des Plans brauchen«, ergänzte Donner. »Weitere sechstausendzweihundert Gramm wären etwa nötig, um voll einsatzfähige Anlagen an strategischen Punkten rings um unsere Grenzen zu schaffen.«

Der Präsident machte eine Geste der Resignation. »Also müssen wir dieses Projekt abschreiben und uns mit etwas anderem beschäftigen.«

Seagram war groß und hager, und abgesehen von seiner großen eingedrückten Nase hätte man diesen Mann mit seinem ruhigen, höflichen Benehmen fast für einen Doppelgänger eines bartlosen Abe Lincoln halten können.

Donner sah vollkommen anders aus als Seagram. Er war klein und schien fast so breit wie hoch zu sein. Sein Haar war weizenblond, seine Augen leuchteten melancholisch, und sein Gesicht wirkte ständig verschwitzt. Er begann schnell und beschwörend eifrig zu sprechen. »*Projekt Sizilien* ist der Vollendung zu nahe, als daß wir es begraben und vergessen sollten. Ich rate dringend, es weiterzuführen. Wir sind auf der Suche nach etwas fast Unmöglichem, aber falls wir es finden … mein Gott, Sir, die Konsequenzen würden phantastisch sein.«

»Dann machen Sie Vorschläge«, sagte der Präsident ruhig.

Seagram holte tief Atem und ging beherzt aufs Ganze. »Als erstes würden wir Ihre Genehmigung zur Errichtung der notwendigen Anlagen brauchen. Zweitens die notwendigen Geldmittel. Und drittens die Unterstützung und Hilfe des Nationalen Unterwasser- und Marine-Amts.«

Der Präsident runzelte die Stirn. »Die beiden ersten Anforderungen sind verständlich, aber was hat NUMA damit zu tun?«

»Wir werden heimlich erfahrene Mineralogen auf Nowaja Semlja einschleusen müssen. Eine ozeanographische Expedition im Umkreis der Insel würde die beste Tarnung für unsere Aufgabe sein.«

»Wie lange brauchen Sie zur Prüfung des Plans und zum Aufbau der Anlagen?«

»Etwa sechzehn Monate«, antwortete Donner, ohne zu zögern.

»Und wie weit können Sie die Vorbereitungen ohne Byzanium treiben?«

»Bis dicht an die Schlußphase«, antwortete Donner.

Der Präsident lehnte sich zurück und betrachtete die Schiffsglocke, die seine massive Schreibtischplatte zierte. Er schwieg fast eine Minute und sagte dann: »Wie ich das sehe, Gentlemen, soll ich Ihnen also ein unbewiesenes, unerprobtes und kompliziertes Projekt mit vielen Millionen Dollar vorfinanzieren. Eine Anlage, die nicht funktionsfähig ist, weil uns das wichtigste Material dazu fehlt. Und das wiederum müssen wir womöglich einer uns nicht freundlich gesonnenen Nation stehlen.«

Seagram hantierte mit seiner Mappe, und Donner nickte nur.

»Können Sie mir nun noch verraten, wie ich einem wißbegierigen und knausrigen Liberalen im Kongreß ein Netz dieser Anlagen rings um unser Land erkläre?«

»Das ist der Vorteil dieses Projekts«, sagte Seagram. »Die Anlagen sind klein und unauffällig. Die Computer haben errechnet, daß ein Gebäude am Rande eines kleinen Kraftwerks vollkommen ausreichend ist. Weder die russischen Himmelsspione noch ein in der Nähe lebender Farmer werden etwas Auffälliges entdecken.«

»Warum wollen Sie das *Projekt Sizilien* unbedingt weiterführen, bevor Sie Ihrer Sache völlig sicher sind?«

»Es ist ein kalkuliertes Risiko, Sir«, antwortete Donner. »Wir rechnen damit, daß uns innerhalb der nächsten sechzehn Monate der Durchbruch gelingt und wir Byzanium im Labor herstellen können, oder daß wir irgendwo auf der Erde inzwischen eine Ablagerung dieses Elements finden und ausbeuten können.«

»Selbst wenn wir zehn Jahre dazu brauchen, würden wir die Anlagen inzwischen jederzeit funktionsbereit haben«, flocht

Seagram ein. »Wir würden lediglich Zeit verlieren.«

Der Präsident stand auf. »Gentlemen, ich billige Ihren etwas utopischen Plan: aber unter einer Bedingung. Sie haben genau achtzehn Monate und zehn Tage Zeit. Dann übernimmt nämlich ein neuer Mann mein Amt. Es wäre also sehr erfreulich, wenn Sie mich inzwischen mit greifbaren Ergebnissen überraschen könnten.«

Die beiden Männer vor dem Schreibtisch waren kurze Zeit sprachlos vor Erleichterung.

Schließlich konnte Seagram sagen: »Vielen Dank, Mr. Präsident. Auf irgendeine Weise werden wir es schaffen und fündig werden. Darauf können Sie sich verlassen.«

»Gut. Dann wünsche ich Ihnen viel Glück. Aber seien Sie vorsichtig. Ich möchte keine solche Spionagepanne wie seinerzeit Eisenhower mit dem U-2-Aufklärungsflugzeug erleben. Verstanden?«

Bevor Seagram und Donner antworten konnten, hatte er sich abgewandt und das Büro durch eine Seitentür verlassen.

Donners Chevrolet passierte die Torkontrollen des Weißen Hauses. Er ordnete sich in den fließenden Verkehr ein und fuhr über den Potomac nach Virginia.

»Wir haben Glück gehabt«, sagte Seagram. »Das ist dir doch klar?«

»Wem sagst du das. Wenn er gewußt hätte, daß wir schon vor zwei Wochen einen Mann auf russisches Gebiet geschickt haben, dann wäre unser lieber Präsident ganz schön in Fahrt geraten.«

»Die Gefahr besteht immer noch«, sagte Seagram wie im Selbstgespräch. »Falls NUMA unseren Mann nicht herausholen kann.«

Sid Koplin glaubte sterben zu müssen.

Seine Augen waren geschlossen und sein Blut befleckte den Schnee. Während er langsam zu Bewußtsein kam, zuckten grelle Schmerzesblitze durch sein Gehirn, und ein Gefühl von Übelkeit stieg würgend in seiner Kehle hoch. Er hatte eine Kugel abbekommen, oder waren es zwei? Das wußte er nicht genau.

Langsam öffnete er die Augen, wälzte sich herum und richtete sich auf Händen und Knien auf. In seinem Kopf tobte ein rasender Schmerz, und als er mit einer Hand hinauftastete, fühlte er geronnenes Blut auf einer Wunde über der linken Schläfe. Die Wunde war außen durch die Kälte betäubt und schmerzlos. Aber die Stelle, an der ihn die andere Kugel dicht unterhalb der Rippen an der linken Seite getroffen hatte, tat höllisch weh, und er spürte die klebrige Wärme des Bluts, das unter seiner Kleidung an Schenkeln und Beinen hinabbrann.

Eine Salve aus einer Schnellfeuerwaffe warf hallende Echos von den Bergwänden zurück. Koplin spähte umher, sah jedoch nichts als den von arktischem Wind gepeitschten Vorhang von wirbelndem Schnee. Ein weiterer Feuerstoß schmetterte durch die eisige Kälte. Nach seiner Schätzung war der Schütze nur etwa hundert Meter entfernt. Ein sowjetischer Soldat auf Streifendienst feuerte offenbar blindlings durch den Schneesturm, in der vagen Hoffnung, ihn noch einmal zu treffen.

Koplin hatte alle Hoffnung aufgegeben, die kleine Bucht noch zu erreichen, in der sein Boot verankert lag. In seinem jetzigen Zustand hätte er auch nie die achtzig Kilometer aufs offene Meer hinaus zu dem wartenden ozeanographischen Forschungsschiff von NUMA fahren können.

Er sank in den Schnee zurück. Die Kugelwunden und der Blutverlust hatten ihn sehr geschwächt. Aber der Russe durfte ihn nicht finden. Das gehörte zu seiner Vereinbarung mit der Meta-Abteilung. Während er qualvoll langsam Schnee über seinen Körper zu scharren begann, glaubte er plötzlich durch das Heulen des Windes Hundegebell zu hören.

In diesem Moment sehnte Sid Koplin sogar seinen Tod herbei. Er war nur Professor der Mineralogie und kein Geheimagent mit Spezialausbildung. Sein vierzigjähriger Körper war der Belastung von scharfen Verhören bestimmt nicht gewachsen. Wenn er am Leben blieb, würden sie die Wahrheit in wenigen Stunden aus ihm herauspressen. Er schloß die Augen, und das Bewußtsein der Niederlage schmerzte ihn jetzt noch mehr als die Wunden.

Als er die Augen wieder öffnete, sah er den Kopf eines großen Hundes mit zottig weißem Fell über sich. Es war ein Komondor, ein ungarischer Schäferhund, der ihm mit gefletschten Zähnen an die Kehle wollte und mit Mühe von einem Sowjetsoldaten an der Leine zurückgehalten wurde. Der Mann blickte in mürrischer Teilnahmslosigkeit auf ihn herab: mit der linken Hand die Hundeleine haltend und in der Rechten die schußbereite Maschinenpistole.

Wie eine Vision tauchte in diesem Moment aus dem wirbelnden Schnee eine andere Gestalt auf. Ein leiser Knall ertönte, und der große Komondor fiel lautlos zur Seite. Der Russe ließ die Leine los und versuchte hastig, seine Waffe zu erheben. Der merkwürdig leise Knall wehte wieder mit dem Wind herüber, und aus einem kleinen Loch mitten auf der Stirn des Soldaten strömte plötzlich Blut. Sein Blick wurde glasig, und er brach neben dem Hund zusammen.

Koplin war zu erschöpft, um die Zusammenhänge zu begreifen. Er sah nur, wie ein Mann in grauem Parka aus dem Schneegestöber auftauchte und sich zu ihm hinabbeugte. Sein Gesicht war dunkel gebräunt und wirkte mit seinen kantigen Zügen fast ein wenig grausam. Aber aus seinen tief meergrünen Augen strömte im Gegensatz dazu intensive menschliche Wärme.

»Dr. Koplin, nicht wahr?« fragte der Fremde, während er eine Pistole mit Schalldämpfer in die Tasche schob und sich in den

Schnee kniete. »Sie brauchen jetzt als erstes ärztliche Hilfe.«
»Wer sind Sie?« fragte Koplin halb benommen.

Der Fremde nahm Koplin wie ein Kind auf die Arme, richtete sich auf und stapfte durch den Schnee den Berghang hinunter in Richtung der Bucht. »Mein Name ist Pitt«, sagte er. »Dirk Pitt.«

»Ich verstehe nicht ... wo kommen Sie her?«

Koplin hörte die Antwort nicht mehr. Bewußtlosigkeit senkte sich wie ein dunkles Tuch über ihn und befreite ihn von allen Schmerzen.

3

Seagram hatte sich zum Mittagessen mit seiner Frau in einem kleinen Gartenrestaurant dicht bei der Capitol Street verabredet, und während er auf sie wartete, trank er einen Margarita-Cocktail. Natürlich kam sie – wie immer in ihrer achtjährigen Ehe – zu spät. Er winkte den Kellner heran und bestellte einen zweiten Drink.

Dana Seagram kam schließlich und war ein wenig atemlos, als sie sich ihm gegenübersetzte. In ihrem orangefarbigen Sweater und dem braunen Tweedrock wirkte sie jugendlich wie eine Collegestudentin. Sie war blond, und der Blick ihrer dunkelbraunen Augen verriet wache, spottlustige Intelligenz.

»Habe ich dich lange warten lassen?« fragte sie lächelnd.

»Genau achtzehn Minuten«, antwortete er. »Etwa zwei Minuten länger als üblich.«

»Entschuldigung. Aber Admiral Sandecker hatte eine Stabsbesprechung anberaumt, und die zog sich länger als erwartet hin.«

»Was ist sein neuester Geistesblitz?«

»Ein neuer Flügel für das Marine-Museum. Er hat die Bewilligung und ist jetzt auf der Suche nach Ausstellungsstücken.«

»Was denn etwa?«

»Kleinere und größere Gegenstände, die aus berühmten Schiffen geborgen wurden.« Der Kellner servierte Seagrams Margarita, und Dana bestellte einen Daiquiri. »Es ist erstaunlich, wie rar diese Dinge sind. Ein oder zwei Rettungsgürtel von der *Lusitania*, ein Ventilator von der *Maine* und ein Anker von der *Bounty*, aber alles an verschiedenen Stellen.«

Er stieß ein spöttisches Lachen aus. »Verschwendung von Steuergeldern, nach meiner Meinung. Altes verrostetes Gerümpel in Glaskästen zur Schau stellen.«

Der Kleinkrieg war wieder einmal eröffnet.

»Die Restaurierung solcher Erinnerungsstücke aus Schiffen und Booten hat geschichtlichen Wert«, sagte Dana scharf.

»Hört, hört: die Marinearchäologin spricht.«

»Scheint dir immer noch auf den Wecker zu gehen, daß deine Frau etwas aus sich gemacht hat.«

»Mir geht nur dein Hinterhofjargon auf den Wecker. Gehört das zur Emanzipation?«

»Jedenfalls besser als deine Kostümierung«, antwortete sie schlagfertig. »In diesem Anzug und mit deinem Studentenhaarschnitt der vierziger Jahre siehst du aus wie ein Handelsreisender aus Omaha.«

»In meiner Position kann ich mich nicht wie ein Hippie der sechziger Jahre anziehen.«

»Du meine Güte.« Sie seufzte theatralisch. »Warum konnte ich keinen Installateur oder Gartenarchitekten heiraten? Ausgerechnet in einen Physiker aus dem Mittelwesten mußte ich mich verlieben.«

»Immerhin erfreulich zu wissen, daß du mich mal geliebt hast.«

»Ich liebe dich immer noch, Gene«, sagte sie, und ihr Blick wurde weich. »Die Entfremdung ist erst in den vergangenen zwei Jahren entstanden. Kaum sitzen wir am selben Tisch, müssen wir einander weh tun.« Sie griff nach seiner Hand. »Ist dir nicht klar, daß es unsere Berufe sind, die die Kluft zwischen uns geschaffen haben? Noch ist es nicht zu spät, Gene. Wir könnten beide kündigen und wieder ins Lehrfach gehen. Du mit deinem Diplom in Physik und ich in Archäologie: wir könnten leicht an vielen Universitäten lehren. Als wir uns kennengelernt haben, waren wir in derselben Fakultät. Erinnerst du dich noch? Das waren unsere glücklichsten Jahre.«

»Mach es uns nicht noch schwerer, Dana«, sagte er. »Ich kann nicht einfach aufhören. Jetzt nicht.«

Sie zog ihre Hand zurück. »Warum nicht?«

»Ich arbeite an einem wichtigen Projekt.«

»Jedes Projekt in den vergangenen fünf Jahren ist wichtig gewesen. Bitte, Gene, wir müssen weg aus Washington. In dieser Stadt ist unsere Ehe zum Scheitern verurteilt.«

»Ich kann nicht so einfach von hier verschwinden. Meine Aufgabe ist so – «

»Wäre es keine schöne Aufgabe, eine gute Ehe zu führen?« fragte sie, und in ihren Augen schimmerten erste Tränen.

»Natürlich, aber –«

»Dann laß doch alles hinter dir zurück, Gene«, sagte sie beschwörend. »Kein Mensch ist unersetzbar. Mel Donner kann ja deine Aufgabe übernehmen.«

Er schüttelte den Kopf. »Nein, in diesem Falle bin ich leider der einzige, der das Projekt zu Ende führen kann.«

Der Kellner trat an den Tisch und fragte, ob er ihre Bestellung notieren dürfe.

Dana schüttelte den Kopf. »Ich habe keinen Hunger.« Sie stand auf und sah ihren Mann an. »Kommst du zum Abendessen heim?«

»Nein, im Büro wartet noch viel Arbeit auf mich.«

Ihr feucht schimmernder Blick blieb auf ihn gerichtet. »Ich hoffe nur, deine Arbeit ist wirklich so wichtig«, flüsterte sie. »Denn du wirst sehr viel dafür opfern müssen.«

Sie wandte sich ab und hastete tränenblind zwischen den Tischen davon.

4

Ganz im Gegensatz zu dem Klischeebild des russischen Geheimdienstbeamten in amerikanischen Filmen hatte Hauptmann André Prevlov weder massige Schultern noch einen kahl rasierten Kopf. Er war ein gut gebauter und hübscher Mann mit modischem Haarschnitt und ebenso modisch gestutztem Schnurrbart. Sein Erscheinungsbild, zu dem auch ein orangefarbiger italienischer Sportwagen und ein elegant eingerichtetes Appartement mit Blick auf den Moskwa-Fluß gehörten, machte ihn bei seinen Vorgesetzten im Auslandsgeheimdienst des Sowjetischen Marineministeriums nicht gerade beliebt. Aber trotz seiner Neigung zu »westlichem Luxus« saß er ziemlich sicher auf seinem hohen Posten im Ministerium. Er hatte sich dort einen zu guten Ruf als Geheimdienstspezialist geschaffen. Außerdem stand sein Vater an zwölfter Stelle in der Parteihierarchie. Diese Kombination machte Hauptmann Prevlov unangreifbar.

Er zündete sich eine Winston an und goß Bombay-Gin in ein Schnapsglas. Dann lehnte er sich zurück und überflog die Akten, die sein Adjutant, Leutnant Pavel Marganin, ihm auf den Schreibtisch gelegt hatte.

Offenbar unangenehm berührt von dem Duft westlichen Zigarettentabaks, rümpfte der Leutnant unwillkürlich ein wenig die Nase. Prevlov hatte es bemerkt und schaute lächelnd hoch. »Ich weiß, Marganin«, sagte er mit gutmütigem Spott. »Alles, was aus den kapitalistischen Ländern kommt, mißfällt Ihnen. Aber haben Sie einmal überlegt, warum ich wie ein Amerikaner kalkuliere, warum wie ein Engländer trinke, wie ein Italiener Auto fahre und wie ein Franzose lebe?«

»Nein, Hauptmann«, sagte Marganin offen.

»Um ganz tief in die Mentalität des Feindes einzudringen, Marganin«, erklärte Prevlov. »In unserem Beruf können wir nur erfolgreich sein, wenn wir besser über den Feind Bescheid wissen als er über uns – und sich selbst.« Er trank einen Schluck

Gin. »Wenn wir die westliche Lebensweise nicht genau kennen, mein Lieber, dann kämpfen wir auf verlorenem Posten.« Er wandte sich wieder den Akten zu. »Und was hat dieser Vorgang hier bei uns zu suchen?«

»Der Zwischenfall hat sich dicht am Meer ereignet. Ein Soldat vom Patrouillendienst auf der Nordinsel von Nowaja Semlja wird zusammen mit seinem Hund vermißt.«

»Kein Grund für den Sicherheitsdienst, in Panik zu geraten«, sagte Prevlov. »Nowaja Semlja ist praktisch unbesiedelt. Eine ausrangierte Raketenbasis, ein Wachtposten, ein paar Fischer und Hunderte von Meilen im Umkreis keine Geheimanlage. Ich halte es für Verschwendung, dort auch nur einen Hundeführer patrouillieren zu lassen.« Er hielt plötzlich inne und überlegte. Dann schaltete er das Sprechgerät auf seinem Schreibtisch an und sagte schnell ins Mikrofon: »Bringen Sie mir doch die Schiffspositionen des Amerikanischen Nationalen Unterwasser- und Marine-Amts der beiden letzten Tage.«

Leutnant Marganin machte ein erstauntes Gesicht. »Die würden es doch nicht wagen, eine ozeanographische Expedition so tief in sowjetische Gewässer zu schicken.«

»Die Barents-See ist nicht unser Privatbesitz«, sagte Prevlov geduldig. »Das ist internationales Gewässer.«

Eine Sekretärin brachte Prevlov einen Aktendeckel, und er begann in den Berichten zu blättern. »Da haben wir es. Das NUMA-Schiff *First Attempt* ist zuletzt von einem unserer Trawler dreihundertfünfundzwanzig Seemeilen südwestlich von Franz-Josef-Land gesichtet worden.«

»Das wäre ziemlich nahe bei Nowaja Semlja«, sagte Marganin.

»Merkwürdig«, sagte Prevlov leise. »Nach dem Operationsplan für ozeanographische Schiffe der Vereinigten Staaten hätte die *First Attempt* zur Zeit ihrer Sichtung Plankton-Studien vor den Küsten von North Carolina durchführen sollen.« Er leerte das Schnapsglas, drückte seine Zigarette aus und zündete sich eine neue an. »Ein seltsamer Zufall.«

»Was beweist das?« fragte Marganin.

»Es beweist nichts, deutet aber darauf hin, daß der Patrouillensoldat ermordet wurde und der dafür verantwortliche Agent vermutlich von der Insel auf die *First Attempt* geflohen ist. Wenn ein NUMA-Forschungsschiff ohne Erklärung von seinem Operationsplan abweicht, ist damit zu rechnen, daß die Vereinigten Staaten irgend etwas im Schilde führen.«

»Was denn etwa?«

»Ich habe nicht die geringste Ahnung.« Prevlov lehnte sich in seinem Sessel zurück und glättete seinen Schnurrbart. »Lassen Sie die Satellitenfotos des Gebiets vom Zeitpunkt des Zwischenfalls vergrößern.«

Die Abenddämmerung senkte sich über die Stadt, als Leutnant Marganin die Fotovergrößerungen auf dem Schreibtisch ausbreitete und Prevlov eine starke Lupe reichte.

»Es hat sich da wirklich etwas Interessantes ergeben«, erklärte Marganin und deutete auf eine Weitwinkelaufnahme, auf der ein Schiff nur als kleiner weißer Strich erkennbar war. »Schauen Sie sich bitte das da rechts oben an, etwa zweitausend Meter von der *First Attempt* entfernt.«

Prevlov spähte fast eine halbe Minute durch die Lupe. »Ein Hubschrauber!«

»Ja, Hauptmann, deshalb habe ich für die Vergrößerungen so lange gebraucht. Ich habe die Fotos von der Unterabteilung R analysieren lassen.«

»Ein Patrouillenhubschrauber unserer Armee, nehme ich an.«

»Nein, vermutlich nicht.«

Prevlov blickte verblüfft hoch. »Wollen Sie damit andeuten, daß der Hubschrauber zu dem amerikanischen Schiff gehört?«

»Das vermutet man in der Unterabteilung R.« Marganin legte Prevlov zwei weitere Aufnahmen vor. »Man hat frühere Fotos eines anderen Aufklärungssatelliten geprüft. Der Vergleich zeigt, daß der Hubschrauber von Nowaja Semlja weg in Richtung der *First Attempt* fliegt. Und zwar schätzungsweise in drei Meter Höhe und weniger als dreißig Kilometer Geschwindigkeit.«

»Offensichtlich um unsere Radarsicherung zu unterfliegen.«

»Sollen wir unsere Agenten in Amerika alarmieren?«

»Nein, noch nicht«, sagte Prevlov. »Wir wollen nicht unnötig deren Tarnung gefährden, bevor wir wissen, worauf es die Amerikaner abgesehen haben.« Er legte die Vergrößerungen in den Aktendeckel zurück und warf einen Blick auf seine Omega-Armbanduhr. »Noch etwas, Leutnant?«

»Nur der Bericht über die Lorelei-Strömungsdrift-Expedition. Das amerikanische Tiefsee-Tauchboot wurde zuletzt in fünftausend Meter Tiefe vor der Küste von Dakar gemeldet.«

Prevlov stand auf und winkte ab. »Schließen Sie das ein. Ich beschäftige mich später damit.« Er nickte seinem Adjutanten freundlich zu und verließ das Büro.

5

»So ein verdammtes Elend«, sagte Dana ingrimmig leise. »Lauter Fältchen um die Augen.« Sie saß an ihrem Frisiertisch und musterte ihr Spiegelbild mit selbstkritischer Genauigkeit. »Hat nicht irgendwer gesagt, Altern ist eine Art von Lepra?«

Seagram trat hinter sie, streifte ihr blondes Haar beiseite und küßte ihren Nacken. »Mit einunddreißig solltest du dich noch nicht mit solchen Gedanken beschäftigen.«

Sie warf ihm im Spiegel einen schnellen Blick zu. »Das kannst du leicht sagen: Männer haben diese Probleme nicht.«

»Männer leiden auch unter Alterserscheinungen –«

»Aber es macht ihnen nicht soviel aus.«

»Wir fügen uns leichter in das Unvermeidliche«, sagte er lächelnd. »Und da wir gerade vom Unvermeidlichen sprechen: wann wirst du ein Baby bekommen?«

Sie seufzte resigniert. »Habe ich dir nicht schon oft genug klar gemacht, was ich darüber denke? Babypflege und Kinderzimmergeschrei sind nicht mein Fall.«

»Das ist nicht deine ehrliche Meinung.« Und als sie nicht antwortete, sagte er: »Ein Baby wäre vielleicht gut für uns, Dana.«

Sie schüttelte den Kopf. »Ich will meine Karriere ebensowenig aufgeben wie du dein wertvolles Projekt.«

»Das ist es nicht«, sagte er sanft und legte die Hände auf ihre Schultern. »Vielleicht sollte ich jetzt Seelenarzt spielen und dir noch einmal erklären, warum du dich so gegen ein Kind sperrst.«

»Ja, ja, ich weiß«, sagte sie ungeduldig. »Mein Vater war Alkoholiker und hat die Familie verlassen, als ich zehn Jahre alt war. Daraus ziehst du als Möchtegern-Psychiater deine Schlüsse.«

»Nicht nur daraus«, sagte er so sanft wie zuvor. »Deine Mutter spielt dabei auch eine Rolle. Ihr Leben hinter der Bar und ihre Männergeschichten. Du und dein Bruder sind sehr vernachlässigt worden, und schließlich seid ihr von daheim durchgebrannt. Ihm ist das schlecht bekommen.«

»Du brauchst mich nicht daran zu erinnern, daß mein Bruder jetzt lebenslänglich hinter Gittern sitzt.«

»Das habe ich nur erwähnt, weil ich stolz darauf bin, was du aus deinem Leben gemacht hast.« Er strich besänftigend über ihr Haar. »Du hast dich ohne fremde Hilfe durch College und Hochschule gebracht. Ja, deine Kindheit war schrecklich, Dana, und deshalb schreckst du davor zurück, ein Baby zu bekommen. Aber begreif doch: ich spreche von der Zukunft – nicht von der Vergangenheit. Warum willst du nicht einem Sohn oder einer Tochter einen schöneren Weg ins Leben ebnen?«

»Weil ich nicht an solche schönen Zukunftsvisionen glaube«, sagte sie hart und schüttelte seine Hände ab.

Seagram ließ sich seine Enttäuschung nicht anmerken, als er sich abwandte. Ihre innere Abwehrmauer war zu stark, sagte er sich – wie schon so oft zuvor. Mit Worten war diese Mauer nicht zu durchbrechen.

»Mach dich schön«, sagte er mit gespielter Heiterkeit. »Wenn du mir schon kein Baby schenken willst, dann schenk mir wenigstens die Genugtuung, nachher eine besonders hübsche Frau zur Party des Präsidenten zu führen.«

Er war gerade dabei, mit ungeschickten Fingern seine Smokingfliege zu binden, als das Telefon in der Diele läutete. Donner war am Apparat.

»Schlechte Neuigkeiten, Gene«, sagte er ohne Umschweife. »Die *First Attempt* hat vor fünf Tagen Oslo passiert.«

»Was hat das zu bedeuten? Koplin sollte doch das Schiff verlassen und mit einer Linienmaschine heimfliegen.«

»Das ist es ja. Und laut deiner Anweisung hat das Schiff Funkstille.«

»Da ist irgend etwas schiefgegangen.«

»Anzunehmen«, sagte Mel Donner lakonisch.

»Bis gegen dreiundzwanzig Uhr bin ich auf der Party des Präsidenten. Falls du noch etwas hörst, gib mir Bescheid.«

»Klar. Inzwischen viel Vergnügen.«

Seagram hängte gerade ein, als Dana in ihrem tief ausgeschnittenen weißen Abendkleid und mit der Nerzstola überm Arm aus dem Wohnzimmer kam. »Schlechte Nachrichten?« fragte sie, als sie seinen Gesichtsausdruck sah.

»Ich weiß es noch nicht genau.«

Sie gab ihm einen flüchtigen Kuß auf die Wange. »Behalte deine Geheimnisse für dich.«

Das werde ich leider tun müssen, dachte er verdrossen, während er die Nerzstola um ihre bloßen Schultern legte.

6

Die Seagrams schlossen sich vor dem Eingang des East Room den Gästen an, die auf den Empfang beim Präsidenten warteten. Während sie langsam vorrückten, stellte Dana fest, daß der Präsident mit Anfang Fünfzig noch die erotische Ausstrahlung eines viel jüngeren Mannes hatte. Wahrscheinlich wurde dieser Eindruck noch dadurch verstärkt, daß Ashley Fleming an seiner Seite die Rolle der Gastgeberin spielte. Denn Ashley Fleming galt als die eleganteste und gescheiteste geschiedene Frau von ganz Washington.

Endlich waren sie beide an der Reihe. »Gene, freut mich, Sie zu sehen.« Der Präsident lächelte höflich.

»Vielen Dank für die Einladung, Mr. Präsident«, antwortete Seagram ebenso förmlich. In der Öffentlichkeit betonten sie immer den gesellschaftlichen Abstand, und er hielt sich auch jetzt an die Regel, als er ohne jeden Anflug von Vertraulichkeit hinzufügte: »Ich hoffe, daß Ihnen meine Frau Dana noch in Erinnerung ist, Mr. Präsident.«

»Aber natürlich.« Der Präsident lächelte ungezwungen, während er Danas Hand länger als üblich hielt. »Eine schöne Frau vergesse ich nie.«

»Vielen Dank, Mr. Präsident.« Dana sah ihm voll in die Augen, und einige Sekunden floß da ein Strom von Signalen zwischen ihnen, die viel deutlicher waren als alle Floskeln gesellschaftlicher Höflichkeit.

Dann war das vorbei. Der Präsident machte die beiden mit Ashley Fleming bekannt, wie er es an diesem Abend schon so oft mit denselben Worten bei anderen Gästen getan hatte. Und die Reihe rückte weiter.

»Er hat mir den Hof gemacht«, flüsterte Dana ihrem Mann zu, als sie außer Hörweite waren. »Der Präsident der Vereinigten Staaten hat richtig altmodisch mit mir geflirtet. Was sagst du dazu, Gene?«

»Daß auch ein Präsident unter anderem ein Mann mit den üblichen Trieben ist.« Er lächelte sie in spöttischer Herausforderung an. »Na? Wirst du nun auf seinen Flirt eingehen, oder erscheint dir Ashley Fleming als zu starke Konkurrenz?«

»Früher hat man solche Frauen Kurtisanen genannt«, sagte Dana mit einem Beiklang von Verärgerung in der Stimme. »Und im übrigen finde ich deine Frage lächerlich.«

»Darf ich mich in das Wortgefecht einmischen?« Der Mann, der das fragte, war schmächtig, auffallend rothaarig und hatte einen sorgfältig gestuzten Bart von ebenso flammender Röte. Der Blick seiner haselnußbraunen Augen war forschend scharf. Die Stimme kam Seagram irgendwie bekannt vor, aber an das Gesicht konnte er sich nicht erinnern.

»Das hängt davon ab, auf welcher Seite Sie stehen«, sagte Seagram mit vorsichtiger Höflichkeit.

»Da ich weiß, daß Ihre Frau sehr für die Rechte der Frauen eintritt, schlage ich mich loyalerweise auf die Seite des Ehemannes.«

»Sie kennen Dana?«

»Allerdings. Ich bin nämlich ihr Chef.«

Seagram sah ihn verblüfft an. »Dann sind Sie also – «

»Admiral James Sandecker«, unterbrach ihn Dana mit einem vergnügten Lachen. »Direktor des Nationalen Unterwasser- und Marine-Amts. Admiral, darf ich Ihnen meinen Mann Gene vorstellen?«

»Es ist mir eine Ehre, Admiral.« Seagram schüttelte ihm die Hand. »Es war schon immer mein Wunsch, Ihnen einmal persönlich für den kleinen Gefallen zu danken, den Sie mir erwiesen haben.«

»Sie kennen meinen Mann?« fragte Dana erstaunt.

Sandecker nickte. »Nur telefonisch.« Er blinzelte Dana vertraulich zu. »Seien Sie ein liebes Mädchen, Dana, und besorgen Sie mir an der Bar einen Scotch mit Wasser.«

»Ich verstehe einen Wink, wenn er deutlich genug ist«, sagte Dana. »Also lasse ich die beiden Geheimnisträger allein.«

Als sie gegangen war, traten die beiden auf den Balkon hinaus. Seagram zündete sich eine Zigarette an, und Sandecker brachte eine dicke Churchill-Zigarre zum Glühen. Sie gingen schweigend weiter, bis sie in einer Ecke unter einer hohen Säule außer Hörweite waren.

»Haben Sie inzwischen etwas von der *First Attempt* erfahren, Admiral?« fragte Seagram.

»Sie ist in unserer U-Boot-Basis in der schottischen Meerenge Firth of Clyde um dreizehn Uhr nach unserer Ortszeit vor Anker gegangen.«

»Also vor fast acht Stunden. Warum hat man mich nicht benachrichtigt?«

»Das entsprach den Anweisungen«, erklärte der Admiral. »Keine Funkverbindung von meinem Schiff, bis Ihr Agent wieder hier in Sicherheit ist.«

»Aber wie ...?«

»Meine Informationsquelle war ein alter Freund in der Marine. Er hat mich vor einer halben Stunde angerufen und war sehr aufgebracht darüber, daß mein Kapitän ohne Erlaubnis Marinestützpunkte anlief.«

»Da ist irgend etwas schiefgelaufen«, sagte Seagram ernst. »Ihr Schiff sollte meinen Agenten in Oslo von Bord lassen. Wie kommt die *First Attempt* nach Schottland? Und warum?«

Sandecker sah Seagram mißbilligend an. »Eines wollen wir klarstellen, Mr. Seagram: NUMA ist kein Werkzeug des CIA, FBI oder irgendeiner anderen Geheimorganisation. Ich lasse nicht gern das Leben meiner Leute bei riskanten Spionageunternehmen aufs Spiel setzen. Unsere Aufgabe ist ozeanographische Forschung und weiter nichts.«

»Es war ein wichtiger Ausnahmefall«, sagte Seagram besänftigend. »Leider kann ich nicht mehr darüber mitteilen. Ich hoffe, Sie verstehen das, Admiral.«

»Sie haben Rückendeckung vom Präsidenten, also werde ich mich mit Ihrer Erklärung zufriedengeben müssen.«

»Vielen Dank, Admiral – «

Ehe Seagram weitersprechen konnte, erschien Mel Donner auf dem Balkon und eilte auf sie zu. Er begrüßte den Admiral und zog dann Seagram beiseite.

»Ein Transportflugzeug der Marine mit Sid Koplin an Bord ist vor zwanzig Minuten gelandet«, sagte Donner leise. »Man hat ihn ins Walter Reed Hospital gebracht.«

»Warum das?«

»Er hat ein paar Kugeln abbekommen.«

»Das hat gerade noch gefehlt«, sagte Seagram grimmig.

»Ich bin mit dem Wagen da. Wir können in fünfzehn Minuten im Krankenhaus sein.«

»Gut. Laß mir einen Moment Zeit.«

Seagram sprach mit dem Admiral und bat ihn, sich um Dana zu kümmern. Dann folgte er Donner zum Wagen.

7

»Tut mir leid, aber er hat gerade ein schmerzstillendes Mittel bekommen und kann jetzt keine Besucher empfangen«, sagte der Arzt mit höflicher Bestimmtheit.

»Kann er überhaupt sprechen?« fragte Donner.

»Seine geistige Regsamkeit ist erstaunlich gut für einen Mann, der erst vor wenigen Minuten zu Bewußtsein gekommen ist.«

»Und wie ist sein Gesundheitszustand im allgemeinen?« fragte Seagram.

»Den Umständen entsprechend gut«, antwortete der Arzt. »Mein Kollege an Bord des NUMA-Schiffs hat glänzende Operationsarbeit geleistet. Die Kugelwunde über seiner linken Hüfte wird vermutlich gut heilen. Der Streifschuß am Kopf hat allerdings eine Art Haarriß in der Schädeldecke verursacht. Mr. Koplin wird noch einige Zeit unter Kopfschmerzen leiden.«

»Er ist also außer Lebensgefahr?« fragte Seagram, und als der Arzt nickte, fügte er beschwörend hinzu: »Dann müssen Sie uns zu ihm lassen, Doktor. Es liegt uns fern, einen Patienten, der unter Ihrer Obhut steht, unnötig zu belästigen. Aber es steht zuviel auf dem Spiel –« Er zögerte einen Moment, ehe er leise sagte: »Für uns – ich meine, für uns *alle* –«

Die Betonung des letzten Wortes verriet auch dem Arzt, daß es hier um mehr ging als nur um das Wohlbefinden eines einzelnen Patienten. »Also meinetwegen«, sagte er zögernd.

»Aber bedenken Sie, daß Dr. Koplins Zustand wirklich noch zu labil ist. Seien Sie vorsichtig.«

»Darauf können Sie sich verlassen, Doktor«, sagte Seagram. »Wir brauchen den Mann. Wir wollen nicht sein Leben gefährden.«

Koplins Gesicht hob sich in seiner Blässe kaum von dem weißen Kopfkissen des Krankenbetts ab, aber sein Blick war überraschend wach.

»Bevor Sie Fragen stellen, lassen Sie mich klarstellen, daß ich mich noch sehr elend fühle«, sagte er heiser und leise. »Erzählen Sie mir jetzt nicht, daß ich prächtig aussehe. Das kaufe ich Ihnen nicht ab.«

Seagram zog sich einen Stuhl ans Bett und machte eine beschwichtigende Geste. »Wir wollen Sie nicht unnötig lange quälen, Sid.«

»Dann fragen Sie, solange mein umnebeltes Gehirn noch aufnahmefähig ist. Ich nehme an, Sie wollen wissen, ob ich Byzanium entdeckt habe?«

Mel Donner am Fuß des Krankenbetts nickte. »Und? Haben Sie es entdeckt?«

»Meine Feldmessungen waren unter den gegebenen Umständen natürlich nicht so genau wie in einem Labor, aber ich bin fast sicher, daß es Byzanium war.«

»Großartig«, sagte Seagram erleichtert. »Und wieviel lagert dort nach Ihrer Schätzung?«

»Im besten Falle ein Teelöffel voll«, erklärte Koplin lakonisch.

Seagram und Donner starrten einander entgeistert an.

»Ein Teelöffel voll«, wiederholte Seagram tonlos. »Sind Sie dessen sicher?«

»Ein halbes Gramm mehr oder weniger würde Sie sicherlich nicht glücklicher machen«, sagte Koplin, und seine Stimme wurde schwächer. »Aber es besteht noch Hoffnung.«

Seagram hatte die letzten Worte nicht verstanden. Er beugte

sich über das Bett. »Was haben Sie gesagt, Sid?«

»Es besteht noch Hoffnung. Das Byzanium war tatsächlich dort.«

»War dort?« fragte Donner nervös.

»Ja, es ist weg ... geschürft worden ... Ich bin am Berghang auf die Abbaurückstände gestoßen«, erklärte Koplin mit immer leiser werdender Stimme. »Hab dort Probemessungen gemacht.«

»Wollen Sie damit sagen, das Byzanium im Bednaja-Gebirge ist bereits abgebaut worden?« fragte Seagram ungläubig.

»Ja.«

»Dann sind uns also die Russen zuvorgekommen«, sagte Donner mit mühsam unterdrücktem Zorn. »Ausgerechnet – «

»Nein ... nein ...«, flüsterte Koplin.

»Nicht die Russen?«

Seagram und Donner stellten die Frage fast gleichzeitig und sahen den Mann im Krankenbett verwirrt an.

Mit letzter Kraftanstrengung flüsterte Koplin: »Nein ... die ... die Coloradaner ...«

Seine Lider sanken herab, und er verlor das Bewußtsein.

Erst als Seagram und Donner draußen über den dunklen Parkplatz gingen, brachen sie das verblüffte und verwirrte Schweigen.

»Was mag er nur gemeint haben?« fragte Donner.

»Ich weiß es nicht«, antwortete Seagram mürrisch. »Es ergibt einfach keinen Sinn.«

8

»Ist es denn wirklich so wichtig, daß Sie mich deswegen an meinem freien Tag wecken müssen?« fragte Prevlov unwillig. Ohne eine Antwort abzuwarten, öffnete er die Tür ganz und winkte Marganin herein. Prevlov trug einen farbenfreudigen Morgenrock aus Japanseide, aber im Gegensatz dazu war sein

Gesicht übernächtig bleich und unfreundlich.

Während Marganin seinem Vorgesetzten durch das Wohnzimmer in die Küche folgte, registrierte er mit berufsmäßiger Schnelligkeit jede Einzelheit der Einrichtung. Er selbst wohnte in einer Barackenkammer von sechs Quadratmetern, und ihm erschien daher diese Wohnung palastartig groß. Hier gab es alles, was zum luxuriösen westlichen Wohnstil gehörte: Kristallüster, Gobelins an den Wänden, echte Teppiche und französische Stilmöbel. Marganin bemerkte auch die beiden Gläser und die halb geleerte Flasche Remy Martin auf dem Kaminsims. Auf dem Teppich neben dem Sofa lagen zwei Damenschuhe, deren Farbe und modischer Schnitt auch auf ausländische Herkunft deuteten.

Marganin ertappte sich dabei, daß er die geschlossene Schlafzimmertür anstarrte. Wie mochte das Mädchen oder die Frau dort drinnen wohl aussehen? Hübsch – natürlich hübsch, dachte Marganin verdrossen. Auch in dieser Hinsicht hatte Hauptmann Prevlov einen auserlesenen Geschmack.

Prevlov holte einen Krug mit Tomatensaft aus dem Kühlschrank. »Möchten Sie ein Glas?«

Marganin schüttelte den Kopf.

»Nach amerikanischem Rezept mit den richtigen Zutaten gemischt, ist das ein ausgezeichnetes Katermittel.« Er trank einen Schluck, verzog das Gesicht und fragte: »Was haben Sie nun so Wichtiges zu melden?«

»Ein Agent des KGB hat heute nacht etwas aus Washington gemeldet, was unseren Genossen dort zunächst nicht verständlich ist. Die Amerikaner interessieren sich plötzlich brennend für Gesteinsproben, und zwar führen sie unter strengster Geheimhaltung ein Unternehmen mit dem Kodenamen *Projekt Sizilien* durch.«

Prevlov trank einen weiteren Schluck des Kater-Cocktails à la Bloody Mary, den er vorsichtshalber schon am Abend zubereitet und im Kühlschrank bereitgestellt hatte. »Und was hat das mit uns zu tun?« fragte er.

»Ich hatte den Eindruck, daß das plötzliche Interesse der Amerikaner für Mineralien vielleicht mit dem Zwischenfall auf Nowaja Semlja in Verbindung steht.«

Prevlov schwieg, und sein Gesichtsausdruck verriet, daß ihn Marganins Hinweis sehr nachdenklich gestimmt hatte. »Das wäre möglich – ja. Aber welches Mineral könnte den Amerikanern so wichtig erscheinen, daß sie danach illegal in einem fremden Land suchen?«

Marganin zuckte mit den Schultern. »Das weiß man auch drüben beim KGB nicht, Hauptmann. Aber bei den Amerikanern haben die Kodenamen mitunter versteckte Bedeutung.«

»Ja, das ist ein naiver Zug bei unseren westlichen Gegenspielern: sogar in ihren Geheimdiensten lieben sie kindliche Rätselspiele.« Prevlov schlenderte ins Wohnzimmer hinüber, blieb vor einem kleinen Schachtisch stehen und nahm die Elfenbeinfigur eines Springers in die Hand. »Spielen Sie eigentlich Schach, Leutnant?« fragte er nachdenklich.

»Nur für den Hausgebrauch«, antwortete Marganin. »Seit meiner Kadettenzeit in der Marine-Akademie habe ich kaum noch gespielt.«

»Dann ist Ihnen vielleicht der Name Isaak Boleslawski auch kein Begriff.«

»Nein.«

»Isaak Boleslawski war einer unserer größten Schachmeister«, erklärte Prevlov. »Er erfand viele raffinierte Kombinationszüge des Spiels. Einer davon war die Sizilianische Verteidigung.« Prevlov stellte den weißen Springer auf sein Feld zurück und lächelte geheimnisvoll. »Denken Sie einmal darüber nach, Marganin. Es könnte aufschlußreich sein.« Und ehe der Leutnant antworten konnte, ging Prevlov zur Schlafzimmertür, öffnete sie einen Spalt und nickte seinem Adjutanten über die Schulter hinweg zu. »Ich brauche Sie wohl kaum hinauszubegleiten, nicht wahr? Guten Tag, Leutnant.«

Marganin war es im Augenblick durchaus recht, daß Prevlov ihn nicht begleitete. Da er sicher sein konnte, daß der Hauptmann ihm auch nicht durchs Fenster nachschaute, ging er um das Haus herum und hantierte mit einem kleinen Spezialschlüssel an Prevlovs Garagentür.

Keiner beobachtete ihn, als er ins dunkle Innere der Garage schlüpfte, in der neben dem orangefarbigen Lancia-Coupé auch eine schwarze amerikanische Ford-Limousine stand. Marganin durchsuchte fachkundig schnell und geschickt beide Wagen. Nachdem er sich noch die Kennzeichen des Diplomatennummernschilds der amerikanischen Botschaft eingeprägt hatte, verließ er die Garage, verschloß sie wieder und eilte zur nächsten Bus-Haltestelle.

An das *Projekt Sizilien* dachte er dabei am allerwenigsten.

2

Die Coloradaner

August 1987

9

Mel Donner überzeugte sich mit Hilfe eines elektronischen Spezialgeräts davon, daß keine Mini-Abhöranlage in das Krankenzimmer eingeschmuggelt worden war, bevor er das Tonbandgerät einschaltete und dessen Funktion prüfte.

»Wir sind soweit, Sid«, sagte Seagram, als Donner ihm zunickte. »Wenn es zu ermüdend für Sie wird, geben Sie uns einen Wink. Dann machen wir morgen weiter.«

Das Krankenbett war so verstellt, daß Sid Koplin jetzt fast aufrecht saß. Seit dem ersten Besuch der beiden Planungsleiter der Meta-Abteilung hatte Koplin sich sichtlich erholt. Nur der Verband um seinen fast kahlen Kopf deutete noch auf die Verletzungen hin.

»Eine Weile werde ich es schon durchhalten«, sagte er. »Wenigstens ist das eine Ablenkung. Ich hasse Krankenhäuser, und das Programm, das dieser verdammte Fernsehapparat dort ausstrahlt, bessert meine Stimmung auch nicht gerade.«

Seagram lächelte und legte das Mikrophon vor Koplin auf die Bettdecke. »Der Abstand stimmt«, erklärte er. »Sie sprechen einfach so, als ob Sie mir etwas erzählen.«

Das Band begann zu laufen, und Koplin berichtete zuerst die unwesentlichen Einzelheiten seiner Fahrt nach Nowaja Semlja und seiner unbemerkten Landung. »Ich konnte natürlich nicht die ganze Nordinsel auf Langlaufskiern absuchen und habe mich daher auf die Gebiete konzentriert, die von dem Satelliten-Computer errechnet und getextet worden sind«, fuhr er fort. »Trotzdem dauerte es dreizehn Tage, ehe ich am Nordhang des Bednaja-Gebirges auf eine kleine Geröllhalde stieß, die offensichtlich bei Ausgrabung eines Minenschachts entstanden war.«

»Ein Minenschacht?« fragte Seagram. »In der gottverlassenen Eiswildnis, die nach Ihren eigenen Angaben zumeist aus Basalt und Granit besteht?«

Koplin nickte. »Ohne die verräterische Geröllhalde hätte ich den raffiniert getarnten Eingang des Minenschachts kaum gefunden. Aber in dem Geröll zeigte mein Meßgerät winzigste Spuren von Byzanium an, und deshalb suchte ich geduldig im Schnee, bis ich fündig wurde.«

»Einen Moment, Sid«, sagte Seagram. »Sie wollen damit andeuten, daß die Mine absichtlich getarnt worden ist?«

»Es ist ein alter spanischer Trick. Der Eingang wird so zugeschüttet, daß er wieder dem natürlichen Neigungswinkel des Hangs angepaßt ist. Unter Schnee und Eis war das alles natürlich gar nicht leicht zu finden. Besonders weil die Gleise und Schwellen für die Erzkarren weggeschafft worden sind.«

»Wer sollte sich die Mühe machen, eine verlassene Mine in der Arktis so sorgfältig zu tarnen?« fragte Seagram wie im Selbstgespräch. »Das erscheint völlig unlogisch.«

»Unlogisch mag es sein, Gene«, sagte Koplin. »Aber es ist technisch sehr geschickt gemacht worden. Und zwar von Fachleuten – von Coloradanern.« Das letzte Wort sprach er langsam, fast ehrfürchtig aus. »Sie haben diesen Minenschacht am Hang des Bednaja-Gebirges gegraben. Die Männer mit Schaufel und Hacke, die Sprengmeister und all die anderen geschulten Bergleute aus Cornwall, aus Irland, Deutschland und Schweden. Keine Russen, sondern europäische Auswanderer, die die legendären Bergmänner im harten Urgestein der Rocky Mountains von Colorado wurden. Was diese Männer auf die eisigen Berghänge des Bednaja-Gebirges verschlagen hat, ist mir ein Rätsel. Aber es waren Bergleute aus Colorado, die dort das Byzanium abgebaut haben und dann im Dunkel der Vergangenheit verschollen sind.«

Seagram sah Donner an, und in beiden Gesichtern spiegelte

sich die gleiche Art von Verständnislosigkeit. »Das ist verrückt, völlig verrückt.«

»Verrückt?« wiederholte Koplin. »Mag sein, aber trotzdem wahr.«

»Sie scheinen Ihrer Sache sehr sicher zu sein«, sagte Donner.

»Das bin ich auch, obwohl ich die greifbaren Beweise bei der Flucht vor dem sowjetischen Soldaten zurücklassen mußte. Sie müssen sich also auf mein Wort und meine Zuverlässigkeit als Wissenschaftler verlassen.«

»Sie haben greifbare Beweise erwähnt: was meinen Sie damit?« fragte Donner.

»Ich brauchte mir nur einen Zugang von ein Meter Länge durch das Geröll am Eingang zu graben, da war ich auch schon im Schacht«, berichtete Koplin. »Als erstes stieß ich in der Dunkelheit gegen einen Erzkarren. Ich zündete Streichhölzer an und entdeckte zwei alte Öllampen. Beide waren noch betriebsbereit.« Koplins blaßblaue Augen schienen jenseits der Wand des nüchternen Krankenzimmers auf eine gespenstisch bizarre Szene gerichtet zu sein. »Es war unheimlich, was ich da im Licht der Öllampen vor mir sah. Schaufeln, Hacken und andere Geräte standen ordentlich aufgereiht in den Gestellen – leere Erzkarren auf rostigen Schienen von Spurweite acht. Alles schien für die nächste einrückende Schicht bereitzustehen.«

»Also kein Hinweis auf einen hastigen Aufbruch?«

»Überhaupt nicht. Sogar die Schlafkojen in einer Seitenkammer waren gemacht. Die Küche sauber, und alle Utensilien standen noch auf den Regalen. Sogar die Zugmaultiere der Erzkarren hatte man in die Arbeitskammer geschafft und mit einem Gnadenschuß getötet. Mitten in jedem Maultierschädel war ein rundes Loch. Die Mine wurde bestimmt in aller Ruhe verlassen.«

»Aber woher wissen Sie, daß es Coloradaner waren?« fragte Donner.

»Dafür gab es genug Hinweise«, antwortete Koplin. »Die

größeren Geräte trugen noch das Markenzeichen der Hersteller. Die Erzkarren stammten aus dem Hüttenwerk Guthrie & Söhne in Pueblo, Colorado. Die Steinbohrer kamen aus dem Schmiede- und Eisenwerk Thor in Denver, und in den kleineren Werkzeugen waren die Namen verschiedener Schmiedewerkstätten aus den Minenstädten Central City und Idaho Springs in Colorado eingeprägt.«

Seagram machte ein zweifelndes Gesicht. »Die Russen könnten das gesamte Material in Colorado gekauft und auf die Insel geschafft haben.«

»Das wäre möglich«, sagte Koplin. »Aber da war noch ein grausiges Indiz, das auf Colorado hinwies.«

»Was denn?«

»Die Leiche in einer der Schlafkojen.«

»Eine Leiche?« Seagrams Stimme klang dünn vor Erregung.

»Mit rotem Haar und rotem Bart«, sagte Koplin ernst. »Gut erhalten im Dauerfrost. Die Inschrift auf dem Holzbrett war Englisch und lautete: ›Hier ruht Jake Hobart. Geboren 1874. Ein guter und tüchtiger Mann: erfroren in einem Schneesturm am 10. Februar 1912.‹«

Seagram hielt es jetzt nicht mehr auf dem Stuhl aus. Er mußte aufstehen und im Zimmer hin und her gehen. »Ein Name!« rief er. »Das ist wenigstens ein Anfang.« Er blieb stehen und sah Koplin an. »Gab es sonst noch irgendwelche Hinweise?«

»Alle Kleidungsstücke waren weg. Merkwürdigerweise hatten die Konservendosen französische Etiketten. Aber dann war da noch ein Indiz, das deutlich auf Colorado hinwies: ein vergilbtes Zeitungsexemplar der *Rocky Mountain News* vom 17. November 1911. Diese Zeitung hatte ich mitgenommen, aber auf der Flucht verloren. Übrigens war da der obere Teil der rechten Spalte von Seite drei sorgfältig herausgeschnitten. Vielleicht hat das nichts zu bedeuten. Man sollte jedoch im Archiv des Verlags nachforschen.«

»Das werden wir tun.« Seagram schaltete das Tonbandgerät aus. »Vielen Dank, Sid. Sie haben uns wertvolle Hinweise gegeben.« Er hielt zögernd inne. »Aber über einen Punkt wissen wir noch nicht genau Bescheid: Ihre Rettung.«

»Ach ja, wir sind davon abgekommen«, sagte Koplin mit deutlichen Anzeichen von Ermüdung und Konzentrationsschwäche. »Ich wollte gleich anfangs von Dirk Pitt sprechen: dem Mann, der den sowjetischen Patrouillenposten und dessen Hund getötet hat.«

»Dirk Pitt? Wo ist der Mann hergekommen?« fragte Seagram verblüfft.

»Ich habe keine Ahnung. Der Soldat hatte mich gerade mit seinem Hund aufgestöbert, als Pitt wie ein Gespenst aus dem Schneesturm auftauchte und mit einer Ruhe und Sicherheit den Hund und den Soldaten erschoß, als täte er so etwas jeden Tag.«

»Hoffentlich werden die Russen das nicht propagandistisch gegen uns ausnützen«, sagte Donner bedenklich.

»Das wird kaum möglich sein«, erklärte Koplin. »Der Soldat und sein Hund liegen jetzt wahrscheinlich unter anderthalb Meter Schnee begraben. Man wird sie kaum je wiederfinden.«

»Das ist richtig«, sagte Seagram. »Übrigens – eine Zwischenfrage noch: Wieviel Byzanium ist nach Ihrer Schätzung damals aus dem Schacht abgebaut worden, Sid?«

»Es dürften nach meiner Berechnung nahezu fünfhundert Kilo Byzanium gewesen sein«, antwortete Koplin. »Natürlich weiß ich nicht, wie und ob es verarbeitet worden ist. Möglicherweise liegt dieser Schatz irgendwo versteckt – oder er ist für alle Zeiten verloren.«

»Was wir nicht hoffen wollen«, sagte Donner seufzend. »Denn dann wäre unsere ganze Arbeit umsonst gewesen.«

»Und ich will nicht hoffen, daß es meine letzte Begegnung mit Dirk Pitt war«, sagte Koplin nachdenklich. »Ich hatte nämlich noch keine Gelegenheit, mich bei ihm für die Lebensrettung zu bedanken.«

Donner nickte Seagram zu. »Wir werden uns auch um diesen geheimnisvollen Lebensretter kümmern müssen.«

»Ja, ich fange gleich bei Admiral Sandecker an«, sagte Seagram. »Dieser Pitt muß irgendwie mit dem Forschungsschiff in Verbindung stehen. Vielleicht kann ihn jemand von NUMA genauer identifizieren.«

»Ich frage mich, wieviel dieser Mann weiß«, sagte Donner leise.

Seagram antwortete nicht. Im Geist wiederholte er den Namen Dirk Pitt. Irgendwie erschien er ihm seltsam vertraut.

10

Das Telefon auf Sandeckers Nachttisch läutete zehn Minuten nach Mitternacht. Nach dem achten Läuten griff der Admiral mürrisch und schlaftrunken nach dem Hörer und meldete sich.

»Verzeihung, Admiral, hier spricht Gene Seagram. Ich hätte Sie nicht so spät noch belästigt, aber es hat sich da etwas ergeben, das äußerst wichtig für uns sein könnte.«

»Was für Sie wichtig ist, muß mich doch nicht interessieren«, sagte Sandecker ärgerlich. »Jedenfalls nicht nach Mitternacht.«

»Es tut mir wirklich leid, Admiral. Aber Sie können mir vielleicht Auskunft über einen Mann namens Dirk Pitt geben.«

»Wie kommen Sie darauf, daß ich ihn kenne?«

»Ich weiß es nicht genau, bin aber ziemlich sicher, daß er irgendwie mit NUMA in Verbindung steht.«

»Ich habe zweitausend Leute unter mir. Wie soll ich mir da jeden Namen merken?« Er räusperte sich umständlich, weil er das Gefühl hatte, Seagram durchschaute sein Hinhaltemanöver. »Was ist denn überhaupt mit diesem Dirk Pitt los?«

Seagram berichtete kurz. Admiral Sandecker war am Ende hellwach.

»Und wenn Sie nun diesen Mr. Pitt ausfindig machen?« fragte er. »Was haben Sie dann vor?«

»Ich dachte an die Möglichkeit einer Zusammenarbeit.«

»Ich verstehe«, sagte der Admiral vieldeutig. »Gute Nacht, Mr.

Seagram. Vielleicht finden Sie Ihren Dirk Pitt.«

»Vielen Dank, Admiral. Und gute Nacht.«

Sandecker hängte ab und lachte leise in sich hinein. »Erschießt einen russischen Wachtposten und rettet einen amerikanischen Agenten«, sagte er in nachdenklichem Selbstgespräch. »Dirk Pitt ... der Mann ist wirklich eine Klasse für sich.«

11

Die erste United-Airlines-Maschine landete um acht Uhr morgens auf dem Stapleton Airfield von Denver. Mel Donner holte seinen Koffer, mietete sich bei Avis einen Plymouth und machte sich auf den Weg zum Verlagshaus der *Rocky Mountain News* an der West Colfax Avenue. Auf dem Nebensitz hatte er einen Stadtplan offen hingelegt, und bei jedem Halt an einer Ampel orientierte er sich danach.

Da er noch nie in Denver gewesen war, überraschte es ihn, eine Dunstglocke über der Innenstadt hängen zu sehen. Bei Los Angeles oder New York war das selbstverständlich, aber Denver hatte bei ihm immer die Vision einer Stadt erzeugt, die in kristallklarer Luft im Talkessel majestätischer Bergketten hingeschmiegt lag. Sogar das stimmte nicht. Denver lag noch mindestens vierzig Kilometer von den Vorbergen der Rockies entfernt am Rande der großen Ebenen.

Er parkte den Leihwagen und fragte sich im Verlagsgebäude zum Archiv durch. Das Mädchen dort lächelte ihm in höflicher Neugier entgegen.

»Haben Sie noch ein Exemplar Ihrer Zeitung vom 17. November 1911?« fragte Donner.

»Hier haben wir nur die Mikrofilm-Kopien dieser uralten Jahrgänge«, antwortete das Mädchen. »Die Originalausgaben liegen allerdings noch im Historischen Staatsarchiv.«

»Mich interessiert nur die Seite drei.«

»Wenn Sie warten wollen, kann ich Ihnen in ungefähr fünfzehn Minuten eine Fotokopie des Mikrofilms vom 17. November 1911 machen.«

»Vielen Dank. Haben Sie übrigens zufällig ein Telefon-Branchenverzeichnis von Colorado?«

»Ja, natürlich.« Sie griff unter die Schaltertafel und legte das Telefonbuch vor ihn hin.

Das Mädchen verschwand in der Mikrofilm-Abteilung, und Donner begann im Telefonbuch zu blättern. Weder das Eisenhüttenwerk Guthrie & Söhne in Pueblo noch das Schmiede- und Eisenwerk Thor in Denver standen in dem Verzeichnis.

Es war auch fast zuviel erwartet, sagte sich Donner. Nach annähernd achtzig Jahren würden die Firmen wohl kaum noch existieren. Aber er gab die Suche nicht auf, sondern ging systematisch das ganze Alphabet durch. Beim Buchstaben J stutzte er plötzlich. Da stand eine Firma Jensen & Thor als Metallfabrik in Denver verzeichnet. Er schrieb sich Telefonnummer und Adresse auf, als das Mädchen gerade zurückkam.

»Das wäre es, Sir«, sagte sie. »Macht fünfzig Cent.«

Donner bezahlte und überflog die Schlagzeile über der rechten Spalte der Fotokopie von Seite drei jener uralten Zeitung. Der Bericht handelte von einem Bergwerksunglück.

»Haben Sie das gesucht?« fragte das Mädchen.

»Vielleicht«, antwortete Donner wahrheitsgemäß. »Ich hatte keine Ahnung, wonach ich suche. Jedenfalls vielen Dank.«

Die Metallfabrik Jensen & Thor lag zwischen dem Bahngelände der Burlington-Northern und dem South Platte River. Das Verwaltungsgebäude lag etwas abseits von den Werkhallen. Mel Donner stellte sich bei der Empfangsdame vor und sagte, woher er kam. Das Zauberwort Washington öffnete ihm sofort die Tür des Privatbüros von Carl Jensen junior: einem modisch gekleideten Mann von etwa achtundzwanzig Jahren. Er kam um den Schreibtisch herum und schüttelte Donner die Hand.

»Ein Mann aus Washington in unserer bescheidenen Eisenhütte«, sagte er mit einem etwas gezwungenen Lächeln. »Ich hoffe, das hat nichts mit irgendwelchen unangenehmen Behörden zu tun.«

Donner schüttelte den Kopf. »Keineswegs. Die Regierung hat ein rein historisches Interesse an dem Fall. Falls Sie noch die Verkaufsbücher oder entsprechende Karteien für das Jahr 1911 haben, würde ich nur gern die Verkäufe von Juli bis November jenes Jahres nachlesen.« Als der junge Jensen ihn erstaunt und fragend ansah, fügte Donner schnell hinzu: »Ich nehme an, diese Firma ist der Nachfolger des Schmiede- und Eisenwerks Thor?«

»Das war die Firma meines Urgroßvaters«, bestätigte Jensen. »Mein Vater hat die Aktien aus dem freien Handel aufgekauft und den Firmennamen im Jahre 1942 geändert. Die alten Geschäftsbücher sind natürlich längst vernichtet, weil sie zuviel Platz einnehmen würden. Aber mein Vater war schon bei Übernahme der alten Firma weitsichtig genug, alle Unterlagen der Firmenbuchhaltung auf Mikrofilm aufnehmen zu lassen.«

»Mit Mikrofilmen scheine ich ja heute Glück zu haben«, sagte Donner erfreut. »Zuerst bei den *Rocky Mountain News* – und jetzt bei Ihnen. Sie können mir also tatsächlich Auskunft über die Verkäufe im zweiten Halbjahr 1911 geben?«

Jensen antwortete nicht, sondern gab durch die Sprechanlage den Auftrag durch und lehnte sich wieder in seinem Schreibtischsessel zurück. Er musterte Donner neugierig. »Jetzt habe ich Ihnen einen Gefallen getan. Würden Sie mir auch einen tun?«

»Warum nicht?« antwortete Donner ausweichend. »Es kommt darauf an, was Sie wissen möchten.«

»Was Sie an den Verkäufen im Jahre 1911 so interessiert. Denn ohne Grund schickt die Regierung wohl kaum einen Mann von Washington her, um alte Verkaufslisten anzuschauen.«

»Das stimmt«, bestätigte Donner. »Nehmen Sie einfach an, wir wollen ein weit zurückliegendes Verbrechen lösen, zu dem Ihr

Urgroßvater ahnungslos Material geliefert hat.«

»Ein solches Verbrechen wäre doch längst verjährt.«

»Aber die Regierung könnte aus ganz bestimmten Gründen doch daran interessiert sein, den Verbrecher noch ausfindig zu machen.«

Jensen lächelte nur höflich und bot Donner etwas zu trinken an, um die Wartezeit zu überbrücken. Kurze Zeit später brachte ein Mädchen eine Fotokopie und entfernte sich wortlos.

Jensen überflog die Fotokopie und sagte: »Juni bis November müssen schlechte Monate für meinen Urgroßvater gewesen sein. Der Umsatz war sehr gering. An welchen Fabrikaten sind Sie denn interessiert, Mr. Donner?«

»Bergwerkausrüstung.«

»Ja, dann kommt nur das in Frage: Bohrwerkzeuge. Am 10. August bestellt und vom Käufer am 1. November abgeholt.«

Jensen grinste spöttisch über den Schreibtisch hinweg. »Sie haben mir da eine komische Geschichte aufgetischt, Sir. Wirklich lustig.«

»Ich verstehe nicht.«

»Der Käufer – der Verbrecher, wie Sie mir erklärt haben . . . «

Jensen machte eine theatralisch wirkungsvolle Pause, » . . . war die Regierung der USA.«

12

Die Zentrale der Meta-Abteilung lag in einem unauffälligen alten Gebäude neben dem Washington Navy Yard verborgen. Auf dem von Hitze und Luftfeuchtigkeit verwitterten Schild stand in abblätternden Buchstaben: Speditions- und Lagerhaus Smith.

Das Gelände mit Verladerampen, aufgestapelten Kisten und parkenden Lastwagen hinter dem viereinhalb Meter hohen Maschendrahtzaun wirkte auf die Autofahrer, die das Grundstück auf dem Suitland Parkway passierten, durchaus wie das Arbeitsgebiet einer echten Speditionsfirma. Auch wenn die Möbelwagen nicht alle fahrbereit waren.

Gene Seagram war gerade dabei, die Berichte über die Grundstückskäufe für das *Projekt Sizilien* zu prüfen. Es waren insgesamt sechsundvierzig. Die meisten Grundstücke für die Geheimanlagen waren an der Nordgrenze zu Kanada und an der Atlantikküste gelegen. Für die Pazifikküste waren lediglich acht dieser Anlagen vorgesehen, und für die mexikanische Küste und den Golf von Mexiko sogar nur vier. Die Transaktionen hatten schon deshalb kein großes Aufsehen erregt, weil der Käufer als Mitglied des Amts für Energiestudien aufgetreten war. Die Anlagen selbst würden nach außen hin wie kleinere Starkstrom-Transformatorenstationen und entsprechend unverdächtig aussehen.

Als Seagram gerade die Schätzungen der Konstruktionskosten durchsah, läutete sein Privattelefon. Mit der Vorsicht des erfahrenen Agenten verstaute er die Dokumente in einem Schreibtischfach, bevor er nach dem Hörer griff und sich meldete.

»Hallo, Mr. Seagram.«

»Mit wem spreche ich?«

»Major McPatrick, Armee-Archivbüro. Ich sollte Sie unter dieser Nummer anrufen, falls ich etwas über einen Bergmann namens Jake Hobart ausfindig machen könnte.«

»Ja, natürlich. Und Sie haben etwas gefunden, Major?«

»Ja. Sein vollständiger Name lautet Jason Cleveland Hobart. Geboren am 23. Januar 1874 in Vinton, Iowa.«

»Das Geburtsjahr stimmt zumindest.«

»Und der Beruf auch: er war Bergmann.«

»Was sonst noch?«

»Im Mai 1898 hat er sich bei der Armee rekrutieren lassen und beim Ersten Colorado-Freiwilligen-Regiment auf den Philippinen gedient.«

»Sagten Sie Colorado?«

»Richtig, Sir.« McPatrick hielt inne, und Seagram konnte das Rascheln von Papieren hören. »Hobart hat ein ausgezeichnetes Führungszeugnis für den Krieg. Wurde mehrmals schwer verwundet, erhielt Tapferkeitsauszeichnungen und wurde zum Sergeanten befördert.«

»Wann hat man ihn entlassen?«

»Damals nannte man es ausmustern«, erklärte McPatrick. »Hobart hat die Armee im Oktober 1901 verlassen.«

»Ist das Ihre letzte Aufzeichnung über ihn?«

»Nein, seine Witwe bezieht noch eine Pension – «

»Hobarts Witwe lebt noch?« fragte Seagram überrascht.

»Sie kassiert jeden Monat pünktlich ihren Pensionsscheck von fünfzig Dollar und vierzig Cent.«

»Sie muß ja über neunzig Jahre alt sein.«

»Ach, wir haben noch fast einhundert Witwen aus dem Bürgerkrieg auf unseren Pensionslisten. Ehen zwischen blutjungen Mädchen und alten Veteranen der Großen Armee der Republik waren zu jener Zeit an der Tagesordnung.« McPatrick räusperte sich. »Im Falle von Hobart scheint da übrigens ein merkwürdiges Versehen passiert zu sein.«

»Ein Versehen?«

»In Hobarts Dienstliste ist keine Wiedereinstellung vermerkt. Dem widerspricht die Eintragung: ›Gestorben im Dienst seines Landes.‹ Die Todesursache wird nicht erwähnt, nur das Datum . . .17. November 1911.«

Seagram runzelte die Stirn. »Aber ich weiß aus ziemlich sicherer Quelle, daß Jake Hobart am 10. Februar 1912 als Zivilist gestorben ist.«

»Wie ich schon sagte, wird die Todesursache nicht erwähnt. Nach unseren Archivunterlagen steht jedoch fest, daß er schon am 17. November 1911 als Soldat gestorben ist. In seiner Personalakte liegt ein von Henry L. Stimson, Kriegsminister unter Präsident Taft, am 25. Juli 1912 geschriebener Brief mit dem Befehl an die Armee, der Ehefrau des Sergeanten Jason Hobart auf Lebenszeit die volle Witwenpension zu bewilligen.

Weshalb Hobart das persönliche Interesse des Kriegsministers erweckt hat, bleibt ein Geheimnis. Jedenfalls muß er als Soldat irgendwie in hohem Ansehen gestanden haben und nicht nur Bergmann gewesen sein, wenn er solche Bevorzugung erfahren hat.«

»Haben Sie die Adresse von Mrs. Hobart?«

»Moment.« Papiere raschelten wieder, und dann sagte McPatrick: »Die Anschrift lautet: Mrs. Adeline Hobart, 261-B Calle Aragon, Laguna Hills, Kalifornien. Sie wohnt in dieser großen Seniorensiedlung südlich von Los Angeles.«

»Eine merkwürdige Geschichte«, sagte Seagram. »Aber jedenfalls vielen Dank für Ihre Hilfe, Major.«

»Ich fürchte fast, es handelt sich um zwei verschiedene Männer.«

»Könnte sein«, antwortete Seagram. »Möglicherweise bin ich auf der falschen Fährte.«

»Falls Sie weitere Auskünfte brauchen, können Sie mich jederzeit gern anrufen.«

»Das werde ich tun«, sagte Seagram. »Und nochmals vielen Dank.«

Nachdem er abgehängt hatte, rekonstruierte er in Gedanken noch einmal das Telefongespräch mit dem Major. Natürlich könnten zwei Männer mit demselben Nachnamen und Geburtsjahr sowie der gleichen Berufslaufbahn existiert haben. Aber daß das im Armeearchiv verzeichnete Todesdatum mit der von Sid Koplin im Bednaja-Gebirge gefundenen alten Zeitung zeitlich übereinstimmte, das konnte kein Zufall sein. Er schaltete das Mikrofon zu seiner Sekretärin ein.

»Barbara, versuchen Sie bitte Mel Donner im Brown Palace Hotel in Denver zu erreichen.«

»Soll ich eine Mitteilung hinterlassen, falls er nicht da ist?«

»Nur daß er mich nach seiner Rückkehr unter meiner Privatnummer anrufen soll.«

»In Ordnung.«

»Und noch etwas: Buchen Sie bitte für mich einen Flug mit der ersten Maschine morgen früh nach Los Angeles.«

»Wird sofort erledigt.«

Er schaltete das Mikrofon ab und lehnte sich nachdenklich im Sessel zurück.

Adeline Hobart war also über neunzig Jahre alt. Er konnte nur hoffen, daß sie nicht völlig senil war.

13

Normalerweise stieg Donner nicht in einem City-Hotel ab, sondern lieber in einem unauffälligen Motel im Vorortbereich. Seagram war jedoch der Meinung gewesen, die Arbeit eines Ermittlers würde leichter sein, wenn er als Adresse eines der ältesten und vornehmsten Hotels der Stadt angeben könnte. Wenn ihm einer seiner Kollegen an der Universität von Süd-Kalifornien vor fünf Jahren gesagt hätte, sein Doktorat in Physik würde ihn zu einer Geheimdiensttätigkeit führen, dann wäre ihm das lächerlich erschienen.

Jetzt lachte Donner nicht mehr darüber. Das *Projekt Sizilien* war für sein Land so lebenswichtig, daß man nicht durch Beteiligung Außenstehender eine undichte Stelle im Geheimapparat riskieren durfte. Nur mit Seagram zusammen hatte er das Projekt ersonnen und geplant, und sie wollten es verabredungsgemäß so weit wie möglich allein vorantreiben.

Er überließ seinen geliehenen Plymouth dem Parkplatzwärter, überquerte den Tremont Place und betrat durch die altmodische Drehtür die ebenso altmodisch, aber hübsch eingerichtete Halle. Ein junger Mann am Empfang gab ihm mit dem Zimmerschlüssel zusammen Seagrams Nachricht, und Donner fuhr in sein Zimmer hinauf.

Als erstes schaltete er den Fernseher an, zog die Schuhe aus, lockerte seine Krawatte und ließ sich aufs Bett sinken. Es war ein langer, ermüdender Tag gewesen, und sein Nervensystem funktionierte offenbar noch nach der Ortszeit von Washington, D.C. Er rief den Zimmerdienst an und bestellte ein Abendessen.

Berieselt vom Geplauder und der seichten Musik einer Fernsehshow, las er noch einmal die Fotokopie der alten Zeitungsseite. Es gab da Anzeigen für alle möglichen Wunderheilmittel, für Alarmgeräte und andere längst von der modernen Technologie überholte Apparate. Aber ihn interessierte nur die obere rechte Spalte, die nach Koplins Angabe aus dem von ihm gefundenen Exemplar der Zeitung sorgfältig herausgeschnitten worden war. Der Bericht dort lautete:

Tragisches Bergwerkunglück

Heute morgen kam es bei einer Dynamitsprengung in der Little Angel Mine nahe bei Central City zu einem Stolleneinsturz, durch den neun Männer der ersten Schicht eingeschlossen wurden, unter ihnen auch der bekannte Bergwerkingenieur Joshua Hays Brewster.

Trotz aller Anstrengungen der Rettungsmannschaften besteht wenig Hoffnung, die Männer noch lebend zu bergen. Die seit 1881 stillgelegte Little Angel Mine ist auf Veranlassung von Mr. Brewster wieder in Betrieb genommen worden. Er vermutete dort hochwertige Erze, auf die bei den ursprünglichen Grabungen nicht gestoßen wurde. Allerdings ist der frühere Besitzer der Mine, Mr. Ernest Bloeser, der Meinung, dieses immer mit Verlust betriebene Bergwerk enthalte kein hochwertiges Erzlager.

Nach letzten Meldungen aus Central City wird es unmöglich sein, die Verunglückten überhaupt zu bergen. Man beabsichtigt, den Schachteingang zu versiegeln, so daß die Männer für alle Zeiten in ihrem tiefen Berggrab ruhen werden.

Die Namen der diesem furchtbaren Grubenunglück zum Opfer gefallenen Männer lauten:

Joshua Hays Brewster, Denver
Alvin Coulter, Fairplay

Thomas Price, Leadville
Charles P. Widney, Cripple Creek
Vernon S. Hall, Denver
John Caldwell, Central City
Walter Schmidt, Aspen
Warner E. O'Deming, Denver
Jason C. Hobart, Boulder
Möge Gott diese tapferen Bergmänner behüten.

Immer wieder fiel Donners Blick auf den letzten Namen der Liste. Sehr nachdenklich legte er schließlich die Fotokopie zur Seite, griff nach dem Telefonhörer und wählte eine Fernnummer.

14

»Ein Sandwich Monte Christo«, sagte Harry Young genüßlich. »Das ist wirklich empfehlenswert. Das Salatdressing mit Roquefort ist auch ausgezeichnet. Aber zuerst möchte ich einen Martini, sehr trocken und mit einem Streifen Zitronenschale.«
»Monte Christo Sandwich und Roquefort-Dressing für Ihren Salat«, wiederholte die junge Kellnerin und beugte sich so weit vor, daß der weiße Slip unter ihrem Minirock hervorlugte. »Und Sie, Sir?«
»Ich nehme das gleiche«, sagte Donner. »Nur zum Anfang einen Manhattan on the Rocks.«
Young spähte über seine Brillenränder der davoneilenden Kellnerin nach. »Ein noch appetitanregenderer Anblick als die ganze Vorspeisenplatte zusammen«, sagte er seufzend. »Aber wer serviert mir eine solche weibliche Delikatesse schon auf einem silbernen Tablett?«
Young war ein hagerer kleiner Mann. In früheren Zeiten würde man ihn als geckenhaft gekleideten alten Narren klassifiziert haben. Doch jetzt galt er als vitaler achtundsiebzigjähri-

ger Mann von Welt mit einem geschulten Blick für Schönheit. Er saß Donner in blauem Rollkragenpullover und gemustertem Sportsakko an dem Nischentisch gegenüber.

»Freut mich, daß Sie mich gerade hierher eingeladen haben, Mr. Donner«, sagte er vergnügt. »Das *Broker* ist mein Lieblingsrestaurant.« Er machte eine weit ausholende Geste über die Wand- und Nischentäfelungen aus Walnußholz. »Sie müssen wissen, daß dies einmal der Tresorraum einer Bank war.«

»Das fiel mir auf, als ich mich durch den massiven Stahltürrahmen ducken mußte.«

»Ein gutes Restaurant«, wiederholte Young und musterte Donner neugierig. »Aber Sie haben mich doch sicherlich nicht nur wegen der Innendekoration hergeführt?«

»Das stimmt. Ich möchte Ihnen ein paar Fragen stellen.«

Young hob in theatralischem Erstaunen die Brauen. »Spannen Sie mich nicht so auf die Folter. Sie sind doch nicht etwa vom FBI. Am Telefon haben Sie nur angedeutet, Sie arbeiteten für die Regierung.«

»Nein, ich habe nichts mit dem FBI zu tun. Mein Ressort ist das Sozialwesen. Ich muß die Rechtmäßigkeit von Pensionsansprüchen überprüfen.«

»Wie kann ich Ihnen dabei nützlich sein?«

»Im Augenblick stelle ich Nachforschungen über ein sechsundsiebzig Jahre zurückliegendes Grubenunglück an, dem neun Männer zum Opfer gefallen sind. Ein Nachkomme eines der Opfer hat eine Pension beantragt, und ich muß die Rechtmäßigkeit des Anspruchs prüfen. Sie wurden mir vom Historischen Staatsarchiv empfohlen, Mr. Young, weil Sie über die Geschichte und Entwicklung des Bergwerkwesens im Westen so glänzend informiert sind.«

»Eine kleine Übertreibung«, sagte Young, »aber ich fühle mich dennoch geschmeichelt.«

Die Cocktails kamen, und sie tranken einander zu. Dann fragte Young: »Wie ist es eigentlich möglich, Mr. Donner, daß jemand aus einem sechsundsiebzig Jahre zurückliegenden Unglück einen Pensionsanspruch ableitet?«

»Die Witwe scheint nicht voll entschädigt worden zu sein«, log Donner geistesgegenwärtig. »Ihre Tochter verlangt eine Nachzahlung.«

»Ich verstehe«, sagte Young. »Und an welchem Opfer des Grubenunglücks in der Little Angel Mine sind Sie interessiert?«

»Sie wissen wirklich Bescheid, Mr. Young«, antwortete Donner mit anerkennendem Lächeln. »Ja, es handelt sich um das Unglück in der Little Angel Mine, und der Name des Mannes lautet Brewster.«

Young stieß einen Ruf der Überraschung aus. »Der arme Joshua Hays Brewster war zu seiner Zeit ein sehr bekannter Bergwerksingenieur. Aber warum er noch einmal die von allen seinerzeit als wertlos angesehene Little Angel Mine in Betrieb nahm, bleibt rätselhaft.«

»Vielleicht hatte er Hinweise auf große Silbervorkommen gefunden, die anderen entgangen waren.«

Young schüttelte den Kopf. »Ich bin selbst seit sechzig Jahren Geologe, und ich habe alle Gutachten über die geologische Struktur der Little Angel Mine und der angrenzenden Alabama Burrow gelesen. Aus der Alabama Burrow wurde Silber im Wert von mehr als zwei Millionen Dollar geschürft. Aber die Little Angel Mine war und ist absolut wertlos.«

Die Salate waren inzwischen serviert worden, und jetzt brachte die Kellnerin die Sandwiches.

Kurze Zeit beschäftigten sich die beiden nur mit ihrem Essen und tauschten anerkennende Bemerkungen über dessen Qualität aus.

Dann tupfte Young mit der Serviette über seine Lippen und fragte überraschend: »Wissen Sie eigentlich, Mr. Donner, daß ich mich eingehend mit der Geschichte dieses Grubenunglücks beschäftigt habe und zu einer sehr überraschenden Schlußfolgerung gekommen bin?«

»Also ist es mein Glück, daß ich gerade Ihnen begegnet bin«, sagte Donner trocken.

Young lächelte geheimnisvoll. »Möglicherweise können Sie der Regierung sogar eine Pensionsnachzahlung ersparen.«

»Wie soll ich das verstehen?«

»Ich will Sie nicht mit den Einzelheiten der Bergbautechnik langweilen«, sagte Young. »Aber viele Anzeichen haben darauf hingewiesen, daß die zweite Erschließung der Little Angel Mine nur vorgetäuscht war. Ich habe mich an Ort und Stelle davon überzeugt, daß es wirklich so ist.«

»Eine ziemlich kühne Behauptung«, sagte Donner.

»Die aber durch einige gewichtige Indizien bestätigt wird«, sagte Young. »Erstens einmal konnte nach Sachverständigengutachten eine Dynamitexplosion nicht so folgenschwer sein, wie damals behauptet wurde. Zweitens waren die später geborgenen Gerätschaften drittklassig und fast schrottreif. Alle beteiligten Bergmänner waren aber Profis und würden nie mit solchen Werkzeugen gearbeitet haben. Drittens kam die erste Meldung über das Grubenunglück erst am nächsten Nachmittag.«

Donner schüttelte unschlüssig den Kopf. »Ihre Theorie ist zwar interessant, Mr. Young, aber nicht ganz überzeugend.«

»Nun, vielleicht überzeugt Sie diese kleine Schlußpointe der Geschichte.« Young sah Donner mit jenem geheimnisvoll wissenden Lächeln an und sagte leise: »Einige Monate nach der Katastrophe hat Brewsters Schwester mit ihrem Mann eine Europareise gemacht und auf einem Bahnsteig in Southampton ihren Bruder gesehen. Sie hat nach ihrer Rückkehr mehrfach von dieser Begegnung berichtet. Auch davon, daß ihr Bruder schnell in der Menge verschwunden ist, als sie auf ihn zuging und ihn anredete.«

»Es könnte eine Verwechslung gewesen sein.«

»Eine Schwester, die sich ihrem Bruder betreffend irrt? Das glaube ich kaum. Mir scheint, Joshua Brewster wollte nicht erkannt werden.«

»Also ist nach Ihrer Meinung dieses ganze Grubenunglück nur ein Täuschungsmanöver gewesen?«

»Das ist meine Theorie«, bestätigte Young. »Natürlich läßt sich das nicht beweisen. Ich hatte jedoch immer die seltsame Ahnung, daß die Société des Mines de Lorraine dahintersteckte.«

»Wer ist denn das?«

»Sie waren und sind immer noch, was Krupp für Deutschland und Anaconda für die Vereinigten Staaten sind.«

»Und was hat die französische Industriefirma mit unserer Affäre zu tun?«

»Die Société des Mines de Lorraine hat seinerzeit Joshua Hays Brewster als Chefingenieur für Planung und Entwicklung neuer Bergbauprojekte eingestellt. Dieses Industrieunternehmen verfügte über genug Kapital, um auch dieses Täuschungsmanöver mit dem Grubenunglück zu finanzieren und neun Männer einfach vom Erdboden verschwinden zu lassen.«

»Aber warum?« fragte Donner. »Wo ist das Motiv zu suchen?«

Young lächelte wieder, aber diesmal eher hilflos. »Das weiß ich nicht, Mr. Donner«, sagte er leise. »Aber ich könnte mir vorstellen, daß Sie eines Tages mehr darüber erfahren. Wenn Sie so beharrlich weiterforschen wie bisher.«

Donner nickte nur stumm. Der ihm gegenübersitzende Mann hatte ihm möglicherweise einen wichtigen Hinweis gegeben. Aber das Geheimnis des rotbärtigen Toten im Minenschacht des Bednaja-Gebirges war damit noch längst nicht gelöst.

15

Nach der Ankunft im Los Angeles International Airport mietete Seagram bei Hertz eine Lincoln-Limousine und bog vom Century Boulevard aus nach einigen Häuserblocks auf den nach Süden führenden San Diego Freeway ab. Es war ein wolkenloser Tag fast ohne Smog. Sogar die Sierra Madre

Mountains waren nur leicht verhüllt.

Nach etwa einer Stunde erreichte Seagram die Abzweigung zu der Seniorensiedlung Leisure World. Ein Idyll, das seinem Namen entsprach: Golfplätze, Swimming-pools, Stallungen und gepflegte Rasenflächen und Parkanlagen, in denen einige sonnengebräunte ältere Leute zu Fuß oder auf Fahrrädern den schönen Tag genossen.

Am Haupttor hielt Seagram an, und ein ältlicher Wachtposten in Uniform beschrieb ihm den Weg zur Calle Aragon. 261-B war ein malerisches kleines Zweifamilienhaus am Hügelhang mit Blick auf einen Park. Seagram durchquerte einen kleinen Vorhof mit Rosenbüschen und drückte auf den Klingelknopf. Als die Tür geöffnet wurde, wichen Seagrams Befürchtungen einer spürbaren Erleichterung: Adeline Hobart wirkte durchaus nicht senil.

»Mr. Seagram?« Die Stimme klang hell und fröhlich.

»Ja. Ich nehme an, Sie sind Mrs. Hobart?«

»Kommen Sie bitte herein.« Ihr Händedruck war so kräftig wie der eines Mannes. »Du meine Güte, seit über siebzig Jahren hat mich keiner mehr mit diesem Namen angeredet. Als Sie mich wegen Jake anriefen, war ich so überrascht, daß ich beinahe vergessen hätte, mein Geritol einzunehmen.«

Adeline war stämmig, bewegte sich jedoch trotz ihres Übergewichts erstaunlich graziös. Ihre Augen schimmerten in jugendlicher Frische, und sie wirkte dadurch geradezu wie das Bilderbuchideal einer reizenden, weißhaarigen alten Dame.

»Bei Ihnen habe ich nicht den Eindruck, daß sie Geritol brauchen«, sagte Seagram.

Sie lächelte. »Falls das eine Schmeichelei sein soll, nehme ich sie dankend an.« In dem geschmackvoll eingerichteten Wohnzimmer nötigte sie ihn in einen Sessel. »Setzen Sie sich doch. Sie bleiben zum Mittagessen, nicht wahr?«

»Sehr gern, wenn es Ihnen keine Mühe macht.«

»Natürlich nicht. Bert ist beim Golfspielen, und ich freue mich über einen Mittagsgast.«

Seagram schaute hoch. »Bert?«

»Mein Mann.«

»Aber ich dachte – «

»Ich sei immer noch Jake Hobarts Witwe«, ergänzte sie mit einem unschuldigen Lächeln. »Tatsächlich habe ich aber vor zweiundsechzig Jahren Bertram Austin geheiratet.«

»Weiß die Armee das?«

»Ja, natürlich. Ich habe gleich damals dem Kriegsministerium meine neue Eheschließung mehrmals gemeldet, aber sie schickten mir immer nur höflich nichtssagende Antworten und überwiesen weiterhin die Pensionsschecks.«

»Obwohl Sie wieder geheiratet hatten?«

Adeline zuckte mit den Schultern. »Ich hatte meine Pflicht der Regierung gegenüber erfüllt. Wenn man darauf bestand, mir weiterhin eine Pension zu zahlen: warum sollte ich mich dagegen wehren?«

»Auf alle Fälle ein nettes zusätzliches Taschengeld.«

Sie nickte. »Das ist richtig, besonders wenn man die zehntausend Dollar mitrechnet, die ich nach Jakes Tod bekam.«

Seagram beugte sich unwillkürlich vor, und sein Blick verengte sich. »Die Armee hat Ihnen eine Art Versicherungssumme von zehntausend Dollar gezahlt? War das nicht ziemlich viel für 1912?«

»Mich hat das damals noch viel mehr überrascht als Sie jetzt«, gestand Adeline. »Ja, zu jener Zeit war das ein kleines Vermögen.«

»Hat man die Zahlung irgendwie erklärt?«

»Der Scheck enthielt lediglich den Hinweis ›Witwenzahlung‹ und war auf mich ausgestellt. Weiter nichts.«

»Macht es Ihnen etwas aus, mir alles von Anfang an zu berichten?«

»Durchaus nicht«, sagte sie. »Ich habe Jake in jenem schrecklichen Winter des Jahres 1910 in Leadville, Colorado, kennengelernt. Mein Vater war auf Geschäftsreise und hatte meine Mutter und mich mitgenommen, damit wir gemeinsam Weihnachten feiern konnten. Der schwerste Schneesturm seit vierzig Jahren hielt uns praktisch vierzehn Tage im Hotel gefangen. Damals war ich sechzehn Jahre alt. Jake hat mich im Sturm erobert, wie man so schön sagt. Er war ein Riese von einem Mann, mit rotem Haar und rotem Bart. Ich fand seine Vitalität und Fröhlichkeit unwiderstehlich. Meine Eltern waren natürlich nicht begeistert darüber, daß ich einen mehr als zwanzig Jahre älteren Mann heiraten wollte. Aber Jake konnte auch sie überreden.«

»Sie waren offenbar nicht lange verheiratet?«

»Knapp ein Jahr nach unserer Hochzeit habe ich ihn das letztemal gesehen.«

»Bevor er mit den anderen in der Little Angel Mine verschüttet wurde.« Es war keine Frage, sondern eine Feststellung.

»So ist es gewesen«, bestätigte sie und wich Seagrams forschendem Blick aus. »Jetzt werde ich uns schnell etwas zu essen machen – «

»Einen Augenblick.« Er sah die Unsicherheit in ihrem Blick, als sie sich wieder in den Sessel sinken ließ, und wußte, daß er auf der richtigen Fährte war.

»Sie haben von Jake noch nach dem Grubenunglück gehört, nicht wahr?«

Sie schien noch tiefer im Sessel zu versinken. »Ich weiß nicht, wie Sie darauf kommen.«

»Doch, das wissen Sie«, widersprach er sanft. »Es steckt da noch mehr dahinter, viel mehr. Wollen Sie es mir nicht verraten, Mrs. Austin?«

»Man hat mich zur Geheimhaltung verpflichtet«, sagte sie gepreßt. »Sie arbeiten selbst für die Regierung, Mr. Seagram, Sie wissen also, was Geheimhaltung bedeutet.«

»Wer hat Sie dazu verpflichtet? Jake?«

Sie schüttelte den Kopf.

»Wer dann?«

»Bitte, machen Sie es mir nicht so schwer«, flehte sie. »Ich darf Ihnen einfach nichts sagen.«

Seagram überlegte einen Moment. »Darf ich Ihr Telefon benutzen, Mrs. Austin?«

»Ja, natürlich. Der nächste Apparat ist in der Küche.«

Es dauerte sieben Minuten, ehe Seagram die vertraute Stimme hörte. Er schilderte schnell und präzis die Lage und trug seine Bitte vor. Dann wandte er sich ins Wohnzimmer zurück. »Mrs. Austin. Könnten Sie einen Moment herkommen?«

Sie betrat zögernd die Küche.

Er reichte ihr den Hörer. »Jemand möchte mit Ihnen sprechen.«

Sie nahm vorsichtig den Hörer und meldete sich. Als sie die Stimme am anderen Ende der Leitung hörte, spiegelten sich zuerst Erstaunen und Verwirrung und dann eine Art von freudiger Erregung in ihrem Gesicht wider. Sie nickte nur immer wieder zustimmend, als stände der Gesprächspartner direkt vor ihr.

Am Ende des recht einseitigen Gesprächs konnte sie nur noch stammeln: »Jawohl, Sir ... das ... ich werde das tun... danke ... «

Sie legte den Hörer auf die Gabel und stand wie in tranceartiger Benommenheit da. »War ... war das wirklich der Präsident der Vereinigten Staaten?«

»Ja. Sie können es sich bestätigen lassen, wenn Sie wollen. Rufen Sie das Weiße Haus an und lassen Sie sich mit Gregg Collins verbinden. Er ist der Hauptassistent des Präsidenten und hat mein Gespräch weitergeleitet.«

»Nie im Leben hätte ich mir träumen lassen, daß der Präsident mich einmal um einen Gefallen bitten würde.« Sie schüttelte verwirrt den Kopf. »Es kommt mir immer noch ganz unwirklich vor.«

»Aber es ist eine Tatsache, Mrs. Austin. Sie wissen nun, worum es geht.« Er nahm ihren Arm und führte sie zu ihrem Sessel im Wohnzimmer zurück. »Erzählen Sie mir jetzt, welche Verbindung zwischen Jake und Joshua Hays Brewster bestanden hat.«

»Jake war Sprengstoffspezialist«, begann Mrs. Austin zu erklären, und beim Sprechen gewann sie ihre Fassung und ihre ungezwungene Altersfröhlichkeit zurück. »Er war einer der besten Sprengmeister seiner Zeit, und da Mr. Brewster immer nur mit den tüchtigsten Leuten zusammenarbeitete, zog er Jake oft hinzu, wenn es um schwierige Sprengungen ging.«

»Wußte Brewster, daß Jake verheiratet war?«

»Merkwürdig, daß Sie diese Frage stellen. Unser kleines Haus in Boulder stand abseits vom Minencamp. Jake wollte nämlich verheimlichen, daß er verheiratet war. Er behauptete, ein Mineningenieur würde nie einen verheirateten Sprengmeister einstellen. So kam es, daß Brewster seinerzeit Jake mit den Sprengungen in der Little Angel Mine beauftragte. Aber was die Zeitungen damals berichtet haben, stimmt nicht: Weder Jake noch einer der anderen acht Männer haben die Mine am Unglückstag betreten.«

Seagram hielt den Atem an und sagte dann fast im Flüsterton:

»Also war das Unglück tatsächlich ein Betrugsmanöver.«

Sie sah ihn forschend an. »Sie . . . Sie wußten das?«

»Wir vermuten es, haben aber keine Beweise.«

»Die kann ich Ihnen beschaffen, Mr. Seagram.« Sie stand auf und ging aus dem Zimmer. Kurze Zeit später kehrte sie mit einem alten Briefpapierkarton zurück.

»Am Tage bevor er die Sprengung in der Little Angel Mine durchführen sollte, fuhr Jake mit mir nach Denver, und wir machten einen Einkaufsbummel«, berichtete Mrs. Austin, nachdem sie sich wieder hingesetzt und den Karton geöffnet hatte. »Er kaufte mir hübsche Kleider und einige Schmuckstücke, und wir verbrachten unsere letzte gemeinsame Nacht in der Flitterwochen-Suite des Brown Palace Hotel. Kennen Sie es?«

»Ein Freund von mir wohnt gerade dort.«

»Am nächsten Morgen erklärte er mir, ich sollte nicht erschrecken, wenn ich von einem Grubenunglück und seinem Tod hörte. Das wäre nur ein Täuschungsmanöver, und in

Wirklichkeit würde er nur mehrere Monate unterwegs sein, um irgendwo in Rußland einen Auftrag auszuführen. Nach seiner Rückkehr würden wir sehr reich sein. Dann erwähnte er noch etwas, das ich nie verstanden habe.«

»Was war das?«

»Er sagte, die Franzosen arrangierten das alles, und später würden wir in Paris leben.« Ein Schatten von Melancholie huschte über ihr Gesicht. »Als er abgereist war, fand ich in meiner Handtasche einen Zettel.« Sie zögerte und errötete tatsächlich wie eine junge Frau, als sie fortfuhr: »Es standen nur die drei uralten Worte *ich liebe dich* darauf. Aber angeheftet war ein Umschlag mit fünftausend Dollar.«

»Ahnten Sie, woher das Geld stammen könnte?«

»Nein. Damals hatten wir nicht mehr als dreihundert Dollar auf unserem Bankkonto.«

»Und haben Sie später noch von ihm gehört?«

»Ja.« Sie reichte Seagram eine Ansichtskarte mit dem Farbfoto des Eiffelturms. »Diese Karte erreichte mich etwa einen Monat später.«

Meine liebe Ad, das Wetter hier ist regnerisch und das Bier schlecht. Mir geht's gut und den anderen Jungens auch. Mach dir keine Sorgen. Du weißt ja Bescheid.

Es war die klobige Handschrift eines Mannes der Tat und nicht der Feder. Der Poststempel zeigte deutlich den Aufdruck: Paris, 1. Dezember 1911.

»Eine Woche später folgte eine zweite Karte«, sagte Mrs. Austin und gab sie ihm. Abgebildet war die Kirche Sacré-Cœur in Paris, aber der Poststempel gab Le Havre als Absendeort an.

Meine liebe Ad, wir sind auf dem Weg in die Arktis. Dies wird für einige Zeit meine letzte Nachricht sein. Sei tapfer. Die Franzosen behandeln uns anständig. Gutes Essen, gutes Schiff.

»Sind Sie sicher, daß es Jakes Handschrift ist?« fragte Seagram.
»Ganz und gar. Ich habe andere Papiere und alte Briefe von Jake. Sie können die Handschriften vergleichen, wenn Sie wollen.«
»Wenn Sie Ihrer Sache so sicher sind, wird das nicht nötig sein.« Er blickte auf eine weitere Karte in ihrer Hand. »Sie haben da noch etwas?«
Sie nickte. »Die dritte und letzte Nachricht. Jake scheint sich in Paris mit Ansichtskarten eingedeckt zu haben. Hier ist die Sainte-Chapelle abgebildet, aber abgeschickt wurde die Karte in Schottland, und zwar am 4. April 1912 aus Aberdeen.«

Meine liebe Ad, dies ist ein schrecklicher Ort. Die Kälte ist furchtbar. Wir wissen nicht, ob wir überleben werden. Aber für dich wird in jedem Fall gesorgt werden. Gott segne dich. Jake.

Darüber stand in einer anderen Handschrift zu lesen:

Liebe Mrs. Hobart. Wir haben Jake in einem Sturm verloren. Wir hielten für ihn einen christlichen Gottesdienst ab. Es tut uns leid. V. H.

Seagram zog die Namensliste aus der Tasche, die Donner ihm telefonisch durchgegeben hatte.
»V. H. muß Vernon Hall gewesen sein«, sagte er.
»Ja, Vern und Jake waren befreundet.«
»Was geschah dann? Wer verpflichtete Sie zur Geheimhaltung?«
»Etwa zwei Monate später, ich glaube, es war Anfang Juni, da besuchte mich ein Oberst Patman oder Patmore – ich kann mich nicht mehr genau erinnern – in meinem Haus in Boulder. Er erklärte mir, er sei unbedingt notwendig, nie zu verraten, daß ich nach dem Unglück in der Little Angel Mine noch je etwas von Jake gehört hätte.«

»Nannte er einen Grund für diese Geheimhaltung?«
Sie schüttelte den Kopf. »Nein, er sagte lediglich, das Stillschweigen liege im Interesse der Regierung, und dann überreichte er mir den Scheck von zehntausend Dollar und ging.«
Seagram verbarg seine Zufriedenheit hinter einem Pokergesicht. So seltsam es war: diese dreiundneunzigjährige Frau hatte ihn dem Versteck eines Edelerzschatzes von Milliardenwert nähergebracht.

16

Die Glut des Sonnenuntergangs verblaßte am westlichen Horizont, als Donnergrollen in der Ferne ein heranziehendes Gewitter ankündigte. Nach der Wärme des Tages genoß Seagram auf der Terrasse des Balboa Bay Clubs die Seebrise, während er an seinem Kognak nippte. Er hatte sein Abendessen schon hinter sich und beobachtete jetzt das Naturschauspiel des Gewitters über dem Meer.
Blitze zuckten aus dunklen Wolkenbänken herab, und hin und wieder fegte eine heftige Windböe über die Terrasse. Die anderen Gäste waren fluchtartig in den Speisesaal übersiedelt, und Seagram erschrak unwillkürlich, als er im Licht eines Blitzstrahls sekundenlang deutlich einen Mann neben seinem Tisch stehen sah. Der Fremde war groß, hatte schwarzes Haar und ein markantes Gesicht. Nach der blendenden Helligkeit schien die Dunkelheit den Fremden wieder zu verschlingen.
Doch in das verklingende Grollen des Donners hinein fragte eine Stimme: »Sind Sie Gene Seagram?«
Seagram wartete, bis seine Augen sich an die Dunkelheit nach der jähen Helle des Blitzes gewöhnt hatten, ehe er zustimmend antwortete.
»Ich glaube, Sie wollten Verbindung mit mir aufnehmen«, sagte der Fremde.
»Da wissen Sie im Moment mehr als ich.«

»Entschuldigung. Ich bin Dirk Pitt.«

Ein Blitzstrahl erhellte wieder Dirk Pitts Gesicht. Diesmal lächelte er, und das ermutigte Seagram zu der spöttischen Bemerkung: »Nach allem, was ich von Ihnen gehört habe, Mr. Pitt, scheinen Sie dramatische Auftritte zu lieben. Haben Sie diesen Gewittersturm etwa auch inszeniert?«

»Ebensowenig wie den Schneesturm auf Nowaja Semlja, auf den Sie sich sicherlich beziehen«, antwortete Pitt mit gutmütig klingendem Lachen.

Seagram deutete auf einen leeren Stuhl. »Wollen Sie sich nicht setzen?«

»Vielen Dank.«

»Ich würde Ihnen einen Drink anbieten, aber mein Kellner fürchtet sich offenbar vor dem Gewitter.«

»Das Schlimmste ist schon vorbei«, sagte Pitt mit einem Blick zum Himmel.

»Wie haben Sie mich gefunden?«

»Nach der üblichen Methode aller Ermittler«, antwortete Pitt. »Von Ihrer Frau in Washington erfuhr ich telefonisch, daß Sie in Leisure World sind. Der Torposten dort verriet mir, wen Sie besuchen wollten. Nun brauchte ich nur noch Mrs. Austin zu interviewen, um zu erfahren, daß sie Ihnen den Balboa Bay Club zur Übernachtung empfohlen hatte.«

»Sie waren hier in der Nähe?«

»Nur ein paar Meilen entfernt. Dort mache ich zu dieser Jahreszeit immer Kurzurlaub, weil die Brandung zum Surfing so gut ist. Meine Eltern haben jenseits der Bucht ein Haus. Ich hätte schon eher Verbindung mit Ihnen aufnehmen können, aber Admiral Sandecker sagte, es sei nicht so eilig.«

»Sie kennen den Admiral?«

»Ich arbeite für ihn.«

»Also für NUMA?«

»Ja. Ich bin der Sonderaufgaben-Leiter des Amts.«

»Ihr Name kam mir irgendwie bekannt vor. Meine Frau hat ihn erwähnt.«

»Dana?«

»Ja. Haben Sie schon mit ihr gearbeitet?«

»Nur einmal. Ich habe Nachschub zur Pitcairn-Insel geflogen, als sie dort im vorigen Sommer mit ihrem Archäologenteam von NUMA nach Überresten von der *Bounty* tauchte.«

Seagram runzelte die Stirn. »Admiral Sandecker hat also eine Kontaktaufnahme zwischen uns beiden nicht für eilig gehalten.«

Pitt lächelte in die Dunkelheit hinein. »Mit Ihrem Anruf mitten in der Nacht haben Sie ihn vermutlich nicht gerade freundlich gestimmt.«

Das Donnergrollen und die Blitze wurden schwächer. Das Gewitter zog ab, ohne abkühlenden Regen gebracht zu haben.

»Das mag sein«, bestätigte Seagram. »Jedenfalls sind Sie jetzt da und könnten mir mehr über die Geschehnisse auf Nowaja Semlja berichten.«

»Da gibt es nicht viel zu berichten«, sagte Pitt gelassen. »Ich hatte den Auftrag, den von Ihnen losgeschickten Mann aufzulesen. Als er nicht planmäßig auftauchte, lieh ich mir den Hubschrauber des Schiffs und machte einen Erkundungsflug zu der russischen Insel. Natürlich tief und langsam, um nicht auf russischen Radarschirmen zu erscheinen.«

»Und auf der Insel?«

»Ich flog die Küste entlang, bis ich Koplins in einer kleinen Bucht vor Anker liegendes Boot sichtete. Dort landete ich auf einer geeigneten Fläche am Strand und machte mich auf die Suche nach ihm. Im Schneesturm eine ziemlich schwierige Sache, aber das Hundegebell und die Schüsse leiteten mich.«

»Und war es wirklich nötig, den russischen Soldaten und den Hund zu erschießen?«

In Dirk Pitts Stimme kam ein sarkastischer Klang, als er antwortete: »Ich weiß wenig von Ihrem Projekt, Mr. Seagram, und Sie scheinen nicht zu wissen, daß man unter bestimmten Voraussetzungen gewisse – sagen wir einmal – schmutzige Arbeiten verrichten muß.«

Angesichts der Selbstsicherheit und persönlichen Ausstrahlung dieses Mannes fühlte Seagram sich in die Verteidigung gedrängt und reagierte aggressiv, wie es sonst nicht seine Art war. »Sie haben sehr selbstherrlich gehandelt«, sagte er verärgert. »Abgesehen davon, daß Ihr Verhalten zu einem ernsten Zwischenfall in den internationalen Beziehungen hätte führen können, haben Sie auch noch kaltblütig einen Menschen und einen Hund erschossen. Eigentlich sollten Sie wissen, daß gerade solche Übergriffe von Sonderkommandos unsere Nation und ihre Geheimdienste in Verruf gebracht haben.«

Pitt stand langsam auf und beugte sich über den Tisch, bis der Blick seiner hellen Augen wie mit hypnotischer Kraft in Seagrams Augen zu dringen schien. »Sie tun mir unrecht«, sagte er mit schneidender Kälte. »Die besten Einzelheiten haben Sie weggelassen. Ich war es, der Ihren Freund Koplin einen Liter von meinem Blut für die Operation spendete. Ich gab auch den Befehl, an Oslo vorbeizufahren und Kurs auf unseren nächsten Flugstützpunkt zu nehmen. Und ich schwatzte dem Stützpunktkommandeur sein privates Transportflugzeug ab, damit Koplin auf schnellstem Wege in die Staaten geflogen werden konnte.«

»Das mag schon stimmen, aber – «

»Aber ich bin ein kaltblütiger Killer. Das wollten Sie doch sagen, nicht wahr, Mr. Seagram? Ja, ich bekenne mich schuldig. Ich habe nämlich Ihr stümperhaftes Spionageunternehmen in der Arktis nicht zu einer ganz großen Pleite werden lassen. Aber statt das anzuerkennen, machen Sie mir auch noch Vorwürfe. Mr. Seagram, für mich sind Sie ein Dilettant mit gefährlichen Ambitionen. Worauf Sie sich da eingelassen haben, das ist eine Nummer zu groß für Sie. Merken Sie sich das.«

Damit wandte Pitt sich ab und verschwand in der Dunkelheit der Terrasse und des nächtlichen Pazifikstrands.

17

Professor Peter Barschow fuhr sich mit der Hand durch sein graumeliertes Haar und deutete dann mit dem Stiel seiner Meerschaumpfeife über den Schreibtisch auf Prevlov.

»Nein, ganz bestimmt nicht, Hauptmann«, widersprach er energisch. »Der Mann, den ich nach Nowaja Semlja geschickt habe, ist zuverlässig und sicherlich kein Opfer von Halluzinationen.«

»Aber ein Stolleneingang«, sagte Prevlov ungläubig. »Ein unbekanntes, unregistriertes Bergwerk auf russischem Boden? Das hätte ich für unmöglich gehalten.«

»Es ist jedoch eine Tatsache«, sagte Barschow. »Die ersten Hinweise gaben uns Konturaufnahmen aus der Luft. Mein Geologe, der den Mineneingang gefunden hat, hält die ganze Anlage für siebzig bis achtzig Jahre alt.«

»Und Sie sagen, im Leongorod-Institut für Geologie ist das Bergwerk nicht verzeichnet?«

Barschow schüttelte den Kopf. »Alles deutet darauf hin, daß es sich bei dieser Bergwerksanlage um eine Geheimoperation gehandelt hat.«

»Ihre Angaben lassen kaum einen Zweifel daran«, bestätigte Prevlov nachdenklich. »Und haben Sie da auch schon eine bestimmte Theorie?«

»Die Amerikaner könnten Ihre Hände im Spiel gehabt haben«, antwortete Barschow. »Die im Tunnel gefundenen Geräte stammten nämlich aus den Vereinigten Staaten.«

»Das ist kein schlüssiger Beweis«, gab Prevlov zu bedenken. »Die Ausrüstung könnte auch von den Amerikanern gekauft und von einem anderen Interessenten benutzt worden sein.«

Barschow lächelte. »Die Möglichkeit wäre nicht auszuschließen, Hauptmann. Allerdings hat man dort in der Schlafkoje einer unterirdischen Seitenkammer einen Toten gefunden. Die Inschrift auf der Holztafel über seinem Totenbett war auf amerikanische Art verfaßt.«

»Das ist wirklich interessant«, sagte Prevlov gedehnt.

»Ich will Sie jetzt nicht mit den Einzelheiten langweilen«, sagte der Professor. »Morgen früh werden Sie auf Ihrem Schreibtisch einen detaillierten Bericht über die Ermittlungen auf Nowaja Semlja vorfinden. Im übrigen stehen Ihnen meine Leute selbstverständlich für weitere Nachforschungen zur Verfügung.«

»Vielen Dank für Ihre Hilfsbereitschaft, Professor.«

»Das Leongorod-Institut steht der Marine und anderen Kräften unseres Landes immer zur Verfügung.« Barschow stand auf. »Ich nehme an, Sie brauchen mich jetzt nicht mehr.«

»Eine Frage noch: hat Ihr Geologe irgendwelche Spuren von Mineralien gefunden?«

»Nur geringste Mengen von Nickel und Zink und leichte Anzeichen von Radioaktivität aus Uran, Thorium und Byzanium.«

»Mit den beiden letztgenannten Elementen bin ich nicht vertraut.«

»Durch Beschießung mit Neutronen kann Thorium in Atomenergie verwandelt werden«, erklärte Barschow. »Es wird auch zur Herstellung verschiedener Magnesiumverbindungen benutzt.«

»Und Byzanium?«

»Darüber ist sehr wenig bekannt. Bisher sind nicht genügend große Mengen zur Durchführung von Experimenten gefunden worden.« Barschow klopfte seine Pfeife in einem Aschenbecher aus. »Die Franzosen haben sich früher als einzige dafür interessiert.«

Prevlov blickte überrascht hoch. »Die Franzosen?«

»Sie haben geologische Expeditionen auf der Suche nach Byzanium in alle Winkel der Welt geschickt und Millionen von Franc dafür ausgegeben.«

»Ob sie wohl etwas entdeckt haben, was unseren Wissenschaftlern nicht bekannt ist?«

Barschow zuckte mit den Schultern. »In der Wissenschaft ist

nicht immer nur eine Nation führend. Auch eine relativ kleine Macht wie Frankreich könnte da mal einen Vorsprung erzielen.«

»Das ist richtig.« Prevlov nickte seinem Besucher freundlich zu. »Noch einmal vielen Dank, Professor. Ich erwarte also Ihren ausführlichen Bericht.«

18

Vier Häuserblocks vom Marineministerium entfernt saß Leutnant Pavel Marganin auf einer Parkbank und war scheinbar in die Lektüre eines Gedichtbands vertieft. Es war Mittagszeit, und im Park verstreut saßen Büroangestellte im Gras und unter den Bäumen und verzehrten ihr Essen.

Um halb eins setzte sich ein dicker Mann in zerknülltem Anzug ans andere Ende der Bank und wickelte ein Stück Schwarzbrot und einen Becher Kartoffelsuppe aus Zeitungspapier. Mit einem breiten Lächeln wandte er sich Marganin zu.

»Möchten Sie auch ein Stück Brot, Genosse?« fragte er und tippte an seinen Bauch. »Meine Frau gibt mir immer zuviel zu essen. Sie meint nämlich, junge Mädchen haben für fette Männer nichts übrig.«

Marganin verneinte höflich und las scheinbar weiter.

Der Dicke zuckte mit den Schultern und schien ein Stück Brot abzubeißen. Aber sein Mund blieb leer, und die Kaubewegungen waren nur eine Tarnung, als er leise fragte: »Was haben Sie für mich?«

Marganin hob sein Buch ein wenig, um die Lippen zu verdekken. »Prevlov hat ein Verhältnis mit einer schwarzhaarigen Frau, die einen Wagen der amerikanischen Botschaft fährt: Kennzeichen USA – eins – vier – sechs.«

»Wissen Sie das ganz genau?«

»Ich erfinde keine Märchen«, sagte Marganin leise, während er eine Seite umblätterte. »Also werten Sie meine Information sofort aus. Vielleicht gibt uns das die Möglichkeit, auf die wir schon so lange warten.«

»Bis heute abend habe ich die Frau identifiziert.« Der Dicke begann geräuschvoll seine Suppe zu schlürfen. »Noch etwas?«

»Ich brauche Daten des *Projekts Sizilien.*«

»Noch nie was davon gehört.«

»Es ist ein Verteidigungsprojekt, das irgendwie in Verbindung mit dem Nationalen Unterwasser- und Marineamt steht.«

»An solches Material ist schwer heranzukommen.«

»Sie werden es schon schaffen«, sagte Marganin lakonisch.

»Ich versuche es jedenfalls.« Der Dicke schlürfte wieder einen Schluck Suppe. »Es wird etwas länger dauern.«

»Wie lange?«

»Eine Woche.«

»Also dann heute in einer Woche um achtzehn Uhr dreißig bei unserem anderen Treffpunkt.« Marganin klappte sein Buch zu und stand auf.

Der Dicke aß weiter, ohne den davongehenden Marganin zu beachten.

19

Der Sekretär des Präsidenten kam höflich lächelnd hinter seinem Schreibtisch hervor. Er war schlank und jung und hatte ein freundliches Dutzendgesicht.

»Mrs. Seagram, bitte hier entlang.«

Er führte Dana zu einem Privatlift des Weißen Hauses und ließ ihr den Vortritt in die Kabine. Sie wußte nicht, weshalb man sie hierher beordert hatte, und so verbarg sie ihre nervöse Unsicherheit hinter einer Maske von Gleichmut.

Die Lifttüren glitten lautlos auseinander, und sie folgte dem Sekretär den Gang entlang und in eines der Schlafzimmer im zweiten Stock.

»Dort auf dem Kaminsims«, erklärte der Sekretär. »Wir fanden es in einer unbeschrifteten Kiste im Keller. Ein wundervolles Stück Kunsthandwerk. Der Präsident hat es hier heraufbringen lassen, damit es nicht unbeachtet im Keller verrottet.«

Dana betrachtete aufmerksam das Modell des Segelschiffs in dem Glaskasten überm Kamin.

»Der Präsident hofft, Sie könnten vielleicht das Schiff identifizieren«, fuhr der Sekretär fort. »Wie Sie sehen, ist weder am Bug noch auf der Schutzhülle ein Name angegeben.«

Sie war einigermaßen verwirrt, als sie näher an den Kamin trat. Aber was hatte sie eigentlich erwartet? Der Sekretär hatte heute morgen am Telefon nur gesagt: »Der Präsident läßt fragen, ob es Ihnen passen würde, heute gegen vierzehn Uhr ins Weiße Haus zu kommen?«

Ein Aufruhr widersprüchlicher Empfindungen herrschte in ihrem Innern. Sie wußte nicht, ob sie enttäuscht oder erleichtert sein sollte.

»Dem äußeren Anschein nach ein Handelsschiff aus dem frühen achtzehnten Jahrhundert«, sagte sie. »Ich muß mir ein paar Skizzen machen und sie mit alten Aufzeichnungen im Marinearchiv vergleichen.«

»Admiral Sandecker meinte, Sie wären vermutlich die einzige, die das Schiff identifizieren könnte.«

»Admiral Sandecker?«

»Ja, er empfahl Sie dem Präsidenten.« Der Sekretär zog sich zur Tür zurück. »Dort auf dem Nachttisch finden Sie Papier und Bleistift. Ich muß wieder an meinen Schreibtisch. Lassen Sie sich ruhig Zeit.«

»Aber wird der Präsident nicht . . . ?«

»Er spielt heute nachmittag Golf. Wenn Sie fertig sind, nehmen Sie wieder den Lift zum Erdgeschoß hinunter.« Der Sekretär ließ die Tür offen und ging.

Dana schlenderte um das Bett herum und ließ sich auf den Rand sinken. Sie hatte sich für diesen Besuch besonders gut zurechtgemacht und ein jugendlich wirkendes weißes Kleid angezogen.

Enttäuscht? War sie das jetzt? Ein altes Schiffsmodell sollte sie identifizieren. Das war alles, was der Präsident von ihr erwartete.

Mit einem Seufzer, der alles mögliche ausdrücken mochte, stand sie auf und ging ins Bad, um ihr Make-up zu prüfen. Nichts daran auszusetzen. Nur daß keiner da war, der es bewundern konnte.

Sie schlenderte ins Schlafzimmer zurück und bemerkte als erstes, daß die Tür jetzt geschlossen war. Im nächsten Moment sah sie den Präsidenten in Polohemd und Sporthose am Kaminsims lehnen. Sie spürte, daß sie rot wurde, und ärgerte sich gleichzeitig darüber. Und dann wurde sie noch ärgerlicher auf sich selbst, als sie mit vor Erregung bebender Stimme dümmlich fragte: »Sind Sie nicht beim Golfspielen?«

Der Präsident war sonnengebräunt, und er wirkte jetzt noch jugendlicher, als er lächelnd sagte: »Das steht in meinem Terminkalender.«

»Also das mit dem Schiffsmodell . . .«

»Es ist die Brigg *Roanoke* aus Virginia«, sagte er und hob in einer Geste gespielter Reue beide Hände. »Nicht ganz fair von mir, Sie unter einem falschen Vorwand herzubitten. Aber ich habe meine Gründe.« Er mußte wieder lächeln, als er ihre Verwirrung sah. »Übrigens, zu Ihrer Orientierung, Mrs. Seagram. Die *Roanoke* wurde im Jahre 1728 gebaut und lief im Jahre 1743 vor Nova Scotia auf ein Riff. Mein Vater hat das Modell vor vierzig Jahren ohne fremde Hilfe konstruiert.« Er machte eine einladende Geste zu einem der Kaminsessel und setzte sich ihr gegenüber. »Ich wollte privat mit Ihnen sprechen«, sagte er vertraulich, »und das ist im Bürobetrieb dort unten fast unmöglich.« Er zögerte einen Moment und fragte dann etwas rätselhaft: »Sagen Sie, Mrs. Seagram: lieben Sie ihn noch?«

Sie starrte ihn verständnislos an. »Wen?«

»Ihren Mann natürlich.«

»Gene?«

»Ja, Gene«, bestätigte er lächelnd.

»Warum fragen Sie das?«

Er wurde ernst. »Gene ist in ziemlich desolatem Zustand.«

»Er hat viel Arbeit«, sagte sie. »Aber ich habe nicht den Eindruck, daß er einem Nervenzusammenbruch nahe ist.«

»Nicht direkt im klinischen Sinne.« Das Gesicht des Präsidenten wurde noch ernster. »Aber er steht unter starkem Streß, und wenn ihn außer seiner Arbeit auch noch Eheprobleme belasten, dann könnte er durchdrehen. Gerade das darf jedoch nicht passieren. Er arbeitet an einem Projekt, das lebenswichtig für unser Land ist. Ich nehme an, soviel wissen Sie selbst.«

»Ja, ich weiß es«, bestätigte sie mit einem Anflug von Verdruß. »Dieses Geheimprojekt schafft ja den Konfliktstoff in unserer Ehe.«

»Das und ein paar andere Probleme«, sagte er gelassen. »Wie etwa Ihre Weigerung, ein Kind zu bekommen.«

Sie sah ihn erschrocken und überrascht an. »Woher wissen Sie das?«

Der Präsident lächelte undurchsichtig. »Das spielt jetzt keine Rolle. Wichtig ist nur, daß Sie Gene in den nächsten sechzehn Monaten nicht im Stich lassen und ihn so liebevoll wie möglich behandeln.«

Sie sah ihn an und versuchte zu ergründen, was hinter dieser Männerstirn vorging. »Ist es so wichtig?« fragte sie leise.

»Äußerst wichtig«, antwortete er. »Werden Sie mir helfen?«

Sie nickte nur.

»Ich danke Ihnen, Mrs. Seagram«, sagte er mit spürbarer Erleichterung.

Er stand auf, und sie folgte seinem Beispiel. »Es tut mir leid, daß wir nicht über ein angenehmeres Thema plaudern konnten«, sagte er, als er ihren Arm ergriff und sie zur Tür führte. »Die Umgebung würde dazu verlocken.« Und als er ihr mädchenhaftes Erröten sah, fügte er schnell hinzu: »Sicherlich muß ich Ihnen nicht erst sagen, daß Sie eine begehrenswerte Frau sind, Mrs. Seagram. Das wissen Sie bestimmt selbst.«

»Danke, Mr. Präsident«, sagte sie.

Der Beiklang von Enttäuschung in ihrer Stimme war unüberhörbar, und der Präsident lächelte wissend, als er Dana Seagram zum Lift begleitete.

20

Als Dana in der Empfangshalle des Flughafens auf ihn zukam, war Seagram erfreut und überrascht zugleich.

»Wie komme ich zu der Ehre?« fragte er. »Du hast mich seit ewigen Zeiten nicht mehr vom Flughafen abgeholt.«

»Schlechte Angewohnheiten muß man ja nicht immer beibehalten«, sagte sie mit einem zärtlichen Lächeln.

»Das klingt wie ein Versprechen.«

»Ist es auch«, sagte sie und küßte ihn.

Sie warteten auf sein Gepäck und gingen dann zum Parkplatz hinaus. Er überließ ihr das Steuer. Der abendliche Stoßverkehr war vorüber, und sie kamen zügig voran.

»Kennst du Dirk Pitt?« fragte er in die leise plätschernde Unterhaltungsmusik des Autoradios hinein.

»Ja, er führt Spezialaufgaben für Admiral Sandecker durch. Warum fragst du?«

»Ein ziemlich aufgeblasener Bursche, finde ich.«

»Was hast denn du mit ihm zu tun?«

»Er hat in unser Projekt hineingepfuscht«, antwortete Seagram. »Jedenfalls ist das meine Meinung.«

»Ich glaube, da irrst du dich.«

»Warum sagst du das?« fragte er.

»Weil er bei NUMA einen legendär guten Ruf genießt«, antwortete sie.

»Na und?« fragte er kriegerisch. »Muß ich nun vor Ehrfurcht vor ihm in die Knie gehen?«

»Nein, aber ich würde ihm aus dem Wege gehen.«

»Vergiß nicht, daß ich bei dem Präsidenten einen besseren

Stand habe als Admiral Sandecker.«

»Auch einen besseren Stand als Senator George Pitt aus Kalifornien?« fragte sie.

Er sah sie an. »Die beiden sind verwandt?«

»Vater und Sohn.«

Er verfiel in düsteres Schweigen.

Als Dana vor einer Ampel bei Rot halten mußte, neigte sie sich zur Seite und küßte ihn.

»Hat das eine besondere Bedeutung?« fragte er.

»Ja, eine Art Bestechung.«

»Wieviel soll mich das kosten?«

»Ich habe da eine Idee«, sagte sie einschmeichelnd. »Wir könnten uns einen neuen Film ansehen, anschließend Langusten im Old Potomac Inn essen, dann heimfahren, es uns gemütlich machen und – «

»Fahr mich bitte ins Büro«, sagte er abwehrend. »Ich muß noch arbeiten.«

»Bitte, Gene, mach dir das Leben nicht so schwer«, sagte sie beschwörend. »Deine Arbeit hat doch bis morgen Zeit.«

»Nein, leider nicht.«

Sie unterdrückte einen Seufzer und blickte wieder auf die nachtdunkle Straße des ländlichen Virginia hinaus. Der Präsident hatte sie vor eine unlösbare Aufgabe gestellt, so erschien es ihr. Die Kluft zwischen Gene und ihr war sehr tief. Würden sie sie je noch überbrücken können?

21

Seagram musterte den Metallaktenkoffer auf seinem Schreibtisch und blickte dann zu dem Oberst und dem Hauptmann hoch, die ihm gegenüberstanden. »Es liegt da kein Irrtum vor?«

Der Oberst schüttelte den Kopf. »Untersucht und bestätigt vom Direktor des Verteidigungsarchivs, Sir.«

»Das war schnelle Arbeit. Vielen Dank.«

Der Oberst blieb stehen. »Tut mir leid, Sir, aber ich muß diesen Aktenkoffer persönlich ins Verteidigungsministerium zurückbringen.«

»Wer verlangt das?«

»Der Minister selbst«, antwortete der Oberst. »Alles Material mit der Kennzeichnung Kode Fünf Vertraulich muß ständig unter Beobachtung oder Verschluß gehalten werden.«

»Ich verstehe«, sagte Seagram. »Darf ich die Akte allein überprüfen?«

»Jawohl, Sir. Ich werde mit meinem Adjutanten draußen warten. Aber ich muß Sie darum bitten, keinen in Ihr Büro zu lassen, während Sie die Akte lesen.«

Seagram nickte. »In Ordnung, Gentleman, machen Sie es sich im Besucherzimmer bequem. Meine Sekretärin wird Ihnen Kaffee und einen Imbiß servieren.«

Die beiden Offiziere verabschiedeten sich mit einem gemurmelten Dankeswort. Mehrere Sekunden lang blieb Seagram reglos sitzen. Da lag also das Material vor ihm, das fünf Jahre mühsamer und mitunter entmutigender Arbeit rechtfertigen sollte. Aber war es wirklich so? Vielleicht führten die Dokumente in dem Aktenkoffer nur zu einem weiteren Geheimnis oder im schlimmsten Falle in eine Sackgasse. Er schob den Flachschlüssel ins Schloß und klappte den Deckel hoch. In dem schmalen Diplomatenkoffer lagen vier Aktenordner und ein kleines Notizbuch. Die Aktenordner trugen die Aufschriften:

CD5C 7665 1911   Bericht über den wissenschaftlichen und wirtschaftlichen Wert des seltenen Elements Byzanium.

CD5C 7687 1911   Korrespondenz zwischen dem Kriegsminister und Joshua Hays Brewster hinsichtlich des möglichen Erwerbs von Byzanium.

CD5C 7720 1911   Memorandum des Kriegsministers an den Präsidenten betreffs Mittel für den Geheimen Armee-Plan 371-990-R85.

CD5C 8039 1912   Bericht über die abgeschlossenen Ermittlungen der Umstände des Verschwindens
von Joshua Hays Brewster.

Das Notizbuch trug nur den Titel: »Tagebuch von Joshua Hays
Brewster.«

Logischerweise hätte Seagram die Akten zuerst studieren
sollen, aber die menschliche Neugier behielt die Oberhand, und
er schlug das Tagebuch auf und lehnte sich im Sessel zurück.
Vier Stunden später legte er das Tagebuch wieder ordentlich
auf die Aktenstücke und drückte auf einen Knopf seiner
Sprechanlage. Fast sofort schwang eine kleine Tür in der
Seitenwand auf, ein Mann im weißen Technikerkittel trat ein.
»Wie schnell können Sie das alles fotokopieren?«
Der Techniker durchblätterte flüchtig das Tagebuch und die
Aktenordner. »Es wird ungefähr eine dreiviertel Stunde
dauern.«
Seagram nickte. »Gut. Dann machen Sie sich bitte gleich an die
Arbeit. In meinem Besucherzimmer wartet nämlich jemand
auf die Originale.«
Nachdem die Wandtür sich geschlossen hatte, fuhr Seagram
mit einer verstörten Handbewegung über sein Gesicht. Es war
unglaublich, was er da in den letzten paar Stunden erfahren
hatte.
Zu welchen Entsetzlichkeiten Menschen doch fähig sind,
dachte er gequält. Grauenvoll, wirklich grauenvoll.

22

Der Präsident begrüßte Seagram und Donner an der Tür seines
Studios in Camp David.
»Tut mir leid, daß ich Sie um sieben Uhr früh herbitten mußte.
Aber es war die einzige Zeit, die ich noch in meinen Terminplan
quetschen konnte.«

»Macht nichts, Mr. Präsident«, sagte Donner. »Das ist sonst ohnehin meine Zeit für Frühsport und Dauerlauf.«

Der Präsident musterte Donners rundliche Figur. »Hätte ich Ihnen gar nicht zugetraut«, sagte er anerkennend. »Aber kommen Sie jetzt und machen Sie es sich bequem. Ich habe ein leichtes Frühstück bestellt.«

Sie setzten sich auf Sofa und Sessel vor der Fensterwand mit Blick auf die Hügellandschaft von Maryland. Kaffee und Brötchen wurden serviert.

»Gene, ich hoffe, Sie bringen endlich einmal gute Nachrichten. Im *Projekt Sizilien* liegt unsere einzige Hoffnung, dem verrückten Wettrüsten mit den Russen und Chinesen zu entgehen.« Der Präsident lächelte düster. »Seit Beginn der Menschheitsgeschichte ist dieses Wettrüsten der größte Irrsinn. Besonders wenn man bedenkt, daß die Menschen jetzt fähig sind, die Erde innerhalb kürzester Frist völlig unbewohnbar zu machen.« Er winkte ab. »Aber jetzt zu Ihnen. Wie ist der neueste Stand der Dinge?«

Seagram reichte dem Präsidenten die Fotokopie von Brewsters Tagebuch. »Es ist ein Dokument menschlicher Leiden und Verbrechen vom Anfang des 20. Jahrhunderts«, erklärte er. »Lassen Sie mich kurz zusammenfassen, Mr. Präsident. Der erste Eintrag in diesem Tagebuch stammt vom 8. Juli 1910. Zu jener Zeit hatte Joshua Hays Brewster im Taimyr-Gebirge nahe der Nordküste von Sibirien neun Monate lang am Ausbau einer Bleimine gearbeitet. Sein Auftraggeber war die Société des Mines de Lorraine, die ihrerseits für den russischen Zaren arbeitete. Brewster beschreibt, wie sein Schiff auf der Fahrt nach Archangelsk im Nebel die Orientierung verlor und vor der oberen Insel von Nowaja Semlja auf Grund lief. Glücklicherweise hielt das Schiff, und sie wurden etwa einen Monat später von einer russischen Marinefregatte gerettet. Während dieses Zwangsaufenthalts auf der Insel hat Brewster dort nach Erzlagern gesucht. Am achtzehnten Tag stieß er zufällig auf eine seltsame Felsformation im Bednaja-Gebirge. Er nahm

Gesteinsproben mit und erreichte New York schließlich zweiundsechzig Tage nach Verlassen der Taimyr-Mine.«

»Jetzt wissen wir also, wie es zu der Entdeckung von Byzanium
gekommen ist«, sagte der Präsident.

Seagram nickte und fuhr fort: »Brewster hatte die Gesteinsproben dem Direktor der Société des Mines de Lorraine in den
Vereinigten Staaten übergeben und nur ein Stück als Souvenir
zurückbehalten. Später teilte man ihm mit, die Gesteinsproben
seien wertlos. Aber Brewster glaubte das nicht, und er ließ das
ihm verbliebene Stück vom Bergwerksamt in Washington
analysieren.«

»Hatte Brewster seiner französischen Firma mitgeteilt, wo er
das Byzanium gefunden hatte?« fragte der Präsident.

»Nein, er hatte den üblichen Trick aller Erzsucher angewandt
und eine viel weiter südlich liegende Stelle angegeben. Falls er
nämlich wirklich fündig geworden war, konnte er auf diese
Weise einen höheren Gewinnanteil heraushandeln.«

»Verständlich«, sagte der Präsident. »Aber warum haben die
Franzosen seinerzeit im Jahre 1910 die Entdeckung geheimge-
halten?«

»Man hatte in Paris sofort erkannt, daß man da auf ein neues
Element gestoßen war, das Ähnlichkeiten mit Radium hatte«,
erklärte Seagram. »Und da die Herstellung von einem Gramm
Radium fünfzigtausend Dollar kostet, sah die französische
Regierung eine Möglichkeit, das einzige bekannte Lager eines
phantastisch wertvollen Elements abzubauen. Eine Unze Byzanium war nämlich 1910 bereits eine Million vierhunderttau-
send Dollar wert.«

Der Präsident stand auf und trat ans Fenster. »Was tat Brewster
als nächstes?«

»Er gab seine Information ans Kriegsministerium weiter«,
antwortete Seagram, während er das Aktenstück mit dem
Geheimen Armee-Plan 371-990-R85 aufschlug. »Damals gab
es ja auch schon einen Geheimdienst der Armee, und als die
verantwortlichen Männer dort erkannten, was Brewster ent-

deckt hatte, da planten sie das größte Täuschungsmanöver des Jahrhunderts. Sie brachten Brewster dazu, der Société des Mines zu verstehen zu geben, er habe sehr wohl den Wert der Erzproben erkannt und wolle eine eigene Firma zum Abbau des Byzaniums bilden. Inzwischen wußten die Franzosen bereits, daß Brewster sie mit einer falschen Ortsangabe getäuscht hatte. Ohne ihn kamen sie nicht an das Byzanium heran. Also blieb ihnen keine andere Wahl, als ihn zum Chefingenieur zu ernennen und am Gewinn zu beteiligen.«

»Warum konnte unsere eigene Regierung diesen Erzabbau nicht finanzieren?« fragte der Präsident. »Warum hat man den Franzosen den Vortritt gelassen?«

»Dafür gibt es zwei Gründe«, erklärte Seagram. »Das Byzanium lag auf fremdem Boden und mußte daher geheim abgebaut werden. Falls die Bergleute von den Russen erwischt wurden, dann waren die Franzosen und nicht die Amerikaner die Sündenböcke. Und zweitens bewilligte der Kongreß damals der Armee nur äußerst ungern Geldmittel. Es war einfach unmöglich, ein solches Bergwerkunternehmen in der Arktis zu finanzieren.«

»Die Franzosen haben aber vermutlich auch ein Doppelspiel getrieben?«

»Das stimmt, Mr. Präsident«, bestätigte Seagram. »Für Brewster stand fest, daß man ihn und seine Männer ermorden würde, sobald die ersten Erzwagen aus der Mine im Bednaja-Gebirge rollten. Die Franzosen waren es übrigens, die sich den Trick mit dem Unglück in der Little Angel Mine ausgedacht hatten.«

»Sie haben das gut inszeniert«, ergänzte Donner. »Das vorgetäuschte Grubenunglück hätte den bezahlten Killern der Société des Mines die beste Tarnung für die späteren Morde gegeben. Schließlich konnte keiner beschuldigt werden, neun Männer in der Arktis umgebracht zu haben, die schon sechs Monate zuvor einem Grubenunglück in Colorado zum Opfer gefallen waren.«

»Wir können mit Sicherheit annehmen, daß die neun Männer auf Veranlassung der Société des Mines in einem Sonderwagen per Eisenbahn nach New York gebracht worden sind«, fuhr Seagram fort. »Vermutlich werden sie dort unter falschen Namen Passagen auf einem französischen Schiff gebucht haben.«

»Da wäre noch eine Frage zu klären«, sagte der Präsident – »Donner stellt in seinem Bericht fest, daß die auf Nowaja Semlja gefundene Minenausrüstung von der Regierung der USA bestellt worden ist. Das paßt doch logisch nicht ins Gesamtbild.«

»Auch ein Täuschungsmanöver der Franzosen«, antwortete Seagram. »Aus den Büchern der Firma Jensen und Thor geht hervor, daß die Bohrgeräte mit dem Scheck einer Bank in Washington, DC, bezahlt worden sind. Wie sich herausstellte, ging das Konto auf den Namen des französischen Botschafters. Es war lediglich ein weiterer Trick zur Tarnung.«

»Die haben wirklich an alles gedacht, scheint mir.«

Seagram nickte. »Der Plan der Franzosen war gut, aber bei all ihrer Schläue ahnten sie nicht, daß sie selbst hinters Licht geführt wurden.«

»Und nach dem Zwischenaufenthalt in Paris?« fragte der Präsident. »Was geschah dann?«

»Die Männer aus Colorado bestellten über das Verwaltungsbüro der Société ihre Vorräte und trafen die Schlußvorbereitungen für den Erzabbau. Vierzehn Tage später gingen sie in Le Havre an Bord eines Transportschiffs der französischen Marine. Nach zwölf Tagen hatte das Schiff die gefährliche Fahrt durch das Treibeis der Barents-See geschafft und ging bei Nowaja Semlja vor Anker. Nachdem die Männer und die gesamte Ausrüstung an Land waren, setzte Brewster die erste Anweisung des Geheimen Armee-Plans in die Tat um und befahl dem Kapitän des Versorgungsschiffs erst nach fast sieben Monaten, also in der ersten Juniwoche, zur Verladung des Erzes zurückzukommen.«

»Die Bergleute und das Byzanium sollten bei der Rückkehr des Schiffs der Société des Mines längst weg sein, nicht wahr?«

»So war es geplant, und sie schafften es zwei Monate vor dem Schlußtermin«, bestätigte Seagram. »Man kann sich vorstellen, was für eine knochenbrecherische Arbeit der Erzabbau bei Temperaturen um minus 45 Grad Celsius gewesen sein muß. So etwas hatten diese abgehärteten Männer auch in den langen Wintermonaten hoch in den Rocky Mountains nicht erlebt. Jake Hobart starb, als er sich in einem Schneesturm verirrte.«

»Es ist ein Wunder, daß sie nicht alle starben«, sagte der Präsident.

»Sie waren abgehärtete und zähe Bergleute«, erklärte Seagram. »So schafften sie es also, das seltenste Metall der Welt aus dieser Eiswüste zu bergen, ohne entdeckt zu werden.«

»Sie konnten mit dem Byzanium von der Insel entkommen?«

»Ja, Mr. Präsident.« Seagram nickte. »Brewster und seine Männer verwischten alle Spuren des Erzabbaus im Umkreis der Mine und tarnten den Mineneingang. Das Byzanium wurde an Bord eines vom Kriegsministerium hinbeorderten Schiffs weggeschafft, das angeblich eine Polarexpedition durchführte. Das Schiff stand unter dem Kommando eines Leutnant Pratt von der US-Navy.«

»Wieviel Erz haben die Männer abgebaut?«

»Nach Sid Koplins Schätzungen etwa eine halbe Tonne hochgradiges Erz.«

»Wieviel reines Byzanium könnte daraus gewonnen werden?«

»Grob geschätzt etwa fünfzehn Kilo.«

»Mehr als genug, um das *Projekt Sizilien* durchzuführen«, sagte der Präsident.

»Mehr als genug«, bestätigte Donner.

»Und sie schafften es in die Staaten zurück?«

»Nein, Sir. Die Franzosen hatten Verdacht geschöpft. Sie warteten also geduldig, bis die Amerikaner die schwerste und gefährlichste Arbeit vollendet hatten und legten sich dann einige Meilen vor der norwegischen Südküste auf die Lauer.

Bevor Leutnant Pratt von dort aus Kurs auf New York nehmen konnte, wurde er von einem Kutter unbekannter Nationalität angegriffen.«

»Keine Flagge, also auch kein internationaler Skandal«, sagte der Präsident. »Die Franzosen tarnten sich also auch in dieser Hinsicht.«

»Aber sie zogen wieder den kürzeren«, erklärte Seagram lächelnd. »Unser Kriegsministerium hatte auch diese Möglichkeit in Betracht gezogen. »Bevor die Franzosen einen dritten Schuß auf das amerikanische Schiff abfeuern konnten, hatte Leutnant Pratts Mannschaft die Seitenwände eines imitierten Deckhauses heruntergeklappt und schoß aus einer versteckten Fünfzoll-Kanone zurück. Kurz nach Anbruch der Dunkelheit setzte ein Volltreffer im Maschinenraum das französische Schiff in Brand. Aber Pratt hatte bei diesem Seegefecht einen Mann verloren, und vier Schwerverletzte fielen für den weiteren Dienst aus. Kleinere Lecks in den Laderäumen machten außerdem das Schiff schwer manövrierbar. Pratt und Brewster beschlossen, den nächsten Hafen einer befreundeten Nation anzulaufen, die Verwundeten an Land zu schaffen und das Erz von dort aus in die Staaten zu verschiffen. In der Morgendämmerung erreichte das schwer angeschlagene Schiff den Hafen von Aberdeen in Schottland.«

»Warum hat man das Erz nicht einfach auf ein amerikanisches Kriegsschiff geschafft?«

»Dann hätten wir den Erzdiebstahl eventuell offiziell bestätigen müssen und den Franzosen damit die Möglichkeit eröffnet, auf diplomatischem Wege die Rückgabe zu erwirken. Solange der Privatmann Brewster das Erz im Besitz hatte, konnte unsere Regierung sich offiziell distanzieren.«

Der Präsident schüttelte den Kopf. »Brewster muß schon eine gigantische Persönlichkeit gewesen sein.«

»Seltsamerweise war er von seiner äußeren Statur her recht klein«, sagte Donner. »Nicht größer als ein Meter fünfundfünfzig.«

»Trotzdem ein erstaunlicher Mann, wenn er das alles nur im Interesse unseres Landes getan hat.«

»Leider war es nicht ganz so«, sagte Seagram, und sein Blick verdüsterte sich beim Gedanken an Brewsters entsetzliche Tagebuchenthüllungen. »Brewsters Odyssee war noch nicht zu Ende. Das französische Konsulat in Aberdeen schaltete sich ein, als das Erz im Hafen auf einen Lastwagen geladen werden sollte. In aller Heimlichkeit wollten französische Agenten Brewster und seinen Männern das wertvolle Erz abjagen. Für Brewster wurde jetzt dieser Kampf um das Byzanium mehr und mehr zu einer ganz persönlichen Angelegenheit. Er hatte für das Erz alle möglichen Entbehrungen auf sich genommen, und er wollte sich seine Beute nicht mehr abjagen lassen.«

»Also dachte er auch an persönliche Bereicherung?« fragte der Präsident.

Seagram zuckte mit den Schultern. »Die Motive sind seltsam vermengt. Er wollte seinem Land helfen, aber er wollte dabei auch ein reicher Mann werden. Seine Gefährten wurden bei diesem Kampf mehr und mehr zu Handlangern. Und die Franzosen gaben den Kampf auch nicht auf. Der Erztransport durch England wurde zu einem blutigen Gemetzel um eine riesige Beute. Die Männer aus Colorado sahen sich da einer mächtigen Geheimdienstorganisation gegenüber, die ihre Verluste immer wieder ersetzen konnte. John Caldwell, Alvin Coulter und Thomas Price starben bei einem Überfall auf den Erztransport außerhalb von Glasgow. Charles Widney wurde in Newcastle ein Opfer der französischen Geheimorganisation. Walter Schmidt starb in der Nähe von Stafford und Warner O'Deming in Birmingham. Nur Vernon Hall und Joshua Brewster überlebten und brachten das Erz an den Ocean Dock von Southampton.«

»Am Ende haben also die Franzosen doch gewonnen«, sagte der Präsident mit gepreßter Stimme.

»Nein, Herr Präsident. Die Franzosen konnten das Byzanium trotz all dieser brutalen Anstrengungen nicht in ihren Besitz bringen.« Seagram griff nach Brewsters Tagebuch und blätterte die Schlußseiten auf. »Ich lese Ihnen jetzt die letzte Eintragung vor. Sie ist datiert vom 10. April 1912:

»*Die große Tat hat viel zu schwere Opfer gefordert, und ich selbst bin fast am Ende. Gottlob liegt das wertvolle Erz, das wir diesem erbarmungslosen Eisgebirge entrissen haben, sicher in der Panzerkammer des Schiffs. Nur noch Vernon kann von hier aus über das grauenhafte Abenteuer berichten, denn ich werde in einer Stunde auf dem großen Dampfer der White-Star-Linie nach New York abreisen. Mich tröstet dabei das Bewußtsein, das Erz in Sicherheit zu wissen. Dieses Tagebuch lasse ich in der Obhut von James Rodgers, Konsularassistent der Vereinigten Staaten in Southampton. Falls ich auch noch getötet werden sollte, wird er dafür sorgen, daß das Tagebuch der zuständigen Behörde übergeben wird. Gott schenke den Männern, die vor mir sterben mußten, die ewige Ruhe. Wie sehr sehne ich mich danach, später nach Southby zurückzukehren.*«

Dumpfes Schweigen senkte sich in das Studio. Der Präsident wandte sich vom Fenster ab und ließ sich wieder in seinen Sessel sinken. Kurze Zeit verharrte er in stummer Nachdenklichkeit. Dann fragte er: »Kann das bedeuten, daß das Byzanium in den Vereinigten Staaten ist? Besteht die Möglichkeit, daß Brewster . . . ?«

»Ich fürchte, ich muß Sie da enttäuschen, Sir«, sagte Seagram und fuhr sich mit einer nervösen Geste über seine schweißnasse Stirn.

»Erklären Sie mir das«, forderte der Präsident.

Seagram holte tief Atem und sagte dann leise: »Das einzige Schiff der White-Star-Linie, das am 10. April 1912 von Southampton aus in See stach, war die R.M.S. *Titanic*.«

»Die *Titanic*!« rief der Präsident, und als er sich von der ersten Verblüffung erholt hatte, fügte er ruhiger hinzu: »Das würde erklären, warum das Byzanium über all die Jahrzehnte hinweg unauffindbar war.«

»Das Schicksal hat den Männern aus Colorado übel mitge-
spielt«, sagte Donner. »All ihre Opfer waren vergeblich.
Wirklich eine grausige Ironie des Schicksals, daß das Byzanium
schließlich auf jenes Schiff kam, dessen spektakulärer Untergang auch heute noch die Gemüter beschäftigt. Nun liegt das
wertvolle Erz also in der unerreichbaren Tiefe des Ozeans.«

»Unerreichbar?« Ein seltsames Leuchten flammte in den Augen des Präsidenten auf. »Könnte man nicht versuchen . . . ?«

Nach all den Anstrengungen und Enttäuschungen der vergangenen Tage und Wochen spürte Seagram plötzlich das Aufkei-
men einer Hoffnung, die im ersten Moment absurd und
unsinnig erschien, aber immer mehr Realitätswert gewann, je
länger er darüber nachdachte.

Es hielt ihn plötzlich nicht mehr in seinem Sessel. Er sprang
auf, ging hin und her und blieb dann vor dem Präsidenten
stehen. »Sie meinen wirklich, Mr. Präsident, daß wir uns auf
dieses riskante Unternehmen einlassen könnten?«

»Ja«, sagte der Präsident entschlossen. »Bei Gott, wir werden es
versuchen: wir heben die *Titanic*!«

3

Der schwarze Abgrund

September 1987

23

Der Abgrund von tiefschwarzer Finsternis vor der Sichtscheibe schuf einen unheimlich beklemmenden Sog und verdrängte alle Beziehungen zur Realität. Nach Albert Giordinos Schätzung bedurfte es nur weniger Minuten völligen Lichtmangels, um den geistigen und körperlichen Orientierungssinn eines Menschen zu zerstören. Er hatte das Gefühl, außerhalb aller irdischen Dimensionen in eine unendliche schwarze Leere zu stürzen.

Erst als ein Schweißtropfen von seiner linken Braue ins Auge rann und einen ätzenden Schmerz verursachte, konnte er jene gespenstische Empfindung eines Sturzes in die Unendlichkeit abschütteln. Behutsam tastete er über das Armaturenbrett, bis er den richtigen Schalter fand und nach oben schob.

Die Scheinwerfer am Rumpf des Tiefsee-Tauchbootes flammten auf und schnitten eine Lichtbahn in die ewige Nacht. Giordinos Atemzüge wurden ruhiger. Er beugte sich in seinem gepolsterten Pilotensitz vor, bediente einige Hebel am Armaturenbrett und brachte das Tauchboot wieder in Bewegung. Grüne Lichter flammten auf, und die Nadeln der Meßuhren zeigten die richtigen Werte. Alle elektronischen Systeme von *Sappho I* funktionierten einwandfrei.

Giordino schwang seinen Pilotensitz herum und warf einen prüfenden Blick nach hinten. Er war an Bord des neuesten und größten Forschungstauchboots von NUMA, das rein äußerlich einer riesigen Zigarre auf einer schlittschuhartigen Kufe glich. Das Tauchboot diente zur Erforschung des Meeresbodens. Seiner siebenköpfigen Mannschaft standen ozeanographische

Meßgeräte und weitere Ausrüstungen im Gesamtgewicht von zweitausend Kilogramm zur Verfügung. Es konnte bis in eine Tiefe von achttausend Meter tauchen.

Jedenfalls hatten die Konstrukteure das behauptet. Und trotzdem spürte Giordino ein leichtes Unbehagen, obwohl der Tiefenmesser jetzt erst 4200 Meter anzeigte. Denn bei je zehn Meter weiterem Absinken stieg der Druck der Wassermassen um fünfzehn Pfund pro Quadratzoll. Jetzt waren es also etwa sechstausend Pfund pro Quadratzoll, die gegen die dicke Titaniumhülle mit dem roten Anstrich preßten. »Wie wäre es mit einer kleinen Erfrischung?«

Giordino blickte in das ernste Gesicht von Omar Woodson, dem Photographen des Unternehmens.

»Der Schaltkontrolleur hätte schon vor fünf Minuten einen aufmunternden Kaffee gebraucht«, sagte Giordino. »Hat er denn nicht gemerkt, daß die Scheinwerfer ausgefallen sind – und die gesamte Innenbeleuchtung außerdem?«

»Eine unnötige Panne«, sagte Woodson besänftigend. »Ist jetzt alles wieder in Ordnung?«

»Scheint so«, antwortete Giordino. »Ich habe die Heckbatterien entlastet. In den nächsten Stunden werden wir nur den mittleren Stromkreis anzapfen.«

»Ein Glück, daß wir nicht beim Stromausfall gegen einen Felsvorsprung geprallt sind.«

»Nicht gut möglich«, erklärte Giordino. »Seit sechs Stunden hat unser Sonargerät nur winzige Steinbrocken geortet. Der Meeresboden hier scheint völlig eben zu sein.«

Rudi Gunn, der Leiter des Sonderauftrags, kam nach vorn und beugte sich in die Pilotenkanzel. Er war klein und dünn, und seine Hornbrille über der römischen Hakennase gab seinem Gesicht einen eulenhaften Ausdruck. Diese unvorteilhafte Äußerlichkeit wurde mehr als ausgeglichen durch menschliche Freundlichkeit und Wärme. Die gesamte Mannschaft respektierte und verehrte Rudi Gunn.

Ein paar Sekunden lang spähte Gunn durch die Sichtscheibe.

Wie durch einen bläulichen Nebel erkannte er dicht unterhalb der *Sappho I* den rötlichen Schlamm, der die Oberschicht der Bodenablagerung bildete. Eine nur etwa drei Zentimeter lange leuchtend rote Krabbe glitt durch den Scheinwerferstrahl und verschwand wieder in der Dunkelheit.

»Eine ziemlich kahle Unterwasserwüste, scheint mir«, sagte Gunn.

»Und recht kalt«, ergänzte Giordino und deutete auf eine Meßskala. »Dicht über null Grad Celsius.« Seine Hand glitt zu dem großen grünlich schimmernden Bildschirm mitten auf dem Armaturenbrett. »Sonar zeigt auch nichts. Seit mehreren Stunden hat sich die Profillinie nicht bewegt.«

Gunn nahm die Brille ab und rieb sich mit einer müden Geste die Augen. »Okay, Gentlemen, nach einundfünfzig Tagen in dieser schwimmenden Gefängniszelle ist unser Auftrag so gut wie erfüllt. Wir machen noch zehn Stunden weiter, dann tauchen wir auf.« Er warf unwillkürlich einen Blick auf die obere Instrumententafel. »Ist Mutter noch bei uns?«

Giordino nickte. »Sie behütet uns auf Schritt und Tritt.«

Ein Blick auf die bebende Nadel des Meßwertumwandlers zeigte ihm, daß das Mutterschiff die *Sappho I* auf ihrem Sonar ständig unter Kontrolle hatte.

»Nimm Verbindung auf«, sagte Gunn, »und signalisiere an Mutter, daß wir Punkt neun Uhr mit dem Auftauchmanöver beginnen. Das dürfte ausreichen, um uns noch vor Sonnenuntergang an Bord zu holen und die *Sappho* ins Schlepptau zu nehmen.«

»Ich weiß schon fast nicht mehr, wie ein Sonnenuntergang aussieht«, sagte Woodson sehnsüchtig. »Jetzt wird erst einmal Urlaub am Strand gemacht. Ich möchte Sonne tanken und mich satt sehen an all den reizenden Mädchen in Bikinis.«

»Wirklich ein Glück, daß das Ende in Sicht ist«, gestand Giordino. »Noch eine Woche in dieser Metallzigarre, und ich würde anfangen, mich mit den Blumentöpfen zu unterhalten.«

Woodson sah ihn verblüfft an. »Wir haben doch gar keine Blumentöpfe an Bord.«

»Na, da siehst du ja, wie es um mich steht.«

Gunn lächelte. »Alle haben sich ihren Urlaub verdient. Die von uns gesammelten Meßdaten werden den Burschen in den Labors lange Zeit Beschäftigung geben.«

»Eigentlich ein merkwürdiges Unternehmen«, sagte Giordino und deutete auf die vier Männer im Hintergrund des Tauchboots. Ben Drummer war ein schlaksiger Mann aus den Südstaaten mit entsprechendem Dialekt; Rick Spencer, ein kleiner blonder Kalifornier, der ständig durch die Zähne pfiff; Sam Merker, clever und weltoffen wie ein Fernsehkorrespondent, und Henry Munk, ein ruhiger Mann mit schläfrigem Blick, der nur zu gern irgendwo anders als an Bord der *Sappho I* gewesen wäre. »Wir alle hier an Bord sind doch nur Ingenieure und Mechaniker. Keiner von uns hat einen akademischen Grad als Wissenschaftler.«

»Die ersten Astronauten auf dem Mond waren auch keine Intellektuellen«, erklärte Gunn. »Nur Mechaniker und Ingenieure können alle technischen Einrichtungen dieses Tauchboots richtig bedienen und vervollkommnen. Ihr alle habt die Einsatzfähigkeit von *Sappho I* bewiesen. Bei der nächsten Fahrt werden sich die Ozeanographen betätigen. Wir haben jedenfalls fehlerfrei die größte Unterwasserfahrt des Jahrhunderts navigiert.«

»Fehlerfrei?« sagte Giordino. »Und warum muß ich dann dieses wissenschaftliche Wunderwerk fünfhundert Meilen abseits vom geplanten Kurs in Kreisen umherlenken?«

Gunn zuckte mit den Schultern. »Wir müssen uns nach den Befehlen richten.«

Giordino sah ihn scharf an. »Wir sollten jetzt eigentlich unter der Labrador-See sein. Statt dessen befiehlt Admiral Sandecker plötzlich einen Kurswechsel und jagt uns über die Unterwassertiefebenen unterhalb der Großen Neufundlandbänke. Was soll das für einen Sinn haben?«

Gunn lächelte verschleiert. Auch ohne hellseherische Fähigkeiten ahnte er in den folgenden Sekunden des Schweigens, welche Gedanken seine beiden Mitarbeiter beschäftigten. Sie waren wohl wieder – wie er auch – im Geist zweitausend Seemeilen entfernt und drei Monate zurück im Hauptquartier des Nationalen Unterwasser- und Marine-Amts, wo Admiral James Sandecker die spektakulärste Tiefseetauchoperation der Jetztzeit erklärte:

»Glauben Sie mir, ich würde viel darum geben, wenn ich selbst an dem Unternehmen teilnehmen könnte«, hatte Admiral Sandecker behauptet.

In der Rückschau hatte Giordino das Gefühl, der Admiral wollte ihnen damals das Unternehmen schmackhafter machen. Er erinnerte sich noch, wie er lässig zurückgelehnt auf dem Ledersofa gesessen und eine der riesigen Zigarren aus der Kiste auf Sandeckers Schreibtisch geraucht hatte. Alle Blicke waren auf die Wandkarte des Atlantik gerichtet, vor der der Admiral stand.

»Dort ist also die Lorelei-Strömung«, erklärte Sandecker und tippte zum zweitenmal mit dem Zeigestock auf die Wandkarte. »Ihr Ursprung liegt an der Westspitze von Afrika. Die Strömung folgt dem mittelatlantischen Unterwasserkamm nach Norden, biegt zwischen Baffin-Land und Grönland nach Osten und endet in der Labrador-See.«

Giordino sagte: »Ich habe zwar nicht Ozeanographie studiert, Admiral, aber scheint es nicht so, als ob die Lorelei-Strömung in den Golfstrom einfließt?«

»Nein. Der Golfstrom ist eine Oberflächenströmung. Die Lorelei-Strömung ist hingegen der kälteste Tiefseestrom aller Ozeane, etwa viertausend Meter unter dem Meeresspiegel.«

»Dann unterquert die Lorelei-Strömung also den Golfstrom«, sagte Spencer.

»Das kann man annehmen«, bestätigte Sandecker und fuhr dann fort: »Die Ozeane bestehen hauptsächlich aus einer von der Sonne erwärmten und von Winden und Kaltluftströmungen aufgewühlten Oberschicht und einer sehr kalten und sehr dichten Unterschicht. Die beiden Schichten vermischen sich nie.«

»Hört sich sehr düster und abweisend an«, sagte Munk. »Schon die Tatsache, daß irgendein Typ mit Sinn für schwarzen Humor die Strömung nach jener Rheinnymphe benannt hat, die Seemänner an einer Felsklippe ins Verderben lockte, erscheint mir als Warnung, mich nie in diese Tiefe zu wagen.«

Ein grimmiges Lächeln war Sandeckers Reaktion. »Trotzdem werden Sie sich an den ominösen Namen gewöhnen müssen, Gentlemen«, sagte er betont langsam »Denn Sie werden etwa fünfzig Tage in der Tiefe der Lorelei-Strömung verbringen müssen.«

»Wozu das?« fragte Woodson beunruhigt.

»Zur Erforschung der Lorelei-Strömung. Sie werden in einem Tiefsee-Tauchboot fünfhundert Seemeilen nordwestlich von Dakar starten und der Strömung in der Tiefe folgen. Ihre Hauptaufgabe wird jedoch die Erprobung des Tauchboots und seiner Ausrüstung sein. Falls keine Panne einen vorzeitigen Abbruch des Unternehmens notwendig macht, werden Sie gegen Mitte September ungefähr im Zentrum der Labrador-See auftauchen.«

Es folgte eine Debatte über die verschiedenen Aufgabenbereiche der Männer, und dann kehrte Sandecker hinter seinen Schreibtisch zurück und erklärte: »Übermorgen werden Sie in unseren Hafenanlagen bei Key West mit dem Instrumententraining im Tauchboot beginnen. Die Flugzeugfabrik Pelholme hat bereits sorgfältige Probetauchversuche durchgeführt. Sie brauchen sich also nur noch mit den Geräten vertraut zu machen, die Sie bei der Fahrt und den Experimenten bedienen müssen.«

Spencer runzelte die Stirn. »Eine Flugzeugfabrik? Was verstehen denn die Ingenieure und Konstrukteure dort von der Herstellung eines Tiefsee-Tauchboots?«

»Das läßt sich leicht erklären«, sagte Sandecker geduldig. »Die

Firme Pelholme hat ihre Technologie schon vor zehn Jahren von der Luftfahrt auf die See umgestellt. Inzwischen hat man dort bereits vier Unterwasser-Labors und zwei einwandfrei funktionierende Tauchboote für die Marine hergestellt.«

»Hoffentlich funktioniert unser Tauchboot auch so gut«, sagte Merker. »Ein Leck in viertausend Meter Tiefe wäre nämlich äußerst unangenehm für uns alle.«

Sandecker lächelte beruhigend. »Sie brauchen nichts zu befürchten. In die *Sappho I* sind alle nur erdenklichen Sicherheitsvorrichtungen eingebaut worden. Selbst im Falle eines Defekts an irgendeinem Gerät werden Sie ungefährdet wieder auftauchen können.«

Das kann er leicht sagen, dachte Giordino verdrossen. Er ist ja nicht dabei.

24

Henry Munk veränderte seine Lage auf der langen, mit Kunststoff gepolsterten Liege, unterdrückte ein Gähnen und spähte wieder durch die Hecksichtscheibe der *Sappho I*. Die endlose Ausdehnung der Bodenablagerung am Meeresgrund bot einen Anblick von ermüdender Eintönigkeit. Auch die Meßuhren der Instrumententafel über der Liege zeigten fast immer die gleichen Werte. In den langen Stunden, die Henry Munk hier auf seinem Beobachtungsposten im Heck verbracht hatte, waren ihm all diese Meßwerte über Salzgehalt, Temperatur, Schallgeschwindigkeit und Tiefendruck auf einem Magnetband schon bis zum Überdruß vertraut geworden.

Das lähmte Munks Aufmerksamkeit so sehr, daß er beinahe die winzige Bewegung der Magnetometernadel übersehen hätte. Gerade noch rechtzeitig erspähte er das fast unmerkliche Beben des Meßzeigers. Er wandte schnell den Kopf und rief nach vorn in die Pilotenkanzel: »Maschinen stoppen!«

Giordino schaute sich hastig um. Er konnte lediglich Munks

Beine sehen. Sein Oberkörper wurde von den Instrumenten verdeckt. »Was hast du entdeckt?« fragte Giordino.

»Wir sind eben über einen metallischen Gegenstand hinweggeglitten. Stoß zurück, damit ich mir das näher anschauen kann.«

»Wird gemacht«, sagte Giordino und setzte die beiden Außenmotoren mittschiffs am Rumpf mit halber Kraft auf Rückwärtsfahrt. Etwa zehn Sekunden lang schien die *Sappho I* reglos in der mit etwa zwei Knoten Geschwindigkeit fließenden Strömung zu schweben, bis sie sich zögernd rückwärts bewegte. Gunn und die anderen drängten sich um Munks Instrumententunnel.

»Erkennst du etwas?« fragte Gunn.

»Ich kann es noch nicht deutlich sehen«, antwortete Munk. »Aber da scheint etwas aus dem Bodenschlamm ungefähr zehn Meter hinter uns zu ragen. Die Heckscheinwerfer zeigen nur einen vagen Umriß.«

Alle warteten.

Es dauerte eine kleine Ewigkeit, bis Munk endlich sagte: »Okay, jetzt habe ich es deutlich in Sicht.«

Gunn wandte sich an Woodson. »Schalte die beiden Bodenkameras und die dazugehörigen Leuchten an. Wir müssen das filmen.«

Woodson nickte und ging an seine Geräte.

»Kannst du es beschreiben?« fragte Spencer.

»Es sieht wie eine Röhre aus, die aus dem Schlamm emporragt.« Erregung schwang in Munks Stimme mit.

»Eine Röhre?« fragte Gunn skeptisch.

Drummer spähte über Gunns Schulter. »Was für eine Art von Röhre könnte das wohl sein?«

»Woher soll ich das jetzt schon wissen?« antwortete Munk ungeduldig. »Das Ding gleitet jetzt steuerbord unter uns vorbei. Sag Giordino, er soll das Boot an Ort in der Schwebe halten, sobald das Ding unter der Bugsichtscheibe erscheint.«

Gunn ging durch den schmalen Mittelgang nach vorn. »Kannst du unsere Position halten?«

»Ich will es versuchen. Aber die Strömung beginnt uns breitseits zu driften, und ich kann nicht so genau gegensteuern.«

Vorn am Bug legte Gunn sich auf den mit Gummi beschichteten Boden und spähte zusammen mit Merker und Spencer durch eine der vier vorderen Sichtscheiben. Sie sahen den Gegenstand fast gleichzeitig. Es war eine Röhre mit trichterförmigem Rand von etwa zwölf Zentimeter Durchmesser, die da aus dem Bodenschlamm ragte. Überraschenderweise war das Metall zwar stumpf und fleckig, aber offenbar nicht verrostet.

»Ich halte jetzt das Boot in Position«, meldete Giordino. »Aber wie lange, das kann ich nicht garantieren.«

Ohne sich von der Sichtscheibe abzuwenden, winkte Gunn dem Kameramann Woodson zu, der die Gummilinsen der beiden Apparate gerade in Scharfeinstellung auf den Gegenstand am Meeresboden richtete. »Omar?«

»Scharf im Sucher«, meldete Woodson. »Kameras laufen.«

Merker hob den Kopf von seiner Sichtscheibe und sah Gunn an. »Wir könnten das Ding vielleicht mit dem Greifarm packen.« Er mußte seinen Vorschlag wiederholen, ehe der angestrengt in die Tiefe spähende Gunn darauf reagierte. »Ja, das könnten wir versuchen«, sagte Gunn, ohne aufzuschauen.

Merker hakte einen Schaltkasten mit einem anderthalb Meter langen Elektrokabel von der Vorderschott und postierte sich über dem mittleren Sichtfenster. Der Kasten enthielt mehrere Knebelschalter, die rings um einen runden Drehknauf angeordnet waren. Es war das Schaltgerät für den sogenannten Manipulator: einen fast vierhundert Pfund schweren mechanischen Arm, der unter dem Bug von *Sappho I* herausragte.

Merker drückte auf den Schalter, der den Arm in Bewegung setzte. Seine Finger arbeiteten geschickt an dem Schaltkasten, während der Mechanismus summte und der Arm sich zu seiner vollen Länge von über zwei Meter ausstreckte.

»Ich muß noch dreißig Zentimeter nach vorn«, meldete Merker.

»Paß auf«, sagte Giordino. »Die Vorwärtsbewegung könnte uns seitlich abdriften lassen.«

Quälend langsam glitt der röhrenförmige Gegenstand unter der Stahlklaue des Manipulators dahin. Merker senkte die geöffneten Zangenbacken der Stahlklaue über den Rand der Röhre und drehte dann den Schalter, der die Zange schloß. Aber inzwischen hatte die Strömung das Tauchboot erfaßt, und es schwoite breitseits. Die Zangenbacken verfehlten ihr Ziel nur um einen Zoll und klappten leer zusammen.

»Sie bricht nach Backbord aus«, sagte Giordino nervös. »Ich kann die Position nicht halten.«

Merkers Finger glitten schnell über die Schalter. Er mußte mitten in der Bewegung einen zweiten Versuch riskieren. Wenn er das Ding wieder nicht zu fassen bekam, würde es bei der schlechten Sicht sehr schwierig sein, die Röhre wiederzufinden.

Er beugte den Arm des Manipulators bis zum Anschlag zur Seite und drehte die Stahlklaue sechs Grad nach Steuerbord, um die Gegenschwingung der *Sappho* auszugleichen. Die Klaue senkte sich, und die Zangenbacken griffen gleichzeitig zu und packten den Rand der Röhre.

Merker hatte es geschafft.

Jetzt schwenkte er den Greiferarm vorsichtig nach oben und zog die Röhre aus dem Schlamm. Schweißperlen brannten in seinen Augen, aber er behielt sie offen. Wenn er jetzt einen Fehler machte, versank der Gegenstand vielleicht für immer im Bodenschlamm. Mit spürbarem Widerstand gab der breiige Bodensatz die Röhre endlich frei, und Merker hob sie näher an das Sichtfenster.

»Mein Gott«, flüsterte Woodson. »Das ist keine Röhre.«

»Sieht fast wie eine Trompete aus«, sagte Merker.

Gunn schüttelte den Kopf. »Es ist ein altes Kornett. Ich habe so ein Instrument vor langen Jahren in meiner Schülerkapelle geblasen.«

Jetzt erkannten auch die anderen die gebogenen Röhren, die zu den Ventilen und zum Mundstück führten.

»Nach meiner Schätzung ist es ein Messinginstrument«, sagte Merker.

»Deshalb hat Munks Magnetometer auch nur so schwach ausgeschlagen«, ergänzte Giordino. »Das Mundstück und die Ventilkolben sind die einzigen Teile des Instruments, die Eisen enthalten.«

»Wie lange mag das Ding wohl schon hier unten liegen?« fragte Drummer wie in nachdenklichem Selbstgespräch.

»Mich würde mehr interessieren, woher das Instrument stammt«, sagte Merker.

»Offenbar von einem Schiff über Bord geworfen«, sagte Giordino leichthin.

»Könnte sein«, sagte Merker, ohne aufzuschauen. »Aber vielleicht liegt der Besitzer des Instruments hier auch irgendwo.

»Ein grauenhafter Gedanke«, sagte Spencer gepreßt.

Sekundenlang herrschte im Innern der *Sappho I* bedrückendes Schweigen.

25

Das uralte dreimotorige Ford-Flugzeug – in der Geschichte der Luftfahrt unter dem Spitznamen »Blechgans« berühmt geworden – wirkte schlecht lenkbar, aber es legte sich so elegant und majestätisch wie ein Albatros in die Kurve, als es zum Landeanflug auf die Piste des Washington National Airport ansetzte.

Pitt schob die drei Gashebel zurück, und der alte Vogel setzte in einer weichen Musterlandung auf. Die Flughallen von NUMA lagen am Nordende des Flughafens, und als Pitt dorthin rollte, sah er schon von weitem einen Mann abseits von den beiden Mechanikern stehen, die die Wartung der Maschine übernehmen würden. Sobald Pitt die Motoren abgeschaltet und die Kopfhörer abgenommen hatte, öffnete er den Riegel des

Seitenfensters und schaute zu dem Mann hinunter, der dort auf dem Asphalt stand.

»Darf ich an Bord kommen?« rief Gene Seagram.

»Ich komme herunter!« rief Pitt zurück.

»Nein, bitte, bleiben Sie oben.«

Pitt zuckte mit den Schultern und lehnte sich in seinem Pilotensitz zurück. Wenige Sekunden später war Seagram an Bord und hatte die Tür zum Cockpit aufgestoßen. Sein dunkelbrauner Anzug war zerknüllt, und er sah übermüdet aus.

»Wo haben Sie dieses prächtige alte Flugzeug aufgetrieben?« fragte Seagram – offenbar, um am Anfang eine Atmosphäre der Zwanglosigkeit zu schaffen.

»In Keflavik auf Island«, antwortete Pitt höflich. »Ich konnte das Prachtstück zu einem vernünftigen Preis kaufen und in die Staaten schaffen lassen.«

»Wirklich eine Rarität.«

Pitt deutete auf den leeren Copilotensitz. »Wollen Sie sich wirklich hier mit mir unterhalten? In wenigen Minuten wird es glühend heiß in der Kabine sein.«

»Ich werde mich kurz fassen«, sagte Seagram, als er sich in den Sitz sinken ließ, und ohne Pitt anzusehen, fügte er schnell hinzu: »Ich brauche Ihre Hilfe.«

Pitt runzelte die Stirn. »Nach unserem Zusammentreffen vor einiger Zeit hätte ich so etwas nicht erwartet.«

»Unsere privaten Gefühle spielen jetzt keine Rolle. Wichtig ist nur, daß unsere Regierung einen Mann mit Ihren Fähigkeiten dringend braucht.«

»Einen Mann mit meinen Fähigkeiten ... dringend braucht«, wiederholte Pitt ungläubig. »Wollen Sie mich zum besten halten, Seagram?«

»Ich wollte, es wäre nur ein Spaß«, antwortete Seagram seufzend. »Aber Admiral Sandecker hat mir klargemacht, daß Sie als einziger überhaupt fähig wären, diese heikle Aufgabe zu lösen.«

»Welche Aufgabe?«

»Hebung und Bergung der *Titanic*.«

Pitts seltsam meergrüne Augen weiteten sich, als er im Flüsterton fragte: »Die *Titanic* heben? Wissen Sie eigentlich, was für eine Ungeheuerlichkeit Sie da verlangen?«

»Das weiß ich.«

»Es ist unmöglich«, sagte Pitt mit einem harten, ungläubigen Auflachen. »Selbst wenn es technisch durchführbar wäre, dann würden mehrere hundert Millionen Dollar nötig sein... und außerdem die gerichtlichen Auseinandersetzungen mit den ursprünglichen Eigentümern und den Versicherungsgesellschaften wegen der Bergungsrechte.«

»Im Augenblick arbeiten bereits mehr als zweihundert Ingenieure und Wissenschaftler an den technischen Problemen«, erklärte Seagram. »Finanziert wird das Unternehmen aus einem Geheimfond der jregierung. Und über die Rechtslage brauchen Sie sich keine Gedanken zu machen. Nach internationalem Recht kann ein gesunkenes Schiff, für das offenbar keine Rettung möglich ist, von jedem gehoben und geborgen werden, der das Geld und die technische Ausrüstung für die Bergungsoperation zur Verfügung stellt.«

Er sah Pitt fast flehend an.

»Sie haben keine Ahnung, wie wichtig dieses Unternehmen ist, Pitt. Es geht nicht um den Materialwert oder den historischen Wert der *Titanic*. Es liegt da etwas tief in ihren Laderäumen, das für die Sicherheit unserer Nation lebenswichtig ist.«

»Nehmen Sie's mir nicht übel: aber das klingt sehr pathetisch und phantastisch zugleich.«

»Mag sein, daß es so klingt. Doch hinter den großen Worten stehen unwiderlegbare Tatsachen.«

Pitt schüttelte den Kopf. »Es klingt trotzdem unglaublich. Die *Titanic* liegt in etwa viertausend Meter Tiefe. Der Wasserdruck dort unten beträgt mehrere tausend Pfund pro Quadratzoll, Mr. Seagram; nicht etwa pro Quadratfuß oder Quadratmeter, sondern pro Quadratzoll. Die Schwierigkeiten sind ungeheuerlich. Keiner hat je ernsthaft versucht, die *Andrea Doria* oder die

Lusitania zu heben – und die liegen nur etwa neunzig Meter unter der Oberfläche.«

»Wir haben Männer auf den Mond geschickt; da werden wir doch die *Titanic* vom Meeresboden heben können«, argumentierte Seagram.

»Das läßt sich nicht miteinander vergleichen. Es hat ein Jahrzehnt gedauert, eine Kapsel von vier Tonnen zum Mond zu befördern. Fünfundvierzigtausend Tonnen Stahl aus der Meerestiefe zu heben, ist eine ganz andere Aufgabe. Es könnte Monate dauern, das Schiff überhaupt zu finden.«

»Die Suche ist bereits in Gang.«

»Ich habe nichts gehört –«

»Von einem Suchunternehmen?« ergänzte Seagram. »Das wundert mich nicht. Solange eine Geheimhaltung möglich ist, wird nichts an die Öffentlichkeit dringen. Sogar Ihr Assistent für Sondereinsätze, Albert Giordano –«

»Giordino«, verbesserte Pitt.

»Ja, Giordino. Er navigiert im Moment ein Suchboot über den Atlantikgrund, ohne den wahren Zweck des Unternehmens zu ahnen.«

»Aber die Expedition der *Sappho I* soll doch tatsächlich die Lorelei-Strömung in der Tiefe des Ozeans erforschen.«

»Ein günstiger Zufall. Admiral Sandecker konnte das Tauchboot einige Stunden vor dem geplanten Auftauchen in jenes Gebiet beordern, in dem die *Titanic* zuletzt geortet worden ist.«

Pitt beobachtete geistesabwesend den Start einer Linienmaschine von der Hauptpiste. »Warum gerade ich? Was verschafft mir die Ehre, an dem hirnrissigsten Unternehmen des Jahrhunderts teilnehmen zu dürfen?«

»Sie sollen nicht nur teilnehmen, Mr. Pitt. Sie sollen die ganze Bergungsoperation leiten.«

Pitt warf Seagram einen grimmigen Seitenblick zu. »Die Frage ist immer noch offen. Warum ich?«

»Weil NUMA die besten Spezialisten auf dem Gebiet der Ozeanographie in seinem Stab hat, und weil Sie der Leiter von

Sondereinsätzen dieses Amts sind.«

»Langsam dämmert es mir. Ich scheine gerade im falschen Augenblick in einer falschen Position zu sein.«

»Sie können darüber denken, wie Sie wollen«, sagte Seagram müde. »Ich selbst habe jedenfalls festgestellt, daß Sie beachtlich viele schwierige Projekte erfolgreich angepackt haben.« Er zog ein Taschentuch und tupfte über seine Stirn. »Zu Ihren Gunsten spricht auch die Tatsache, daß Sie eine Art Fachmann sind, was die *Titanic* betrifft.«

»Das Sammeln und Studieren von Denkwürdigkeiten über die *Titanic* ist mein Hobby und nichts weiter. Das qualifiziert mich wohl kaum zur Leitung der Bergung dieses Monsterschiffs.«

»Admiral Sandecker ist aber davon überzeugt, daß Sie für Menschenführung und Logistik geniale Fähigkeiten besitzen, Mr. Pitt.« Er sah Pitt unsicher an. »Werden Sie die Aufgabe übernehmen?«

»Nach Ihrer Schätzung kann ich es nicht schaffen, stimmt's, Seagram?«

»Ja, das ist meine Meinung. Aber da für unser eigenes Vorhaben so sehr viel vom Erfolg dieser Bergung abhängt, muß ich meine ganze Hoffnung auf Sie setzen.«

Ein mattes Lächeln zuckte um Pitts Lippen. »Ihr Vertrauen ehrt mich.«

»Also?«

Ein paar Sekunden starrte Pitt gedankenvoll durch die Bugscheibe der Pilotenkanzel aufs Flugfeld. Dann nickte er fast unmerklich und sah Seagram fest an. »Gut, Mr. Seagram, Sie können auf mich rechnen. Aber machen Sie sich erst Hoffnung, wenn das verrostete alte Monstrum in einem Dock von New York verankert liegt. Denn falls wir die *Titanic* überhaupt finden, könnte ihr Rumpf schon so verrottet sein, daß eine Hebung unmöglich ist. Allerdings ist nichts absolut unmöglich. Und obwohl ich nicht weiß, warum die Regierung so großen Wert auf diese Bergung legt, will ich sie jedenfalls versuchen. Darüber hinaus kann ich nichts versprechen.«

Pitt lächelte in der für ihn typischen selbstironischen Art und klomm aus dem Pilotensitz. »Ende der Rede. Verlassen wir jetzt diese Hitzekammer und suchen wir eine hübsche Cocktaillounge mit Klimaanlage, damit Sie mir dort einen Drink spendieren können. Den sind Sie mir mindestens schuldig, nachdem Sie mir den verücktesten Job des Jahres aufgeschwatzt haben.«

Seagram stieß einen hörbaren Seufzer der Erleichterung aus.

26

Zuerst behandelt John Vogel das Kornett wie jede andere Restaurationsaufgabe. Das Instrument hatte keine Besonderheiten, die einen Sammler begeistern konnten. Im Moment konnte es keinen begeistern. Die Ventile waren verrostet und verklemmt; das Messing von einem seltsamen Schmutzüberzug verfärbt; und dem verhärteten Schlamm im Innern der Röhren entströmte ein faulig fischiger Geruch.

Vogel hielt es für unter seiner Würde, sich mit dem Kornett zu beschäftigen. Einer seiner Assistenten konnte die Restaurierung übernehmen. Vogels ganze Liebe galt der Erneuerung exotischer Instrumente. Alte chinesische und römische Trompeten, verbeulte alte Blashörner aus der großen Frühzeit des Jazz: solche Instrumente von historischem Wert behandelte und restaurierte Vogel mit der Geduld und Handwerkskunst eines Uhrmachers, bis sie wieder wie neu glänzten und klar und rein im Ton waren.

Er wickelte das Kornett in ein altes Tuch und legte es in ein Regal an der Seitenwand seines Büros.

Ein diskretes Gongsignal ertönte aus der Sprechanlage auf seinem Schreibtisch.

»Ja, Mary, was gibt es?«

»Admiral James Sandecker vom Nationalen Unterwasser- und Marine-Amt ist am Apparat.« Die Stimme seiner Sekretärin klang kratzig aus dem Kleinlautsprecher. »Er sagt, es sei dringend.«

»Gut, verbinden Sie mich mit ihm.« Vogel hob den Hörer ab und meldete sich.

»Mr. Vogel, hier spricht James Sandecker.«

Daß Sandecker das Gespräch selbst gewählt und nicht mit seinem Titel geprahlt hatte, machte einen guten Eindruck auf Vogel.

»Ja, Admiral, was kann ich für Sie tun?«

»Haben Sie es schon bekommen?«

»Was bekommen?«

»Ein altes Horn.«

»Ach, Sie meinen das Kornett«, sagte Vogel. »Ich habe das Instrument heute morgen ohne jeden Hinweis auf meinem Schreibtisch gefunden und dachte, es sei eine Schenkung für das Museum.«

»Entschuldigen Sie, Mr. Vogel. Ich hätte Sie natürlich informieren sollen, aber es hat zeitlich einfach nicht geklappt. Würden Sie bitte das Instrument begutachten und mir die entsprechenden Daten mitteilen? Als Direktor des Washingtoner Museums Hall of Music scheinen Sie mir am besten dafür geeignet zu sein.«

»Ich werde mein möglichstes versuchen«, sagte Vogel. »Wann brauchen Sie meinen Bericht.«

»So bald wie möglich.«

»Die Beseitigung der Korrosionsschäden ist am schwierigsten«, erklärte Vogel. »Im besten Falle könnte ich Ihnen morgen vormittag schon einige Angaben machen.«

»Vielen Dank, Mr. Vogel«, sagte Sandecker zufrieden.

»Gibt es irgendwelche Hinweise bezüglich des Fundorts, die mir die Identifizierung des Instruments erleichtern könnten?«

»Davon möchte ich lieber nichts erwähnen. Meine Leute möchten, daß Sie unbeeinflußt Ihre Meinung abgeben.«

»Sie wollen meine Ermittlungen mit Ihren vergleichen, stimmt das?«

»Wir wollen eine Bestätigung unserer Hoffnungen und Erwartungen, Mr. Vogel«, antwortete Sandecker ausweichend.

»Wie gesagt: ich werde mein möglichstes versuchen, Admiral.«

»Viel Glück, Mr. Vogel«, sagte Sandecker und hängte ab.

Vogel warf einen ziemlich geringschätzigen Blick auf das eingewickelte Instrument im Regal und drückte auf den Knopf der Sprechanlage. »Mary, ich bin heute für keinen mehr zu sprechen. Und lassen Sie mir eine mittelgroße Pizza mit kanadischem Schinken und zwei Flaschen Burgunder bringen.«

»Wollen Sie sich wieder in Ihrer muffigen alten Werkstatt einschließen?« fragte Marys kratzige Lautsprecherstimme.

»Ja«, bestätigte Vogel seufzend. »Es wird ein langer Tag werden.«

27

Um Punkt acht Uhr wurde John Vogel in Sandeckers Büro im Obergeschoß des zehnstöckigen Hauptquartiers von NUMA geführt.

Vogel sah übernächtigt aus und konnte nur mit Mühe ein Gähnen unterdrücken.

Sandecker trat hinter seinem Schreibtisch hervor, und der untersetzte Mann mußte nach oben blicken, als er seinem Besucher die Hand schüttelte. Er sah in freundliche braune Augen, aber aus dem Atem des anderen wehte ihm eine Alkoholfahne entgegen.

»Freut mich, Sie kennenzulernen«, sagte Sandecker, ohne sich etwas von seiner Entdeckung anmerken zu lassen.

»Das Vergnügen ist ganz meinerseits, Admiral.« Vogel legte ein schwarzes Trompetenetui auf den Teppich. »Tut mir leid, daß ich in so verlottertem Zustand erscheinen muß«, fügte er hinzu und deutete auf seine zerknitterten Hosen, die mit

Flecken von Reinigungs- und Konservierungsmitteln übersät war.

»Ich hatte gleich den Eindruck, daß Sie eine arbeitsreiche Nacht hinter sich haben«, sagte Sandecker mit einem Blick auf die zerzausten grauen Haarbüschel, die die Glatze des über ein Meter neunzig großen Mannes säumten.

»Wenn man seine Arbeit liebt, nimmt man gern hin und wieder Unbequemlichkeiten in Kauf.«

»Das stimmt.« Sandecker nickte dem kleinen Mann zu, der seitlich vom Schreibtisch stand. »Mr. John Vogel, darf ich Ihnen Fregattenkapitän Rudi Gunn vorstellen?«

»Sehr erfreut«, sagte Vogel lächelnd. »Ich bin einer von Millionen Zeitungslesern, die täglich voller Interesse den Fortgang Ihrer Expedition in der Lorelei-Strömung verfolgt haben.«

»Vielen Dank«, sagte Gunn.

Sandecker deutete auf einen weiteren Mann, der auf der Couch saß. »Und das ist mein Sondereinsatzleiter Dirk Pitt.«

Die beiden nickten einander lächelnd zu, bevor Vogel sich in einen Sessel sinken ließ und eine zerschrammte alte Tabakpfeife aus der Tasche zog. »Darf ich rauchen?«

»Aber gern.« Sandecker nahm eine seiner Churchill-Zigarren aus dem klimatisierten Humidor und sagte: »Ich folge Ihrem Beispiel.«

Vogel steckte seine Pfeife an, lehnte sich zurück und sagte: »Eine Frage, Admiral: Ist das Kornett am Boden des Nordatlantik gefunden worden?«

»Ja, dicht südlich der Großen Neufundland-Bänke.« Er sah Vogel verblüfft an. »In der kurzen Zeit haben Sie aber sehr viel herausgefunden.«

»Ich habe das Instrument gereinigt und geprüft und dann bestimmte Erkundigungen eingezogen.«

»Was wissen Sie sonst noch über das Instrument?«

»Eine ganze Menge. Erstens einmal ist es ein erstklassiges Instrument für einen Berufsmusiker.«

»Konnten Sie feststellen, wann und wo es hergestellt worden ist?« fragte Pitt.

»Ja, im Jahre 1911 und vermutlich im Oktober oder November. Und hergestellt wurde es in einer sehr angesehenen und alten britischen Firma namens Boosey-Hawkes.«

Sandecker nickte anerkennend. »Sie sind wirklich ein Fachmann, Mr. Vogel. Wir hätten kaum geglaubt, je den Herkunftsort oder gar den Hersteller des Instruments zu erfahren.«

»Meine Aufgabe war in diesem Falle nicht gar so schwierig«, sagte Vogel bescheiden. »Das Kornett war nämlich ein Geschenkmodell.«

»Ein Geschenkmodell?« fragte Gunn.

»Ja. Metallgegenstände, deren Herstellung besondere handwerkliche Fähigkeiten erfordern, und die zu Geschenkzwecken oder zur Erinnerung an ein ungewöhnliches Ereignis bestimmt sind, erhalten oft eine entsprechende Gravierung.«

»Eine übliche Praxis bei Büchsenmachern«, kommentierte Pitt.

»Und auch bei Erzeugern wertvoller Musikinstrumente. In diesem Falle wurde das Kornett einem Angestellten von seiner Firma in Anerkennung seiner Dienste geschenkt. Das Datum, die Namen des Herstellers, des Angestellten und seiner Firma sind im Trichter des Kornetts sorgfältig eingraviert.« Vogel beugte sich hinab, öffnete das Etui und nahm das Kornett heraus. »Sie können sehen, was ich aus diesem alten Fundstück vom Meeresgrund gemacht habe.«

»Sieht ja aus wie neu!« rief Sandecker anerkennend.

Vogel lächelte geschmeichelt, als er sich eine randlose Brille aufsetzte und dann die eingravierte Inschrift laut abzulesen begann:

»Für Graham Farley in Würdigung seiner musikalischen Leistungen zur Unterhaltung unserer Passagiere in Dankbarkeit zugeeignet von der Direktion der White-Star-Linie.«

Vogel nahm die Brille ab und grinste Sandecker zu. »Als ich den Namen der Schiffahrtslinie entdeckte, da holte ich in aller

Frühe einen Freund aus dem Bett und bat ihn um Nachforschung in den Marinearchiven. Er hat mich vor einer halben Stunde angerufen. Dieser Graham Farley war jahrelang Solo-Kornettist auf anderen Dampfern der Gesellschaft. Ja, Gentlemen, und dann hat dieses Instrument sehr lange am Boden des Atlantik geruht ... denn Graham Farley hat an jenem Morgen des 15. April 1912 darauf gespielt, als die Wogen sich über ihm und der *Titanic* schlossen.«

Die drei Männer reagierten unterschiedlich auf Vogels Enthüllung. Sandecker sah ernst und nachdenklich aus – Gunn wirkte schockiert – und Pitt verbarg sein Erstaunen hinter einem Ausdruck von höflichem Interesse. Das Schweigen im Raum wurde drückend, als Vogel das Instrument behutsam auf den Schreibtisch legte.

»Die *Titanic*«, sagte Sandecker wie in grüblerischem Selbstgespräch. »Immer wieder macht sie von sich reden. Es klingt unglaublich.«

»Ist aber eine Tatsache«, sagte Vogel ernst. »Ich nehme an, Mr. Gunn, das Kornett wurde von der *Sappho I* entdeckt?«

»Ja, fast am Ende der Expedition.«

»Schade, daß Sie nicht auf das Schiff selbst gestoßen sind«, sagte Vogel naiv.

»Ja, das ist schade«, sagte Gunn und mied dabei Vogels Blick. Vogel legte das Instrument in den Kasten, schloß ihn und schob ihn über den Schreibtisch zu Sandecker hin. »Falls Sie keine weiteren Fragen haben, möchte ich mich jetzt gern verabschieden, Admiral. Ich brauche ein kräftiges Frühstück und anschließend eine gehörige Portion Schlaf. Es war eine lange Nacht für mich.«

Sandecker stand auf.

»Wir sind in Ihrer Schuld, Mr. Vogel.«

»Ich hatte gehofft, Sie würden das sagen.« Die braunen Augen blinzelten. »Es gibt für Sie eine Möglichkeit, diese Schuld zu begleichen.«

»Und wie?«

»Indem Sie das Kornett dem Washington Museum stiften. Es wäre das schönste Schaustück in unserer Hall of Music.«

»Sobald unsere Leute im Labor mit der Prüfung des Instruments und Ihres Berichts fertig sind, lasse ich es Ihnen zuschicken.«

»Ich danke Ihnen im Namen der Museumsverwaltung.«

»Allerdings erhalten Sie das Instrument nicht direkt geschenkt.«

Vogel sah den Admiral unsicher an. »Das verstehe ich nicht.«

Sandecker lächelte. »Nennen wir es eine Dauerleihgabe. Das erspart uns bürokratische Schwierigkeiten, falls wir uns das Instrument zeitweilig ausleihen müssen.«

»Einverstanden.«

»Noch eines«, sagte Sandecker. »Die Presse weiß nichts von dieser Entdeckung. Es wäre mir sehr lieb, wenn Sie vorerst nichts davon verlauten lassen würden.«

»Der Sinn dieser Geheimhaltung ist mir zwar nicht klar, aber ich werde natürlich schweigen, wenn Sie es so wünschen.«

Vogel verabschiedete sich und ging.

Kaum hatte sich die Tür hinter ihm geschlossen, rief Gunn erregt: »So ein verdammtes Pech! Wir müssen der *Titanic* ganz nahe gewesen sein!«

»Daran bestehen kaum Zweifel«, stimmte Pitt zu. »Das Sonargerät der *Sappho* erfaßt einen Radius von zweihundert Meter. Das Wrack muß dicht außerhalb dieser Reichweite liegen.«

»Wenn wir nur mehr Zeit gehabt hätten«, sagte Gunn verdrossen. »Oder wenn man uns darüber informiert hätte, was wir eigentlich suchen.«

»Die Erprobung von *Sappho I* und die Experimente in der Lorelei-Strömung waren die wichtigsten Aufgaben«, erklärte Sandecker freundlich. »Und in dieser Hinsicht hast du mit deiner Mannschaft ausgezeichnete Arbeit geleistet. Natürlich ist es schade, daß wir euch nicht einweihen konnten. Aber Gene Seagram und sein Sicherheitsdienst bestehen darauf, keine die *Titanic* betreffenden Informationen weiterzugeben, bevor wir mit der Bergungsoperation schon gute Fortschritte gemacht haben.«

»Lange können wir ein solches Unternehmen ohnehin nicht geheimhalten«, sagte Pitt. »Alle Nachrichtenmedien der Welt werden bald Wind davon bekommen und das historische Ereignis dieser Bergung sensationell ausschlachten.«

Sandecker stand von seinem Schreibtisch auf und trat an eines der breiten Fenster. Als er sprach, klang seine Stimme leise und wie aus weiter Ferne. »Graham Farleys Kornett.«

»Ja, Sir?« fragte Gunn respektvoll.

»Graham Farleys Kornett«, wiederholte Sandecker mit einem hoffnungsvollen Unterton. »Falls das alte Horn als Beispiel gelten kann, dann wäre es möglich, daß die *Titanic* dort unten am Boden des schwarzen Abgrunds so gut erhalten im Schlamm liegt wie in der Nacht ihres Untergangs.«

28

Ein zufälliger Beobachter hätte die drei Männer in dem verwitterten Ruderboot auf dem Rappahannock River für harmlose Sonntagsangler gehalten. Sie trugen verblichene Sporthemden, und an ihren verbeulten Hüten war das übliche Sortiment von Haken und Fliegen befestigt. Es war ein typisches Bild, einschließlich der Sechserpackung Bierdosen, die in einem Fischnetz neben dem Boot im Wasser hing.

Der kleinste von den dreien war rothaarig und hatte ein schmales Gesicht. Er lehnte im Heck, hielt lässig seine Angelrute über Bord und schien vor sich hin zu dösen. Der zweite Mann blätterte in einem Magazin, und der dritte warf von Zeit zu Zeit den silbrig schimmernden Köder einer Schleppangel aus. Er war groß, etwas dicklich, mit einem runden Gesicht und blauen Augen, die schläfrig mild wirkten.

Admiral Joseph Kemper konnte es sich leisten, mild und gutmütig zu erscheinen. Ein Mann von so unglaublicher

Machtfülle brauchte keinen hypnotisch scharfen Blick oder martialisches Gehabe, um anderen zu imponieren. Lächelnd sah er den Mann an, der im Heck döste.

»Mir scheint, Jim, du bist nicht gerade ein begeisterter Sportangler.«

»Für mich war das schon immer die langweiligste Freizeitbeschäftigung, die sich Männer ausgedacht haben«, antwortete Sandecker.

»Und Sie, Mr. Seagram? Sie haben überhaupt noch nicht nach der Angelrute gegriffen.«

Seagram blickte über den Rand der Zeitschrift zu Kemper hoch. »Falls ein Fisch in diesem verseuchten Wasser überhaupt leben kann, müßte er wie ein Monstrum aus einem schlechten Horrorfilm aussehen und noch schlechter schmecken.«

»Da Sie beide mich zu dieser Angelpartie eingeladen haben«, sagte Kemper, »vermute ich allmählich eine ganz andere Absicht dahinter.«

Sandecker lächelte. »Genieße einfach die frische Luft, Joe, und vergiß für ein paar Stunden, daß du Stabschef der Marine bist.«

Kemper seufzte. »Ich dachte, ich wäre dich nach deinem Ausscheiden aus dem aktiven Dienst für alle Zeiten losgeworden. Aber jetzt tauchst du wieder auf, und wahrscheinlich nur, um mir irgendeine furchtbare Geschichte unterzujubeln.«

»Gut geraten«, sagte Sandecker ganz beiläufig. »Wir suchen die *Titanic*.«

Kemper warf die Schleppangel weit aus und rollte sie langsam ein. »Wirklich?«

»Ja, wirklich.«

Kemper kurbelte scheinbar unbeeindruckt an seiner Wurfrolle. »Wozu? Um die Neugier der Öffentlichkeit mit ein paar Fotos zu stillen?«

»Nein, um das Schiff zu heben.«

Kemper hörte zu kurbeln auf. Er wandte den Kopf und starrte Sandecker an. »Du hast doch von der *Titanic* gesprochen, nicht wahr?«

»Ja.«

»Jim, mein Junge, du willst mir doch nicht etwa einreden –«

»Das ist kein Hirngespinst«, unterbrach ihn Seagram. »Die Ermächtigung für die Bergungsaktion kommt direkt aus dem Weißen Haus.«

Kemper sah Seagram forschend an. »Dann muß ich wohl annehmen, daß Sie in diesem Falle für den Präsidenten sprechen.«

»Ja, Sir. Das stimmt.«

Kemper wandte sich Sandecker zu. »Du bist auch an der Aktion beteiligt, Jim?«

Sandecker nickte. »Aber Mr. Seagram spielt dabei eine wichtige Rolle.«

»Also gut, Mr. Seagram«, sagte Kemper mit ironischer Freundlichkeit. »Da diese verschwörerische Zusammenkunft offenbar Ihr Werk ist, können Sie mir vielleicht auch erklären, warum man es im Weißen Haus plötzlich so eilig hat, ein uraltes Wrack zu heben?«

»Dazu muß ich zuerst eines klären, Admiral. Ich bin einer der beiden Planungsleiter der Meta-Abteilung, einem der Regierung unterstellten geheimen Forschungsunternehmen.«

»Davon habe ich nie etwas gehört«, sagte Kemper.

»Wir sind in keinem der Regierungsämter registriert. Nicht einmal CIA, FBI oder NSA wissen über unsere Operationen Bescheid.«

»Ein getarnter Gehirn-Trust«, warf Sandecker ein.

»Unsere Aufgaben gehen über die eines üblichen Gehirn-Trusts hinaus«, erklärte Seagram. »Unsere wissenschaftlichen Mitarbeiter entwerfen Zukunftsprojekte und versuchen dann, erfolgreich arbeitende Systeme daraus zu konstruieren.«

»Das muß doch Millionen von Dollar kosten«, sagte Kemper.

»Den genauen Betrag darf ich leider nicht nennen, aber es handelt sich um eine zehnstellige Zahl.«

»Du meine Güte«, sagte Kemper, und seine blauen Augen verloren ihre schläfrige Sanftheit. »Sie können also mit mehr als einer Milliarde Dollar herumspielen, und zwar mit einem Team von Wissenschaftlern, dessen Existenz offiziell keiner kennt. Sie machen mich wirklich neugierig, Mr. Seagram.«

»Mich auch«, ergänzte Sandecker trocken. »Bis jetzt haben Sie die Hilfe von NUMA mittels Ihrer Beziehungen zum Weißen Haus und als eine Art Berater des Präsidenten in Anspruch genommen. Wozu diese Winkelzüge?«

»Weil der Präsident unbedingt vermeiden will, daß der Kongreß sich mit der Meta-Abteilung und deren Finanzierung beschäftigt.«

Kemper und Sandecker sahen einander an und lächelten. »Immer wieder das alte Spiel: Regierung kontra Kongreß.«

»Es ließ sich nicht umgehen, wenn wir in aller Ruhe und wirkungsvoll arbeiten wollten«, fuhr Seagram fort. »Die Meta-Abteilung konnte nur auf diese Weise ein Verteidigungssystem mit dem Kodenamen *Projekt Sizilien* – oder *Sizilianisches Projekt* entwickeln.«

»*Sizilianisches Projekt?*«

»Das Kodewort ist in Anlehnung an einen Begriff aus der Schachstrategie entstanden: die Sizilianische Verteidigung. Das Projekt selbst arbeitet mit einer Variante des Laser-Prinzips. Wenn wir beispielsweise Schallwellen einer bestimmten Frequenz durch ein mit aktivierten Atomen angereichertes Medium senden, können wir dadurch ungeheure Lautstärken erzeugen – ganz simpel ausgedrückt.«

»Ist das eine Parallele zum Laserstrahl?« fragte Kemper.

»So ungefähr«, antwortete Seagram. »Nur daß ein Laserstrahl – wie der Name schon sagt – eine starke, aber sehr dünn gebündelte Lichtenergie ausstrahlt, während unser Gerät ein breit gefächertes Feld von Schallwellen aussendet.«

»Aber was für einen Sinn hat das?« fragte Sandecker. »Wenn man davon absieht, daß dadurch viele Trommelfelle zerschmettert werden können.«

»Es wird Ihnen ja bekannt sein, Admiral, daß Schallwellen sich kreisförmig ausbreiten – ähnlich wie Wellen auf einer glatten

Wasserfläche, wenn man einen Stein hineinwirft. Beim *Projekt Sizilien* können wir nun diese Schallwellen millionenfach vervielfältigen. Wenn man diese gewaltige Energiemenge in die Atmosphäre ausstrahlen läßt, treibt sie Myriaden von Luftpartikeln vor sich her und kondensiert sie so stark, bis sie eine undruchdringlich feste Mauer von Hunderten von Quadratmeilen Durchmesser bilden.« Seagram machte eine entschuldigende Geste. »Ich habe das absichtlich vereinfacht, und will Sie auch nicht mit den mathematischen und technologischen Einzelheiten der dafür erforderlichen Energien und Geräte langweilen. Aber den wesentlichen Wert dieses Projekts haben Sie bestimmt erkannt. Jede auf unser Land abgefeuerte feindliche Rakete würde an diesem gewaltigen Schutzwall von komprimierter Luft weit vor dem Zielgebiet zerschellen.«

»Das ... könnte wirklich so funktionieren?« fragte Kemper zögernd.

»Ja, Admiral. Das steht fest. Inzwischen werden bereits die Anlagen konstruiert und installiert, die einen großen Raketenangriff verhindern können.«

»Das wäre ja dann die stärkste aller Waffen«, sagte Sandecker erregt.

»Das *Projekt Sizilien* ist keine Waffe. Es ist nur ein wissenschaftlich durchdachtes System zum Schutz unseres Landes.«

»Kaum vorstellbar«, sagte Kemper.

»Sie können das mit dem zehnmillionenfach verstärkten Knall vergleichen, den ein Düsenflugzeug beim Durchbrechen der Schallmauer erzeugt.«

Kemper schüttelte verständnislos den Kopf. »Aber würde diese gewaltige Schallenergie nicht alles auf dem Boden zerstören?«

»Nein. Die Energie ist in den Luftraum gerichtet und baut unterwegs erst ihr gewaltiges Kraftreservoir auf. In Höhe des Meeresspiegels wirkt das auf Lebewesen so harmlos wie fernes Donnergrollen.«

»Was hat das alles mit der *Titanic* zu tun?« fragte Kemper.

»Das Element zur Erzeugung dieser gewaltigen Schallenergien

ist Byzanium. Und das ist der springende Punkt, Gentlemen. Denn der einzige in der Welt entdeckte Vorrat von Byzanium wurde im Jahre 1912 an Bord der *Titanic* in die Vereinigten Staaten verschifft.«

»Ich verstehe.« Kemper nickte nachdenklich. »Die Bergung des Schiffes ist notwendig, weil Sie das Erz an Bord zur Funktionsfähigkeit Ihres Abwehrsystems brauchen.«

Seagram nickte bestätigend. »Die Atomstruktur von Byzanium ist als einzige dafür geeignet. Wir haben die uns bekannten Eigenschaften von Byzanium als Datenmaterial in die Computer gefüttert und als Ergebnis eine Erfolgschance von dreißigtausend zu eins zu unseren Gunsten erhalten.«

»Aber warum wollen Sie das ganze Schiff heben lassen?« fragte Kemper. »Man müßte doch nur bestimmte Luken aufbrechen und das Byzanium herausholen.«

»Nur mit Sprengstoff könnten wir uns Eingang in den Frachtraum verschaffen. Das birgt die große Gefahr, daß dabei das Erz für immer zerstört wird. Der Präsident stimmt mit mir darin überein, daß die zusätzlichen Bergungskosten unwesentlich sind im Vergleich zu dem Risiko, das Erz zu verlieren.«

Kemper warf wieder seinen Schleppköder aus. »Sie sind ein optimistischer Denker, Mr. Seagram. Aber ist die Annahme nicht zu optimistisch, die *Titanic* könnte noch so gut erhalten sein, daß man sie im ganzen bergen kann? Nach fünfundsiebzig Jahren am Meeresgrund ist sie vielleicht nicht mehr als ein riesiger, verrosteter Schrotthaufen.«

»Meine Mitarbeiter haben da eine bestimmte Theorie entwickelt«, erklärte Sandecker, während er seinen Gerätekasten öffnete und einen Umschlag herauszog. »Schau dir diese Aufnahmen an.« Er reichte Kemper einige Fotos im Format von zehn mal zwölf Zentimeter. »Das sind Aufnahmen unserer Tauchboote vom Meeresboden. Dies hier zum Beispiel ist ein im Grenzgebiet der Bermudas in zwölfhundert Meter Tiefe gefundener Kombüsenofen. Das nächste ist ein Automotorblock: in zweitausend Meter Tiefe bei den Aleuten fotografiert.

Und hier ist ein Flugzeug aus dem 2. Weltkrieg, eine Grumman F4F, die in dreitausend Meter Tiefe nahe bei Island gefunden wurde. Alle anderen Funde lassen sich nicht datieren. Aber von diesem Flugzeug wissen wir, daß ein Leutnant Strauss es am 17. März 1946 wegen Treibstoffmangel verlassen mußte.«

Kemper musterte erstaunt das nächste Foto. »Was soll denn das sein?«

»Ein Kornett«, sagte Sandecker und beschrieb die Umstände der Bergung und Identifizierung des Instruments. »Wie du siehst, ist das Instrument sehr gut erhalten und konnte daher von dem Fachmann so ausgezeichnet restauriert werden. Das hat uns überhaupt erst auf die Idee gebracht.«

»Auf welche Idee?« fragte Kemper.

»Die Grumman F4F besteht zu neunzig Prozent aus Aluminium, und wie du ja weißt, wirkt Salzwasser sehr zerstörerisch auf Aluminium. Aber dieses seit über vierzig Jahren auf dem Meeresgrund liegende Flugzeug sieht fast fabrikneu aus. Das gleiche gilt für das Kornett. Weit über achtzig Jahre am Meeresboden und in so glänzendem Zustand.«

»Hast du eine Erklärung dafür?« fragte Kemper.

»Zwei der fähigsten Ozeanographen von NUMA haben jetzt die Daten durch unsere Computer gejagt. Im Augenblick besteht die Theorie, daß verschiedene Faktoren zu der guten Beschaffenheit am Meeresboden liegender Gegenstände beitragen: Mangel an Meeresfauna und Flora in großen Tiefen, der schwache Salzgehalt des Bodenwassers, die Temperaturen dicht am Gefrierpunkt und ein niedriger Sauerstoffgehalt, der die Oxydation von Metall verlangsamt. Jeder einzelne oder all diese Faktoren könnten die Zerstörung eines Wracks tief am Meeresgrund verzögern.

Wir werden mehr erfahren, falls es uns gelingt, die *Titanic* überhaupt ausfindig zu machen.«

Kemper sah seinen alten Freund an und konnte ein Lächeln nicht unterdrücken. »Also ich bin doch sicherlich nicht nur so zum Spaß in diese phantastische Geheimaffäre nebst ebenso phantastischen Theorien eingeweiht worden, Jim. Was wollt ihr nun eigentlich von mir?«

»Schutz«, antwortete Seagram, noch bevor Sandecker zum Sprechen ansetzen konnte. »Wenn die Sowjets erfahren, was wir vorhaben, werden sie fast alles versuchen, um das Byzanium an sich zu bringen.«

»Darüber brauchen Sie sich keine Sorgen zu machen«, sagte Kemper mit Bestimmtheit. »Die Russen werden einen Gewaltakt auf unserer Seite des Atlantik kaum riskieren. Ihre Bergungsoperation der *Titanic* wird beschützt werden, Mr. Seagram. Das garantiere ich Ihnen.«

Sandecker sagte schnell: »Weil du gerade in so großzügiger Stimmung bist, Joe, möchte ich gleich noch fragen, ob du uns nicht die *Modoc* leihen könntest?«

»Die *Modoc*?« wiederholte Kemper und überlegte. »Ja, natürlich könntet ihr unser bestes Tiefsee-Bergungsschiff brauchen. Das kann ich mir denken.«

»Und die dazugehörige Mannschaft«, sagte Sandecker.

Kemper lächelte wieder. »Na gut, ihr habt mich gerade im richtigen Augenblick erwischt – und außerdem mit euren Argumenten überzeugt. Also, ihr bekommt die *Modoc* nebst Mannschaft und alle weiteren Männer und Ausrüstungen, die ihr sonst noch braucht.«

Seagram wirkte erleichtert und sehr zufrieden, als er sagte: »Das ist wirklich großzügig von Ihnen, Admiral. Ich danke Ihnen.«

»Ihr Projekt verdient jede Hilfe«, sagte Kemper. »Aber Sie wissen sicherlich auch, wie problematisch und riskant die Durchführung ist.«

»Darüber machen wir uns keine Illusionen«, antwortete Seagram.

»Was planen Sie als nächstes?«

Sandecker beantwortete diese Frage. »Wir senken Fernsehkameras hinunter, um das Wrack aufzuspüren und dessen Zustand zu prüfen.« Er machte eine vage Geste. »Das ist erst einmal unser wichtigstes Vorhaben.«

»Dann wünsche ich euch viel Glück«, sagte Admiral Kemper ernst. »Und ich glaube, wir können jetzt diese Vortäuschung einer Angelpartie aufgeben und wieder ans Ufer rudern.«

Pitt schloß Joshua Hays Brewsters Tagebuch und blickte über den Schreibtisch hinweg Mel Donner an. Sie saßen in dessen Büro in der Meta-Abteilung. »Das ist es also.«

»Die ganze ungeschminkte Wahrheit«, sagte Donner.

»Aber könnte das Byzanium nach all den Jahren unter Wasser nicht seine Konsistenz verändert haben?«

Donner zuckte mit den Schultern. »Wir wollen es nicht hoffen. Wegen Materialmangels hat man bisher nicht experimentell erforschen können, wie Byzanium unter verschiedenen Bedingungen reagiert.«

»Dann ist es vielleicht wertlos geworden.«

»Sicherlich nicht, wenn es in der Panzerkammer der *Titanic* eingeschlossen liegt. Nach unseren Ermittlungen ist diese Panzerkammer wasserdicht.«

Pitt lehnte sich zurück und schüttelte skeptisch den Kopf. »Ein verdammt großes Risiko.«

»Das ist uns klar.«

»Die Bergungskosten der *Titanic* dürften astronomisch hoch sein«, gab Pitt zu bedenken.

»Nennen Sie eine Zahl.«

»Im Jahre 1974 hat der CIA über dreihundert Millionen Dollar nur dafür bezahlt, den Bug eines russischen U-Boots zu heben. Ich kann auch nicht annähernd schätzen, was die Bergung eines Passagierdampfers von sechsundvierzigtausend Tonnen aus mehr als dreieinhalbtausend Meter Tiefe kosten könnte.«

»Versuchen Sie es wenigstens.«

»Wer finanziert die Operation?«

»Die Meta-Abteilung regelt das«, antwortete Donner. »Sehen Sie mich als Ihren wohlwollenden Hausbankier an, dem Sie unbegrenzt kreditwürdig erscheinen. Machen Sie einen Kostenvoranschlag für den ersten Teil der Hebung und Bergung, und ich werde dafür sorgen, daß die Mittel dafür diskret in das Jahresbudget von NUMA eingeschleust werden.«

»Mit zweihundertfünfzigtausend Dollar könnte man die Operation jedenfalls in Gang bringen.«

»Das liegt unter unserer Schätzung«, sagte Donner leichthin.

»Kalkulieren Sie nicht zu vorsichtig. Aus Sicherheitsgründen werde ich dafür sorgen, daß Sie weitere fünf bekommen.«

»Fünf Millionen?«

»Nein.« Donner lächelte. »Fünfhundert Millionen.«

Nachdem ein harmlos zivil aussehender Wachtposten ihm das Tor geöffnet hatte, fuhr Pitt hinaus und hielt nach hundert Metern an, um durch den Maschendrahtzaun zu dem als Speditionsfirma getarnten Hauptquartier der Meta-Abteilung zurückzublicken.

»Es klingt einfach märchenhaft«, sagte er in verwundertem Selbstgespräch. »Alles mögliche habe ich schon erlebt, aber so etwas – nein, wirklich noch nie.«

Widerstrebend langsam, als kämpfte er gegen die Befehle eines Hypnotiseurs an, schaltete er dann den Getriebehebel auf »Fahrt« und lenkte den Wagen in die Stadt zurück.

29

Es war ein besonders unerfreulicher Tag für den Präsidenten gewesen. Zuerst scheinbar endlose Diskussionen mit Kongreßmännern der Oppositionspartei, bei denen er zumeist vergeblich um Billigung seines neuen Gesetzes zur Änderung der Einkommensteuerregelung gekämpft hatte. Gefolgt war eine Rede vor einem Gremium von Gouverneuren, die seiner Regierungsführung ziemlich kritisch gegenüberstanden. Und am Nachmittag hatte er sich mit seinem aggressiven und selbstherrlichen Außenminister herumstreiten müssen.

Jetzt war es nach zweiundzwanzig Uhr, und der Präsident hatte noch eine weitere Auseinandersetzung vor sich. Er kraulte mit der linken Hand die langen Ohren seines Bassets.

Warren Nicholson, der Direktor des CIA, und Marshall Collins, sein Sicherheitsberater für den Kreml, saßen ihm auf einem großen Sofa gegenüber.

Der Präsident nippte an seinem Glas und musterte die beiden Männer verdrossen. »Ist Ihnen eigentlich klar, was Sie da von mir verlangen?«

Collins machte eine nervöse Handbewegung. »Wir gehen davon aus, daß in diesem Fall der Zweck die Mittel heiligt. Ich persönlich glaube, Nicholsons Plan hat viel für sich. Wir könnten dadurch Geheiminformationen von unschätzbarem Wert bekommen.«

»Und teuer dafür bezahlen müssen«, sagte der Präsident skeptisch.

Nicholson beugte sich vor und sagte beschwörend: »Glauben Sie mir, Sir, es ist den Preis wert.«

»Das können Sie leicht sagen«, meinte der Präsident. »Keiner von Ihnen hat die geringste Ahnung, worum es bei dem *Projekt Sizilien* geht.«

Collins nickte. »Das ist richtig, Mr. Präsident. Uns gegenüber wurde das Geheimnis gut gehütet. Deswegen war es ja so ein Schock für uns, daß wir statt aus eigenen Quellen durch den KGB von der Existenz dieses Projekts erfuhren.«

»Wieviel wissen die Russen nach Ihrer Meinung davon?«

»Das läßt sich nicht mit Sicherheit sagen«, antwortete Nicholson. »Die uns bekannten Tatsachen lassen vermuten, daß der KGB nur den Kodenamen kennt.«

»Wie konnte das nur durchsickern?« fragte der Präsident ärgerlich.

»Nach meiner Meinung nur durch einen unglücklichen Zufall«, sagte Collins. »Meine Leute in Moskau würden mehr wissen, falls die Analytiker im sowjetischen Geheimdienst sichere Daten über ein amerikanisches Verteidigungsprojekt der höchsten Geheimhaltungsstufe hätten.«

Der Präsident sah Collins forschend an. »Warum sind Sie so sicher, daß es etwas mit Verteidigung zu tun hat?«

»Die strengen Sicherheitsmaßnahmen für das Projekt deuten auf ein neues Waffensystem hin. Zu diesem Schluß werden die Russen auch bald kommen.«

»Ich teile die Meinung von Collins«, sagte Nicholson.

»Und für uns ist es gut, wenn die Russen das glauben«, ergänzte Nicholson.

»Wie wollen Sie darauf reagieren?« fragte der Präsident.

»Wir spielen dem Sowjetischen Marine-Geheimdienst Einzeldaten über das *Projekt Sizilien* zu. Falls sie nach dem Köder schnappen ...«, Nicholson deutete mit beiden Händen das Zuklappen einer Falle an, » ... dann gehört uns praktisch eine der wichtigsten Zentralen des sowjetischen Geheimdienstes.«

Den Basset begannen die Menschenstimmen zu langweilen, und er streckte sich lang auf den Teppich, schloß die Augen und döste sanft vor sich hin. Der Präsident blickte fast neidvoll auf seinen Hund hinab, während er über die Vorschläge seiner beiden Mitarbeiter nachdachte. Die Entscheidung fiel ihm schwer. Er hatte das Gefühl, all seinen Vertrauten von der Meta-Abteilung in den Rücken zu fallen.

»Ich werde von einem der Projektleiter einen wesentlich wirkenden, aber nicht viel verratenden Zwischenbericht ausarbeiten lassen«, sagte er schließlich. »Sie werden den Bericht dann an die Russen weiterleiten, Nicholson. Aber alle weiteren Informationen über das *Projekt Sizilien* werden Sie sich nur von mir holen – aus keiner anderen Quelle. Ist das klar?«

Nicholson nickte.

Der Präsident fuhr mit einer müden Geste über sein Gesicht.

»Ich brauche Ihnen wohl nicht erst zu erklären, Gentlemen, daß wir alle als Verräter gelten werden, falls etwas von diesem riskanten Manöver an die Öffentlichkeit dringt.«

30

Sandecker beugte sich über eine große Reliefkarte des nordatlantischen Meeresbodens und ließ einen kleinen Zeigestab darübergleiten. Ihm gegenüber standen Gunn und Pitt. »Ich verstehe das nicht«, sagte der Admiral. »Falls das gefundene Instrument tatsächlich ein Indiz ist, dann liegt die *Titanic* nicht dort, wo man sie vermutet.«

Gunn griff nach einem Filzstift und tupfte eine winzige Markierung auf die ozeanographische Karte. »Ihre letzte gemeldete Position kurz vor dem Untergang war hier, bei 41° 46' Nord – 50° 14' West.«

»Und wo haben Sie das Kornett gefunden?«

Gunn tupfte eine weitere Markierung. »Die genaue Position des Mutterschiffs von *Sappho I*, als wir Farleys Kornett entdeckten, war etwa sechs Seemeilen südöstlich davon.«

»Eine so starke Abweichung: wie ist das möglich?«

»Es gibt unterschiedliche Angaben hinsichtlich der Position der *Titanic* bei ihrem Untergang«, erklärte Pitt. »Der Kapitän des einen Rettungsschiffs, der *Mount Temple*, errechnete die Position des Liniendampfers nach astrolabischem Besteck viel weiter östlich, also wohl wesentlich genauer als das gegißte Besteck, das der vierte Offizier der *Titanic* kurz nach der Kollision des Schiffes mit dem Eisberg ausrechnete.«

»Aber die *Carpathia*, die Überlebende an Bord nahm, steuerte auf dem vom Funker der *Titanic* angegebenen Kurs deren Position an und erreichte die Rettungsboote innerhalb von vier Stunden«, sagte Sandecker.

»Es ist zweifelhaft, ob die *Carpathia* tatsächlich so weit lief, wie ihr Kapitän annahm«, erklärte Pitt. »Falls der Kapitän sich verschätzt hat, könnten die Wrackteile und Rettungsboote tatsächlich mehrere Meilen südöstlich der von der *Titanic* gefunkten Position gesichtet worden sein.«

Sandecker tippte mit dem Zeigestab unschlüssig an den Rand der Karte. »Das steuert uns wiederum in eine prekäre Position,

Gentlemen. Sollen wir mit unserer Suche genau in dem Gebiet von 41° 46' Nord – 50° 14' West beginnen? Oder vertrauen wir mehr auf die Fundstelle von Farleys Kornett sechs Seemeilen südöstlich davon? Falls unser Vertrauen enttäuscht wird, müssen wir unsere Unterwasserkameras über weiß Gott wie viele Hektar Meeresboden schleppen, bevor wir vielleicht auf das Wrack stoßen. Was meinst du, Rudi?«

Gunn zögerte nicht. »Da wir bei unserer methodischen Suche mit der *Sappho I* das Wrack nicht im Gebiet der von der *Titanic* gemeldeten Position gefunden haben, würde ich die Kameras dort versenken lassen, wo wir das Kornett entdeckt haben.«

»Und was meinst du, Dirk?«

Pitt schwieg ein paar Sekunden und sagte dann: »Ich plädiere für einen Aufschub von achtundvierzig Stunden.«

Sandecker musterte ihn nachdenklich über die Karte hinweg. »Wir können uns einen solchen Zeitverlust nicht leisten.«

Pitt zuckte mit den Schultern. »Dann würde ich vorschlagen, die Kameras erst einmal beiseite zu lassen und gleich auf die nächste Phase überzugehen.«

»Die wäre?«

»Wir schicken ein bemanntes Tauchboot hinunter.«

Sandecker schüttelte den Kopf. »Erscheint mir nicht gut. Ein Fernsehkamera-Schlitten, der von einem an der Oberfläche fahrenden Schiff gezogen wird, kann in der Hälfte der Zeit ein fünfmal größeres Gebiet absuchen als ein naturgemäß viel langsameres Tauchboot.«

»Aber wie wäre es, wenn wir den Lageplatz des Wracks einigermaßen genau fixieren?«

Sandecker zeigte deutlich seine Skepsis. »Und wie willst du dieses kleine Wunder vollbringen?«

»Wir sammeln alle Daten von den letzten Stunden der *Titanic* hinsichtlich Geschwindigkeit, unterschiedlicher Positionsberichte, Strömungsverhältnisse und Gleitwinkel des sinkenden Schiffes. Zusammen mit der Fundstelle des Kornetts müßten uns dann die Computer von NUMA ein Ergebnis liefern, das dem tatsächlichen Lageplatz der *Titanic* ziemlich nahe kommt.«

»Aller Wahrscheinlichkeit nach eine erfolgversprechende Methode«, bestätigte Gunn.

»Inzwischen verlieren wir aber zwei Tage.«

»Wir verlieren nichts«, widersprach Pitt ruhig. »Wir gewinnen sogar etwas. Admiral Kemper hat uns die *Modoc* geliehen. Sie liegt in Norfolk startbereit vor Anker.«

»Natürlich!« rief Gunn enthusiastisch. »Dann haben wir auch die *Sea Slug.*«

Pitt nickte. »Die *Sea Slug* ist das neueste Tauchboot der Marine. Speziell für Tiefsee-Rettung und Bergung entworfen und konstruiert. Sie ist auf dem Achterdeck der *Modoc* einsatzbereit. In zwei Tagen kann ich mit Rudi an Bord der *Modoc* im vermutlichen Lagegebiet des Wracks sein und mit der Suche beginnen.«

Sandecker kratzte sich mit dem kurzen Zeigestab nachdenklich am Kinn. »Und wenn die Computer inzwischen Ihre Arbeit verrichtet haben, übermittle ich euch die neu errechnete Position des Wracks. So stellt ihr euch das wohl vor?«

»Ja. Auf diese Weise verlieren wir keine Zeit.«

Sandecker legte den Zeigestab beiseite und ließ sich in einen Sessel sinken. »Gut, Jungs, ihr habt grünes Licht.«

31

Mel Donner tippte auf den Klingelknopf neben Seagrams Haustür in Chevy Chase und unterdrückte ein Gähnen.

Seagram öffnete und trat auf die Vorderveranda. Sie nickten einander zu wie zwei Morgenmuffel und gingen zu Donners Wagen. Seagram ließ sich auf den Nebensitz sinken und blinzelte aus dunkel umränderten Augen aus dem Seitenfenster, während Donner losfuhr.

»Du siehst aus wie Frankenstein, bevor er zum Leben erweckt

wurde«, sagte Donner. »Hast du gestern nacht so lange gearbeitet?«

»Nein, ich bin ziemlich früh heimgekommen«, antwortete Seagram. »Das war eben der Fehler. Dana und ich hatten dadurch mehr Zeit für unsere schon zur Gewohnheit gewordenen Wortgefechte. Neuerdings benimmt sie sich so herablassend mild, als wäre ich ein ungezogener Junge, dem sie mit betonter Sanftheit ein schlechtes Gewissen suggerieren will. Schließlich ging mir das so auf die Nerven, daß ich mich in mein Arbeitszimmer eingeschlossen habe. Ich bin am Schreibtisch eingeschlafen, und jetzt bin ich immer noch ganz verkrampft und kreuzlahm.«

»Vielen Dank«, sagte Donner mit schiefem Lächeln.

Seagram musterte ihn mißtrauisch von der Seite. »Wofür dankst du mir?«

»Für eine weitere Bestätigung meiner Entschlossenheit, Junggeselle zu bleiben.«

Sie schwiegen beide, während Donner den Wagen durch den morgendlichen Stoßverkehr von Washington lenkte.

Dann fragte Donner versöhnlich: »Warum machst du nicht ein bis zwei Wochen Urlaub mit Dana irgendwo an einem sonnigen Strand? Die Installation der Verteidigungsanlagen geht reibungslos weiter, und hinsichtlich des Byzaniums können wir nur abwarten und hoffen, daß Sandeckers Mannschaft von NUMA es aus der *Titanic* birgt.«

»Ich bin jetzt unabkömmlicher als je zuvor«, sagte Seagram mürrisch.

»Du manövrierst dich nur zur Selbstbestätigung in diese Pose der Unentbehrlichkeit hinein. Im Augenblick haben wir alles aus den Händen gegeben.«

Ein grimmiges Lächeln zuckte um Seagrams Lippen. »Du bist der Wahrheit näher, als du ahnst.«

Donner warf ihm einen schnellen Blick zu. »Was meinst du damit?«

»Wir haben zwar nicht alles, aber vieles aus den Händen

gegeben«, antwortete Seagram. »Der Präsident hat mir befohlen, einen Zwischenbericht über den Stand des *Projekts Sizilien* an die Russen auszuliefern.«

Donner lenkte den Wagen unwillkürlich an den Straßenrand, hielt an und schüttelte fassungslos den Kopf. »Mein Gott, warum das?«

»Warren Nicholson hat den Präsidenten davon überzeugt, der CIA könne eines der wichtigsten Geheimdienstnetze der Russen unter Kontrolle bekommen, wenn er ihnen über unsere Agenten einige richtige Daten des *Projekts Sizilien* zuspielt.«

»Das kann ich einfach nicht glauben«, sagte Donner.

»Ob du es glaubst oder nicht, spielt keine Rolle«, antwortete Seagram.

»Aber was sollen die Russen mit einzelnen Daten anfangen? Ohne die wichtigsten mathematischen und konstruktiven Werte würden sie frühestens in zwei Jahren eine verwendbare Theorie erarbeitet haben. Und ohne Byzanium ist das ganze Konzept wertlos.«

»Sie könnten innerhalb von dreißig Monaten ein funktionsfähiges System aufbauen, wenn sie eher als wir an das Byzanium herankommen.«

»Eine Unmöglichkeit. Das würde Admiral Kemper nie zulassen.«

»Wenn nun aber Kemper den Befehl hat, bei einem eventuellen Piratenakt der Russen gegen die *Titanic* passiv zu bleiben?« fragte Seagram sanft.

Donner schüttelte den Kopf. »Willst du etwa andeuten, der Präsident der Vereinigten Staaten arbeite mit den Kommunisten Hand in Hand?«

Seagram zuckte resigniert die Schultern und sagte: »Wie kann ich irgend etwas andeuten, wenn ich selbst nicht weiß, was ich glauben soll?«

32

Pavel Marganin wirkte in seiner weißen Marineuniform größer und respekteinflößender als sonst. Beim Betreten des Borodino-Restaurants nannte er dem Empfangschef seinen Namen und folgte ihm zu Prevlovs Tisch. Der Hauptmann blickte von den Papieren in einem Aktenordner hoch und begrüßte Marganin mit einer einladenden Geste.

Marganin setzte sich, bestellte einen Wodka* und wartete geduldig, bis Prevlov seine Lektüre beendet und das Aktenstück beiseite gelegt hatte.

»Wissen Sie eigentlich genau über die Expedition zur Erforschung der Lorelei-Strömung Bescheid, Leutnant?«

»Nicht in allen Einzelheiten. Vor der Weitergabe an Sie habe ich den Bericht nur überflogen.«

»Eine denkwürdige Leistung, diese Expedition«, sagte Prevlov nachdenklich. »Ein Tiefsee-Tauchboot, das in fast zwei Monaten fünfzehnhundert Seemeilen am Meeresboden zurücklegt, ohne einmal aufzutauchen. Ich fürchte, unsere Wissenschaftler können da nicht mithalten.«

»Mag sein, daß uns die Amerikaner auf diesem Gebiet voraus sind«, bestätigte Leutnant Marganin. »Aber der Bericht, Hauptmann: haben Sie da etwas Wichtiges entdeckt?«

Prevlov zuckte mit den Schultern. »Es gab da einen plötzlichen Kurswechsel der *Sappho I*, der eine Bedeutung haben könnte. Wir sollten ermitteln, was die Amerikaner im Gebiet vor den Großen Neufundlandbänken so interessant finden. Seit dieser Affäre auf Nowaja Semlja bin ich mißtrauisch gegen dieses Nationale Unterwasser- und Marine-Amt der Amerikaner. Ich will alle Operationen von NUMA während der vergangenen sechs Monate genau unter die Lupe nehmen, und Sie sollen mir dabei helfen, Leutnant.«

»Natürlich, Hauptmann«, sagte Marganin bereitwillig. »Wenn Sie sich etwas davon versprechen.«

Prevlov winkte den Kellner herbei und zahlte. »Bleiben Sie

ruhig noch sitzen, Leutnant«, sagte er freundlich. »Genießen Sie die Atmosphäre und trinken Sie noch einen Wodka auf meine Rechnung, falls Sie Lust haben.«

Er stand auf, nahm das Aktenstück und nickte Marganin zu, bevor er ohne große Eile das Restaurant verließ. Der Leutnant schaute ihm erleichtert nach. Es traf sich gut, daß sein Vorgesetzter gegangen war. Sonst hätte Marganin womöglich eine andere Verabredung nicht einhalten können. Nach einem Blick auf die Uhr stand er zehn Minuten später auf und ging in die Toilette.

Er war nicht allein. Jemand stand in einer der Kabinen. Die Spülung rauschte, und Marganin beobachtete im Spiegel über dem Waschbecken, wie jener fette Mann aus der Kabine kam, mit dem er sich neulich auf der Bank im Park getroffen hatte.

»Verzeihung«, sagte der Dicke. »Sie haben das verloren.«

Er reichte Marganin einen kleinen Umschlag.

Marganin nahm den Umschlag und ließ ihn in einer Tasche verschwinden. »Sehr liebenswürdig von Ihnen. Vielen Dank.«

Der Dicke beugte sich über das Waschbecken, während Marganin so tat, als trocknete er sich die Hände ab.

»Sehr wichtige Informationen«, sagte der Dicke wie in leisem Selbstgespräch.

»Ich werde das prüfen«, raunte Marganin und verließ den Toilettenraum mit den hohen Fliesenwänden.

33

Der Brief lag mitten auf dem Schreibtisch in Seagrams Arbeitszimmer. Er schaltete die Tischlampe an, ließ sich in den Sessel sinken und begann zu lesen.

Gene,
ich liebe Dich. Es klingt banal, ist aber wahr. Ich liebe Dich immer noch von ganzem Herzen. In diesen für Dich so

anstrengenden Monaten habe ich verzweifelt versucht, Dich zu verstehen und zu umsorgen. Immer wieder habe ich gewartet und gehofft, Du würdest meine Liebe und meine Bemühungen wenigstens mit einem kleinen Zeichen der Zuneigung belohnen. In manchen Dingen bin ich stark, Gene, aber ich habe nicht die Kraft und Geduld, unentwegt gegen Gleichgültigkeit und Vernachlässigung anzukämpfen. Keine Frau kann das auf die Dauer.

Vielleicht habe ich nach unseren ersten schönen Jahren einen Mißklang in unsere Ehe gebracht, weil ich kein Kind haben wollte. Mag sein, daß ein Baby ein besseres Bindeglied gewesen wäre. Ich weiß es wirklich nicht. Wenn es meine Schuld war, kann ich das nur bedauern.

Eines weiß ich jedoch: es wird für uns beide besser sein, wenn wir eine Weile getrennt leben und nicht durch ständige Streitereien noch mehr zerstören als bisher. Ich bin daher zu Marie Sheldon gezogen, einer Meeresgeologin bei NUMA. Sie bietet mir freundlicherweise Quartier in ihrem Haus in Georgetown, bis ich etwas mehr Ruhe in meinen Gemütszustand gebracht habe. Versuch bitte nicht, Verbindung mit mir aufzunehmen. Das würde wieder nur zu Zank und bösen Worten führen, die besser unausgesprochen bleiben. Laß mir Zeit, meine innere Ruhe wiederzufinden. Ich bitte Dich inständig darum, Gene.

Es heißt ja, die Zeit heilt alle Wunden. Hoffen wir für uns, daß es so ist. Das soll keine feige Flucht in einer Situation sein, in der Du mich nötig brauchst. Ich bin fest davon überzeugt, daß es für Dich eine Entlastung ist – bei dem Streß, unter dem Du jetzt gerade beruflich stehst.

Verzeih mir meine weibliche Schwäche und bedenke dabei, daß es aus meiner Sicht so erscheint, als hättest Du mich vertrieben. Hoffen wir, daß die Zukunft unsere Liebe wieder festigen wird.

Noch einmal in Liebe

Deine Dana

34

Dana stand vor ihrem Kleiderschrank und zelebrierte das weibliche Ritual, sich zögernd zu entscheiden, was sie anziehen solle. Ein Klopfen an der Schlafzimmertür riß sie aus ihrer Grübelei.

»Dana? Bist du schon fertig?«

»Komm nur herein, Marie.«

Marie Sheldon öffnete die Tür und schaute ins Zimmer. »Oje, Süße, du bist ja noch nicht einmal angezogen.«

Marie hatte eine rauchig verschleierte Stimme. Sie war klein und dünn, aber voller Vitalität und mit lebhaft schimmernden blauen Augen, einer Stupsnase und hell blondiertem Haar, kurz geschnitten im neuesten Stil von künstlicher Zerzaustheit. Nur ihr energisch geformtes Kinn brachte einen männlichen Zug in ihr sonst sehr weiblich verführerisch wirkendes Gesicht.

»Jeden Morgen ist es bei mir dasselbe«, sagte Dana gereizt. »Wenn ich mich nur dazu überwinden könnte, schneller meine Wahl zu treffen.«

»Bei einer Frau eine verzeihliche Sünde«, sagte Marie tröstend und trat neben Dana. »Wie wäre es mit dem blauen Rock?«

Dana nahm den Rock vom Bügel und warf ihn im nächsten Moment ärgerlich auf den Teppich. »Nützt ja nichts! Die passende Bluse ist in der Reinigung.«

»Immer noch kein Grund zur Aufregung.«

»Ich kann mich einfach nicht beherrschen«, sagte Dana seufzend. »Neuerdings scheint bei mir alles schiefzugehen.«

»Mach dir nicht selbst das Leben so schwer«, sagte Marie. »Du bist nicht die erste Frau, die aus irgendeinem Grund ihren Mann verlassen mußte.« Sie gab ihrer Freundin und Kollegin einen aufmunternden Klaps auf die Schulter. »Laß dir Zeit. Ich gehe inzwischen hinunter und lasse den Motor des Wagens warmlaufen.«

Sobald Maries Schritte auf der Treppe verklungen waren, ging

Dana ins Badezimmer und nahm zwei Tabletten Valium. Die beruhigende Wirkung war zwar noch nicht zu spüren, als Dana in ein türkisfarbenes Leinenkleid schlüpfte. Aber sie wußte, daß in wenigen Minuten ein Gefühl von Ruhe und Gelassenheit in ihrem Innern eine trügerische Sanftheit schaffen würde. Nachdem sie ihr Haar geordnet und Pumps mit flachen Absätzen angezogen hatte, ging sie hinunter.

Auf dem Weg zum Hauptquartier von NUMA war Dana schon so entspannt, daß sie die Melodie der Schlagermusik aus dem Autoradio mitsummen konnte.

»Eine Tablette oder zwei?« fragte Marie beiläufig.

»Wie?«

»Es ist dir doch deutlich anzumerken, daß du wieder deine Beruhigungstabletten genommen hast.«

Dana zuckte nur mit den Schultern und summte weiter die Schlagermelodie.

»Du schluckst wirklich zuviel von dem Zeug.«

»Ich brauche das eben im Moment für meine Nerven«, sagte Dana.

»Du meinst, zur Dämpfung deines Schuldgefühls.«

Dana seufzte. »Ich weiß selbst, daß es vielleicht falsch war, Gene zu verlassen. Aber ich habe trotzdem das Gefühl, er ist jetzt allein mit sich und seinen beruflichen Problemen besser aufgehoben.«

»Hoffentlich irrst du dich nicht«, sagte Marie ernst. »So wie du mir Gene beschrieben hast, balanciert er ständig am Rande eines Nervenzusammenbruchs.«

»Das stimmt nur halbwegs«, widersprach Dana. »Jedenfalls hat er genug Kraft, eine Mauer der Abwehr gegen mich zu errichten.«

»Klingt ziemlich pathetisch.«

Dana lachte freudlos. »Dann sag einfach: seine Arbeit ist ihm im Moment wichtiger als ich. Alle meine Versuche, ihm zu helfen, sind gescheitert. Jetzt muß ich erst einmal an mich selbst denken.«

»Das ist auch nicht gut«, sagte Marie. »Wie wäre es, wenn du dir ein wenig Zerstreuung verschaffst.«

»Mit anderen Männern, meinst du?«

Marie nahm eine Hand vom Lenkrad und machte eine abwehrende Geste. »Es muß ja nicht gleich eine große Liebesaffäre sein. Ein kleiner Flirt tut es auch.«

»Darin habe ich keine Übung mehr.«

Marie lachte. »Eine Frau wie du verlernt so etwas nie.«

Sie lenkte den Wagen auf den großen Parkplatz hinter dem NUMA-Hauptquartier, und sie stiegen beide aus und betraten das Gebäude. In der Halle herrschte das übliche Gewimmel vor Arbeitsbeginn.

»Wollen wir uns zum Mittagessen treffen?« fragte Marie auf dem Wege zu den Aufzügen.

»Gern.«

»Ich bringe zwei Kollegen mit«, sagte Marie schnell. »An denen kannst du gleich ausprobieren, ob du noch ein wenig die Kunst des Flirtens beherrschst.«

Ehe Dana antworten konnte, war Marie schon im Gewühl der Menge verschwunden. Aber als Dana im Lift aufwärts fuhr, spürte sie mit Verwunderung ein prickelndes Gefühl von Erwartung.

35

Sandecker stellte seinen Wagen auf dem Parkplatz des Alexandra College für Ozeanographie ab und ging auf einen Mann zu, der neben einem Golfkarren mit Elektromotor stand.

»Admiral Sandecker?«

»Ja.«

»Dr. Murray Silverstein.« Der rundliche, kleine Mann mit dem Kahlkopf streckte Sandecker die Hand hin. »Freut mich, daß Sie sich die Zeit nehmen konnten, Admiral. Ich glaube, wir haben da etwas, das sich als hilfreich erweisen könnte.«

Sandecker setzte sich neben Silverstein auf den Karren. »Wir sind für jede Kleinigkeit dankbar, die unser Vorhaben erleichtert.«

Silverstein ergriff die Lenkstange und schaltete den Elektromotor an. Sie fuhren eine Asphaltgasse entlang, und Silverstein begann zu erklären. »Seit gestern haben wir einige ausführliche Versuche durchgeführt. Wohlgemerkt, ich kann noch keine mathematisch exakten Aussagen machen, aber die Ergebnisse sind zumindest interessant.«

»Gibt es Schwierigkeiten?«

»Einige. Zum Beispiel wurde nie geklärt, wohin der Bug der *Titanic* beim Untergehen gerichtet war. Dieser Unsicherheitsfaktor könnte das Suchgebiet um vier Quadratmeilen erweitern.«

»Das heißt also: ein 45-Tausend-Tonnen-Stahlschiff sinkt nicht senkrecht zum Meeresboden hinunter.«

»Nicht unbedingt. Die *Titanic* ist in einem Winkel von etwa achtundsiebzig Grad spiralförmig unter Wasser geglitten. Dabei füllten sich die vorderen Kabinen und Laderäume mit Wasser und zogen das Schiff in eine Vorwärtsbewegung von vier bis fünf Knoten Geschwindigkeit. Im übrigen müssen wir die Schwungkraft der gewaltigen Masse und die Tatsache berücksichtigen, daß die *Titanic* bis zum Meeresboden etwa zweieinhalb Meilen zurücklegen mußte. Ich fürchte also, sie wird ziemlich weit abseits der Stelle liegen, an der sie versunken ist.«

Sandecker musterte den Ozeanographen skeptisch von der Seite. »Wie können Sie dann den genauen Sinkwinkel der *Titanic* feststellen? Die Angaben der Überlebenden sind widersprüchlich und unzuverlässig.«

Silverstein deutete auf einen riesigen Betonturm zu seiner Rechten. »Die Antwort finden wir dort, Admiral.« Er stoppte den Elektrokarren vor dem Eingang des Gebäudes. »Kommen Sie, Admiral. Ich werde Ihnen praktisch vorführen, was ich meine.«

Sandecker folgte ihm durch einen kurzen Gang und in einen Raum mit einer großen Fensterwand aus Acrylglas an einem Ende. Eine Gestalt in Taucherausrüstung winkte grüßend von jenseits der Fensterwand. Sandecker erwiderte den Gruß.

»Ein Wassertank zur Simulierung von Tiefseebedingungen«, erklärte Silverstein. »Die stählernen Innenwände sind sechzig Meter hoch und haben einen Durchmesser von neun Meter. Es gibt eine Hauptdruckkammer zum Betreten und Verlassen des Tanks am Boden und fünf in Abständen an der Seite installierte Luftschleusen, durch die wir unsere Experimente in verschiedenen Tiefen beobachten können.«

»Ich verstehe«, sagte Sandecker. »Sie haben auf diese Weise das Absinken der *Titanic* zum Meeresboden simuliert.«

»Ja, und zwar mit einem Modell aus Keramik.«

»Keramik?«

Silverstein nickte. »Wir können zwanzig solche Modelle aus Ton formen und brennen lassen, und zwar ebenso schnell wie ein einziges Metallmodell.« Er gab eine Anweisung per Haustelefon und zog Sandecker dann an die Fensterwand. »Hier kommt sie.«

Sandecker spähte in den Wassertank hoch und sah ein längliches Gebilde von etwa ein Meter zwanzig langsam herabsinken. Voran sank ein Schwarm kleinerer Gegenstände, die wie Murmeln aussahen. Das Modell war plump und glatt, und die einzigen Details waren die Röhren der drei Schornsteine. Durch das Beobachtungsfenster konnte Sandecker ein deutliches Klicken hören, als der Bug des Modells gegen den Boden des Tanks prallte.

»Könnte ein Fehler in den Maßen des Modells nicht Ihre ganze Kalkulation über den Haufen werfen?« fragte Sandecker.

»Ja, ein Maßstabfehler würde sich bestimmt bemerkbar machen«, bestätigte Sandecker. »Aber wir haben in dieser Hinsicht sorgfältig gearbeitet, Admiral.«

Sandecker deutete auf das Modell. »Die *Titanic* hatte aber vier Schornsteine. Ich sehe nur drei.«

»Kurz vor dem endgültigen Versinken hat sich das Heck der *Titanic* aufgerichtet, bis das Schiff völlig lotrecht hing«, erklärte Silverstein. »Die Befestigungstrossen des vordersten Schornsteins haben diesen Druck nicht ausgehalten. Sie rissen, und der Schornstein kippte über die Steuerbordseite ab.«

Sandecker nickte anerkennend. »Alle Achtung, Doc. Jetzt kann ich an der sorgfältigen Vorbereitung Ihrer Experimente wirklich nicht mehr zweifeln.«

»Danke. Es hat mir Freude gemacht, meine Erfahrungen auf diesem Gebiet unter Beweis zu stellen.« Er wandte sich ab und gab dem Taucher ein Handzeichen mit nach oben gerichtetem Daumen. Der Mann befestigte das Modell an einer in die Höhe führenden Schnur. »Ich lasse jetzt den Versuch noch einmal durchführen und erkläre Ihnen dabei, wie wir zu unseren Schlußfolgerungen gekommen sind.«

»Erklären Sie mir zuerst einmal diese merkwürdigen Murmeln.«

»Sie verkörpern die Kessel«, sagte Silverstein.

»Die Kessel?«

»Ja. Denn als das Heck der *Titanic* senkrecht in die Höhe wies, wurden die Kessel aus ihren Verankerungen gerissen und brachen durch die Schotte in Richtung des Bugs nach unten. Insgesamt waren es neunundzwanzig sehr massive Behälter: einige davon mehr als viereinhalb Meter im Durchmesser und sechs Meter lang.«

»Aber Ihre Nachbildungen versanken außerhalb des Modells.«

»Stimmt. Unsere Berechnungen ergaben, daß mindestens neunzehn Kessel den Bug durchschlugen und getrennt vom Rumpf in die Tiefe sanken.«

»Woher wissen Sie das so genau?«

»Weil sonst die gewaltige Ballastverschiebung von mittschiffs nach vorn die *Titanic* tatsächlich senkrecht nach unten gezogen hätte. Die Berichte der Überlebenden aus den Rettungsbooten stimmen jedoch in diesem einen Punkt überein, daß das Heck sich wieder etwas gesenkt hat, sobald das ohrenbetäubende

Rumpeln und Donnern der durchbrechenden Kessel aufhörte. Für mich ein Beweis, daß die *Titanic* ihre Kessel gewissermaßen ausspie und sich nach Befreiung von dieser Überlastung am Bug wieder etwas aufrichtete und die von mir zuvor erwähnte Neigung von achtundsiebzig Grad erreichte.«

»Und die Kesselmodelle bestätigen diese Theorie?«

»Ganz genau.« Silverstein griff wieder nach dem Hörer des Haustelefons. »Du kannst anfangen, Owen.« Er legte den Hörer auf die Gabel. »Owen Dugan ist mein Assistent oben. Jetzt wird er das Modell direkt über der Lotlinie dort drüben im Tank ins Wasser setzen. Wir haben Löcher in den Bug gebohrt, die in etwa den Lecks entsprechen, wie sie der Eisberg und die Kessel geschlagen haben könnten. Während das Wasser dort eindringt, beginnt das Modell vornüber zu Boden zu sinken. Bei einer bestimmten Schrägneigung rollen die Murmeln zum Bug. Eine Sprungfeder öffnet eine Klappe, und die Kesselmodelle fallen heraus.«

Wie auf ein Stichwort kamen die Murmeln herabgesunken – dicht gefolgt von dem Schiffsmodell.

Es berührte etwa dreieinhalb Meter von der Lotlinie entfernt den Boden.

Der Taucher markierte die Stelle und hielt Daumen und Zeigefinger der rechten Hand als Zeichen für einen Zollbreit empor.

»Da sehen Sie es, Admiral. Bei einhundertzehn Versenkungen hat das Modell nie außerhalb eines Radius von vier Zoll den Boden berührt.«

Sandecker blickte mehrere Sekunden lang in den Tank und wandte sich dann Silverstein zu. »Wo sollen wir jetzt nach Ihrer Meinung suchen?«

»Unsere Physiker haben per Computer einige raffinierte Berechnungen angestellt«, sagte Silverstein. »Nach ihrer Schätzung könnte das Schiff etwa dreizehnhundert Meter südöstlich von dem Punkt liegen, wo die *Sappho I* das Kornett entdeckt hat. Aber das ist, wie gesagt, nur eine Schätzung.«

»Woher wollen Sie wissen, ob das Kornett nicht auch in einem bestimmten Winkel nach unten gesunken ist?«

Silverstein machte ein beleidigtes Gesicht. »Sie unterschätzen meinen Hang zur pedantischen Sorgfalt, Admiral. Wir haben extra zwei alte Kornetts in einem Leihhaus gekauft und sie nach einer Versuchsreihe hier im Tank zweihundert Seemeilen vor Kap Hatteras dreitausendsechshundert Meter tief auf den Meeresboden sinken lassen. Ich kann ihnen die Aufzeichnungen unseres Sonars zeigen. Sie landeten beide keine fünfzig Meter von ihrer vertikalen Versenkungslinie entfernt.«

»Das erhärtet also Ihre Theorien und Berechnungen.«

Silverstein nickte eifrig. »Wir haben die vermutliche Fallinie des Kornetts natürlich in die anderen Berechnungen einbezogen.«

Sandecker nickte nur wieder anerkennend und trat an die Fensterwand des Tanks, um noch einmal das Keramikmodell der *Titanic* zu betrachten.

Silverstein trat neben ihn und sagte nachdenklich: »Diese Katastrophe vom Anfang unseres Jahrhunderts hat noch immer nichts von ihrer grausigen Faszination verloren.«

Sandecker nickte bestätigend. »Wenn man erst einmal anfängt, sich mit der *Titanic* zu beschäftigen, gerät man wie in einen hypnotischen Bann.«

»Warum ist das eigentlich so? Was fesselt die Phantasie bei dieser Schiffskatastrophe so stark, daß man nicht mehr davon loskommt?«

»Weil dieses Wrack am Meeresgrund so sehr viel gigantischer ist als alle anderen«, antwortete Sandecker. »Sie ist der legendärste und scheinbar unerreichbarste Schatz der modernen Geschichte. Schon der Anblick eines Fotos der *Titanic* wirkt sensationell erregend. Die Phantasiekraft wird beflügelt, weil wir so viel von der kurzen Lebensgeschichte dieses Schiffs wissen – von ihrer Mannschaft – und von den Passagieren. Das ist es, Silverstein: die *Titanic* ist wie ein riesiges Archiv einer Ära, die mit ihr gewissermaßen symbolisch versunken ist. Und keiner weiß, ob es uns wirklich gelingen wird, dieses Denkmal einer versunkenen Zeit je wieder ans Tageslicht zu heben. Aber wir werden es versuchen. Ja, das werden wir.«

36

Das Tauchboot *Sea Slug* wirkte von außen glatt und handlich. Aber als Pitt seine ein Meter fünfundachtzig in den Pilotensitz zwängte, erschien ihm das Innere wie ein Klaustrophobie erzeugender Alptraum von hydraulischen Installationen, elektronischen Geräten und Stromleitungen. Das Tiefsee-Tauchboot war sechs Meter lang, röhrenförmig und hinten und vorn abgerundet. Es hatte einen leuchtend gelben Anstrich und – paarweise am Bug angeordnet – vier große Sichtluken. An der Oberseite waren in zwei kleine Kuppeln starke Scheinwerfer eingebaut.

Pitt ging sorgfältig die Checkliste bis zu Ende durch und wandte sich dann erst dem rechts von ihm sitzenden Giordino zu.

»Wollen wir den ersten Tauchversuch riskieren?«

Giordino lächelte mit mehr Optimismus, als er wirklich empfand. »Ja, starten wir.«

»Was meinst du, Rudi?«

Gunn lag hinter den unteren Sichtluken und schaute nickend hoch. »Wenn alles startklar ist, bin ich bereit.«

Pitt sprach in ein Mikrophon und beobachtete auf dem Monitor über der Schalttafel, wie der Ladebaum der *Modoc* die *Sea Slug* aus ihrer Deckhalterung hob und sanft über die Reling ins Wasser senkte. Sobald ein Taucher das Hebekabel gelöst hatte, öffnete Pitt das Ballastventil, und das Tauchboot begann langsam unter die hohen Dünungswogen zu sinken. »Wir werden die Reservezeit für die Suche verwenden«, sagte Pitt. Giordino kannte den Ernst der Lage genau. Bei irgendeiner schweren technischen Panne in dreieinhalbtausend Meter Tiefe waren sie hoffnungslos verloren. Sie konnten sich dann

nur einen schnellen Tod statt der Qual des langsamen Erstik-
kens wünschen. Mit einem Anflug von grimmiger Ironie
registrierte er den instinktiven Wunsch, lieber wieder an Bord
der *Sappho I* zu sein. Dort war man wenigstens nicht so
entsetzlich eng eingezwängt gewesen und hatte ein Sicher-
heitssystem für acht Wochen Überlebenschance gehabt. Er
lehnte sich zurück, sah das Wasser vor der Sichtluke der
sinkenden *Sea Slug* dunkler werden, und seine Gedanken
beschäftigten sich zwangsläufig mit dem geheimnisvollen
Mann an seiner Seite, der das Tauchboot lenkte.

Giordino kannte Pitt seit ihrer Zeit in der High School, als sie
gemeinsam alte Autos zu Rennwagen umfrisiert und damit
Rennen auf den einsamen Landstraßen hinter Newport Beach
in Kalifornien gefahren hatten. Er kannte Pitt besser als die
meisten anderen und wußte, daß dieser Mann über eine sehr
breite Skala der Erlebnisfähigkeit und des Könnens verfügte. Es
gab den kollegial freundlichen und humorvollen Dirk Pitt, der
mit lässiger Ruhe die ihm gestellten Aufgaben erfüllte. Aber es
gab auch jenen Dirk Pitt, dessen disziplinierte Sicherheit und
Kaltblütigkeit in lebensgefährlichen Kampfsituationen normalen Menschen unheimlich und fast abstoßend erschien. Trotzdem wirkte seine Persönlichkeit nicht gespalten, sondern wie
aus einem Guß.

Giordino wandte seine Aufmerksamkeit wieder dem Tiefenmesser zu. Sie hatten inzwischen die Sechshundertmeter-Mar-
ke passiert und tauchten in eine Welt der ewigen Nacht. Das
menschliche Auge konnte jetzt nur noch absolute Schwärze
registrieren. Giordino bediente einen Schalter. Die Außen-
scheinwerfer flammten auf und schnitten einen beruhigenden
Lichtpfad durch die Dunkelheit.

»Hältst du es für möglich, daß wir die *Titanic* beim ersten
Versuch finden?« fragte er.

»Wenn Admiral Sandeckers Computerdaten stimmen, dann
müßte die *Titanic* irgendwo in einem Kreissektor von einhundertzehn Grad etwa dreizehnhundert Meter südöstlich der

Stelle liegen, wo ihr das Kornett geborgen habt.«

»Und wenn die Daten nicht stimmen, dann können wir bis zum Jüngsten Tag suchen«, sagte Giordino.

»Jetzt hat er wieder seine pessimistischen fünf Minuten«, sagte Gunn mit gutmütigem Spott.

»Beachten wir ihn einfach nicht«, meinte Pitt lachend. »Vielleicht geht er dann.«

Giordino schnitt eine spöttische Grimasse. »Natürlich, setzt mich doch einfach an der nächsten Ecke ab.«

So gingen die sarkastischen Wortgefechte hin und her und sorgten dafür, daß in dieser erbarmungslosen Umwelt der schwarzen Tiefe keine düstere Stimmung aufkam.

Vierzig Minuten nach dem Start um sechs Uhr fünfunddreißig meldete Pitt sich aus dreitausend Meter Tiefe bei der *Modoc* und gab die Meßdaten bekannt. Die Wassertemperatur betrug etwas unter zwei Grad Celsius.

Bei dreitausendsiebenhundertsiebzig Meter kam der Meeresboden in Sicht. Pitt schaltete die Antriebsmotore ein, bremste sanft die Absinkbewegung der *Sea Slug* und richtete sie auf Parallelkurs über dem trüben, roten Schlamm, der den Meeresboden bedeckte.

Das rhythmische Summen der Elektromotoren durchbrach die dumpfe Stille an Bord der *Sea Slug*. Zuerst hatte Pitt Schwierigkeiten, die leichten Bodenunebenheiten zu erkennen, und er mußte sich auf die Meßinstrumente verlassen. Die Daten wurden von Gunn abgelesen, der die Sonar- und Magnetometergeräte beobachtete.

Giordino kontrollierte die ganze Zeit über die Sicherheitssysteme.

Die langen Tage der Planung waren nun vorbei. Jetzt lagen die Stunden des geduldigen Suchens vor ihnen. Jene Zeitspanne mit ihrer eigentümlichen Mischung aus Optimismus, Enttäuschung und Abenteuerlust, wie sie allen Schatzsuchern gemeinsam ist. Ermüdungserscheinungen machten sich bemerkbar, und das seltene Auftauchen bizarr geformter Tiefseefische im Scheinwerferlicht wurde als willkommene Abwechslung kommentiert.

Bis dann Gunn plötzlich erregt meldete: »Fahrt drosseln ... starke Sonarreaktion. Jetzt schlägt das Magnetometer auch aus.«

»In welcher Richtung?« fragte Pitt.

»In Richtung eins-drei-sieben.«

»Eins-drei-sieben«, wiederholte Pitt. Er legte die *Sea Slug* in leichte Schräglage und peilte sie auf den neuen Kurs ein.

Giordino spähte über Gunns Schulter und beobachtete die grünen Lichtkreise auf dem Sonarskop. Ein Punkt von pulsierender Helligkeit signalisierte einen festen Gegenstand dreihundert Meter außerhalb ihrer Sichtweite.

»Macht euch keine zu großen Hoffnungen«, sagte Gunn jetzt wieder ruhiger. »Die Anzeichen sind zu klein für ein Schiff.«

»Was hältst du davon?« fragte Pitt.

»Schwer zu sagen. Nicht länger als sechs bis sieben Meter und etwa vier Meter hoch. Könnte alles mögliche sein ...«

»Vielleicht einer der Kessel der *Titanic*«, meinte Pitt optimistisch. »Es muß ja eine ganze Menge davon auf dem Meeresgrund liegen.«

»Du könntest recht haben«, bestätigte Gunn, und seine Stimme klang wieder erregter, als er meldete: »Ich registriere da noch etwas, Richtung eins-eins-fünf. Und hier noch etwas bei eins-sechs-null. Das letzte Signal deutet eine Länge von etwa einundzwanzig Meter an.«

»Könnte einer ihrer Schornsteine sein«, sagte Pitt.

»Du meine Güte«, flüsterte Gunn heiser. »Allmählich sieht das hier unten wie auf einem Schrottplatz aus.«

Plötzlich tauchte aus der Dämmerung am Rande der Schwärze ein Gegenstand auf, der mit seiner Rundung oben wie ein riesiger Grabstein im gespenstisch unwirklichen Scheinwerferlicht in die ewige Finsternis emporragte. Bald konnten die drei Männer an Bord der *Sea Slug* die Ofenklappe, Ventilrohre und andere Einzelheiten des großen Kessels erkennen.

»Da ist noch etwas«, sagte Gunn. »Warte ... der Impuls wird stärker. Jetzt die Länge: dreißig Meter ... sechzig ... «

»Seine Stimme klang erstickt vor Erregung, und Pitt lauschte voller wilder Hoffnung.

»Einhundertfünfzig Meter ....zweihundert ... zweihundertvierzig Meter.« Gunn stieß einen Jubelruf aus. »Wir haben sie! Wir haben sie!«

»Welcher Kurs?« fragte Pitt fast zaghaft.

»Kurs null-neun-sieben«, antwortete Gunn in ehrfürchtigem Flüsterton.

In den nächsten Minuten wurde kein Wort gesprochen. Alle drei starrten erwartungsvoll in die Finsternis jenseits der Lichtbahn. Sogar Pitt verlor seine unerschütterliche Ruhe und ertappte sich dabei, daß er das Tauchboot vor Aufregung zu nahe an den Bodenschlamm gelenkt hatte. Er machte eine Kurskorrektur und spähte wieder durch die Bugscheibe.

Was würden sie finden? fragte er sich unruhig. Ein verrostetes altes Wrack, das man keinesfalls mehr heben und bergen konnte? Die zertrümmerte, verrottete Hülle eines Schiffs, das bis zu seinen Aufbauten im Schlamm vergraben lag? Und dann erspähte sein angestrengt suchender Blick einen riesig emporragenden Schatten, und er sagte nur leise:

»Da ist sie –«

»Wir steuern direkt auf ihren Bug zu«, raunte Giordino mit unterdrücktem Triumph in der Stimme.

Als sie sich bis auf fünfzehn Meter genähert hatten, verlangsamte Pitt die Fahrt und steuerte die *Sea Slug* auf Parallelkurs zur Wasserlinie des Unglücksschiffs. Allein der Anblick der Ausmaße der stählernen Seitenplatten des Rumpfs war atemberaubend. Nach fast achtzig Jahren am Meeresboden waren überraschend wenig Korrosionsschäden erkennbar. Das goldene Band rings um den riesigen schwarzen Rumpf glänzte im Licht der Scheinwerfer. Pitt lenkte das Tauchboot an dem acht Tonnen schweren Anker an der Backbordseite vorbei nach oben, und sie konnten alle sehr deutlich die in stolzer Größe

von fast einem Meter prangenden Goldbuchstaben erkennen:
Titanic.

Immer noch im Bann dieser phantastischen Entdeckung nahm
Pitt das Mikrophon aus dem Halter und drückte auf den
Sendeknopf. »*Modoc ... Modoc.* Hier ist die *Sea Slug ...*
hören Sie mich?«

Der Radiotechniker der *Modoc* antwortete fast sofort. »Hier ist
Modoc. Sea-Slug, wir hören Sie. Melden.«

Pitt sagte mit erzwungener Ruhe ins Mikrophon: »*Modoc,*
benachrichtigen Sie das NUMA-Hauptquartier, daß wir Big T
gefunden haben. Ich wiederhole: wir haben Big T gefunden.
Tiefe – dreitausendsiebenhundertsechzig Meter. Zeit – elf Uhr
zweiundvierzig. Ende.«

»Elf Uhr zweiundvierzig«, wiederholte Giordino, und seine
aufgestaute innere Spannung entlud sich plötzlich in einem
befreienden Lachen. »Die Zeitangabe werde ich nie vergessen.«
Die beiden anderen stimmten in das Lachen ein. Für kurze Zeit
genossen sie nur ihren Triumph und dachten nicht daran, daß
ihr Fund dort draußen in der ewigen Tiefseenacht das Grabmal
für eintausendfünfhundertsiebzehn Menschen war.

Regeneration

Am Rumpf der *Titanic* klaffte die zerstörerische Wunde der
Kollision mit dem Eisberg vom vordersten Laderaum an
Steuerbord nahezu neunzig Meter bis zum 5. Kesselraum. Die
riesigen Löcher im Bug unter der Wasserlinie verrieten, wo die
mittschiffs aus ihren Verankerungen gerissenen Kessel sich
schließlich nach Zertrümmerung der Zwischenschotte gewaltsam einen Weg ins Freie gebahnt hatten.

Mit einer leichten Neigung nach Backbord und den Bug nach
Süden gerichtet, ruhte das Wrack schwer im Schlamm. Die
Scheinwerfer des Tauchboots glitten wie gespenstische Licht-

finger über die Aufbauten und warfen lange Schatten über ihre Teakholzdecks. Ohne ihre Schornsteine wirkte die *Titanic* fast stromlinienförmig modern. Die drei vorderen Schornsteine waren offenbar beim Versinken in die Tiefe weggerissen worden, und der vierte lag quer über dem hinteren Bootsdeck. Dort ragten einige Luft-Exhauster noch wie reglose Wachtposten hinter den leeren Welin-Davits empor, in denen einst die Rettungsboote des großen Passagierschiffs gehangen hatten.

Eine Atmosphäre von morbider Schönheit strömte von dem Wrack aus. Die Männer im Tauchboot konnten sich deutlich den Lichterglanz in den Speisesälen, Salons und Luxuskabinen vorstellen. Damals – als kurz vor der Katastrophe noch die Passagiere sorglos durch Gänge und Säle flaniert waren. Die Astors, die Guggenheims und die Straus' in der 1. Klasse. Mittelstandsbürger, Lehrer, Geistliche, Studenten und Journalisten in der 2. Klasse. Und die Einwanderer: irische Bauern mit ihren Familien, die Schreiner, die Bäcker, die Schneider und Bergleute aus Schweden, Rußland und Griechenland im Zwischendeck. Und außerdem noch fast neunhundert Mann Schiffspersonal: von den Offizieren bis zu den Stewards, den Liftboys und den Heizern in den Kesselräumen.

Dort in der Dunkelheit jenseits der Türen und Luken war einst die Pracht des Reichtums beheimatet gewesen. Wie würden das Schwimmbecken, der Squashtennisplatz und die türkischen Bäder wohl jetzt aussehen? Hingen noch Überreste des großen Wandteppichs im Empfangsraum? Was war aus der Bronzeuhr über der Haupttreppe, den Kristallüstern im eleganten Café Parisien oder der kunstvollen Deckenverzierung im Speisesaal der 1. Klasse geworden? Lagen vielleicht die Gebeine von Captain Edward J. Smith noch irgendwo im Schatten der Kommandobrücke? Welche Geheimnisse würde man in dem schwimmenden Palast von einst entdecken, falls man ihn je wieder ans Tageslicht heben könnte?

Die Spotlights für die Kameras des Tauchboots flammten auf, während die winzig kleine *Sea Slug* den gewaltigen Schiffsrumpf umkreiste. Ein etwa sechzig Zentimeter langer Fisch mit einer Art Rattenschwanz, Glotzaugen und dick gepanzertem Kopf glitt über eines der schrägen Decks – offenbar unbeeindruckt von den Blitzlichtern und Scheinwerferstrahlen.

Die drei Männer hinter den Sichtscheiben glaubten eine stundenlange Reise in gespenstische Abgründe der Vergangenheit hinter sich zu haben, als das Tauchboot schließlich über das Salondach der 1. Klasse emporschwebte.

4

Die Titanic

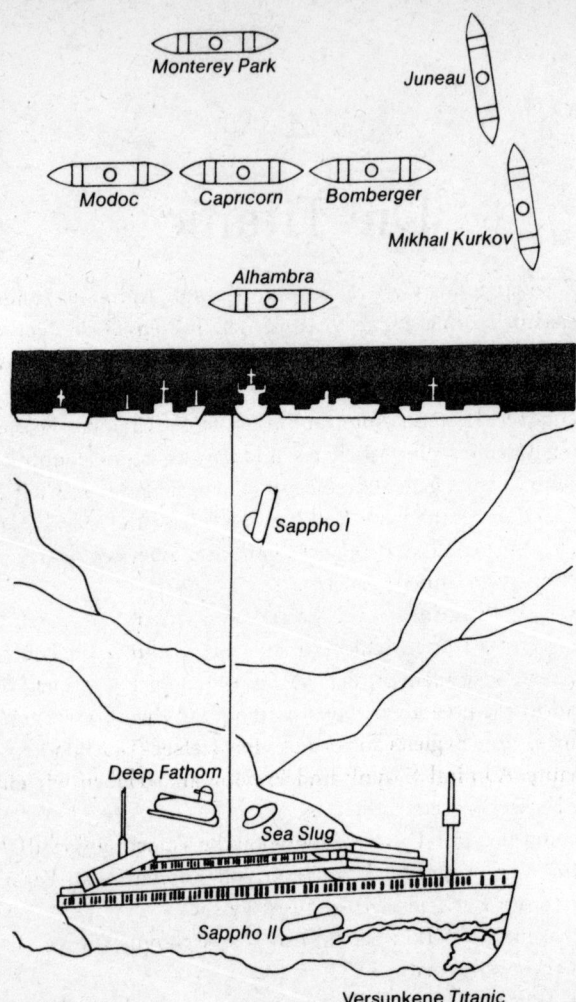

Monterey Park

Juneau

Modoc   Capricorn   Bomberger

Mıkhaıl Kurkov

Alhambra

Sappho I

Deep Fathom

Sea Slug

Sappho II

Versunkene *Titanic*

(Skizze der versunkenen *Titanic* mit Bergungsschiffen, Tauchbooten, dem amerikanischen Kreuzer *Juneau* mit Nuklearantrieb und Fernlenkraketen und dem russischen Forschungsschiff.)

Mai 1988

37

Der sowjetische Generalsekretär Georgi Antonov zündete gemächlich seine Pfeife an und ließ seinen Blick über die Gesichter der rings um den langen Konferenztisch sitzenden Männer gleiten.

Rechts von ihm saß Admiral Boris Sloyuk, Chef des Sowjetischen Marine-Geheimdienstes, und sein Assistent Hauptmann Prevlov. Ihnen gegenüber saßen Wladimir Polevoi, Chef der Auslandsgeheimdienst-Direktion des KGB, und Wasily Tilevitch, Marschall der Sowjetunion und oberster Leiter des Sowjetischen Geheimdienstes.

Antonov kam sofort zur Sache: »Es scheint also, daß die Amerikaner fest entschlossen sind, die *Titanic* zu heben.« Er musterte sekundenlang die vor ihm liegenden Papiere und fuhr dann fort: »Eine gewaltige Anstrengung. Zwei Versorgungsschiffe, drei Begleitschiffe und vier Tiefsee-Tauchboote.« Er schaute Admiral Sloyuk und Prevlov an. »Haben wir einen Beobachter in dem Gebiet?«

Prevlov nickte. »Das ozeanographische Forschungsschiff *Mikhail Kurkov* unter Kommando von Kapitän Iwan Parotkin kreuzt am Rande des Bergungsgebiets.«

»Ich kenne Parotkin persönlich«, fügte Sloyuk hinzu. »Er ist ein fähiger Seemann.«

»Es muß einen Grund haben, wenn die Amerikaner Hunderte Millionen von Dollar ausgeben, um ein sechsundsiebzig Jahre altes Wrack zu heben«, sagte Antonov.

»Es gibt einen Grund«, erklärte Admiral Sloyuk ernst. »Und zwar einen, der unsere militärische Sicherheit stark bedroht.«

Er nickte Prevlov zu, und der verteilte rote Aktendeckel mit der Aufschrift *Projekt Sizilien* an alle und sagte dabei: »Deshalb habe ich um diese Zusammenkunft ersucht. Meine Leute haben sich die Planentwürfe eines neuen geheimen amerikanischen Verteidigungssystems beschaffen können. Sie werden sicherlich das vorliegende Material ebenso alarmierend finden wie ich.«

Die Männer rings um den Konferenztisch öffneten die Aktendeckel und begannen zu lesen. Dabei spiegelten sich im Gesicht des sowjetischen Generalsekretärs alle möglichen Empfindungen von beruflichem Interesse über Verblüffung bis zu schockierter Erkenntnis der Tatsachen.

»Das ist unglaublich, Admiral Sloyuk«, sagte der Generalsekretär nach fünf Minuten.

»Fast unvorstellbar.«

»Ist so ein Verteidigungssystem überhaupt möglich?« fragte Marschall Tilevitch.

»Dieselbe Frage habe ich unseren fünf fähigsten Wissenschaftlern auf diesem Gebiet gestellt«, antwortete Prevlov. »Sie alle hielten dieses Verteidigungssystem für theoretisch machbar, falls eine entsprechend starke Kraftquelle zur Verfügung steht.«

»Und Sie nehmen an, diese Kraftquelle liegt im Laderaum der *Titanic*?« fragte Tilevitch verblüfft.

»Dessen sind wir sicher, Marschall. Wie im Bericht erwähnt, ist das *Projekt Sizilien* nur mit dem wenig bekannten Element Byzanium funktionsfähig.« In kurzen Umrissen berichtete Prevlov die ihm inzwischen bekannten Tatsachen vom Abbau und vom weiteren Schicksal des wertvollen Metalls.

Antonov schüttelte fassungslos den Kopf. »Mit diesem Byzanium könnten die Amerikaner also dann unsere Interkontinentalraketen mühleos unschädlich machen?«

Sloyuk nickte ernst.

»Das ist leider die fatale Wahrheit.«

Polevoi beugte sich über den Tisch und musterte Prevlov

mißtrauisch. »Sie vermerken in Ihrem Bericht, Ihr Kontaktmann sei ein hoher Beamter im amerikanischen Verteidigungsministerium.«

»Das stimmt«, antwortete Prevlov respektvoll. »Nach den skandalösen Vorgängen der letzten Jahre macht er sich keine Illusionen mehr über den moralischen Wert der amerikanischen Regierung. Er hat sich daher bereit erklärt, die Politik der sozialistischen Länder zu unterstützen, und ich bekomme von ihm seit einiger Zeit Geheimmaterial geliefert, das er für wertvoll hält.«

Antonov sah Prevlov nachdenklich an. »Und Sie meinen, die Amerikaner können die *Titanic* tatsächlich heben?«

»Ich traue es denen zu«, antwortete Prevlov. »Falls das Wrack noch in einigermaßen gutem Zustand ist. Und das scheint der Fall zu sein, sonst hätten die Amerikaner nicht die kleine Flotte von Bergungsschiffen und Tauchbooten in Bewegung gesetzt.«

»Dann müssen wir also im Ernstfall dafür sorgen, daß das Byzanium nicht die Vereinigten Staaten erreicht«, sagte Marschall Tilevitch.

»Aber eine Konfrontation zwischen unserem Land und den Vereinigten Staaten muß unbedingt vermieden werden«, sagte Generalsekretär Antonov mit Bestimmtheit. »Dazu ist unsere innenpolitische Lage viel zu prekär.«

»Was sollen wir unternehmen, wenn wir nicht in das Bergungsgebiet eindringen können?« fragte Tilevitch.

»Das hängt davon ab, auf welche Weise die Amerikaner ihre Bergungsoperation schützen.«

»Der amerikanische Kreuzer *Juneau* mit Nuklearantrieb und Fernlenkraketen patrouilliert ständig in Sichtweite der Bergungsschiffe«, sagte Admiral Tilevitch.

»Darf ich etwas dazu sagen?« fragte Prevlov und fügte dann mit spürbarer Genugtuung und ohne eine Antwort abzuwarten hinzu: »Wir sind bereits in das Bergungsgebiet eingedrungen.«

Antonov sah ihn überrascht an. »Bitte erklären Sie das, Hauptmann.«

Prevlov sah seinen Vorgesetzten fragend an, und Admiral Sloyuk nickte zustimmend.

»Zwei von unseren Geheimagenten arbeiten als Mitglieder der Bergungsmannschaft von NUMA«, erläuterte Prevlov. »Ein sehr talentiertes Team. Sie haben uns seit zwei Jahren wichtige Daten der ozeanographischen Forschung von NUMA geliefert.«

»Gut«, sagte Antonov und wandte sich unter Umgehung von Sloyuk wieder direkt an Prevlov. »Und haben Sie schon einen bestimmten Plan, Prevlov?«

»Ja, den habe ich.«

38

»Soviel ist unsere Geheimabteilung wert«, sagte Seagram ungehalten und legte eine Zeitung auf Sandeckers Schreibtisch. »Die habe ich vor einer Viertelstunde am Zeitungsstand gekauft.«

Sandecker sah sofort die Schlagzeile und begann laut zu lesen: »NUMA WILL TITANIC HEBEN! Multimillionendollar-Projekt zu Bergung des Unglücksschiffs.«

Sandecker überflog den Artikel, und Seagram kommentierte mürrisch: »Der Präsident wird nicht begeistert sein.«

»Sogar ein Foto von mir«, sagte Sandecker. »Nicht sehr ähnlich. Muß ein Archivfoto aus früherer Zeit sein.«

»Der ungünstigste Zeitpunkt für eine Veröffentlichung«, sagte Seagram mürrisch. »Drei Wochen später ... dann hätte Pitt das Schiff vielleicht schon gehoben.«

»Regen Sie sich nicht auf, Seagram«, sagte Sandecker besänftigend. »Jetzt läßt sich nichts mehr daran ändern. Jedenfalls haben Pitt und seine Mannschaft in den vergangenen neun Monaten bei Wind und Wetter im Atlantik hervorragende Arbeit geleistet. Ein Wunder eigentlich, daß sie in der relativ kurzen Zeit so viel erreichen konnten. Trotzdem kann noch alles mögliche passieren, wenn sie das Schiff dann tatsächlich zu heben beginnen. Die Saugkraft zwischen Kiel und Bodenschlamm könnte so stark sein, daß eine Hebung überhaupt unmöglich ist.« Als er Seagrams besorgtes Gesicht sah, fügte er schnell hinzu: »Aber vielleicht ist die Bergung viel einfacher, als wir es uns jetzt vorstellen können.«

Seagram nickte. »Im Moment ist das auch nicht unser Hauptproblem. Aber wie sollen wir uns der Presse gegenüber verhalten?«

»Einfach so wie jeder schlitzohrige Politiker, wenn Reporter einen Skandal in seiner politischen Karriere aufgedeckt haben«, sagte Sandecker mit spöttischer Heiterkeit.

»Und was wird da getan?« fragte Seagram.

»Wir veranstalten eine Pressekonferenz.«

»Das geht doch einfach nicht. Wenn der Kongreß und die Öffentlichkeit erfahren, daß wir über eine dreiviertel Milliarde Dollar in das Projekt investiert haben, dann machen sie uns die Hölle heiß.«

»Wir bluffen wie gute Pokerspieler und behaupten, die Bergungskosten würden nur etwas mehr als dreihundert Millionen Dollar betragen. Wer will das nachprüfen? Es gibt keine Möglichkeit, das tatsächliche Zahlenmaterial ausfindig zu machen: weder für Kongreßmänner noch für Journalisten.«

»Mir ist trotzdem nicht wohl dabei«, sagte Seagram bedenklich. »Unsere Reporter hier in Washington sind Meister im Kreuzverhör mit unbequemen Fragen und haben auf diese Weise schon manch einen Regierungssprecher zur Strecke gebracht. Sie werden es schwer haben, Admiral.«

»Ich will auch nicht als Sprecher bei dieser Pressekonferenz fungieren«, sagte Sandecker langsam.

»Wer dann? Etwa ich? Sie wissen doch, daß ich der unbekannte Mann im Hintergrund bin und bleiben muß.«

»Ich dachte an jemand anders. An eine Person, die nichts von unseren Verschleierungsbemühungen weiß und die fachmännische Kenntnisse hat, was versunkene Schiffe betrifft. Es ist jemand, den die Presse übrigens sehr höflich und respektvoll behandeln würde.«

»Und wollen Sie diesen Ausbund von Tugend herzaubern?«

»Es freut mich, daß Sie das Wort Tugend benutzt haben«, sagte Sandecker mit verschmitztem Lächeln. »Ich habe nämlich an Ihre Frau gedacht.«

39

Dana Seagram stand gelassen am Pult und beantwortete schnell und treffsicher die Fragen, die ihr die über achtzig im Saal des NUMA-Hauptquartiers versammelten Reporter stellten. Sie trug einen sandfarbenen Rock und einen tief ausgeschnittenen Pullover, mit einer kleinen Perlenkette als einzigem Schmuck. Ihr selbstsicheres Auftreten und ihre elegante Erscheinung verschafften ihr vom ersten Augenblick an einen Vorteil gegenüber den vor ihr in den gestaffelten Rängen des Hörsaals sitzenden Reportern.

Eine ältere Journalistin hatte gerade die längst fällige Frage gestellt, ob es nicht besser gewesen wäre, die riesigen Beträge für die Bergung lieber für Wohltätigkeitszwecke zu verwenden.

»Eine verständliche Frage«, sagte Dana mit ungezwungenem Lächeln. »Aber aus meiner Sicht eine, die sich leicht beantworten läßt. Denn die Hebung der *Titanic* ist keine Geldverschwendung. Das dafür vorgesehene Budget von zweihundertneunzigtausend Dollar ist noch längst nicht ausgeschöpft, obwohl die Bergungsarbeiten über den Zeitplan hinaus weit fortgeschritten sind.«

»Finden Sie die Kosten nicht trotzdem enorm hoch?« fragte ein anderer Reporter.

»Durchaus nicht«, antwortete Dana sofort, »wenn man den möglichen Gewinn in Rechnung stellt. Denn die *Titanic* ist eine wahre Schatzkammer. Man vermutet dort auf dem Meeresgrund Werte von über dreihundert Millionen Dollar. Viele Juwelen und Wertsachen von Passagieren sind noch an Bord. In einer Luxuskabine allein für eine Viertelmillion Dollar. Und dann die Innenausstattung des Schiffes, von der vieles noch erhalten sein dürfte. Bedenken Sie, daß ein Sammler zwischen fünfhundert und tausend Dollar für ein Stück Porzellangeschirr oder ein Kristallglas aus dem Speisesaal der 1. Klasse zahlen würde. Nein, Ladies und Gentlemen, hier liegt keine übliche Verschwendung von Steuergeldern vor, sondern wir erhoffen uns Gewinn in Geld und in unersetzbaren Antiquitäten einer versunkenen Epoche. Ganz zu schweigen von dem Wert der Forschungsergebnisse auf ozeanographischem und technologischem Gebiet.«

»Das klingt recht überzeugend«, sagte ein anderer Reporter. »Aber könnten Sie uns vielleicht erklären, Dr. Seagram, wie diese Bergung überhaupt bewerkstelligt werden soll?«

»Auch für diese Frage bin ich dankbar«, sagte Dana. »Denn ich wollte Ihnen ohnehin mittels einer Dia-Vorführung zeigen, mit welchen Mitteln man dieses so schwierige Projekt erfolgreich zu Ende führen will.« Sie wandte sich zur Seite und nickte dem Beleuchter zu.

Die Lichter im Saal wurden dämmrig, und auf einer großen Leinwand hoch hinter dem Pult erschien das erste Dia. Es war eine Fotomontage aus achtzig Aufnahmen, die einen plastischen Gesamteindruck von der Lage der *Titanic* am Meeresboden vermittelte.

»Glücklicherweise liegt das Schiff ziemlich aufrecht mit einer leichten Neigung nach Backbord«, erklärte Dana. »So daß man leicht an das fast einhundert Meter lange Leck heran kann, das der Eisberg an der Steuerbordseite aufgerissen hat. Es soll mit einem Spezialmittel versiegelt werden, das bezeichnenderweise ›Feuchtstahl‹ genannt wird.«

Das nächste Dia glitt auf die Leinwand. Es zeigte einen Mann mit einem Klumpen in den Händen, der wie knetbares Plastikmaterial aussah.

»Das ist Dr. Amos Stanford, der Erfinder des Feuchtstahls«, erklärte Dana. »Das Material ist unter normalen atmosphärischen Bedingungen an der Erdoberfläche knetbar, wird aber nach neunzig Sekunden im Wasser stahlhart und verbindet sich mit Metallgegenständen wie beim Schweißen.«

Ein erstauntes Raunen folgte dieser Feststellung.

»Rings um das Wrack sind kugelförmige Aluminiumbehälter voller Feuchtstahl abgesenkt worden«, fuhr Dana fort. »Die Tauchboote können sich an diese Behälter ankoppeln, Feuchtstahl abzapfen und das Material an die zu reparierenden Lecks befördern. Die dort arbeitenden Mannschaften können den Feuchtstahl mittels Spezialdüsen auf die zu schließenden Lecks auftragen.«

Sie signalisierte nach dem nächsten Dia.

»Hier sehen wir einen Querschnitt von der Meeresoberfläche bis zum Grund. Die Versorgungsschiffe an der Oberfläche und die Tauchboote unter Wasser sind in ihren augenblicklichen Positionen eingezeichnet. Vier bemannte Tauchboote sind bei der Bergungsoperation eingesetzt. Dazu gehören die Ihnen schon von der Erforschung der Lorelei-Strömung bekannte *Sappho I* und die neuere und technologisch verbesserte *Sappho II*. Aufgabe von *Sappho I* ist die Abdichtung des vom Eisberg gerissenen Lecks und die Schließung der Löcher, die die Kessel in den Rumpf geschlagen haben. *Sappho II* soll die kleineren Öffnungen wie Luftschächte und Luken versiegeln. Das Tauchboot der Marine, die *Sea Slug,* hat die Aufgabe, Reste von Masten, Aufbauten und den Schornstein zu entfernen, der über das hintere Bootsdeck gefallen ist. Und die *Deep Fathom*, ein Tauchboot der Uranus-Ölgesellschaft, installiert Druckminderungsventile am Rumpf und den Aufbauten der *Titanic.*«

»Könnten Sie bitte den Zweck dieser Ventile erklären, Dr. Seagram?« fragte ein junger Reporter höflich.

»Gern«, antwortete Dana. »Zuerst mußte natürlich durch eingepreßte Luft das Wasser aus dem Innern des Schiffs entfernt werden. Das ist ein komplizierter Vorgang, auf den ich hier nicht näher eingehen kann. Beim Heben des Schiffs wird nun natürlich der Luftdruck im Innern des Schiffs um so stärker wirksam, je mehr sich der Wasserdruck von außen vermindert. Die *Titanic* könnte also bei der Hebung zerplatzen, wenn die Druckminderungsventile nicht für einen ständigen Ausgleich zwischen Luftdruck und Wasserdruck sorgen würden.«

»NUMA will also das Wrack mit Hilfe komprimierter Luft heben?«

»Ja, das Versorgungsschiff *Capricorn* hat zwei Kompressoren an Bord.«

»Dr. Seagram, ich gehöre zum Stab der Zeitschrift *Wissenschaft heute* und weiß zufällig, daß der Wasserdruck dort unten, wo die *Titanic* liegt, über sechstausend Pfund pro Quadratzoll beträgt«, sagte eine andere Männerstimme aus dem Halbdunkel des Zuhörerraums. »Ich weiß auch, daß der größte zur Verfügung stehende Luftkompressor nur viertausend Pfund Druck erzeugen kann. Wie wollen Sie die Differenz überbrücken?«

»Zuvor hatte ich ja schon angedeutet, daß dieser komplizierte Vorgang sich nicht im Rahmen einer Pressekonferenz erklären läßt. Aber ich will es wenigstens in groben Umrissen versuchen. Durch eine speziell für diesen Zweck verstärkte Rohrleitung wird die komprimierte Luft von Bord der *Capricorn* in ein zweites Pumpgerät geleitet, das mittschiffs auf dem Wrack installiert wurde. Diese Pumpe sieht wie ein Flugzeug-Sternmotor aus: mit einer Reihe von Kolben rings um das Kerngehäuse. Zum Antrieb der Pumpe wird außer dem Wasserdruck der Tiefsee Elektrizität und der von oben herabgeleitete Luftdruck eingesetzt. Tut mir leid, daß ich es nicht genauer erklären kann. Aber ich bin Meeres-Archäologin und kein Meeres-Ingenieur.«

»Wie soll das Problem der Ansaugung gelöst werden?« fragte eine andere Stimme. »Die *Titanic* hat nun so viele Jahre im

Bodenschlamm gelegen, daß sie doch ziemlich zäh daran festkleben dürfte.«

»Das stimmt sicherlich.« Dana gab ein Zeichen. Die Lichter im Saal wurden wieder hell, und einige Momente blinzelte sie geblendet, bis sie den Fragesteller erkennen konnte. Es war ein Mann im mittleren Alter, mit langem, braunem Haar und einer großen Brille mit dünnem Drahtgestell. »Sobald man errechnet hat, daß die Luftmenge im Innern des Schiffs zur Hebung ausreicht, wird die Luftröhre vom Rumpf abgelöst. Sie wird dann zum Aussprühen einer elektrolysierten Chemikalie verwendet, die die Firma Myers-Lentz entwickelt hat. Die Chemikalie bewirkt eine molekulare Veränderung im Bodensatz rings um den Kiel der *Titanic,* und dadurch entsteht ein Kissen von Blasen, die die feste Bindung von Bodenschlamm und Kiel langsam auflösen und die erste Phase der Hebung erleichtern.«

Ein weiterer Reporter hob die Hand und fragte: »Falls diese erste Phase erfolgreich verläuft und die *Titanic* zur Oberfläche zu schweben beginnt, besteht da nicht die Gefahr des Kenterns? Für ein nicht ausbalanciertes Gebilde von fünfundvierzigtausend Tonnen sind zweieinhalb Meilen ein weiter Weg.«

»Sie haben recht. Ein Kentern wäre durchaus möglich. In den unteren Ladenräumen soll aus diesem Grunde auch genug Wasser als Ballast und Trimm verbleiben.« Dana Seagram spürte, daß sie die schwierigsten Fragen einigermaßen überzeugend beantwortet hatte. Die Atmosphäre im Saal war freundlich und gelockert. »Ich hoffe, meine Erklärungen haben einige berechtigte Zweifel am Sinn dieser Operation beseitigt«, sagte sie mit ihrem reizendsten Lächeln.

Und als zuerst zögernd und dann immer lauter Applaus durch den Saal brandete, wußte Dana, daß sie gesiegt hatte.

40

Seit dem frühen Morgen wehte ein stetiger Nordostwind. Bis zum Spätnachmittag hatte er sich zu einer steifen Brise von fünfunddreißig Knoten verstärkt. Die Bergungsschiffe schlingerten heftig in der aufgewühlten See, und die Männer wagten sich nicht auf die eisschlüpfrigen Decks. Schon deshalb nicht, weil der naßkalte Nordostwind den Körper viel schneller unterkühlte als trockene Kälte.

Der Meteorologe Joel Farquar an Bord der *Capricorn* – abkommandiert vom Staatlichen Wetteramt – schien unbeeindruckt von den Windböen, die um den Kommandoraum fauchten. Er studierte die mit den Nationalen Wetter-Satelliten verbundenen Geräte, die alle vierundzwanzig Stunden vier verschiedene Raumaufnahmen des Gebiets über dem Nordatlantik lieferten.

»Wie lautet nun deine Wetterprognose?« fragte Pitt. Er stemmte sich gegen die Schlingerbewegungen des Schiffs.

»In einer Stunde wird der Wind schwächer werden«, antwortete Farquar. »Morgen bei Sonnenaufgang sollte er bis auf zehn Knoten abgeflaut sein.«

Beim Sprechen blickte Farquar nicht von seinen Geräten und Luftaufnahmen hoch. Er war ein kleiner Mann mit rötlichem Gesicht: ohne Sinn für Humor und scheinbar ohne einen Funken menschlicher Wärme. Aber alle an der Bergungsoperation beteiligten Männer respektierten ihn wegen seines Fleißes und seiner fast unheimlich genauen Wettervoraussagen.

»Da macht man seine Pläne, und alles ist umsonst«, sagte Pitt verdrossen. »Jetzt haben wir schon zum vierten Mal innerhalb einer Woche die Direktverbindungen unterbrechen und an Bojen anschließen müssen.«

»Das Wetter können wir Menschen eben noch nicht selber machen«, sagte Farquar gleichmütig. Er deutete auf die beiden Reihen von Monitorbildschirmen am Vorderschott des Kommandoraums. »Jedenfalls macht denen das Wetter nicht zu schaffen.«

Pitt blickte auf die Bildschirme. Man sah dort die Tauchboote, deren Mannschaften am Wrack der *Titanic* arbeiteten. Ihre Unabhängigkeit von den Versorgungsschiffen war einer der Vorteile des Projekts. Lediglich die *Sea Slug* konnte nur achtzehn Stunden unter Wasser bleiben, und sie war jetzt sicher auf dem Achterdeck der *Modoc* verankert. Die drei anderen Tauchboote konnten fünf Tage unten bei der *Titanic* bleiben, bevor sie zum Austausch der Mannschaften an die Oberfläche kamen.

Pitt wandte sich Al Giordino zu, der über einen großen Kartentisch gebeugt stand. »Wie ist die Situation hier oben?« Giordino deutete auf die fünf Zentimeter langen Schiffsmodelle, die auf der Seekarte verstreut standen. »Die *Capricorn* hält ihre übliche Position in der Mitte. Die *Modoc* liegt direkt davor, und die *Bomberger* hält sich drei Meilen zurück.«

Pitt betrachtete das Modell der *Bomberger*. Es war ein speziell für Tiefseebergung neu konstruiertes Schiff. »Sag ihrem Kapitän, er soll bis auf eine Meile heranrücken.«

Giordino nickte dem kahlköpfigen Radiotechniker zu, dessen Sitz vor seinen Geräten am Boden festgeschraubt war. »Du hast gehört, Lockenköpfchen. Melde zur *Bomberger* hinüber, sie soll hinter uns bis auf eine Meile herankommen.«

»Was ist mit den Versorgungsschiffen?« fragte Pitt.

»Keine Schwierigkeiten. Für Schiffe dieser Größenordnung ist der Seegang nicht zu schwer. Die *Alhambra* ist backbord postiert, und die *Monterey Park* in der geplanten Steuerbordposition.«

Pitt deutete auf ein kleines rotes Schiffsmodell. »Wie ich sehe, sind unsere russischen Freunde noch in der Nähe.«

»Die *Mikhail Kurkov?*« sagte Giordino und setzte das blaue Modell eines Kriegsschiffs neben das rote. »Ja, aber die Männer dort an Bord werden nicht viel Freude an dem Spiel finden. Die *Juneau* mit ihren Fernlenkraketen hängt wie eine Klette an dem Russen.«

»Und die mit dem Wrack verbundene Signalboje?«

»Sendet unentwegt ihre Piepsignale fünfundzwanzig Meter unter der aufgewühlten See«, erklärte Giordino. »Wir halten also ziemlich genau unsere Position über der *Titanic*.«

Der Sonarbeobachter machte eine Handbewegung, und Pitt trat zu ihm an das Unterwasser-Ortungsgerät. »Was tut sich hier?«

»Im Verstärker ist ein merkwürdiges Ping-ping zu hören«, antwortete der Sonarbeobachter, ein blasser Mann von kräftiger, untersetzter Statur. »In den beiden letzten Monaten habe ich diese Töne schon hin und wieder gehört. Klingt fast so, als würde jemand Meldesignale senden.«

»Läßt sich das entschlüsseln?«

»Nein. Curly hat es sich angehört, und nach seiner Meinung ist es sinnloser Geräuschsalat.«

»Wahrscheinlich ein loser Gegenstand beim Wrack, der in der Strömung gelegentlich an den Rumpf prallt.«

»Die Kabinenkamera der *Sappho II* funktioniert plötzlich nicht mehr«, meldete der Mann vor den Monitorbildschirmen.

Pitt trat sofort hinter ihn und starrte auf die eine erloschene Mattscheibe. »Ist es eine Störung hier bei uns?«

»Nein. Alle Leitungen hier und das Relaisgerät in der Boje arbeiten einwandfrei. Es sieht fast so aus, als hätte jemand ein Tuch über die Kameralinse gehängt.«

Pitt wandte sich dem Mann an den Funk- und Radiogeräten zu. »Curly, nimm Kontakt mit der *Sappho II* auf und bitte sie, die Kabinenkamera zu prüfen.«

Giordino griff nach dem Klemmbrett, an dem die Liste mit den Dienstplänen der Besatzungen befestigt waren. »Bei dieser Schicht hat Omar Woodson das Kommando.«

Curly schaltete auf Sendung und meldete: »*Sappho II*, hallo *Sappho II*, hier spricht *Capricorn*. Bitte kommen.« Dann drückte er seine Kopfhörer fester an die Ohren. »Die Verbindung ist schlecht«, sagte er zu Pitt. »Viele Störungen und Unterbrechungen.«

»Schalte den Lautsprecher an«, befahl Pitt.

Übertönt von Knistergeräuschen, waren Wortfetzen einer Männerstimme zu hören.

»Unten stimmt was mit dem Sendegerät nicht«, sagte Curly.

»Dreh den Lautsprecher voll auf. Vielleicht können wir dann Woodsons Antwort irgendwie enträtseln.«

»*Sappho II*, könnten Sie bitte wiederholen. Wir können Sie nicht verstehen. Kommen.«

Sobald Curly den Lautsprecher auf volle Stärke einstellte, dröhnte das Knistern und Knacken schmerzhaft scharf in die Ohren.

» – – *corn*, wir – – könn – – ni — rste — . – – men.«

Pitt griff nach dem Mikrofon. »Omar, hier spricht Pitt. Ihre Kabinenkamera sendet nicht. Können Sie den Schaden beheben? Wir warten auf Ihre Antwort. Kommen.«

Alle starrten unwillkürlich zum Lautsprecher hin, als wäre dort etwas zu erkennen.

Fünf quälend lange Minuten vergingen.

Dann schallten zwischen den statischen Störungen wieder Wortfetzen von Woodsons Stimme aus dem Lautsprecher.

»Hen – — Munk – – – . – – tlich – – ot – – wiss – – .«

Giordino schüttelte nervös den Kopf. »Irgend etwas ist mit Henry Munk los. Aber was?«

»Sie sind wieder auf dem Bildschirm«, meldete der Mann vor den Monitorgeräten. »Die Männer beugen sich offenbar über jemand, der am Boden liegt.«

Alle Blicke glitten zu dem Bildschirm. Gestalten bewegten sich vor der Kamera und verdeckten immer wieder die Szene im Hintergrund, wo drei Männer sich über einen am Boden liegenden Körper beugten.«

»Omar, hören Sie zu«, sagte Pitt hastig ins Mikrofon. »Wir können Sie nicht verstehen. Aber Ihre Kabinenkamera sendet wieder. Ich wiederhole: Ihre Kabinenkamera sendet wieder. Schreiben Sie Ihre Meldung und halten Sie das Blatt zum Objektiv hoch. Kommen.«

Sie beobachteten, wie eine Gestalt sich von den anderen löste, über eine Tischplatte beugte, etwas aufschrieb und sich dann der Kamera näherte. Es war Woodson. Er hielt ein mit Druckbuchstaben beschriebenes Blatt Papier hoch. Die Aufschrift lautete: »Henry Munk tot. Ersuchen um Auftaucherlaubnis.«

»Wie konnte das passieren?« flüsterte Giordino entsetzt. »Henry Munk soll tot sein? Unglaublich.«

»Omar Woodson würde sich solche makabren Scherze nicht erlauben«, sagte Pitt grimmig, während er wieder auf Sendung schaltete. »Abgelehnt, Omar. Sie können nicht auftauchen. Hier oben weht ein Sturmwind mit fünfunddreißig Knoten. Hoher Wellengang. Ich wiederhole: Sie können nicht auftauchen.«

Woodson zeigte mit einem zustimmenden Nicken, daß er verstanden hatte. Dann schrieb er wieder etwas und warf zwischendurch verstohlene Blicke über die Schulter. Diesmal lautete die Meldung: »Befürchte, Munk wurde ermordet.«

Sogar der sonst so unerschütterliche Farquar wurde blaß. »Müssen wir sie dann nicht doch auftauchen lassen?« fragte er leise.

Pitt schüttelte langsam, fast widerstrebend den Kopf. »Unsere persönlichen Gefühle sind jetzt nebensächlich. An Bord der *Sappho II* leben noch fünf Männer. Ich kann es nicht riskieren, sie hochzuholen, wenn ihr Tauchboot bei diesem Wellengang zerschmettert werden kann. Nein, wir müssen warten, bis der Wind sich bei Sonnenaufgang gelegt hat. Dann werden wir erfahren, was sich an Bord der *Sappho II* abgespielt hat.«

41

Sobald der Wind unter zwanzig Knoten abgeflaut war, brachte Pitt die *Capricorn* wieder in Höhe der Signalboje, die die Sonarleitung zu dem Wrack vermittelte. Der Luftschlauch von den Kompressormaschinen des Schiffs wurde wieder mit der

Titanic verbunden, und dann warteten sie auf das Emportauchen der *Sappho II*.

Der Himmel am östlichen Horizont begann sich zu erhellen, als die Taucher sich bereitmachten, ihre Positionen im Wasser rings um die emportauchende *Sappho II* einzunehmen, um die Sicherheitstaue zu befestigen und ein Kentern des Tauchboots in der rauhen See zu verhindern. Die Winden und Kabel zum Hochhieven des Tauchboots auf Deck der *Capricorn* waren startklar, und unten in der Kombüse bereitete der Koch schon das Frühstück für die Tauchbootmannschaft.

Um sechs Uhr zehn tauchte die *Sappho II* etwa einhundert Meter backbord vom Heck der *Capricorn* aus der hohen Dünung. Innerhalb von zwanzig Minuten war die Bergung reibungslos beendet, und sobald das Tauchboot auf dem Achterdeck fest verankert war, öffnete sich die Luke, und Woodson zwängte sich heraus. Die vier anderen Überlebenden folgten ihm.

Woodson klomm aufs Oberdeck zu Pitt. Seine Augen waren rot umrändert vor Schlaflosigkeit, und sein stoppelbärtiges Gesicht wirkte kränklich grau. Aber er konnte sich zu einem Lächeln überwinden, als Pitt ihm einen Becher mit dampfendem Kaffee reichte.

»Den kann ich jetzt wirklich brauchen«, sagte Woodson dankbar, nachdem er die ersten Schlucke geschlürft hatte.

»Wie ist das mit Munk geschehen?« fragte Pitt.

Woodson warf einen schnellen Seitenblick dorthin, wo mehrere Männer den Toten behutsam durch die Luke auf Deck hievten. »Wo können wir ungestört reden?«

Pitt machte eine Kopfbewegung zu seiner Kajüte hin. Sie gingen hinein, und Woodson ließ sich schwer auf Pitts Koje sinken.

»Da ist nicht viel zu berichten«, sagte er zu dem an der Tür lehnenden Pitt. »Wir schwebten etwa achtzehn Meter über dem Meeresboden und waren damit beschäftigt, die Steuerbordluken auf dem C-Deck des Wracks zu versiegeln, als ich

Ihre Nachricht vom Ausfall der Kabinenkamera empfing. Ich ging nach hinten, um nachzuschauen, und fand Munk dort am Boden. Seine linke Schläfe war zertrümmert.«

»Wissen Sie schon, womit die Wunde geschlagen wurde?«

Woodson nickte. »Partikel von Haut und Blut und Haar klebten an einer Ecke der Deckplatte des Wechselstromgenerators.«

»Ich bin mit der Inneneinrichtung der *Sappho II* nicht so genau vertraut. Wo ist der Generator eingebaut?«

»An der Steuerbordseite, etwa drei Meter vom Heck entfernt«, erklärte Woodson. »Der Gehäusedeckel ragt etwa fünfzehn Zentimeter vom Boden hoch, damit der Generator zur Instandhaltung leicht zugänglich ist.«

»Dann könnte es ein Unfall gewesen sein. Munk ist vielleicht gestolpert und gefallen und mit der Schläfe an die Ecke geprallt.«

Woodson schüttelte den Kopf. »Er lag mit den Füßen zum Heck da, muß also gerade auf dem Weg nach vorn gewesen sein, als er stürzte.«

»Ich verstehe«, sagte Pitt. »Das Generatorgehäuse ist an der Steuerbordseite, also hätte Munks rechte Schläfe bei einem Sturz verletzt werden müssen, nicht seine linke.«

»So ist es.«

»Und warum ist die Fernsehkamera ausgefallen?«

»Weil jemand ein Handtuch über die Linse gehängt hat«, sagte Woodson verdrossen.

»Wo waren Ihre Männer zu der Zeit postiert?«

»Ich selbst habe die Spritzdüse des Feuchtstahl-Schlauchs bedient, und Sam Merker fungierte als Pilot. Munk hatte die Instrumententafel verlassen, um nach hinten ins Klosett zu gehen. Wir waren die zweite Wache. Zur ersten Wache gehörten Jack Donovan – «

»Ein junger Blondkopf: der Konstruktionsingenieur vom Ozeanischen Technikum?«

»Richtig. Und Leutnant Leon Lucas, der von der Marine

abkommandierte Bergungstechniker, sowie Ben Drummer. Diese drei Männer schliefen in ihren Kojen.«

Pitt schüttelte nachdenklich den Kopf. »Wenn es ein Mord war, muß es doch auch ein Motiv geben. Man tötet doch nicht jemand grundlos in einer unentrinnbaren Situation dreieinhalbtausend Meter unter dem Meeresspiegel.«

»Ich kann nur berichten, was ich gesehen habe«, sagte Woodson resigniert.

Pitt forschte weiter. »Munk könnte sich im Fallen gedreht haben.«

»Nur wenn er einen Gummihals gehabt hätte, der sich um einhundertachtzig Grad nach hinten drehen ließ.«

»Trotzdem eine geheimnisvolle Sache. Wie tötet man einen hundertachtzig Pfund schweren Mann, wenn man dabei seinen Kopf gegen eine nur fünfzehn Zentimeter vom Boden emporragende Metallecke stoßen muß? Indem man ihn wie einen Schmiedehammer an den Beinen schwingt?«

Woodson machte eine hilflose Geste. »Na schön, vielleicht bilde ich mir in meiner Aufregung den Mord nur ein. Dieses Wrack geht einem ganz schön auf die Nerven, wenn man lange genug unten ist. Ist schon gespenstisch. Ein paarmal hatte ich tatsächlich so unheimliche Visionen von Leuten, die an Deck spazierengingen, sich an die Reling lehnten und zu uns herüberstarrten.« Er gähnte, und es war deutlich zu erkennen, daß er nur noch mit Mühe und Not die Augen offenhalten konnte.

Pitt lächelte mitleidig. »Schon gut, Owen. Legen Sie sich jetzt gleich dort hin. Sie brauchen Schlaf. Wir können später weiter über den Fall diskutieren.«

Woodson ließ sich zurücksinken und war schon eingeschlafen, bevor Pitt das Krankenrevier erreicht hatte.

Dr. Cornelius Bailey war ein massiger Mann mit wuchtig breiter Kinnpartie und rotblondem Haar, das er bis über den

Kragen wachsen ließ. Ein sorgfältig gestutzter Spitzbart betonte noch sein kräftiges Kinn. Er war bei den Bergungsmannschaften beliebt und konnte fünf Männer gleichzeitig unter den Tisch trinken, wenn ihm danach zumute war. Seine mächtigen Pranken hantierten überraschend sanft und geschickt an dem Toten auf dem Untersuchungstisch.

»Armer Henry«, sagte er. »Nur ein Glück, daß er keine Familie hatte. Soweit ich feststellen konnte, war er organisch gesund.«

»Was kannst du mir über die Todesursache sagen?« fragte Pitt.

»Ein klarer Fall«, antwortete Bailey. »Erstens ist sie auf eine schwere Verletzung des Schläfenlappens zurückzuführen – «

»Was meinst du mit erstens?«

»Genau das, mein lieber Pitt. Dieser Mann wurde mehr oder minder zweimal getötet. Schau dir das an.« Er zog Munks Hemd vom Hals zurück und legte den Nacken frei. An der Schädelbasis war jetzt eine große purpurfarbige Beule erkennbar. »Das Nervensystem im verlängerten Rückenmark ist zerstört worden. Wahrscheinlich mit irgendeinem stumpfen Gegenstand.«

»Dann hat Woodson also recht, und Munk wurde tatsächlich ermordet.«

»Natürlich. Daran besteht kein Zweifel«, sagte Bailey so ruhig, als wäre ein Mordfall auf einem Schiff ganz alltäglich.

»Der Mörder scheint also Munk von hinten erschlagen zu haben, und anschließend hat er noch dessen Kopf gegen das Generatorgehäuse gerammt, damit es wie ein Unfall aussah.«

»Das wäre eine plausible Erklärung.«

Pitt legte Bailey die Hand auf die Schulter. »Mir wäre es lieb, wenn diese Erkenntnisse eine Weile geheimblieben, Doc.«

»Selbstverständlich. Mein Befund und Bericht liegen bereit, wenn du sie brauchst.«

Pitt bedankte sich und verließ das Krankenrevier. Er ging nach hinten, wo die *Sappho II* in ihrer Rampe verankert war, klomm die Leiter empor und ließ sich durch die Luke ins Innere gleiten. Ein Techniker prüfte die Fernsehkamera.

»Wie sieht es aus?« fragte Pitt.

»Alles in Ordnung«, antwortete der Techniker. »Sobald die Konstruktionsmannschaft den Bootsrumpf überprüft hat, kann die *Sappho II* wieder in die Tiefe geschickt werden.«

»Je eher, desto besser«, sagte Pitt.

Er ging zum Heck des Tauchboots. Der Boden und die Ecke des Generatorengehäuses waren bereits von den Spuren der Schädelverletzungen gesäubert worden. Daraus hätte er wohl auch kaum neue Erkenntnisse gewinnen können, sagte sich Pitt. Aber sein Instinkt verriet ihm, daß er mit etwas Glück vielleicht schon bald einen Hinweis auf den Mörder und sein Motiv finden würde.

42

»Ich hoffe, ich habe Sie richtig verstanden«, sagte Sandecker und musterte seinen Besucher über den Schreibtisch hinweg mit unverhüllter Erbitterung. »Ein Mitglied meiner Bergungsmannschaft ist brutal ermordet worden, und Sie verlangen von mir, nichts zu unternehmen, um den Mörder zu fassen?«

Warren Nicholson bewegte sich unbehaglich auf seinem Sessel und mied Sandeckers Blick.

»Ich weiß, das ist viel verlangt.«

»Eine sehr milde Formulierung«, sagte Sandecker verächtlich. »Angenommen, der Mörder will noch einmal zuschlagen?«

»Dieses Risiko haben wir einkalkuliert.«

»Einkalkuliert«, wiederholte Sandecker aufgebracht. »Sie da oben im CIA-Hauptquartier können das leicht sagen. Denn Sie sind ja nicht in einem Tauchboot einige tausend Meter unter Wasser und müssen damit rechnen, daß Ihnen vielleicht Ihr Nebenmann demnächst den Schädel einschlägt.«

»Ich bin sicher, daß es nicht noch einmal passieren wird«, sagte Nicholson ruhig.

»Und was gibt Ihnen diese Gewißheit?«

»Die Tatsache, daß russische Profi-Agenten Morde nur im äußersten Notfall begehen.«

»Russische Agenten – «Sandecker starrte Nicholson ungläubig an. »Was wollen Sie damit sagen?«

»Genau das. Henry Munk wurde von einem für den Sowjetischen Marine-Geheimdienst arbeitenden Spezialagenten getötet.«

»Das ist doch bestimmt nur eine Vermutung. Es gibt keinen Beweis . . . «

»Keinen hundertprozentigen, nein«, ergänzte Nicholson. »Es könnte ein Täter sein, der Munk aus irgendeinem persönlichen Grund gehaßt hat. Aber alle Tatsachen weisen auf einen von den Russen beauftragten Agenten hin.«

»Warum mußte Munk das Opfer sein?« fragte Sandecker. »Er war Spezialist für Elektronikgeräte. Also vermutlich ungefährlich für einen Spion.«

»Ich vermute, Munk hat etwas Verdächtiges beobachtet und mußte deshalb zum Schweigen gebracht werden«, erklärte Nicholson.

»Und das ist gewissermaßen nur die Hälfte, Admiral. Es sind nämlich zwei russische Agenten in unsere Bergungsaktion eingeschleust worden.«

»Das klingt ja noch schlimmer.«

»Ist aber leider wahr, Admiral.«

»Und haben Sie schon irgendwelche Hinweise auf die beiden?« Nicholson zuckte hilflos mit den Schultern. »Noch nicht. Wir haben bisher nur erfahren können, daß die beiden unter den Kodenamen Silber und Gold geführt werden. Wer sie aber sind, wissen wir noch nicht.«

Sandecker betrachtete den Direktor des CIA mit grimmiger Nachdenklichkeit. »Und wenn nun meine Leute die beiden Spione entlarven?«

»In diesem Falle hoffe ich auf Ihre Mithilfe. Wir würden Sie bitten, dann Ihren Mitarbeitern zu befehlen, vorläufig nichts zu unternehmen.«

»Die beiden könnten doch die ganze Bergungsoperation sabotieren.«

»Wir sind ziemlich fest davon überzeugt, daß die beiden Agenten keinen Sabotagebefehl haben.«

»Das klingt alles völlig hirnrissig«, sagte Sandecker unwillig. »Wissen Sie eigentlich, was Sie da von mir verlangen?«

»Vor einigen Monaten hat mir der Präsident die gleiche Frage gestellt, und meine Antwort ist noch dieselbe. Der Zweck heiligt in diesem Falle die Mittel. Übrigens weiß ich ja gar nicht, was Sie mit der Bergungsaktion wirklich bezwecken. Es geht nicht nur um die Bergung der *Titanic*, soviel ist mir klar. Aber auch der Präsident hat mich im unklaren darüber gelassen, was dahintersteckt.«

»Das steht jetzt nicht zur Debatte«, sagte Sandecker abweisend. »Wenn ich nun zur Mithilfe bereit bin: was dann?«

»Dann informiere ich Sie über alle neuen Entwicklungen und Ereignisse. Und im richtigen Augenblick lasse ich Ihnen freie Hand zur Verhaftung der russischen Agenten.«

Der Admiral schwieg einige Sekunden, und seine Stimme klang sehr ernst, als er sagte: »Gut, Nicholson, ich mache mit. Aber erwarten Sie keine Nachsicht von mir, falls es dort unten zu einem schrecklichen Unfall oder weiteren Morden kommt. Dann müssen Sie die Folgen selbst tragen.«

43

Mel Donners Anzug zeigte Tropfenspuren des Frühlingsregens, als er Marie Sheldons Haus betrat.

»In Zukunft werde ich lieber einen Schirm im Wagen mitnehmen«, sagte er, während er mit seinem Taschentuch die Nässe von den Schultern und dem Revers des Sakkos wischte.

Marie schloß die Haustür und sah ihn neugierig an. »Hat nur der Regen Sie unter ein schützendes Dach getrieben?«

Donner lächelte entschuldigend. »Nein, so ist es nicht. Übrigens: Mel Donner ist mein Name. Ich bin ein alter Freund von Dana. Ist sie daheim?«

Sie erwiderte sein Lächeln. »Marie Sheldon ist mein Name. Freut mich, Sie kennenzulernen. Setzen Sie sich doch. Ich mache Ihnen eine Tasse Kaffee und sage Dana Bescheid.«

»Vielen Dank. Kaffee ist jetzt gerade das richtige.«

Donner musterte genießerisch Maries Rückenpartie, als sie mit verführerischem Hüftschwung in die Küche ging. Sie trug einen kurzen Tennisrock und einen ärmellosen Pullover und war barfuß.

Als sie den Kaffee brachte, sagte sie: »Dana trödelt an den Wochenenden gern faul herum. Sie steht selten vor zehn Uhr auf. Ich gehe gleich hinauf und bringe sie in Bewegung.«

Während Mel wartete, musterte er die Bücher in den Regalen neben dem Kamin. Er hielt das für sehr aufschlußreich. Buchtitel verrieten oft sehr viel über Persönlichkeit und Geschmack ihrer Besitzer.

Die Sammlung entsprach dem üblichen Interessenbereich einer Junggesellin. Außer Gedichtbänden gab es da ein umfangreiches Kochbuch und das normale Gemisch von Unterhaltungsromanen und Bestsellern. Aber die Zusammenstellung fand Mel Donner interessant. Neben den Titeln *Physik der interkontinentalen Lavaströme* und *Geologie der Unterwasser-Canyons* entdeckte er Bücher wie *Erklärung der weiblichen Sexualphantasien* und *Die Geschichte der O*. Er war mit seinen Betrachtungen gerade soweit gekommen, als er Schritte auf der Treppe hörte.

Dana kam auf ihn zu und umarmte ihn mit schwesterlicher Zärtlichkeit. »Mel, was für eine Freude, dich wiederzusehen.«

»Du siehst großartig aus«, sagte er, und das war keine Schmeichelei. Die Spuren der Ehekrise waren aus ihrem Gesicht verschwunden. Sie wirkte gelockert und lächelte ungezwungen.

»Wie geht es dem unternehmungslustigen Junggesellen?« fragte sie. »Welche Masche benutzt du diese Woche bei armen unschuldigen Mädchen? Spielst du den Gehirnchirurgen oder den Astronauten?«

Er tätschelte seinen Bauch. »Die Astronautengeschichte habe ich ausrangiert, bis ich ein paar Pfunde losgeworden bin. Aber nachdem das Thema *Titanic* wieder so aktuell geworden ist, könnte ich mich ja bei den hübschen Junggesellinnen hier in Washington als Tiefseetaucher ausgeben.«

»Warum bleibst du nicht einfach bei der Wahrheit? Es ist doch wirklich keine Schande, einer der führenden Physiker unseres Landes zu sein.«

»Stimmt schon, aber die reale Selbstdarstellung macht längst nicht soviel Spaß wie die Schaffung einer Phantasiegestalt. Außerdem haben Frauen eine Vorliebe für Männer mit Hang zur Hochstapelei.« Sein Tonfall wurde ernst, als er unvermittelt fragte: »Du weißt, weshalb ich hier bin?«

»Nicht schwer zu erraten.«

»Ich mache mir Sorgen um Gene.«

»Ich auch.«

»Du könntest zu ihm zurückgehen . . . «

Dana sah ihm gerade in die Augen. »Das nützt nichts. Wenn wir zusammen sind, ist alles nur noch schlimmer.«

»Ohne dich wirkt er so hilflos und verloren.«

Sie schüttelte den Kopf und sagte mit einem trüben Lächeln: »Das siehst du falsch, Mel. Seine einzige Geliebte ist die Arbeit. Ich war nur eine Art Prügelknabe für seine Mißerfolge und Enttäuschungen. Wirklich, Mel, ich mußte Gene einfach verlassen. Wir hätten einander sonst nur noch mehr das Leben zur Hölle gemacht.«

»Ist es nur das?« fragte Mel vorsichtig. »Oder vielleicht ein anderer Mann?«

Dana schüttelte langsam den Kopf. »Nichts als Zufallsbekanntschaften. Und du kannst Gene meinetwegen sagen, daß ich ihn immer noch liebe. Aber ehe er nicht das schreckliche Projekt hinter sich hat, das ihn jetzt völlig beansprucht, ist an eine gemeinsame Zukunft nicht zu denken.«

Mel Donner seufzte. »Ich habe es mir gedacht. Aber ich wollte es wenigstens versuchen.«

»Das war lieb von dir, Mel«, sagte Dana und zwang sich zu einem Lächeln. »Und jetzt reden wir von etwas anderem. Wie findest du, zum Beispiel, meine Freundin Marie?«

»Oh, darüber ließe sich viel sagen«, antwortete Mel und schmunzelte.

»Siehst du, da haben wir also einen Gesprächsstoff«, sagte Dana.

Sie mußten beide lachen, und ihre Unterhaltung wurde wieder so ungezwungen heiter wie bei der Begrüßung.

Der Plattenspieler in der Nische der einen Spiegelwand wurde von einem weiblichen Discjockey bedient, und aus den vier Lautsprechern dröhnte auf Hunderte von Watt verstärkte Quadrophonie. Die winzige Tanzfläche war gerammelt voll, und Nebelschleier von Zigarettenrauch dämpften das zur Decke der Diskothek hochstrahlende kaleidoskopbunte Scheinwerferlicht. Donner saß allein an einem Tisch und beobachtete die tanzenden Paare.

Eine kleine Blondine schlenderte vorbei und blieb plötzlich stehen. »Ist das nicht der Mann, der aus dem Regen kam?«

Donner schaute hoch und stand dann mit einem schnellen Lächeln auf. »Miss Sheldon, was für eine Freude.«

»Wenn es so erfreulich ist, dürfen Sie mich ruhig Marie nennen«, sagte sie mit einer natürlichen Koketterie, die gut zu ihrer Erscheinung paßte.

»Sind Sie allein?«

»Nein, ich bin die überflüssige Dritte in Begleitung eines Ehepaars.«

Er rückte einen Stuhl für sie zurecht. »Darf ich dann die Begleitung übernehmen?«

»Gern.«

Eine Cocktailkellnerin kam vorbei, und Donner brüllte ihr über den Musiklärm hinweg eine Bestellung zu. Marie Sheldon musterte ihn mit einem belustigten Lächeln.

»Was hat eigentlich ein ernsthafter Physiker in einem Beat-schuppen verloren?«

»Sie enttäuschen mich, Marie. Heute wollte ich gerade einen CIA-Agenten spielen.«

Sie nickte vergnügt. »Dana hat mir schon von Ihrer Vorliebe für solche Persönlichkeitsveränderungen erzählt. Schämen Sie sich nicht, ahnungslose Mädchen auf diese Weise hinters Licht zu führen?«

Er legte seine Hand auf ihre. »Sie dürfen nicht alles glauben, was Sie hören, Marie. In Wirklichkeit bin ich mehr ein schüchterner Typ, was Frauen betrifft.«

Der Drink wurde serviert, und es blieb nicht bei dem einen. Sie waren beide überrascht, wie schnell sie miteinander vertraut wurden. Es konnte nicht nur am Alkohol liegen. Was war es dann? Sympathie? Liebe auf den ersten Blick? Nein, eigentlich auf den zweiten.

Zwischendrin fragte Mel ganz beiläufig: »Wo ist Dana heute abend?«

»Soll das eine Fangfrage sein?«

»Nein, wirklich nicht. Ich bin einfach neugierig.«

»Dann will ich es dir verraten, neugieriger Mel: Dana ist augenblicklich auf einem Schiff irgendwo im Nordatlantik.«

»Oh, eine Seereise ist manchmal die beste Erholung«, sagte Mel und versuchte, so harmlos wie möglich auszusehen.

Im nächsten Moment fühlte er sich von Marie durchschaut, als sie mit einem listigen Lächeln sagte: »Du hättest gleich direkt fragen können, Mel. Mit deinen Schauspielkünsten ist es nicht weit her.«

»Ich gebe mich geschlagen«, bekannte er heiter.

»Na, dann sollst du auch wissen, daß Dana natürlich keinen Urlaub macht, sondern als eine Art Pressereferentin für das Bergungskommando fungiert. Sie muß ein ganzes Regiment von Reportern und Korrespondenten bemuttern. Alle wollen nämlich dabeisein, wenn die *Titanic* nächste Woche gehoben wird. Das wolltest du doch für deinen Freund Gene Seagram in Erfahrung bringen, nicht wahr?«

»Schon wieder bist du mir auf die Schliche gekommen«, sagte er reumütig. »Aber jetzt sprechen wir nur noch von unseren ganz privaten Problemen.«

»Hast du welche?«

»Ja, wie ich dich am geschicktesten in die übliche Mädchenfalle locke«, gestand er mit offenem Grinsen.

»Mel Donner, du solltest dich wirklich schämen.« Der Vorwurf klang nicht echt, und das zärtliche Funkeln in Maries Augen strafte ihre Worte Lügen. »Eigentlich müßte ich jetzt sagen: Aber, Sir, ich kenne Sie ja noch kaum.«

»Und was sagst du wirklich?« fragte er und griff wieder nach ihrer Hand.

Mel hatte inzwischen schon bezahlt, und so stand sie einfach auf und zog ihn mit sich. »Also, dann komm. Ich bin sicher, du willst mir unbedingt deine Wohnung zeigen.«

»Du bist nicht nur hübsch, sondern auch sehr gescheit«, sagte er, als sie sich aus dem Lärm und Gedränge der Diskothek in die Frische und Ruhe der Nachtluft gerettet hatten.

»Vielleicht entdeckst du noch andere lobenswerte Eigenschaften an mir«, sagte sie und reckte ihm ihren Mund entgegen.

44

Vom Fensterplatz seines Zuges aus sah Pitt die Landschaft von Devon vorübergleiten. Die Gleise folgten der Küstenlinie von Dawlish. Im Ärmelkanal sah Pitt eine kleine Flottille von Fischdampfern zum morgendlichen Fang hinausziehen. Sekunden später besprühte Regen das Fenster mit einem Netzwerk von Tropfen und verwischte die Sicht. Also griff Pitt wieder nach der Zeitschrift und blätterte darin, ohne wirklich etwas zu lesen.

Noch vor zwei Tagen hätte er nicht geglaubt, daß er so kurzfristig die Bergungsoperation verlassen würde. Und noch verwunderlicher wäre ihm sein Reiseziel erschienen: Teignmouth in Devonshire, ein kleiner, malerischer Badeort an der Südostküste Englands. Dort lag ein alter Mann im Sterben, den er interviewen mußte.

Diesen Auftrag hatte ihm Admiral James Sandecker erteilt. Eine Art Pilgerfahrt hatte er es genannt, als er Pitt in das Hauptquartier von NUMA nach Washington beordert hatte. Eine Pilgerfahrt zum letzten noch lebenden Mannschaftsmitglied der *Titanic*.

Am Zielbahnhof nahm Pitt ein Taxi und ließ sich zu dem kleinen Landhaus mit Meerblick fahren. Durch eine mit Efeu überwachsene Gartenpforte und zwischen Rosenbüschen ging er auf das Haus zu. Ein Mädchen – rothaarig und mit fast violett schimmernden Augen – öffnete ihm.

»Guten Morgen, Sir«, grüßte sie mit leicht schottischem Akzent.»Guten Morgen.« Er nickte höflich. »Mein Name ist Dirk Pitt. Ich – «

»Ja, wir wissen Bescheid. Admiral Sandecker hat uns telegrafiert. Bitte kommen Sie herein. Der Kommodore erwartet Sie.«

Zu einer weißen Bluse trug sie einen grünen Wollpullover und dazu passenden Rock. Er folgte ihr in ein gemütlich eingerichtetes Wohnzimmer mit flackerndem Kaminfeuer. Schiffsmodelle und eingerahmte Farbdrucke und Stiche von berühmten alten Segelschiffen deuteten darauf hin, daß hier ein Seemann seinen Alterssitz hatte.

»Sicherlich haben Sie eine anstrengende Reise hinter sich«, sagte das Mädchen. »Darf ich Ihnen ein Frühstück machen?«

»Nur, wenn es Ihnen nicht zuviel Mühe bereitet, Miss – ?«

»Oh, Verzeihung. Ich bin Sandra Ross, die Urenkelin des Kommodore.«

»Ich nehme an, Sie kümmern sich um ihn?«

»So oft ich kann. Ich bin Stewardess bei Bristol Airlines. Eine Frau aus dem Dorf kümmert sich um ihn, wenn ich fliegen muß.« Sie machte eine einladende Geste den Gang entlang. »Während ich Ihnen Frühstück mache, können Sie sich ja schon mit meinem Urgroßvater unterhalten. Trotz seines hohen Alters ist er geistig noch sehr rege. Er brennt schon darauf, mehr von der Bergungsoperation der *Titanic* zu hören.«

Sie öffnete eine Tür, meldete den Besucher und zog sich zurück. Kommodore Sir John L. Bigalow – Knight Commander of the British Empire, Royal Navy Reserve, in Pension – saß an Kissen gelehnt in einem kojenartigen Bett und musterte Pitt mit blauen Augen, deren Blick wie aus einer versunkenen Zeit herüberzugrüßen schien. Seine wenigen Haarsträhnen und der Bart waren schlohweiß, und er hatte immer noch die von Wind und Wetter rötlich gegerbte Gesichtshaut eines Seemanns. Zu Ehren seines Besuchers hatte er offenbar einen Rollkragenpullover über sein altmodisches Nachthemd gezogen.

Pitt wunderte sich über den kräftigen Griff, als er dem Alten die Hand schüttelte. »Ich freue mich sehr, Sie kennenzulernen, Kommodore. Besonders weil ich soviel über Ihre fast an ein Wunder grenzende Rettung von der *Titanic* gelesen habe.«

»Halb so wichtig«, sagte der Kommodore abwinkend. »In beiden Weltkriegen sind meine Schiffe torpediert worden, und ich bin stundenlang in Seenot gewesen, aber alle wollen immer nur etwas von jener Nacht auf der *Titanic* hören.« Er deutete auf einen Sessel. »Setzen Sie sich doch.« Und als Pitt der Einladung gefolgt war, fragte er sofort: »Was können Sie mir von der *Titanic* erzählen? Wie sieht sie nach all den Jahrzehnten aus? Ich war damals sehr jung, aber ich kann mich noch genau an jedes Deck und viele andere Einzelheiten an Bord erinnern.«

Pitt griff in die Tasche und zog einen Umschlag mit Fotos hervor. »Die Aufnahmen sind erst vor einigen Wochen von einem unserer Tauchboote aus gemacht worden«, erklärte er, als er Bigalow die Fotos gab. »Sie können ziemlich deutlich sehen, wie gut das Schiff erhalten ist.«

Kommodore Bigalow setzte eine Lesebrille auf und musterte die Fotos. Eine Schiffsuhr neben dem Bett tickte in die Stille hinein, während der alte Seemann die Bilder betrachtete und bei ihrem Anblick in eine längst vergangene Zeit zurückversetzt wurde.

»Sie war eine Klasse für sich«, sagte er träumerisch. »Ich kann das behaupten, denn ich bin auch auf all den anderen gefahren: der *Olympic* ... *Aquitania* ... *Queen Mary*... Sicher, die waren zu ihrer Zeit auch moderne Schiffe, aber mit der luxuriösen Ausstattung und handwerklichen Sorgfalt beim Bau der *Titanic* läßt sich das nicht vergleichen. Diese herrlichen Holztäfelungen und kostbar eingerichteten Kabinen der 1. Klasse. Sie zieht einen immer noch in ihren Bann, nicht wahr?«

»Die Faszination wird von Jahr zu Jahr stärker«, bestätigte Pitt.

»Hier, hier!«rief Bigalow und deutete aufgeregt auf eines der Fotos. »Am Backbord-Ventilator auf dem Dach über den Offiziersquartieren: Das war die Stelle, an der ich über die Reling sprang, als das Wasser bereits das Deck überspülte.« Sein Gesicht verjüngte sich im Banne der Erinnerung. »Mein Gott, war das Meer kalt in jener Nacht.«

Minutenlang berichtete er, wie er in dem eisigen Wasser geschwommen war und dann durch einen glücklichen Zufall das Seil eines gekenterten Rettungsboots zu fassen bekommen hatte, an dessen Kiel er sich mit dreißig anderen Männern festhalten mußte. Mit bebender Stimme – fast flüsternd – berichtete er von den Hilferufen der Ertrinkenden, von jenem grausigen Chor, der leiser und leiser geworden und schließlich ganz verstummt war. Und wie dann nach Stunden der Dampfer *Carpathia* aufgetaucht war und sie gerettet hatte.

Bigalow hielt inne und spähte mit einem entschuldigenden Lächeln über den Brillenrand. »Hoffentlich langweile ich Sie nicht, Mr. Pitt?«

»Ganz im Gegenteil«, antwortete Pitt. »Man erlebt das direkt mit, wenn jemand darüber berichtet, der die Katastrophe selbst durchgemacht hat.«

»Wenn Sie so darüber denken, kann ich Ihnen noch etwas anderes erzählen«, sagte Bigalow. »Bisher habe ich noch keinem Menschen etwas von meinen letzten Minuten an Bord der *Titanic* anvertraut. Weder bei den verschiedenen offiziellen Verhören noch privat. Sie sind der erste und letzte, dem ich das jetzt enthülle.«

Drei Stunden später saß Pitt wieder im Zug nach Exeter. Was Kommodore Bigalow ihm erzählt und an Beweismaterial mitgegeben hatte, beschäftigte ihn so sehr, daß er trotz der langen Reise keine Müdigkeit spürte. Würde der letzte Schleier des Geheimnisses wirklich gelüftet werden, wenn sie sich erst einmal Zutritt zu der Tresorkammer in Laderaum 1, G-Deck verschafft hatten? Und was hatte Southby damit zu tun? Jedenfalls bereute Pitt es nicht, den letzten Überlebenden der *Titanic* in Teignmouth besucht zu haben.

45

Dr. Ryan Prescott, Chef der Sturmwarnungszentrale von NUMA in Tampa, Florida, hatte eigentlich zeitig heimgehen und einen gemütlichen Abend mit seiner Frau verbringen wollen. Aber jetzt saß er zehn Minuten vor Mitternacht noch an seinem Schreibtisch und musterte aus müden Augen die vor ihm ausgebreiteten Satellitenfotos.

»Da denkt man nun, man weiß über Entstehung und Weg von Stürmen genau Bescheid«, sagte er unzufrieden, »und dann taucht plötzlich einer aus dem Nichts hervor und wirft alle Regeln über den Haufen.«

»Mitte Mai ein Hurrikan«, seufzte seine Assistentin gähnend.

»Das ist wirklich was Besonderes.«

»Unglaublich. Die normale Hurrikansaison ist von Juli bis September. Wie kann sich diese Art von Wirbelsturm zwei Monate früher bilden?«

»Das möchte ich auch gern wissen«, antwortete die Assistentin. »Wie wird sich denn diese Sondererscheinung entwickeln?«

»Kann man jetzt noch nicht voraussagen«, erklärte Prescott. »Normalerweise dauert die Bildung eines solchen Sturmzentrums Tage, manchmal Wochen. Dieser hier hat das in weniger als achtzehn Stunden geschafft.«

Prescott stand auf und trat an eine große Wandkarte. Er las die Meßdaten der bisher bekannten Position von einem Notizzettel ab und begann dann von einem Punkt einhundertfünfzig Meilen nordöstlich der Bermudas eine mutmaßliche Fährte des Hurrikans zuerst in einer Linie nach Westen und dann in einer allmählich nordwärts führenden Kurve in Richtung Neufundland zu zeichnen.

»Das könnte ungefähr der Verlauf auf Grund der augenblicklichen Situation sein«, erklärte er, und als seine Assistentin nicht reagierte, fragte er, ohne sich umzudrehen: »Oder sind Sie anderer Meinung?«

Sie antwortete wieder nicht, und er drehte sich um. Seine Assistentin war eingenickt. Er ging zu ihr und rüttelte sie sanft an der Schulter, bis sie die Augen aufschlug.

»Wir können hier jetzt nichts mehr unternehmen«, sagte er mit einem verzeihenden Lächeln. »Gehen wir beide heim.« Er warf noch einen müden Blick auf die Wandkarte. »Es besteht eine ganz gute Chance, daß der Hurrikan sich schon vor morgen früh in einen kleineren Sturm zurückgebildet hat.«

Allerdings war ihm dabei entgangen, daß die von ihm vorausgeschätzte Fährte des Hurrikans genau über 41° 46′ Nord zu 50° 14′ West führte.

46

Kommandant Rudi Gunn stand auf der Brücke der *Capricorn* und beobachtete, wie sich am kristallklaren Himmel im Westen ein winziger blauer Fleck bildete. Einige Minuten schien er dort zu hängen, ohne seine Form zu verändern. Dann wurde der dunkelblaue Fleck plötzlich größer und als Hubschrauber erkennbar.

Gunn ging zum Achterdeck. Der Hubschrauber kam näher, blieb ein paar Sekunden in der Schwebe und senkte seine Kufen behutsam auf die Landefläche. Das dünne Summen der Turbinen erstarb, und die Rotorflügel drehten sich langsamer und blieben stehen.

Gunn trat näher, als die Tür an der rechten Seite geöffnet wurde und Pitt aus der Kabine stieg.

»Einen guten Flug gehabt?« fragte Gunn.

»Etwas anstrengende Reise, aber interessant«, antwortete Pitt lakonisch. Jetzt erst bemerkte er den Ausdruck von nervöser Unruhe in Gunns Augen. »Du wirkst ja nicht besonders glücklich, Rudi. Was ist denn los?«

»Das Tauchboot von Uranus-Öl, die *Deep Fathom,* sitzt auf dem Wrack fest.«

Pitt schwieg einen Moment betroffen und fragte dann nur: »Und Admiral Sandecker?«

»Hat sein Hauptquartier auf der *Bomberger* aufgeschlagen. Die ist ja das Versorgungsschiff für die *Deep Fathom,* und er hielt es für besser, die Rettungsaktion bis zu deiner Rückkehr von dort aus zu leiten. Komm mit, dann erkläre ich dir die Einzelheiten.«

Die Atmosphäre von Spannung und Verzagtheit im Kommandoraum der *Capricorn* war deutlich spürbar. Der sonst so gesellige Giordino nickte Pitt nur mürrisch zu. Ben Drummer war am Mikrophon und sprach der Mannschaft der *Deep Fathom* mit forcierter Fröhlichkeit Mut zu, während seine Augen Furcht und Verzweiflung verrieten. Rick Spencer, der

Geräteingenieur der Bergungsoperation, starrte in grimmiger Konzentration auf die Monitorbildschirme. Die anderen Männer im Raum verrichteten in verbissenem Schweigen ihre Aufgaben.

Gunn begann die Lage zu erklären. »Zwei Stunden vor dem Mannschaftswechsel ist die *Deep Fathom* mit Joe Kiel, Tom Chavez und Sam Merker an Bord –«

»Merker war doch mit dir in der *Sappho I* bei der Erforschung der Lorelei-Strömung, nicht wahr?« unterbrach Pitt ihn.

»Munk auch«, sagte Gunn grimmig. »Wir scheinen eine Unglücksmannschaft zu sein.«

»Und weiter?«

»Sie waren gerade dabei, ein Druckminderungsventil an einer Steuerbordschott auf dem Vorderdeck der *Titanic* zu installieren, als sie mit dem Heck an einen der Ladekräne stießen. Die verrosteten Halterungen brachen. Der Ladebaum fiel auf die Schwimmtanks und schlug sie leck. Mehr als zwei Tonnen Wasser strömten in die Lecks und drückten das Tauchboot ans Wrack.«

»Wann ist das passiert?«

»Vor etwa dreieinhalb Stunden.«

»Noch kein Grund zur Panik. Die Sauerstoffreserven der *Deep Fathom* reichen bei einer Dreiermannschaft länger als eine Woche. Inzwischen können *Sappho I* und *Sappho II* das Wasser aus den Lufttanks pumpen und die Lecks versiegeln.«

»So einfach ist die Situation leider nicht«, sagte Gunn. »Wir haben nur sechs Stunden Zeit.«

»Wie kommst du darauf?«

»Das Schlimmste weißt du noch nicht.« Gunn sah Pitt düster an. »Der fallende Ladebaum hat eine der Schweißnähte am Rumpf der *Deep Fathom* beschädigt. Es ist nur ein Loch von der Größe eines Stecknadelkopfs, aber bei dem ungeheuren Druck in jener Tiefe dringen da fast fünfzehn Liter pro Minute in die Kabine. Es ist ein Wunder, daß die Schweißnaht nicht geborsten ist und das ganze Tauchboot mit der Mannschaft zu Brei zerquetscht hat.« Er machte eine Kopfbewegung in Richtung der Uhr über der Computeranlage. »In sechs Stunden ist die Kabine voller Wasser … Ende der Vorstellung.«

»Könnte man nicht das Leck von außen mit Feuchtstahl abdichten?«

»Eben nicht«, antwortete Gunn mit einem Beiklang von Verzweiflung in der Stimme. »Wir kommen nicht heran. Die Schweißnaht mit dem Leck liegt ganz dicht an der Schott auf dem Vordeck der *Titanic*. Der Admiral hat schon die drei anderen Tauchboote hinuntergeschickt, um die *Deep Fathom* mit deren vereinten Kräften vielleicht so weit zu bewegen, daß man an das Leck heran kann. Aussichtslos.«

Pitt ließ sich auf einen Stuhl sinken, griff nach einem Kugelschreiber und machte sich Notizen. »Da ist doch noch die *Sea Slug*. Wenn die den Ladebaum – «

»Leider auch Fehlanzeige«, unterbrach ihn Gunn verdrossen. »Bei einem Schleppmanöver ist der Greifarm der *Sea Slug* gebrochen. Sie ist jetzt zur Reparatur an Bord der *Modoc*.«

»Auch das noch«, sagte Pitt in dumpfer Resignation. »Die *Sea Slug* hat als einzige einen Greifarm für schwere Lasten.«

Gunn fuhr sich mit einer müden Geste über die Augen. »Tausende von Arbeitsstunden sind für die Planung und Konstruktion jedes nur erdenkbaren Sicherheitssystems angewendet worden. Und dann mußte eine nicht einmal vom Computer errechenbare Unfallchance von eins zu einer Million all unsere Vorsichtsmaßnahmen über den Haufen werfen.«

»Computer sind nur so gut wie die eingefütterten Daten«, sagte Pitt, während er hinüberging und Drummer das Mikrophon aus der Hand nahm. »*Deep Fathom*, hier spricht Pitt. Bitte kommen.«

»Nett, Ihre freundliche Stimme zu hören«, sagte Merker mit erstaunlichem Galgenhumor. »Ich hoffe, wir bereiten euch dort oben nicht zu großes Kopfzerbrechen.«

»Vorerst rauchen unsere Köpfe nur«, antwortete Pitt im

gleichen Tonfall spöttischer Untertreibung. »Eines möchte ich trotzdem ganz gern wissen: wie lange dauert es noch, bis das Wasser Ihre Batterien erreicht?«

»Nach meiner Schätzung in fünfzehn bis zwanzig Minuten.«

»Dann gibt es keine Nachrichtenverbindung mehr«, sagte Pitt wie in grimmigem Selbstgespräch.

»Das ist uns auch klar«, sagte Merker lakonisch. »Jedenfalls ist die *Sappho II* in Sichtweite.«

»Auch wenn Sie nichts mehr von uns hören, Merker«, sagte Pitt seltsam leise.

»Wir versuchen unser möglichstes.«

»Danke.«

»Ende«, sagte Pitt, und es klang fast wie ein »Amen«. Sekunden später riß er sich mit Gewalt aus seinen Grübeleien und tippte dem Radiomann Curly auf die Schulter. »Verbinde mich mit dem Admiral auf der *Bomberger*, aber auf einer anderen Frequenz.«

Curly schaute wissend zu ihm hoch. »Die Jungens in der *Deep Fathom* sollen nicht mithören.«

Pitt nickte. »Was sie nicht wissen, kann sie nicht nervös machen.«

Gleich darauf tönte Sandeckers Stimme aus dem Lautsprecher.

»*Capricorn*, hier spricht Admiral Sandecker. Kommen.«

»Pitt meldet sich zurück, Admiral.«

Sandecker überhörte die Förmlichkeit des Untergebenen, der gleichzeitig sein Freund war. »Du weißt über die Krise Bescheid?«

»Rudi hat mir schon alles erklärt«, antwortete Pitt.

»Dann ist dir wohl klar, daß die Zeit unser schlimmster Gegner ist? Zehn Stunden mehr, und wir hätten wenigstens noch eine Chance. Aber so – «

»Es gibt noch eine Chance«, sagte Pitt. »Sie ist gering, aber mathematisch möglich.«

»Mach einen Vorschlag.«

Pitt zögerte. »Die Einzelheiten müssen erst noch durchgerechnet werden. Habe ich die Vollmacht, nach eigenem Ermessen zu handeln?«

»Die hast du, Dirk. Aber auch die Verantwortung.«

»Ich weiß«, sagte Pitt leise. »Wir melden uns. Ende.«

Giordino sah Pitt ungläubig an. »Du glaubst wirklich, daß es möglich ist?«

»Das glaube ich.«

47

Die Ingenieure und Meereswissenschaftler arbeiteten in kleinen Gruppen fieberhaft und gaben von Zeit zu Zeit die Meßdaten in die Computer. Admiral Sandecker war inzwischen doch von der *Bomberger* herübergekommen und beobachtete von einem Stuhl aus die Aktivitäten. Pitt hatte ihn nur kurz in die Grundkonzeption seines tollkühnen Plans eingeweiht.

»So etwas hat es in der Geschichte der Schiffsbergungen noch nicht gegeben«, sagte der Admiral kopfschüttelnd. »Ein Wrack mit Sprengstoff vom Boden lösen. Wir hatten doch eine ganz andere Methode geplant.«

»Aber jetzt bleibt uns keine andere Wahl«, sagte Pitt. »Die Anwendung eines chemischen Lösungsmittels würde zu lange dauern. Nur wenn wir die *Titanic* mit sorgfältig placierten Sprengsätzen aus dem Schlamm lösen können, wird auch die *Deep Fathom* mit dem alten Wrack nach oben getragen werden.«

»Die Idee ist verrückt«, sagte Gunn. »Die Erschütterung wird das winzige Leck im Tauchboot nur vergrößern und eine sofortige Implosion verursachen.«

»Vielleicht«, gab Pitt zu. »Aber selbst in diesem Falle ist es wahrscheinlich besser, wenn Merkur, Kiel und Chavez dabei sofort sterben, als wenn sie qualvoll langsam ersticken.«

»Und was ist mit der *Titanic*?« fragte Gunn beharrlich. »Mit dieser vorzeitigen Explosivbergung könnten wir die Arbeit von Monaten zerstören.«

»Dieses Risiko müssen wir in Kauf nehmen«, sagte Pitt. »Es ist relativ gering. Die *Titanic* ist robuster konstruiert als die meisten Schiffe. Ihre Deck- und Trägerbalken, der Rumpf und die Schotte sind so stabil wie in der Nacht ihres Untergangs.«

»Du meinst also wirklich, es könnte funktionieren?« fragte Sandecker.

»Es muß funktionieren«, sagte Pitt grimmig.

»Na gut, Dirk«, sagte der Admiral ruhig. »Dann können wir uns alle nur noch Glück wünschen.«

»Und denen dort unten in der *Deep Fathom*«, ergänzte Pitt leise, bevor er sich abwandte.

Es blieben ihnen noch fünf Stunden und zehn Minuten Zeit.

Dreieinhalb Kilometer tiefer beobachteten die drei Männer an Bord der *Deep Fathom* in dumpfer Resignation, wie das Wasser an den Kabinenwänden Zoll um Zoll höher kroch. Dann kam der Augenblick, von dem keiner der drei in den letzten Minuten gesprochen, an den sie aber alle gedacht hatten. Das Wasser erreichte die Batterien und Hauptstromleitung, und ein Kurzschluß tauchte die Kabine in tiefe Dunkelheit.

Sie saßen nebeneinander auf einer Koje und zogen unwillkürlich die Beine etwas höher, als das eiskalte Wasser ihre Füße zu umspülen begann.

»Wird Zeit, daß wir uns nach oben zurückziehen«, sagte Merker.

Keiner antwortete, aber sie folgten beide seinem Beispiel und klommen auf die obere Koje. Durch die Bugscheibe konnten sie das geisterbleiche Scheinwerferlicht der *Sappho II* erspähen. In der erbarmungslosen Schwärze der Tiefseenacht war dieser durch eine Wasserwand gefilterte Lichtschein jetzt die letzte optische Verbindung mit der Welt der Lebenden. Die akustische Verbindung war mit dem Kurzschluß zerstört worden.

In der Stille waren die Atemzüge der drei zu hören – und noch ein anderer Laut: das leise Rinnen und Sickern von Wasser, das in der Kabine höher und höher stieg.

Keiner von den dreien sprach es aus, aber sie spürten es deutlich: Der Geruch von Wasser mischte sich in die Luft, die sie vorsichtig einatmeten. Die Atemluft bekam einen neuen Geschmack, wurde stickiger, schwerer. Es war jetzt das Aroma des Todes darin.

Die letzte Phase begann.

An Bord des Versorgungsschiffs *Alhambra* standen die Kameraleute der drei größten Fernsehgesellschaften mit ihren Apparaten bereit. An der Steuerbordreling spähten Reporter der anderen Nachrichtenmedien durch Ferngläser gebannt zur zwei Meilen entfernten *Capricorn* hinüber, während Fotografen ihre Teleobjektive auf die Wasserfläche zwischen den Schiffen richteten.

In dem provisorischen Presseraum stand Dana Seagram – buchstäblich in eine Ecke gedrängt – in einer hellen Segeltuchjacke und hielt dem Ansturm von Reportern stand, die ihr die Mikrophone von Tonbandgeräten fast in den Mund schoben.

»Stimmt es, Mrs. Seagram, daß man die *Titanic* nur deshalb drei Tage vor dem geplanten Zeitpunkt zu heben versucht, um die dort unten eingeschlossenen Männer zu retten?«

»Es ist eine von mehreren Möglichkeiten«, antwortete Dana ausweichend.

»Alle anderen Versuche sind demnach fehlgeschlagen?«

»Es hat Schwierigkeiten gegeben«, bestätigte Dana.

In der Jackentasche fingerte Dana nervös an einem Taschentusch herum. Die langen Monate dieses nervenzermürbenden Katz-und-Maus-Spiels mit den Presseleuten hatten sichtlich an ihrer Widerstandskraft gezehrt.

»Es besteht kein Sprechkontakt mehr mit der *Deep Fathom*.

Woher wollen Sie so sicher wissen, daß die Mannschaft noch lebt?«

»Die Computerdaten weisen eindeutig aus, daß die Situation für die Männer in der *Deep Fathom* erst in vier Stunden und vierzig Minuten kritisch wird.«

»Wie will NUMA die *Titanic* hochbringen, bevor die elektrolytischen Chemikalien im Schlamm rings um den Kiel der *Titanic* voll wirksam werden?«

»Diese Frage kann ich nicht beantworten«, sagte Dana. »In Mr. Pitts letzter Meldung von der *Capricorn* wird nur mitgeteilt, daß das Wrack in wenigen Stunden gehoben werden soll. Hinsichtlich der dabei angewandten Techniken hat Mr. Pitt keine Einzelheiten angegeben.«

»Wenn es nun schon zu spät ist? Wenn Kiel, Chavez und Merker bereis tot sind?«

Danas Blick wurde abweisend hart. »Sie sind nicht tot«, sagte sie scharf. »Und falls einer von Ihnen ein derartig grausames und unmenschliches Gerücht als Tatsache an die Öffentlichkeit bringt, wird ihm sofort die Genehmigung für weitere Berichterstattung entzogen. Ist das klar?«

Die Reporter wurden von Danas plötzlichem Zornesausbruch so überrascht, daß ihnen die Lust für weitere Fragen vorerst verging. Einer nach dem anderen verließ schweigend den provisorischen Presseraum, und Dana atmete in heimlicher Erleichterung auf.

Rick Spencer rollte ein großes Blatt Papier auf dem Kartentisch aus und verankerte es mit mehreren halb geleerten Kaffeebechern. Es war eine Übersichtszeichnung der *Titanic* und ihrer Lage auf dem Meeresboden. Mit einem Bleistift deutete Spencer auf die verschiedenen Stellen rings um den Rumpf, die mit winzigen Kreuzen markiert waren.

»Das hat sich also nun aus allen Berechnungen herauskristallisiert«, erklärte er. »Achtzig Ladungen von je dreißig Pfund

Sprengstoff werden an diesen Schlüsselpunkten im Schlamm rings um die *Titanic* deponiert.«

Sandecker beugte sich vor und musterte die Zeichnung. »Sie wollen die Sprengladungen in drei Reihen anordnen?«

»Jawohl, Sir«, bestätigte Spencer. »Und zwar sechzig, vierzig und zwanzig Meter vom Schiffsrumpf entfernt. Zuerst zünden wir die äußeren Sprengsätze an Steuerbord. Dann acht Sekunden später die Außenreihe backbord. Die mittleren und inneren Reihen der Sprengsätze werden im gleichen Rhythmus gezündet.«

»Ganz primitiv ausgedrückt, etwa nach der Methode, wie man einen im Schlamm steckengebliebenen Wagen langsam herausschaukelt«, kommentierte Giordino.

Spencer nickte. »Das ist kein schlechter Vergleich.«

»Haben wir genug Sprengstoff?« fragte Pitt.

»An Bord der *Bomberger* ist fast eine Tonne davon für seismische Forschungszwecke«, antwortete Spencer. »Die *Modoc*. hat für Bergungssprengungen vierhundert Pfund auf Lager.«

»Wird das genügen?«

»Zur Not«, gestand Spencer. »Weitere dreihundert Pfund würden die Erfolgschancen wesentlich verbessert haben.«

»Können wir diesen Rest nicht vom Festland einfliegen lassen?« fragte Sandecker.

Pitt schüttelte den Kopf. »Das ganze Manöver würde zwei Stunden zu lange dauern.«

»Dann müssen wir also weitermachen«, sagte Sandecker mit einem Schulterzucken. »Die Zeit läuft uns davon.« Er wandte sich Gunn zu. »Bis wann können die Sprengsätze installiert werden?«

»In vier Stunden«, antwortete Gunn, ohne zu zögern.

Sandeckers Blick verengte sich. »Das wird aber verdammt knapp. Eine letzte Frist von nur vierzehn Minuten?«

»Wir können es schaffen«, sagte Gunn. »Allerdings nur unter einer Bedingung.«

»Und die wäre?« fragte Sandecker ungeduldig.

»Wir brauchen dazu jedes operationsfähige Tauchboot.«

»Das bedeutet also, daß wir die *Sappho II* von ihrem Wachtposten neben der *Deep Fathom* abziehen müssen«, sagte Pitt resigniert. »Die armen Kerle dort unten in der Kabine werden meinen, wir lassen sie in Stich.«

»Es gibt keine andere Möglichkeit«, sagte Gunn hilflos. »Es bleibt uns wirklich keine andere Wahl.«

Merker hatte jeden Zeitsinn verloren. Er stierte auf das Leuchtzifferblatt seiner Armbanduhr, konnte aber die Zeigerstellung nicht erkennen.

Wann war der Ladebaum auf ihre Lufttanks gefallen? Vor fünf Stunden – – zehn – – ? Oder war es gestern gewesen. Sein Gehirn arbeitete schwerfällig wie unter dem Einfluß einer betäubenden Droge.

Er konnte nur reglos dasitzen und langsam atmen. So wie Chavez und Kiel neben ihm saßen und mit jedem Atemzug den Anteil von lebenserhaltendem Sauerstoff in der Kabine verminderten. Ein giftiges Elixier von Angst mischte sich in die Luft. Sie wußten alle, daß sie sich buchstäblich zu Tode atmeten, und konnten doch nichts dagegen unternehmen.

In seinem umnebelten Bewußtsein machte Merker eine Entdeckung, die er zuerst nicht richtig registrieren konnte. Irgend etwas veränderte sich unmerklich.

Was?

Plötzlich wußte er es: Der durch die Vorderluken fallende Lichtschein wurde noch schwächer, als er ohnehin schon war. Merker raffte seine ganze Energie zusammen und ließ sich von der Koje herabgleiten. Das eisige Wasser reichte ihm schon bis zur Brust, und wie in einem Alptraum watete er nach vorn und spähte durch die oberen Sichtluken.

Kälte und ein unnennbares Grauen griffen wie eine Riesenfaust nach ihm und preßten seine Brust und seine Kehle zusammen. Seine Stimme war nicht viel mehr als ein Stöhnen, als er sagte:

»Oh, mein Gott: sie verlassen uns. Sie haben uns aufgegeben.«

Sandecker drehte nervös die eben erst angezündete Zigarre zwischen den Fingern, während er ruhelos im Kommandoraum auf und ab ging. Der Radiotechniker hob die Hand, und Sandecker wechselte sofort die Richtung und trat neben ihn.

»Die *Sappho I* meldet sich, Sir«, sagte Curly. »Sie hat alle ihre Sprengladungen installiert.«

»Dann soll sie so schnell wie möglich auftauchen«, befahl der Admiral. »Je höher sie ist, um so ungefährlicher ist die Druckwirkung nach der Sprengung.«

»Ich gebe den Befehl durch«, meldete Curly.

Der Admiral wandte sich Pitt zu, der die vier Monitorbildschirme beobachtete. Die dazugehörigen Kameras und Scheinwerfer waren so an den Aufbauten der *Titanic* montiert, daß sie dem Beobachter die beste Übersicht boten.

»Wie sieht es aus?« fragte Sandecker.

»Bisher recht gut«, antwortete Pitt. »Wenn die Feuchtstahlversiegelungen den Druck aushalten, haben wir eine faire Chance.«

Sandecker ließ seinen Blick abwechselnd über die vier Bildschirme gleiten und runzelte nervös die Stirn, als er Ströme von Luftblasen vom Rumpf der *Titanic* emporsteigen sah. »Sie verliert ziemlich viel Luft«, sagte er.

»Das ist nur der Überdruck, der durch die Druckminderungsventile entweicht«, erklärte Pitt. »Wir haben von den Elektrolyt-Pumpen auf die Kompressoren zurückgeschaltet, um soviel zusätzliche Luft wie möglich in die oberen Kabinen zu drükken.« Er hielt inne, um ein Monitorbild schärfer einzustellen, und fuhr fort: »Die Kompressoren der *Capricorn* stoßen etwa dreitausend Kubikmeter Luft stündlich aus. Es hat also nicht lange gedauert, den Druck im Innern des Wracks um zehn

Pfund pro Zoll zu steigern. Das hat die Druckminderungsventile automatisch ausgelöst.«

Drummer kam von der Computeranlage herüber und prüfte Notizen auf seinem Klemmbrett. »Nach unseren Berechnungen sind etwa neunzig Prozent des Schiffsraumes wasserfrei«, erklärte er. »Das Hauptproblem scheint mir jetzt zu sein, daß wir mehr Hubkraft haben, als der Computer für nötig hält. Falls sich das Schiff nun wirklich aus dem Saugdruck des Bodenschlamms befreien kann, schießt es wie ein Drachen zur Oberfläche.«

»Die *Sea Slug* hat gerade ihre letzte Sprengladung fallen lassen«, meldete Curly.

»Sie soll wenden und die *Deep Fathom* passieren, bevor sie hochtaucht«, befahl Pitt. »Dabei soll sie versuchen, Sichtkontakt mit Merker und seinen Männern aufzunehmen.«

»Noch elf Minuten«, verkündete Giordino.

»Wo, zum Teufel, bleibt die *Sappho II*?« fragte Sandecker nur so in den Raum hinein.

Pitt schaute zu Spencer hinüber. »Sind die Sprengsätze zündbereit?«

Spencer nickte. »Jede Reihe ist an eine andere Frequenz angeschlossen. Wir brauchen nur einen Schalter zu drehen, und die Sprengsätze zünden in der richtigen Reihenfolge.«

»Der letzte Sprengsatz ist installiert«, meldete Curly. »*Sappho II* taucht hoch.«

»Was ist mit der *Sea Slug*?«

»Sie hat keinen Sichtkontakt mit der Mannschaft der *Deep Fathom* bekommen.«

»Dann soll sie jetzt so schnell wie möglich zur Oberfläche kommen«, befahl Pitt. »In neun Minuten werden die ersten Sprengsätze gezündet.«

»Das Wasser in der *Deep Fathom* muß jetzt schon knapp einen Meter unter der Decke stehen«, sagte Giordino dumpf.

»Hör auf!« befahl Pitt scharf. »Wir können den armen Kerlen dort unten überhaupt nicht mehr helfen, wenn wir jetzt nicht konzentriert und richtig operieren.«

»Die *Sappho I* hat die Sicherheitszone in tausendachthundert Meter erreicht«, meldete der Mann am Sonargerät.

Sie mußten jetzt warten, bis die anderen Tauchboote ebenfalls über die Gefahrenzone der zu erwartenden Druckwelle gestiegen waren. Acht Minuten vergingen: eine kleine Ewigkeit für die wartenden Männer im Kommandoraum der *Capricorn*.

»*Sappho II* und *Sea Slug* nähern sich jetzt der Sicherheitszone.«

»Seegang und Wetter?« fragte Pitt.

»Ein Meter zwanzig hohe Dünung, klarer Himmel, Wind aus Nordost mit fünf Knoten«, antwortete der Meteorologe Farquar. »Wir könnten uns keine besseren Wetterbedingungen wünschen.«

Einige Augenblicke herrschte gespanntes Schweigen. Dann sagte Pitt: »Also, Gentlemen, es ist soweit.« Seine Stimme klang so ruhig wie immer. »Okay, Spencer: der Countdown beginnt.«

Spencer zählte langsam, und in seiner Stimme vibrierte dabei Erregung mit: »Dreißig Sekunden ... fünfzehn Sekunden ... fünf Sekunden ... Signal ausgelöst ... gezündet.« Dann ging er zum nächsten Zündbefehl über. »Acht Sekunden ... vier Sekunden ... Signal ausgelöst ... gezündet.«

Alle beobachteten die Monitorbildschirme und das Sonargerät, während die erste Explosion kaum ein Beben auf den Decks der *Capricorn* erzeugte und gleichzeitig wie ferner Donner in ihre Ohren klang. Die Spannung im Raum wurde fast unerträglich. Von den nächsten Minuten hing so viel ab. Angst und Hoffnung spiegelten sich gleichzeitig in den Augen der Männer, die wie gebannt auf die Bildschirme starrten und reglos dastanden, während Spencer mit eintöniger Stimme den Countdown weiterführte.

Der Boden unter den Füßen begann stärker zu beben, als eine Explosionswelle nach der anderen zur Oberfläche des Ozeans durchbrach. Plötzlich flackerten alle Bildschirme kaleidoskopartig wirr und bunt auf und erloschen wieder.

»Verdammt«, stieß Sandecker hervor. »Jetzt haben wir den Sichtkontakt auch noch verloren.«

»Das war zu erwarten«, sagte Gunn. »Die Erschütterungen haben vermutlich die Verbindung des Hauptrelais gelöst.«

Sie wandten sich schnell dem Sonargerät zu. Der Mann dort meldete: »Liegt noch fest. Big T liegt noch fest.«

»Los, mach schon«, flehte Giordino. »Beweg deinen dicken Hintern und komm hoch.«

»Komm, verdammt noch mal, komm«, sagte jetzt auch Sandecker beschwörend.

»Heb dich . . . heb dich . . . «

Wenn es menschenmöglich gewesen wäre, mit Willenskraft fünfundvierzigtausend Tonnen Stahl aus jenem Grab am Meeresgrund emporzuheben, in dem sie sechsundsiebzig Jahre geruht hatten, dann hätten es die um das Sonargerät gedrängten Männer bestimmt geschafft. Aber ihre psychokinetischen Kräfte reichten dazu offenbar keinesfalls aus. Die *Titanic* blieb hartnäckig am Seeboden haften.

»So ein gemeines, ekelhaftes Pech«, sagte Farquar tonlos.

Drummer konnte die Spannung nicht länger ertragen. Er wandte sich ab und stolperte fast blindlings aus dem Raum.

»Woodson an Bord der *Sappho II* erbittet Erlaubnis, zu einer Erkundung hinabzutauchen«, meldete Curly.

Pitt zuckte mit den Schultern. »Erlaubnis erteilt.«

Mit müder Langsamkeit ließ Admiral Sandecker sich auf einen Stuhl sinken. »Also ein Fehlschlag: und für welchen ungeheuren Preis.«

Die bittere Empfindung von Hoffnungslosigkeit wurde von der grausamen Erkenntnis der totalen Niederlage überflutet.

»Was jetzt?« fragte Giordino und starrte blicklos zu Boden.

»Wir machen weiter«, antwortete Pitt verdrossen. »Morgen werden wir die Bergungsoperation mit dem – «

»Sie bewegt sich.«

Zuerst reagierte keiner.

»Sie bewegt sich«, wiederholte der Mann am Sonargerät mit unsicherer Stimme.

»Sind Sie sicher?« fragte Sandecker flüsternd.

»Ganz sicher.«

Spencer konnte vor Aufregung kein Wort über die Lippen bringen. Er starrte nur mit einem seltsamen Gemisch von Faszination und völliger Ungläubigkeit auf das Sonargerät. Schließlich konnte er die ersten Worte stammeln. »Die Nachbeben«, stieß er hervor. »Die Nachbeben haben die Verzögerung verursacht.«

»Sie steigt!« rief der Sonartechniker und hieb mit der Faust triumphierend auf seine Sessellehne. »Die riesige alte Wanne hat sich freigemacht! Sie kommt hoch!«

48

Zuerst waren alle so überwältigt, daß keiner sich bewegen konnte. Acht quälend lange Monate hatten sie auf diesen Moment hingearbeitet und ihn herbeigesehnt, und als er jetzt Wirklichkeit geworden war, konnten sie es einfach nicht glauben. Dann endlich begann die Tatsache richtig in ihr Bewußtsein einzudringen, und ein Freudentaumel ohnegleichen überwältigte die Männer im Kommandoraum der *Capricorn*.

»Wir haben es geschafft! Wir haben es geschafft!« rief Sandecker jubelnd wie ein Schuljunge.

»Komm herauf, du alte Dame!« schrie Giordino. »Zeig dich endlich in deiner ganzen Pracht!«

»Es ist wirklich wahr«, murmelte Spencer immer wieder träumerisch. »Es ist wirklich wahr.«

Nur Pitt behielt einen klaren Kopf. Er eilte zu Curly hinüber und packte ihn an der Schulter. »Schnell, nimm Verbindung mit Woodson in der *Sappho II* auf. Melde ihm, daß die *Titanic* auf dem Weg nach oben ist, und er soll seitlich ausweichen, damit es nicht noch eine Tauchbootkatastrophe gibt.«

»Immer noch auf Kurs zur Oberfläche«, meldete der Sonartechniker. »Mit beschleunigter Steiggeschwindigkeit.«

»Wir haben das Schlimmste noch nicht hinter uns«, sagte Pitt. »Es kann noch allerhand passieren, bevor sie auftaucht.«

»Ja, der Feuchtstahl könnte die Belastung nicht aushalten«, sagte Giordino. »Oder die Druckminderungsventile können das schnelle Nachlassen des Wasserdrucks nicht regulieren.«

Ehe er weitersprechen konnte, meldete der Sonartechniker wieder: »Steigt immer noch schnell. Einhundertachtzig Meter in der letzten Minute.«

Pitt wandte sich Giordino zu. »Al, du suchst jetzt Doc Bailey und den Hubschrauberpiloten, und ihr startet so schnell wie möglich. Sobald die *Titanic* aufgetaucht ist und stabil liegt, soll der Pilot auf das Vorderdeck niedergehen. Mir ist egal, wie ihr es anstellt: mit Strickleiter oder Förderkorb. Jedenfalls muß Doc Bailey so schnell wie möglich auf Deck kommen, um den äußeren Lukendeckel der *Deep Fathom* zu öffnen und die Männer aus dieser Todesfalle zu befreien.«

»An uns soll es nicht liegen«, sagte Giordino. »Wir sind schon fast gestartet.« Er war schon durch die Tür, bevor Pitt seinen nächsten Befehl an Spencer geben konnte.

»Rick, mach die Dieselpumpen für den Transport zum Wrack hinüber fertig. Falls da irgendwelche Lecks sind, müssen die Pumpen so schnell wie möglich einsatzbereit sein.«

»Wir werden Schneidbrenner brauchen, um die Ansaugschläuche ins Wrack zu leiten«, sagte Spencer erregt.

»Dann kümmer dich darum.«

Pitt wandte sich wieder dem Sonargerät zu. »Wie ist die Steiggeschwindigkeit?«

»Zweihundertfünfzig Meter pro Minute«, meldete der Sonartechniker.

»Zu schnell«, sagte Pitt beunruhigt.

»Das wollten wir gerade verhindern«, brabbelte Sandecker an seiner Zigarre vorbei. »Die Kabinen sind mit Luft überfüllt, und jetzt steigt sie unkontrollierbar schnell zur Oberfläche.«

»Hoffen wir, daß sie nicht zu hoch aus dem Wasser schnellt und dann kentert«, sagte Pitt.

Sandecker blickte ihm in die Augen. »Das wäre auch das Ende der Männer in der *Deep Fathom*.« Wortlos wandte der Admiral sich ab und verließ mit den meisten anderen den Kommandoraum.

Nur Pitt blieb zurück und fragte den Sonartechniker: »Wie weit ist sie jetzt.«

»Sie passiert gerade die 2400-Meter-Markierung.«

»Woodson meldet sich!« rief Curly. »Er sagt, das Wrack ist gerade mit ganz schönem Auftrieb an der *Sappho II* vorbeigeschossen.«

»Sag ihm, er soll hochtauchen. Gib die gleiche Meldung an die *Sea Slug* und *Sappho I* durch.«

Jetzt blieb auch für ihn hier nichts mehr zu tun. Er verließ also den Kommandoraum und stieg die Leiter an der Backbordseite der Kommandobrücke zu Sandecker und Gunn hinauf.

Gunn hob gerade den Telefonhörer ab. »Sonar, hier spricht Gunn. Kommen.«

»Sonar hört.«

»Ist ungefähr abschätzbar, wo sie auftauchen wird?«

»Sie sollte ungefähr sechshundert Meter backbord heckwärts hochkommen.«

»Wann?«

Keine Antwort. »Wann?« wiederholte Gunn.

»Ist es *jetzt* recht, Kommandant?«

Im selben Moment begann die Oberfläche wie kochendes Wasser zu sprudeln und Blasen zu schlagen, und im Licht der Nachmittagssonne brach das Heck der *Titanic* wie ein riesiger Wal empor. Zwei Sekunden lang schien der Höhenflug des Hecks ungebrochen. Es war ein atemberaubender Anblick, als dann die gewaltige Heckpartie des Wracks einen Moment lang – bis etwa zur früheren Höhe des zweiten Schornsteins – in der Schwebe verharrte und die Luft aus den Druckminderungsventilen den Rumpf mit Fontänen von Wasserdampf übersprühte. Schwerfällig senkte sich dann das Heck und prallte mit solcher Gewalt ins Wasser zurück, daß eine drei Meter hohe Woge auf die Schiffe in der Umgebung zurollte. Das Heck versank scheinbar unaufhaltsam. Die vielen Beobachter hielten unwillkürlich den Atem an, als sich das Wrack gleichzeitig nach steuerbord zur Seite senkte. Dreißig Grad – fünfunddreißig – vierzig – fünfundvierzig – fünfzig Grad: in dieser prekären Schräglage schien die *Titanic* eine kleine Ewigkeit zu verharren. Alle bangten dem Augenblick entgegen, in dem sie vollends kentern würde. Doch dann begann die *Titanic* sich quälend langsam wieder aufzurichten: zögernd behutsam Fuß um Fuß, bis der Rumpf nur noch eine Schlagseite nach steuerbord von zwölf Grad hatte ... und in dieser Lage blieb sie.

Zuerst brachte keiner ein Wort hervor. Alle standen noch ganz unter dem Eindruck jenes einmaligen Naturschauspiels. Der riesige Schiffskörper war aus seinem Tiefseegrab nach sechsundsiebzig Jahren wie ein Meeresungeheuer ans Tageslicht emporgebrochen.

Pitt konnte als erster wieder sprechen. »Sie hat es geschafft«, sagte er sehr leise.

»Wirklich und wahrhaftig«, bestätigte Gunn sanft.

Das Knattern der Rotors brach den Bann der Stille, als der Hubschrauber von der *Capricorn* in den Wind hinein startete und dann zum Vorderdeck des geborgenen Wracks kurvte. Der Pilot hielt den Hubschrauber knapp einen Meter über dem Deck in der Schwebe, und fast sofort waren zwei punktkleine Gestalten zu erkennen, die aus der Seitentür der Kabine sprangen.

Giordino kletterte die Leiter zur Luke empor und stellte erleichtert fest, daß das Tauchboot von außen unversehrt wirkte. Dann stand er breitbeinig auf dem abgerundeten,

schlüpfrigen Deck und griff nach dem Handrad des Lukendek-
kels. Die Speichen waren eiskalt – das Rad scheinbar unbeweg-
lich.

»Mann, beeil dich!« rief Doc Bailey hinter Giordino. »Jede
Sekunde ist wichtig!«

Giordino holte tief Atem und setzte die ganze Muskelkraft
seines breitschultrigen Oberkörpers ein, um das Rad zu bewegen. Es ruckte einen Zollbreit herum. Er versuchte es noch
einmal und schaffte diesmal eine halbe Drehung. Danach
begann es sich endlich leichter zu drehen, als die Luft aus dem
Tauchboot zischend entwich und der Druck gegen die Luke
schwächer wurde.

Das Handrad erreichte den Anschlag, und Giordino schwang
die Luke auf und spähte in die Dunkelheit hinunter. Ein
schaler, muffiger Geruch hauchte ihm entgegen. Sein Herz
krampfte sich zusammen, als seine Augen sich an die Dunkelheit gewöhnt hatten, und er sah, daß das Wasser bis knapp
einen halben Meter unter der Kabinendecke stand.

Dr. Bailey schob Giordino beiseite, zwängte seinen massigen
Körper durch die Luke und stieg die Innenleiter hinunter. Das
eisige Wasser hemmte seine Bewegungen und ließ ihn erschauern. Er stieß sich von den Leitersprossen ab und hangelte
sich nach hinten weiter, bis er die Kojen erreicht hatte. In der
matten Dämmerung tastete er zuerst über eine Schulter und
berührte dann ein kaltes Gesicht.

Bailey beugte sich vor, bis das Gesicht in der Dunkelheit nur
einen Zollbreit von ihm entfernt war. Er tastete nach dem Puls,
aber seine Finger waren gefühllos von dem eisigen Wasser. So
konnte er nicht feststellen, ob der Mann noch am Leben war.
Doch inzwischen hatten sich seine Augen an die Dunkelheit
gewöhnt. Er konnte erkennen, daß die Lider bebten und die
Augen sich öffneten. Und eine Geisterstimme schien zu raunen: »Geh weg – – hab's dir doch gesagt – – ich hab heute
dienstfrei.«

»Brücke?« Curlys Stimme klang krächzend heiser aus dem Lautsprecher.

»Hier ist die Brücke«, antwortete Gunn.

»Soll ich die Brücke jetzt mit dem Hubschrauber verbinden?«

»Ja, bitte. Ende.«

Es trat eine kurze Pause ein und dann tönte die Stimme des Hubschrauberpiloten rauh und verzerrt aus dem Lautsprecher.

»*Capricorn*, hier spricht Leutnant Sturgis.«

»Kommandant Gunn, Leutnant. Höre laut und klar. Bitte kommen.«

»Dr. Bailey ist in die *Deep Fathom* gestiegen. Bitte warten.«

Die Pause bot Gunn und Pitt Gelegenheit, nach all der Erregung des ersten Auftauchens die *Titanic* richtig zu mustern. Ohne ihre Schornsteine, Maste und Rettungsboote sah sie kahl und häßlich aus. Die seitlichen Stahlplatten waren übersät mit Flecken von Rost und Verwitterung, durch die jedoch der schwarz-weiße Anstrich des Rumpfs und der Aufbauten noch immer durchschimmerte. Der schwimmende Palast von einst wirkte verwahrlost und ausgeplündert wie eine verfallene Luxusvilla. Die Luken und Fenster waren mit dem häßlichen Grau des Feuchtstahls bedeckt, und die früher im warmen Glanz schimmernden Teakholz-Decks waren ausgeblichen und mit langen, verrosteten Kabelsträngen übersät. Die leeren Rettungsboot-Davits ragten in ihrer Nutzlosigkeit mitleiderregend kahl empor. Und trotz all dieser Zeichen des Verfalls bot das Wrack einen Anblick von unerklärlicher Erhabenheit.

»*Capricorn*, hier Sturgis. Bitte kommen.«

»Wir hören. Kommen.«

»Giordino hat mir gerade mit Fingerzeichen signalisiert, daß Merker, Kiel und Chavez noch am Leben sind.«

Ein merkwürdig andächtiges Schweigen folgte. Dann trat Pitt an ein Schaltbrett und drückte auf den Sirenenknopf Das ohrenbetäubende Dröhnen schallte über das Wasser.

Die Sirene der *Modoc* antwortete, und schließlich wurde der

Chor vervollständigt durch die *Monterey Park*, die *Alhambra*
und die *Bomberger*. Rings um die *Titanic* erfüllte ein schriller
und mißtönender, aber triumphierender Chor von Sirenen und
Schiffspfeifen aller Klangfarben die Luft über dem Meer. Die
Juneau kam nun auch herangerauscht und übertönte die wilde
Kakophonie mit einem Salutschuß aus ihrer Achtzollkanone
wie mit einem Paukenschlag.

Es war ein Erlebnis, das keiner der Anwesenden je in seinem
Leben vergessen würde. Sogar der sonst so unerschütterliche
Pitt konnte ein Gefühl von Rührung nicht unterdrücken.

Die ungeheuerliche und wahnwitzig kühne Bergungstat war
nun doch gelungen.

49

Gene Seagram saß in seinem Wohnzimmer und spielte mit
Selbstmordgedanken. Vor ihm auf dem Schreibtisch lag ein
Colt-Revolver, und von Zeit zu Zeit tasteten Seagrams Finger
über das glatte, kühle Metall des Laufs, als wollte er sich
vergewissern, daß die Todeswaffe griffbereit vor ihm lag.

Es war ein wunderschöner Aprilnachmittag, aber in Seagrams
Geist herrschte düstere Novemberstimmung. Vor sich sah er
nur die Ruinen einer gescheiterten Ehe und den Mißerfolg des
Projekts Sizilien. Der Präsident selbst war das Seagram sinnlos
erscheinende Risiko eingegangen, wichtige Einzelheiten des
Projekts an die Russen weiterzugeben. Und Sandecker hatte
mit der Hiobsbotschaft von der Anwesenheit zweier russischer
Spione bei der Bergungsflotte der *Titanic* Seagrams hochge-
spannte Hoffnungen ganz und gar auf den Nullpunkt sinken
lassen.

Der Tod erschien Seagram in dieser Situation wie eine Erlö-
sung. Sein Blick glitt zum Fenster, aber das Aufblühen der
Natur – die knospenden Bäume und das leuchtende Gelb der
Forsythienbüsche über dem zart sprießenden Grün des jungen

Rasens –, dieser Anblick der Frühlingslandschaft erzeugte in seinem Innern nur ein Gefühl von melancholischer Wehmut. Vielleicht war es sogar schön, gerade mit dieser Frühlingsszenerie vor Augen zu sterben, dachte er.

Das Schrillen des Telefons riß ihn gewaltsam aus seinen düsteren Grübeleien. Er überlegte ernsthaft, ob er überhaupt noch abheben sollte. War er nicht eigentlich für die Welt schon so gut wie gestorben – nach all seinen Mißerfolgen?

Nach dem fünften Läuten raffte er sich doch dazu auf, nach dem Hörer zu greifen und sich zu melden.

»Wie klingt denn deine Stimme?« hörte er Marie Sheldon am anderen Ende der Leitung fragen. »An einem so schönen Nachmittag – und bei so viel Grund zur Freude.«

Seagram stieß ein ganz und gar freudloses Lachen aus. »Manchmal bist du unfreiwillig komisch, Marie«, sagte er mit einem Anflug von Galgenhumor. »Warum sollte gerade ich vor Freude jubilieren und singen?«

Marie schwieg einen Moment und fragte dann erstaunt und etwas belustigt: »Schaltest du eigentlich nie deinen Fernseher an, Gene?«

»Wie kommst du darauf, Marie?« fragte Seagram zurück, und ein seltsames Gefühl von Vorahnung belebte sein verdüstertes Gemüt.

»Du hast nicht die Rede des Präsidenten gehört?«

»Nein.«

»Dann kannst du allerdings auch nicht wissen, daß die Bergung der *Titanic* geglückt ist.«

»Was sagst du da?« Seagrams Stimme klang ihm selbst unnatürlich fremd und laut. »Die *Titanic* ist geborgen?«

»Du brauchst nicht so zu schreien, Gene. Es ist eine Tatsache, und der Präsident hat das selbst im Fernsehen verkündet.«

»Sie haben es also doch geschafft«, sagte Seagram – wie im Flüsterton eines heimlichen Gebets. »Danke, Marie, danke –«

»Bei mir brauchst du dich nicht zu bedanken, Gene«, sagte Marie.

»Doch. Gerade dir muß ich danken. Du ahnst gar nicht, wovor du mich eben bewahrt hast –«

Und ohne auf Maries erstaunte Frage zu antworten, hängte Gene Seagram ein.

Das war vielleicht die Rettung, dachte er.

Dreißig Tage. Sobald er das Byzanium hatte, brauchte er nur noch dreißig Tage Zeit, um das *Projekt Sizilien* unter normalen Bedingungen zu testen und dann das ganze System aktionsbereit zu machen.

Das Leben hatte wieder einen Sinn für Gene Seagram. Mit einer nahezu feierlichen Geste griff er nach dem Revolver und verstaute ihn wieder im hintersten Winkel einer Schreibtischschublade unter harmlosen Papieren und allerlei Krimskrams.

50

»Hoffentlich ist Ihnen klar, wie schwerwiegend Ihre Beschuldigungen sind?«

Marganin sah diesen kleinen Mann hinter dem Schreibtisch an, der so sanft sprach und dessen blaue Augen so harmlos blicken konnten. Dabei war Admiral Boris Sloyuk der Chef der zweitgrößten Geheimdienstorganisation der Sowjetunion.

»Das ist mir völlig klar, Admiral«, bestätigte Marganin ernst. »Ich gefährde mit dieser Anschuldigung meine Marinekarriere und muß auf eine Gefängnisstrafe gefaßt sein. Aber ich werte meine Verpflichtungen dem Staat gegenüber höher als meinen persönlichen Ehrgeiz.«

»Sehr anständig von Ihnen, Leutnant«, sagte Sloyuk mit ausdruckslosem Gesicht. »Aber können Sie auch beweisen, was Sie da gegen Hauptmann Prevlov vorbringen?«

Marganin nickte. Er hatte seine Unterredung mit dem Admiral unter Umgehung des üblichen Dienstweges sorgfältig vorbereitet. In gespielter Gelassenheit zog er einen Umschlag aus der Tasche und reichte ihn über den Schreibtisch.

»Hier sind Buchungsbelege für ein Konto mit der Nummer AZF sieben-sechs-null-neun der Banque de Lausanne in der Schweiz. Sie werden feststellen, Admiral, daß dort regelmäßig große Beträge von einem gewissen V. Volper eingezahlt werden. Wobei dieser Name nichts als ein Anagramm von Prevlov ist.«

Sloyuk musterte die Bankbelege und schüttelte skeptisch den Kopf. »Das könnten geschickte Fälschungen sein.«

Marganin schob einen weiteren Umschlag über den Schreibtisch. »Aber dieses Material bestimmt nicht. Es sind Dokumente über die geheime Nachrichtenverbindung zwischen dem amerikanischen Botschafter hier in Moskau und dem Verteidigungsministerium in Washington. Daraus geht deutlich hervor, daß Hauptmann André Prevlov Marinegeheimnisse verraten hat. Der Botschafter hat die Pläne für unsere Flottenbewegungen im Falle eines ersten Atomangriffs gegen die Vereinigten Staaten beigefügt.« Marganin spürte ein verhaltenes Triumphgefühl, als er die Bestürzung im sonst so undurchschaubaren Gesicht des Admirals bemerkte. »Ich glaube, hier kann man nicht von Fälschungen sprechen. Ein Offizier in meinem niedrigen Rang und meiner Position hat keinen Zugang zu diesen streng geheimen Flottenbefehlen. Hauptmann Prevlov hingegen genießt das Vertrauen des strategischen Stabes der Sowjetischen Marine.«

Sloyuk schüttelte den Kopf. »Der Sohn eines hohen Amtsträgers der Partei soll für Geld sein Land verraten ... das erscheint mir noch immer unvorstellbar.«

»Es ist Ihnen sicherlich bekannt, Admiral, daß Hauptmann Prevlov ein Verhältnis mit einer Frau hat, die angeblich mit dem amerikanischen Botschaftsrat verheiratet ist.«

»Das weiß ich«, bestätigte Sloyuk mürrisch. »Prevlov hat mir erklärt, durch sie verschaffe er sich Geheimmaterial aus der amerikanischen Botschaft.«

»Das stimmt leider nicht«, sagte Marganin mit geheucheltem Bedauern. »Tatsächlich ist sie geschieden und eine Agentin des

214

CIA.« Er machte eine wirkungsvolle Kunstpause, bevor er seinen wichtigsten Angriffspunkt vortrug. »Das Geheimmaterial, das durch die Hände dieser Frau geht, stammt tatsächlich von Hauptmann Prevlov. Er ist *ihre* Nachrichtenquelle.«

Sloyuk schwieg einige Sekunden und sah dann Marganin durchdringend an. »Woher wissen Sie das alles?«

»Es wäre wirklich nicht gut, wenn ich meinen Informanten preisgäbe, Admiral«, sagte Marganin. »Seit fast zwei Jahren genieße ich sein Vertrauen in allen Dingen deswegen, weil ich ihm gegenüber mein Versprechen gehalten habe, seinen Namen und seine Position in der amerikanischen Regierung an keinen anderen weiterzugeben.«

Sloyuk dachte über diese Erklärung nach und akzeptierte sie mit einem Kopfnicken. »Sicherlich ist Ihnen klar, daß wir dadurch in eine schwierige Lage geraten sind.«

»Wegen des Byzaniums?«

»Richtig«, sagte der Admiral gepreßt. »Falls Prevlov unseren Plan verraten hat, wäre das äußerst fatal. Wenn die Amerikaner mit Hilfe des Byzaniums das *Projekt Sizilien* funktionsfähig machen können, verschiebt sich für die nächste Dekade das Kräftegleichgewicht deutlich zu ihren Gunsten.«

»Vielleicht hat Hauptmann Prevlov unseren Plan noch nicht verraten«, sagte Marganin. »Vermutlich wartet er damit, bis die *Titanic* tatsächlich geborgen ist.«

»Sie ist geborgen«, sagte Sloyuk ernst. »Vor drei Stunden hat Kapitän Parotkin von unserer *Mikhail Kurkov* berichtet, daß die *Titanic* an der Oberfläche ist und in Schlepp genommen werden kann.«

Marganin konnte seine Überraschung nicht verbergen. Er spürte, daß seine Intrige durch die Vorverlegung der Bergung in Gefahr geriet, sich gegen ihn selbst zu wenden. »Aber unsere Agenten Silber und Gold haben doch berichtet, die Bergung würde frühestens in drei Tagen beginnen.«

Sloyuk musterte Marganin mit einem überlegenen Lächeln. »Das ist wohl eine Nachricht, die Sie nicht so schnell auch für

Ihre Zwecke verwerten konnten, wie, Leutnant?«

Ein kaltes Gefühl von Unbehagen und Furcht begann sich in Marganins Innerem auszubreiten. Der Admiral hatte ihm eine Komödie vorgespielt, erkannte er. In Wirklichkeit war er gar nicht so bestürzt über Prevlovs Verrat gewesen, sondern hatte mit seiner vorgetäuschten Fassungslosigkeit Marganin nur in Sicherheit wiegen wollen.

»Nein, ich wußte natürlich nichts von dieser vorzeitigen Bergung, Admiral«, sagte Marganin unsicher. »Aber ich nehme doch an, daß aufgrund des vorgelegten Materials Hauptmann Prevlov von der Kommandoleitung zur Beschlagnahme des Byzaniums abgelöst wird.«

»Und wie stellen Sie sich das vor, Leutnant?« fragte Sloyuk.

»Ich, ich weiß nicht«, stammelte Marganin. »Man könnte doch bestimmt einen Ersatzmann finden.«

»Etwa Sie, Leutnant?«

»Nein, dazu wäre es wohl zu spät.«

»Da haben Sie recht.« Sloyuk musterte den Leutnant mit verächtlicher Kälte. »Hauptmann Prevlov wird weiterhin das Kommandounternehmen leiten.«

»Aber er ist doch nicht vertrauenswürdig«, sagte Marganin beschwörend.

»Sie haben die Beweise gesehen, Admiral –«

»Ich habe nichts gesehen, das nicht entweder eine Fälschung sein könnte, oder das Sie sich womöglich auf unvorschriftsmäßige Weise heimlich selbst beschafft haben, Leutnant Marganin«, unterbrach ihn der Admiral schneidend scharf. »Im Augenblick habe ich den Eindruck, daß Sie sehr ehrgeizig sind und mit der nicht ganz unbekannten Methode arbeiten, einen Vorgesetzten zu Fall zu bringen, um selbst befördert zu werden.«

»Aber, Admiral, ich schwöre Ihnen –«

»Schwören Sie lieber nichts!« sagte der Admiral abweisend hart. »Ich persönlich bin immer noch davon überzeugt, daß in drei Tagen das Byzanium sicher an Bord eines unserer Schiffe sein wird. Das dürfte Hauptmann Prevlovs Treue und Ihr Intrigantentum beweisen. Und jetzt gehen Sie, Leutnant «

Wortlos und im Bewußtsein, sich mit seiner Intrige selbst sehr verdächtig gemacht zu haben, verließ Leutnant Marganın die Diensträume des Admirals. Im Augenblick war er nichts als ein verratener Verräter. Er hatte geglaubt, mit seinem Manöver Prevlov aus dem Wege räumen zu können, und jetzt mußte er befürchten, daß seine eigene Doppelrolle durchschaut wurde.

51

Die *Titanic* trieb unmerklich langsam in der Strömung dahin: ein Totenschiff, das in die Welt der Lebenden zurückgekehrt war.

Inzwischen hatte man den Kompaßturm auf dem Oberdeck über dem 1.-Klasse-Salon als Landeplatz für den Hubschrauber freigeräumt. Männer und Geräte aller Art wurden jetzt in stetiger Folge an Bord geschafft. Die erste und schwierigste Aufgabe war die Beseitigung der Schlagseite. Dann mußte das Wrack für das lange Schleppmanöver zum Hafen von New York vorbereitet werden.

Pitt war als einer der ersten an Bord gekommen. Er ging langsam über das leere Bootsdeck und mußte unwillkürlich an jene langen Minuten der nächtlichen Panik denken, als sich hier auf dem sinkenden Schiff so grausige und tragische Szenen abgespielt hatten. Er kam an den leeren Davits von Rettungsboot Nummer 6 vorbei, das einer Mrs. J. J. Brown aus Denver später zu dem Ruhm verholfen hatte, die »Unsinkbare Molly Brown« zu sein. Als er den Eingang der großen Haupttreppe passierte, erinnerte er sich wieder an den Kornettisten Graham Farley und die Schiffskapelle, die hier bis zum bitteren Ende in einer makabren Vortäuschung von Optimismus aufgespielt hatten. Schließlich kam Pitt an jener Stelle vorbei, wo der Millionär Benjamin Guggenheim und sein Sekretär in stoischer Ruhe in Abendkleidung gestanden hatten, um als echte Gentlemen zu sterben.

Pitt brauchte fast eine Viertelstunde, um das Fahrstuhlgehäuse am äußersten Ende des Bootsdecks zu erreichen. Er kletterte über die Reling und sprang auf das Promenadendeck hinunter. Hier fand er den Heckmast, der wie ein Stumpf von den verrotteten Planken bis zu der Stelle emporragte, wo ihn der Unterwasser-Schneidbrenner der *Sea Slug* in zweieinhalb Meter Höhe gekappt hatte.

Pitt griff in seine Jacke und zog das eine Päckchen hervor, das Kommodore Bigalow ihm unter anderem anvertraut hatte. Behutsam wickelte er es aus. Er hatte vergessen, eine Schnur mitzubringen, und mußte mit dem Bindfaden des Päckchens improvisieren. Als er fertig war, trat er zurück und blickte zu dem Stumpf des einst so hohen Mastes und seiner provisorischen Handwerksarbeit hinauf.

Der rote Wimpel der White-Star-Linie, den Bigalow vor so langer Zeit aus der Halterung gerissen hatte, flatterte wieder stolz über der unsinkbaren *Titanic*.

52

Die ersten Strahlen der aufgehenden Sonne glitzerten gerade über die östliche Horizontlinie, als Sandecker aus der Kabine des Hubschraubers sprang. Er hielt seine Kappe unter dem Windwirbel des Rotors fest. Schnell installierte Scheinwerfer überstrahlten immer noch die Aufbauten des Wracks und die teilweise bereits zusammengesetzten Geräte und Maschinen. Pitt hatte mit seiner Mannschaft die ganze Nacht geschuftet, um die nächste Phase der Bergung einzuleiten.

Rudi Gunn begrüßte ihn unter einem rostigen Ventilator.

»Willkommen an Bord der *Titanic*, Admiral«, sagte er grinsend. Überhaupt schienen alle Mitglieder der Bergungsmannschaft heute morgen zu grinsen.

»Wie ist die Lage?« fragte Sandecker.

»Im Augenblick gut. Sobald die Pumpen arbeiten, müßte die Schlagseite sich beseitigen lassen.«

»Wo ist Pitt?«

»In der Sporthalle.« Gunn deutete auf eine Außenwand, in die man mit dem Schneidbrenner einen Einstieg geschnitten hatte. »Dort hindurch.«

Der Raum war etwa fünf Meter breit und zwölf Meter lang. Mehrere Männer verrichteten dort verschiedene Arbeiten, ohne auch nur noch einen Blick auf die Ansammlung wunderlicher und antiquierter Gerätschaften zu werfen, die auf dem einst farbenprächtigen Linoleumboden montiert waren. Es gab da verzierte Rudermaschinen; montierte Fahrräder, die mit einer großen, runden Meßuhr für zurückgelegte Entfernungen verbunden waren; einige mechanische Pferde mit verrottenden Ledersätteln; und ein Gebilde, das Sandecker mit einiger Verwunderung für ein mechanisches Kamel hielt. Wie er später feststellte, war es tatsächlich eines.

Die Bergungsmannschaft hatte den Raum bereits mit einer Radioanlage, drei Generatoren mit Benzinantrieb zur Stromerzeugung und Atelierleuchten ausgestattet. Da die kleine Sporthalle gleichzeitig als Arbeits- und Wohnraum dienen sollte, waren außer einer winzigen Küche zusammenklappbare Tische und Stühle aus Aluminium und Feldbetten aufgestellt.

Pitt stand mit Drummer und Spencer über einen Tisch gebeugt, als Sandecker herantrat.

»Willkommen auf der Big T, Admiral«, sagte Pitt mit jenem Sonntagslächeln, das heute alle zeigten. »Wie geht es Merker, Kiel und Chavez?«

»Sie haben sich im Krankenrevier der *Capricorn* schon so gut erholt, daß sie Dr. Bailey bitten, sie doch wieder dienstfähig zu schreiben. Natürlich läßt sich der Doc nicht darauf ein, weil er sie mindestens noch vierundzwanzig Stunden unter Beobachtung halten will.« Sandecker hielt inne und rümpfte die Nase. »Was ist denn das für ein Geruch?«

»Moder«, erklärte Drummer. »Jeder Winkel und jede Ritze sind voll davon. Man kann dem nicht entgehen. Es wird nicht lange dauern, bis die in dem Wrack heraufbeförderten toten Exemplare von Tiefseefauna zu stinken anfangen.«

Sandecker machte eine umfassende Geste durch den Raum. »Ihr habt euch das hier ganz nett eingerichtet«, sagte er. »Aber warum hier und nicht im Raum auf der Kommandobrücke?«

»Ein Traditionsbruch aus praktischen Gründen«, erklärte Pitt. »Auf einem toten Schiff erfüllt die Kommandobrücke keine nützliche Funktion mehr. Die Sporthalle liegt im übrigen so günstig mittschiffs, daß wir Bug und Heck bequem erreichen. Der Hubschrauberlandeplatz auf dem Dach des 1.-Klasse-Salons ist auch nahe. Je näher unser Material lagert, desto schneller können wir arbeiten.«

An der Vorderwand der Halle hatte man pietätvoll ein Tuch über ein Skelett gebreitet, dessen Zehenknochen nicht ganz bedeckt waren. Sandecker ging langsam hinüber, und Pitt folgte ihm.

»Wer mag wohl dieser arme Teufel gewesen sein?« sagte Sandecker, während er behutsam das Tuch lüftete.

»Das werden wir wahrscheinlich nie erfahren«, antwortete Pitt. »Alle Gebißabdrücke des Jahres 1912 sind zweifellos inzwischen längst vernichtet worden.«

Sandecker beugte sich tiefer hinab und musterte die Beckenknochen. »Mein Gott, das war ja eine Frau.«

»Entweder eine 1.-Klasse-Passagierin, die hier den Tod erwarten wollte, oder eine Frau aus dem Zwischendeck, die das Bootsdeck erst erreicht hat, als alle Rettungsboote bereits im Wasser waren.«

»Habt ihr noch andere Leichen gefunden?«

»Für sorgfältige Erkundungen hatten wir noch keine Zeit«, antwortete Pitt. »Aber einer von Spencers Männern hat ein Skelett eingeklemmt beim Kamin im Salon entdeckt.«

Sandecker deutete mit dem Kopf auf eine Türöffnung. »Was liegt dahinter?«

»Die Tür führt zur Haupttreppe.«

»Schauen wir uns das einmal an.«

Sie traten auf den Treppenabsatz über der Diele des A-Decks und schauten hinunter. Einige verrottete Sessel und Sofas lagen wirr auf der breiten Treppenfront verstreut. Die schwungvoll gedrechselten Treppengeländer waren fast unbeschädigt, und die Zeiger der großen Bronzeuhr über dem unteren Treppenabsatz waren auf 2 Uhr 21 stehengeblieben.

Die beiden schritten schweigend die mit einer verkrusteten Schlammschicht überzogenen Stufen hinab und betraten einen der Gänge, die zu den Luxuskabinen führten. Die Dämmerung hier unten schuf eine gespenstische Atmosphäre. Die meisten Türen standen offen, aber sie konnten in der Dunkelheit nur die Umrisse umgestürzter Möbel und einige herabhängende Bretter verfaulender Wandtäfelung erkennen. Nach etwa zehn Metern versperrte ihnen ein Gewirr von Trümmern den Weg. Hier war ein Durchkommen unmöglich.

Sie machten also kehrt und gingen in die Sporthalle zurück. Als sie eintraten, wandte sich Al Giordino vom Empfangsgerät seiner Radioanlage ab.

»Die Firmenleitung von Uranus-Öl hat sich gerade nach ihrem Tauchboot erkundigt«, berichtete er.

»Erklär ihnen, sie könnten die *Deep Fathom* vom Vorderdeck der *Titanic* abtransportieren, sobald das Wrack in New York auf Trockendock liegt«, sagte Pitt.

Giordino nickte und wandte sich wieder seinen Apparaten zu.

»Ölproduzenten haben offenbar sogar an einem so denkwürdigen Tag nichts als ihre Geschäftsinteressen im Sinn«, sagte Sandecker mit freundlichem Spott. »Und da wir gerade von einem denkwürdigen Tag sprechen, Gentlemen: sollten wir den nicht feiern?«

»Wird hier von feiern gesprochen?« Giordino schaute erwartungsvoll hoch.

Sandecker bückte sich nach einer Tragetasche, die er vorhin neben einem der Tische abgestellt hatte, und zog zwei Flaschen heraus. »Keiner soll behaupten, daß James Sandecker nicht gut für seine Mannschaft sorgt.«

»Hütet euch vor Admirälen, die Geschenke machen«, murmelte Giordino.

»Wie kann man nur so mißtrauisch sein«, sagte Sandecker.

»Ich schwöre jedem Mißtrauen ab, Admiral«, antwortete Giordino mit versöhnlichem Lächeln. »Wenn ich nur endlich was zu trinken bekomme.«

»Sofort«, sagte Sandecker. »Für die Englandfreunde eine Flasche Scotch und für den amerikanischen Geschmack eine Flasche Bourbon. Besorgt euch Gläser. Alle sind herzlich eingeladen.«

Giordino holte sofort die erforderliche Menge von Pappbechern aus der transportablen Küche, und als eingeschenkt war, hob Sandecker seinen Becher.

»Gentlemen, wir trinken auf die *Titanic!*« stimmten die Männer ein.

Sandecker ließ sich auf einen Klappstuhl sinken und nippte an seinem Scotch. Aber sogar in diesem festlichen Augenblick beunruhigte ihn die Frage, welche von den Männern hier im Raum im Sold der Sowjetregierung standen.

53

Der Sowjetische Generalsekretär Georgi Antonov sog in kurzen, heftigen Zügen an seiner Pfeife und musterte Prevlov nachdenklich.

»Ich muß schon sagen, Hauptmann, das ganze Unternehmen mißfällt mir sehr.«

»Wir haben alle Möglichkeiten sorgfältig geprüft«, gab Prevlov zu bedenken.

»Und dies ist der einzig gangbare Weg.«

»Aber ein sehr gefährlicher. Ich kann mir nicht vorstellen, daß sich die Amerikaner dieses äußerst wertvolle Byzanium so widerstandslos wegnehmen lassen.«

»Wenn wir es erst einmal haben, sind vollendete Tatsachen geschaffen, gegen die die Amerikaner nichts unternehmen können.«

Antonov machte ein skeptisches Gesicht. »Internationale Spannungen und Krisen müssen vermieden werden«, sagte er warnend. »Es muß der Welt gegenüber so aussehen, als hätten wir völlig legal gehandelt.«

»Der amerikanische Präsident wird diesmal nichts unternehmen können. Das internationale Recht ist auf unserer Seite.«

»Ja, das stimmt.« Ein mattes Lächeln huschte über das sonst so ernste Gesicht des Sowjetischen Generalsekretärs. »Ich wünsche Ihnen Glück für Ihr Unternehmen, Hauptmann.«

»Danke. Das werde ich brauchen.«

»Wann starten Sie?«

»Auf dem Gorki-Flughafen steht schon ein Langstreckenaufklärungsflugzeug bereit. Ich muß unbedingt in zwölf Stunden auf der Kommandobrücke der *Mikhail Kurkov* sein. Zu unserem Glück nähert sich ein Wirbelsturm dem Bergungsgebiet. Die ungünstigen Wetterbedingungen werden uns als gute Tarnung dienen, wenn wir auf völlig legale Weise die *Titanic* beschlagnahmen.«

»Dann will ich Sie nicht aufhalten.« Antonov stand auf und umarmte Prevlov auf russische Art. »Die Hoffnungen der Sowjetunion begleiten Sie, Hauptmann Prevlov. Enttäuschen Sie uns nicht.«

54

Der erste Erkundungsgang hinunter zum Laderaum 1 im G-Deck war nach dem Triumphgefühl der letzten Stunden eine herbe Enttäuschung für Pitt. Die Tresorkammer mit dem Byzanium lag völlig unter den Trümmern der vorderen Trennwand begraben.

Er stand lange da und musterte im Schein einer Taschenlampe das Gewirr von verbogenen Stahlträgern und Schutt. Sandekker, der ihn begleitet hatte, räusperte sich hinter ihm.

»Sieht nicht sehr gut aus.«

Pitt nickte. »Zumindest im Augenblick nicht.« Er seufzte. »Mit unseren tragbaren Schneidbrennern würden wir Wochen brauchen, um durch diesen Dschungel von Stahl einen Pfad zu bahnen.«

»Gibt es keine andere Möglichkeit?«

»Ein riesiger Dopplemann-Kran könnte in wenigen Stunden alles wegräumen.«

»Dann bleibt uns also nach deiner Meinung keine andere Wahl, als geduldig zu warten, bis wir die Geräte im Trockendock einsetzen können?«

Pitt nickte nur wieder. Er machte kein Hehl aus seiner Enttäuschung, als er hinzufügte: »Es wäre zweifellos günstiger für uns gewesen, das Byzanium an Bord der *Capricorn* zu schaffen. Das hätte uns viele Sorgen erspart.«

»Vielleicht könnten wir einen Transport vortäuschen?«

»Unsere für die Sowjets arbeitenden Widersacher würden das sofort durchschauen.«

»Wenn man davon ausgeht, daß sie an Bord der *Titanic* sind«, warf Sandecker ein.

»Morgen um diese Zeit weiß ich es.«

»Du hast da einen bestimmten Verdacht?«

»Der Mörder von Henry Munk ist mir bekannt. Bei dem anderen bin ich noch auf Vermutungen angewiesen.«

»Und wer ist der Hauptverdächtige?«

»Für einen Staatsanwalt oder eine Jury würden meine Beweise nicht genügen«, antwortete Pitt. »Laß mir noch ein paar Stunden Zeit, James. Ich hoffe, ich kann dir dann die beiden Burschen mit den idiotischen Kodenamen Silber und Gold ausliefern.«

Sandecker starrte ihn verblüfft an. »Du bist schon so nahe am Ziel?«

»Ja.«

Sandecker musterte wieder mißmutig die Tonnen von verbogenem und wie von Riesenfäusten zerquetschtem Stahl, die den Zugang zur Tresorkammer verwehrten. »Ich überlasse alles dir, Dirk. Du kannst so handeln, wie du es für richtig hältst.«

Pitt hatte auch noch andere Probleme. Die beiden von Admiral Kemper zur Verfügung gestellten Schleppdampfer der Marine waren noch Stunden entfernt. Außerdem neigte sich die *Titanic* im Laufe des Vormittags ohne erkennbaren Grund bis auf siebzehn Grad schräg.

Das Schiff lag viel zu tief im Wasser. Die Kämme der Dünung überspülten die versiegelten Luken längs des E-Decks nur drei Meter unter den Speigatt. Spencer und seiner Pumpmannschaft war es zwar gelungen, Ansaugrohre durch die Ladeluken hinunterzuleiten. Aber sie hatten sich nicht durch den Schutt auf den Kajüttreppen in die Maschinen- und Kesselräume hinunterkämpfen können, wo noch die größten Wassermengen lagen.

»Könnten wir nicht über die Haupttreppe oder durch die Liftschächte hinunter?« fragte Pitt.

»Unterhalb vom D-Deck liegt die Treppe unter Tonnen von Schutt begraben«, erklärte Spencer.

»Und durch die Liftschächte führt auch kein Weg hinunter«, fügte Gunn hinzu. »Sie sind mit verrosteten Kabeln und zertrümmerten Maschinenteilen verstopft. Zu allem Überfluß sind auch noch die wasserdichten Doppelzylindertüren in den unteren Abteilungen in geschlossenem Zustand festgefroren.«

»Sie wurden vom 1. Offizier automatisch geschlossen, als das Schiff den Eisberg rammte«, erklärte Pitt.

»Wir müssen eine Möglichkeit finden«, beharrte Sandecker. »Irgendwo dort unten ist ein Leck. Wenn wir nicht bis morgen um diese Zeit genug Wasser herauspumpen können, wird das alte Ungetüm kentern und wieder untergehen.«

Keiner hatte in dem Freudentaumel nach der gelungenen Bergung an diese Möglichkeit gedacht. Aber jetzt beschlich ein Gefühl von banger Unruhe die Männer hier im provisorischen Kommandoraum der *Titanic*. Das Schiff mußte auch noch ins Schlepptau genommen werden, und New York lag zwölfhundert Seemeilen entfernt.

»Wenn der Kahn nur nicht so verdammt groß wäre«, sagte Drummer verdrossen.

»Die Kesselräume liegen fast dreißig Meter unter dem Bootsdeck.«

»Ebensogut könnten es dreißig Meilen sein«, meinte Spencer.

Pitt stand über die provisorischen Skizzen gebeugt, die inzwischen von dem Schiff und seinem Innern angefertigt worden waren. Die echten Baupläne der *Titanic* und ihres Schwesterschiffs *Olympic* waren nämlich im 2. Weltkrieg verlorengegangen.

Plötzlich richtete Pitt sich auf und rief erleichtert: »Und es gibt tatsächlich eine Möglichkeit.«

Spencer, Giordino und Drummer starrten ihn verständnislos an.

»Haltet mich nicht für verrückt«, erklärte Pitt lächelnd. »Aber jeder von uns hätte schon längst darauf kommen können. An das Nächstliegende denkt man oft nicht. Wir haben nämlich einen Schacht, der völlig schuttfrei ist und direkt in die Kesselräume hinunterführt. Tatsächlich haben wir vier davon: Die Gehäuse, auf denen die Schornsteine montiert waren. Geht mit den Schneidbrennern diesen mit Feuchtstahl versiegelten Öffnungen zu Leibe, und ihr habt freie Bahn bis zur Bilge hinunter. Ist das klar?«

Es war allen klar.

Die bedrückte Stimmung wich sofort emsiger Geschäftigkeit, als die Männer mit Schneidbrennern und tragbaren Stromaggregaten hinauseilten.

Zwei Stunden später beförderten die ratternden Dieselpumpen

bereits achttausend Liter pro Minute über die Steuerbordseite hinunter in die Wogen, die bereits vom näherkommenden Hurrikan aufgewühlt wurden.

55

Man hatte den Hurrikan »Amanda«genannt, und die üblichen Schiffsrouten, die den vorausberechneten Weg des Wirbelsturms kreuzten, waren an diesem Nachmittag fast leer, weil die meisten Schiffe nach Empfang der Sturmwarnung aus Tampa rechtzeitig ihre Kurse geändert hatten.

In der Sturmwarnungszentrale von NUMA eilten Dr. Prescott und seine Meteorologen zwischen der riesigen Wandkarte und den Computern hin und her, um aus den neuesten Meßdaten sofort eine mögliche Kursänderung des Hurrikans »Amanda«aufzuzeichnen. Die Abweichung von Prescotts ursprünglicher Voraussage betrug bisher nicht mehr als einhundertfünfundsiebzig Seemeilen.

Einer seiner Mitarbeiter kam und reichte ihm ein Blatt Papier. »Hier ist ein Bericht des Aufklärungsflugzeugs der Küstenwache, das ins Sturmzentrum eingedrungen ist.«

Prescott nahm den Bericht und las Teile davon laut vor. »Sturmzentrum etwa zweiundzwanzig Meilen Durchmesser. Vorwärtsbewegung auf vierzig Knoten beschleunigt. Windstärke einhundertundachtzig plus...«

Seine Stimme erstarb.

Die Assistentin sah ihn erschrocken an. »Ein Sturm von hundertachtzig Meilen Geschwindigkeit?«

»Und noch mehr«, murmelte Prescott. »Ich bedaure jedes Schiff, das in diesen Sturm gerät.«

Plötzlich weiteten sich seine Augen vor Schreck, und er eilte an die Wandkarte. Sein Gesicht wurde aschfahl. »Um Gottes willen – – die *Titanic!*« Er markierte eine Stelle dicht unterhalb der Großen Neufundlandbänke. »Es wurde ja vor kurzem gemeldet«, sagte er wie in verzweifeltem Selbstgespräch. »Dort hat man das Schiff geborgen.« Im nächsten Moment rannte er zu seinem Schreibtisch zurück, griff nach dem Telefonhörer und rief: »Geben Sie mir sofort eine Direktverbindung zu unserem Hauptquartier in Washington. Ich muß unbedingt jemanden sprechen, der mit dem Bergungsprojekt *Titanic* zu tun hat.«

Während er auf die Verbindung wartete, spähte er über den Brillenrand hinweg zu der Markierung, die er selbst auf die Wandkarte gezeichnet hatte. »Bleibt nur noch die Hoffnung, daß die armen Kerle einen ungewöhnlich begabten Meteorologen an Bord haben«, sagte er halblaut vor sich hin. »Sonst werden sie morgen um diese Zeit erfahren, wie mitleidlos grausam ein Sturm auf dem Meer sein kann.«

Farquar musterte aus übermüdeten Augen die vor ihm auf dem Tisch liegenden Wetterkarten. Er prüfte noch einmal seine Berechnungen und wurde dabei von Sekunde zu Sekunde nervöser. Sehr bald wurde ihm klar, daß er bei der Berechnung der Hurrikanfährte einen fatalen Fehler gemacht hatte. Der Wirbelsturm war nicht nach Kap Hatteras abgeschwenkt, wie er es vorausgesagt hatte. Eine Hochdruckzone längs der Ostküste hatte den Hurrikan auf nördlichen Kurs über den Ozean gedrängt. Die Sturmgeschwindigkeit hatte sich dabei zu allem Überfluß auch noch beschleunigt, und Hurrikan »Amanda« strebte wie eine unabwendbare Naturkatastrophe auf die Position der *Titanic* und der Bergungsschiffe zu.

Farquar hatte die Entstehung des Hurrikans auf den Satellitenfotos beobachtet und die Meldungen der Sturmwarnungszentrale in Tampa gehört. Aber in all den Jahren als Wetterbeobachter war ihm noch nie ein Phänomen dieser Art begegnet: ein Hurrikan im Mai, der sich mit ungeahnter Schnelligkeit zu einer blindwütig zerstörerischen Naturgewalt über dem Meer entwickelt hatte.

Für Farquar gab es jetzt keinen Zweifel mehr. Er griff nach dem Telefonhörer, um seine Warnung an die provisorische Kommandozentrale an Bord der *Titanic* weiterzugeben.

56

Die beiden Bergungsschlepper *Thomas J. Morse* und *Samuel R. Wallace* der US Navy tauchten kurz vor fünfzehn Uhr am Horizont auf und umkreisten jetzt langsam die *Titanic*. Angesichts der riesigen Größe und gespenstischen Atmosphäre des Totenschiffs spürten die Mannschaften der Schleppschiffe die gleiche Art von ehrfürchtiger Scheu und Faszination wie am Tage zuvor die Bergungsmannschaften von NUMA und die Berichterstatter der Massenmedien.

Nach einer halben Stunde der Besichtigung schwenkten die beiden Schlepper parallel zum Wrack ein, und die Maschinen wurden gestoppt. Die Beiboote wurden zu Wasser gelassen, und die Kapitäne fuhren an die *Titanic* heran und kletterten an einer hastig heruntergelassenen Bordleiter auf das Schutzdeck.

Kapitänleutnant George Uphill von der *Morse* war ein kleiner untersetzter Mann, dessen gerötetes Gesicht ein mächtiger Bismarck-Schnurrbart zierte. Korvettenkapitän Scotty Butera von der *Wallace*, der einen schwarzen Kinnbart trug, stieß mit seinen ein Meter fünfundneunzig beinahe an die Decke. Man sah auf den ersten Blick, daß beide keine geschniegelten Flottenoffiziere waren, sondern tatkräftige und erfahrene Bergungsmänner.

»Sie können sich gar nicht vorstellen, Gentlemen, wie froh wir über Ihr Kommen sind«, sagte Gunn beim begrüßenden Händeschütteln. »Admiral Sandecker und Mr. Dirk Pitt, unser Leiter für Sonderaufgaben, erwarten Sie in unserem provisorischen Kommandoraum.«

Die Schlepperkapitäne stiegen hinter Gunn die Treppe hinauf und folgten ihm übers Bootsdeck in die ehemalige Sporthalle.

»Es ist wirklich unglaublich«, sagte Uphill nach der üblichen Vorstellungszeremonie. »Nie im Leben hätte ich mir träumen lassen, einmal über die Decks der *Titanic* zu gehen.«

»Das ist wirklich ein grandioses Erlebnis«, bestätigte Butera.

»Wir würden gern einen längeren Besichtigungsrundgang mit Ihnen machen«, sagte Pitt bedauernd, »aber die Zeit drängt.«

Admiral Sandecker führte sie an einen langen Tisch, der mit Wetterkarten, Diagrammen und Seekarten bedeckt war. »Unsere größte Sorge ist im Moment das Wetter«, erklärte er. »Unser Meteorologe Farquar an Bord der *Capricorn* warnt uns vor einem Hurrikan, der bereits mit Windstärke zehn auf der Beaufort-Skala Kurs auf unser Gebiet nimmt.«

»Windstärke zehn?« wiederholte Uphill. »Und wann soll dieser Hurrikan angeblich unser Gebiet erreichen?«

»Wenn nicht ein Wunder geschieht, und Hurrikan »Amanda« plötzlich nach Westen abdreht, dürften wir morgen um diese Zeit im Vorderquadrant des Sturms sein«, erklärte Pitt.

Sandecker musterte die beiden Schlepperkapitäne mit getarnter Schlauheit. »Sie scheinen Ihre Fahrt umsonst gemacht zu haben, Gentlemen. Gehen Sie lieber auf Ihre Schiffe zurück und bringen Sie die in Sicherheit.«

»Wir sollen einfach wieder abziehen?« rief Uphill. »Wo wir gerade erst angekommen sind!«

»Ganz meine Meinung«, sagte Butera und sah Sandecker an. »Die *Morse* und die *Wallace* könnten im Notfall einen Flugzeugträger bei stärkstem Sturm durch einen Sumpf ziehen. Sie sind für ungünstige Wetterbedingungen konstruiert. Wenn wir die *Titanic* in Schlepptau nehmen können, hat sie eine Chance, den Sturm zu überstehen.«

»Ein Schiff von fünfundvierzigtausend Tonnen mitten durch einen Hurrikan schleppen?« sagte Sandecker skeptisch. »Das kommt mir etwas prahlerisch vor.«

»Es ist aber keine Prahlerei«, widersprach Butera ernst. »Wenn wir das Heck der *Morse* mit dem Bug der *Wallace* per Kabel verbinden, können wir mit vereinten Kräften die *Titanic* in der gleichen Art schleppen wie zwei Lokomotiven als Tandem einen überlangen Zug von Güterwagen.«

»Und wir können das noch bei einem Wellengang von neun Metern mit einer Geschwindigkeit von fünf bis sechs Knoten«, ergänzte Uphill.

Sandecker machte sein berühmtes Pokergesicht und ließ die beiden Schlepperkapitäne weitersprechen.

»Das da draußen sind keine üblichen Hafenschlepper, Admiral«, erklärte Butera fast beleidigt.« Das sind Tiefsee-Rettungsschlepper von fünfundsiebzig Meter und mit Fünftausend-PS-Dieselmotoren. Jedes der Schiffe kann zwanzigtausend Tonnen totes Gewicht über zweitausend Meilen mit zehn Knoten Geschwindigkeit schleppen, ohne Treibstoff nachtanken zu müssen. Wenn überhaupt Schleppdampfer die *Titanic* durch einen Hurrikan ziehen können, dann unsere.«

»Ihr Enthusiasmus klingt zwar ansteckend«, sagte Sandecker. »Aber ist das Risiko für Sie und Ihre Mannschaften nicht zu groß?«

»Das nehmen wir auf uns«, sagte Butera entschlossen. »Außerdem habe ich von Admiral Kemper den ausdrücklichen Befehl, die *Titanic* nach New York zu schaffen. Da ich keine Lust habe, mich vorzeitig in den Ruhestand versetzen zu lassen, werde ich diesen Befehl ausführen.«

»Wenn es so ist, muß ich wohl oder übel zustimmen«, sagte Sandecker, und es war ihm deutlich anzumerken, daß die Diskussion genau den von ihm erwünschten Verlauf genommen hatte. »Okay, Gentlemen, Sie übernehmen die Verantwortung«, fuhr er fort. »Und ich würde vorschlagen, Sie beginnen jetzt gleich damit, die *Titanic* in Schlepptau zu nehmen.«

Kapitän Iwan Parotkin stand backbord auf der Kommandobrücke der *Mikhail Kurkov* und suchte den Himmel mit einem Fernglas ab.

Er war schlank, mittelgroß und mit einem markanten Gesicht, über das man kaum je ein Lächeln huschen sah. Obwohl er schon Ende Fünfzig war, zeigte sein an der Stirn gelichtetes Haar noch keine Spur von Grau. Zu seinem dicken Seemannspullover trug er schwere Wollhosen und Kniestiefel.

Der 1. Offizier berührte Parotkin am Arm und deutete über die große Radarkuppel der *Mikhail Kurkov* gen Himmel. Ein viermotoriges Flugzeug wurde im Nordosten erkennbar, und sehr bald konnte Parotkin die russischen Kennzeichen sehen. Über dem Schiff flog die Maschine so langsam wie nur möglich. Dann löste sich plötzlich ein winziger Gegenstand vom Unterrumpf, und Sekunden später öffnete sich ein Fallschirm, der langsam über den Bug herabglitt. Etwa zweihundert Meter steuerbord vom Bug traf der Fallschirmspringer aufs Wasser. Während ein Beiboot bereits ablegte und über die weiten, hohen Wellen der Absprungstelle zustrebte, wandte sich Parotkin an seinen 1. Offizier. »Sobald Hauptmann Prevlov an Bord ist, führen Sie ihn in mein Quartier.« Er legte das Fernglas auf das Brückenpodest und stieg eine Kajüttreppe hinunter.

Zwanzig Minuten später pochte der 1. Offizier an die auf Hochglanz polierte Mahagonitür, öffnete sie und ließ den auf so ungewöhnliche Weise an Bord gekommenen Passagier hineingehen.

Prevlovs Sprunganzug war tropfend naß, aber er tat so, als merkte er nichts davon. Ein paar Sekunden lang standen die beiden Männer da und musterten einander heimlich abschätzend. Prevlov hatte den Vorteil, Parotkins Dienstlaufbahn genau zu kennen, während der Kapitän sich auf Prevlovs guten Ruf und seinen ersten Eindruck verlassen mußte. Das Urteil fiel nicht besonders günstig aus.

Für Parotkins Geschmack war Prevlov zu hübsch und schlau und undurchschaubar.

»Wir haben nicht viel Zeit«, sagte Prevlov. »Kommen wir also gleich zur Sache –«

Parotkin hob höflich abwehrend die Hand. »Zuerst brauchen Sie aber andere Kleidung und heißen Tee. Dr. Rogovski, unser wissenschaftlicher Leiter, hat ungefähr Ihre Größe und Figur.« Der 2. Offizier hatte an der offenen Kajütentür gewartet, und jetzt nickte er und schloß die Tür.

»Ich nehme an, daß ein Mann von Ihrem Rang und Ihrer Wichtigkeit nicht sein Leben bei einem Fallschirmabsprung riskiert, nur um die atmosphärischen Phänomene eines Hurrikans zu studieren.«

»Kaum. Kein vernünftiger Mensch begibt sich ohne Grund in solch eine Gefahr.« Er öffnete den Reißverschluß seines durchnäßten Sprunganzugs und ließ ihn zu Boden fallen. »Aber Sie und ich, Kapitän, wir werden sehr bald einen triftigen Grund haben, uns in eine außergewöhnlich riskante Gefahrensituation zu begeben.«

57

Pitt konnte das unbehagliche Gefühl nicht unterdrücken, auf einer einsamen Insel ausgesetzt zu sein, als er jetzt auf dem Vorderdeck der *Titanic* stand und die Bergungsflotte in sichere Gewässer gen Westen entgleiten sah.

Die *Alhambra* glitt als letztes Schiff vorbei, und ihr Kapitän blinkte mit seiner Signallampe einen Abschiedsgruß. Die an der Reling stehenden Bildreporter filmten die möglicherweise letzten Aufnahmen der *Titanic*. Pitt versuchte Dana Seagram zu erspähen, aber es gelang ihm nicht. Nur der Kreuzer *Juneau* und die *Capricorn* blieben noch. Aber das Bergungsschiff würde den anderen folgen, sobald die Schlepperkapitäne meldeten, daß sie das Wrack fest in Schlepptau hatten.

»Mr. Pitt?«

Pitt wandte sich um und sah vor sich einen Koloß mit dem Gesicht eines von vielen Kämpfen gezeichneten Boxers. »Schleppmeister Bascom, Sir, von der *Wallace*. Ich habe zwei

Mann mit an Bord gebracht, um das Schleppkabel festzumachen.«

»Ja, der Korvettenkapitän hat mir schon von Ihnen erzählt«, sagte Pitt, froh über die Ablenkung. »Wie lange wird das Verbindungsmanöver dauern?«

»Mit Glück und Ihrem Hubschrauber als Leihgabe etwa eine Stunde.«

»Den Hubschrauber können Sie gern haben. Er gehört ohnehin der Marine.« Pitt spähte wieder über die Reling zur *Wallace* hinunter, die von Butera in langsamer Fahrt zurück an den altmodisch geraden Bug der *Titanic* manövriert wurde, bis der Schlepper weniger als dreißig Meter davon entfernt war. »Der Hubschrauber soll vermutlich das Schleppkabel an Bord hieven, nehme ich an?«

»Jawohl, Sir«, antwortete Bascom. »Das Kabel hat nämlich einen Durchmesser von zehn Zoll und wiegt pro zwanzig Meter etwa eine Tonne. Bei kleineren Wracks kann man mit Menschenkraft und Hilfstauen arbeiten, aber das wäre in diesem Falle ohne eine elektrische Winde unmöglich.«

Auch mit Hilfe des Hubschraubers hatten Bascom und seine beiden Helfer alle Mühe, das Kabel auf dem Vorderdeck in einer eigens dafür vielfach verstärkten Halterung zu verankern. Von dem Augenblick, als Hubschrauberpilot Sturgis das Kabel geschickt und behutsam in die Halterung an Deck manövriert hatte, bis zu Bascoms Handsignal zu den Männern am Heck der *Wallace* hinunter waren nur fünfzig Minuten vergangen. Das Handzeichen bedeutete, daß die Verbindung hergestellt war.

Butera beantwortete das Signal mit einem kurzen Sirenenton und befahl zum Maschinenraum hinunter »Langsame Fahrt voraus«, während Uphill an Bord der *Morse* das gleiche Signal und den gleichen Befehl gab. Die beiden Schlepper setzten sich in Bewegung: die *Morse* dreihundert Meter vor der *Wallace* an dem Leitkabel. Gleichzeitig wurde aus dem Heckgehäuse der *Wallace* das Schleppkabel langsam ausgelassen, bis die *Titanic* fast fünfhundert Meter zurücklag. Dann hob Butera die Hand, die Männer auf dem Achterdeck der *Wallace* bremsten vorsichtig die gewaltige Schleppwinde, und das Kabel begann sich – zuerst fast unmerklich – zu spannen.

Aus der riesigen Höhe der *Titanic* wirkten die Schlepper wie winzige Spielzeugboote, die über hohe Wogenkämme geschwemmt wurden und im nächsten Moment bis zu ihren Positionslichtern an den Masten in einem tiefen Wellental verschwanden. Es erschien unmöglich, daß diese kleinen Boote über fünfundvierzigtausend Tonnen totes Gewicht bewegen könnten. Doch die vereinten Kräfte von zehntausend PS begannen sich bemerkbar zu machen, als ein erster schmaler Schaumstreifen an der verblichenen Wasserlinie der *Titanic* verriet, daß das gigantische Wrack in Fahrt kam.

Sie kam nur sehr langsam voran – und New York war noch zwölfhundert Meilen entfernt –, aber sie setzte die Fahrt endlich dort fort, wo sie sie in jener kalten Nacht des Jahres 1912 unterbrochen hatte. Zum zweiten Mal nahm die *Titanic* Kurs auf ihren Bestimmungshafen.

Über dem südlichen Horizont stiegen düstere Wolkenbänke empor und breiteten sich aus. Es war eine Hurrikanwand, die vor Pitts Augen immer höher ragte und näherrückte und die wogende See bleigrau färbte. Er bemerkte, daß die Seemöwen, die noch vor wenigen Stunden die Bergungsflotte umschwärmt hatten, verschwunden waren. Nur der Anblick der *Juneau* – fünfhundert Meter entfernt auf Parallelkurs – vermittelte ein tröstliches Gefühl von Sicherheit.

Pitt warf einen Blick auf seine Uhr und schaute noch einmal über die Backbordreling, bevor er langsam auf den Eingang der ehemaligen Sporthalle zuging. Sandecker und Gunn waren an den Radiogeräten und ließen sich von Farquar im Kommandoraum der *Capricorn* die neuesten Meßdaten über den Hurrikan »Amanda« durchgeben. Die anderen standen im Halbkreis um einen kleinen und erbärmlich wirkungslosen Ölofen.

Als Pitt eintrat, blickten alle erwartungsvoll hoch. Für kurze Zeit belebte nur das Summen der Generatoren die unnatürliche Stille.

Dann begann Pitt zu sprechen, und in seiner Stimme vibrierte eine verhaltene Erregung mit.

»Die Lage ist ganz klar«, sagte er. »In wenigen Minuten wird Leutnant Sturgis mit seinem Hubschrauber hier zum letztenmal landen, bevor der Sturm losbricht. Keiner von uns weiß, ob die *Titanic* diesen Sturm überleben kann. Ich würde es daher keinem verübeln, wenn er das Wrack verläßt. Giordino und ich bleiben hier. Aber ich halte es für ein verrücktes Risiko, noch weitere Leben aufs Spiel zu setzen.«

»Darf ich mal rekonstruieren, ob ich das richtig verstanden habe, Mr. Dirk Pitt«, sagte Drummer mit einem unüberhörbaren Beiklang von drohendem Hohn in der Stimme. »Wir anderen sollen also die mühselige Arbeit vieler Monate einfach vergessen, in den Hubschrauber klettern und uns in der *Capricorn* verstecken, bis der Sturm vorüber ist. Stimmt das?«

»Das war mein Vorschlag, Drummer«, sagte Pitt ruhig.

»Zum Teufel mit deinem Vorschlag?« rief Drummer empört. »Wir sind keine Ratten, die das sinkende Schiff verlassen!«

»Er hat recht, Dirk«, sagte Spencer etwas ruhiger, aber sehr vorwurfsvoll. »Du kannst so etwas nicht von uns verlangen. Außerdem brauchst du mindestens vier Männer zur Überwachung der Pumpen.«

»Und der Rumpf unter der Wasserlinie muß rund um die Uhr nach neuen Lecks abgesucht werden«, ergänzte Gunn.

»Ihr Helden seid alle gleich«, sagte Drummer gedehnt. »Wollt euch immer opfern, um andere zu retten. Aber ihr müßt euch damit abfinden: Dieser alte Kahn kann nicht nur von zwei Männern über Wasser gehalten werden. Ich stimme dafür, daß wir alle bleiben.«

Spencer wandte sich um und las in den Gesichtern seiner Sechsermannschaft. Sie waren alle müde und überfordert, aber aus ihren Augen leuchtete trotzige Bereitschaft, als sie zustimmend nickten.

Spencer sah wieder Pitt an und erklärte mit spöttischem Bedauern: »Tut mir leid, großer Häuptling, aber Spencer und seine fröhliche Bande von Pumpendrückern sind entschlossen, hierzubleiben.«

»Das gleiche gilt von mir«, sagte Woodson ernst.

»Ich bin auch dabei«, erklärte Gunn.

Bascom berührte Pitt am Arm. »Verzeihung, Sir, aber meine Jungens und ich wollen auch lieber an Bord bleiben. Das Kabel dort draußen muß jede Stunde auf Abscheuerung und feste Verankerung überprüft und die Gleitringe müssen eingefettet werden, um einen Kabelbruch zu vermeiden.«

Sandecker, der sich bisher nicht an der Debatte beteiligt hatte, sagte jetzt mit maliziösem Lächeln und deutlich erkennbarer Zufriedenheit: »Tut mir leid, Dirk, mein Junge, du hast verloren.«

Das Knattern des zur Landung ansetzenden Hubschraubers war zu hören. Pitt zuckte mit den Schultern und sagte: »Dann werden wir also alle zusammen oben schwimmen oder untergehen.« Er zwang sich zu einem fatalistischen Lächeln. »Ihr solltet jetzt etwas essen und euch ausruhen. In wenigen Stunden hat uns nämlich der Vorderquadrant des Hurrikans erwischt, und dann gnade uns Gott.«

Er wandte sich ab und ging zum Hubschrauberlandeplatz hinaus.

Jack Sturgis war schmächtig und hatte jenen schwerlidrigen Blick, hinter dessen scheinbarer Schläfrigkeit sich Intelligenz und Geistesgegenwart verbargen. Er war gerade aus der Kabine gestiegen und bückte sich suchend unter die Landekufen, als Pitt auf die Plattform trat.

Sturgis schaute hoch. »Soll ich etwa Passagiere befördern?«

»Diesmal nicht.«

Sturgis schüttelte resigniert den Kopf. »Dann hätte ich lieber in meiner gemütlich warmen Kabine auf der *Capricorn* bleiben sollen.«

»Am besten startest du gleich wieder«, sagte Pitt. »Der Sturm wird uns bald zu schaffen machen.«

»Daran kann ich nichts ändern«, sagte Sturgis mit einem gleichmütigen Schulterzucken. »Ich starte nicht mehr.«

Pitt runzelte die Stirn. »Was soll das heißen?«

Sturgis deutete zu den Rotorflügeln empor. Die sechzig Zentimeter lange Spitze des einen Flügels hing angebrochen herab. »Jemand hier an Bord hat eine Abneigung gegen Hubschrauber.« Er bückte sich wieder und richtete sich auf. »Da, schau dir das an. Irgendein Schweinehund hat einen Hammer in meinen Rotor geschleudert.«

Pitt nahm den Hammer und musterte ihn. In dem Hartgummistiel war eine tiefe Kerbe dort, wo er gegen den Rotorflügel geprallt war.

»Das muß einer von deinen Leuten hier an Bord gewesen sein, Dirk«, sagte Sturgis vorwurfsvoll.

Pitt schüttelte mit Entschiedenheit den Kopf. »Unmöglich. Als du zur Landung angesetzt hast, waren alle Männer mit mir im Kommandoraum.«

»Aber –«

Pitt unterbrach ihn mit einer warnenden Geste und sagte leise: »Ich fürchte, Jack, du hast den Saboteur selbst mitgebracht.«

»Hältst du mich für blöd? Ich hätte doch merken müssen, wenn jemand in der Hauptkabine ist.«

»Das war kein normaler Fluggast, vermute ich, sondern ein blinder Passagier.«

»Im Frachtraum?« fragte Sturgis nervös und spähte unwillkürlich zur unteren Ladeluke des Hubschraubers hin.

»Genau das meine ich«, bestätigte Pitt ernst. »Der Typ hat gewartet, bis deine Kufen fast das Deck berührten. Dann ist er durch die Ladeluke entschlüpft, hat den Hammer geworfen und sich dann davongemacht. Natürlich ist es unmöglich, ihn jetzt in diesem riesigen, dunklen Labyrinth von kilometerlangen Gängen und Hunderten von Kabinen aufzustöbern.«

Sturgis schüttelte den Kopf und sagte fast im Flüsterton: »Dann muß dieser Kerl noch im Hubschrauber sein. Er könnte zwar einen Hammer durch eines der Kabinenfenster geschleudert haben, aber ein Entkommen ist fast unmöglich.«

»Das mußt du mir erklären«, sagte Pitt ruhig.

»Die Ladeluke läßt sich nur elektronisch öffnen, und der Schalter dazu ist im Cockpit.«

»Und die Kabinentür kannst du immer überblicken?«

»Unmöglich, daß dort jemand kurz vor der Landung ausgestiegen ist.«

Pitt machte sich seine eigenen Gedanken, während er noch einmal die verschlossene Ladeluke musterte. Plötzlich war ein 45er-Colt in seiner Hand, und er sagte leise zu Sturgis: »Mach die Ladeluke auf. Wir wollen deinen blinden Passagier mal aus der Nähe betrachten.«

Sturgis wollte etwas sagen, aber als er Pitts warnenden Blick sah, kletterte er die Leiter zur Kabinentür hinauf, beugte sich ins Cockpit und bediente einen Schalter. Ein Elektromotor begann zu summen, und die der Rumpfform angepaßten Lukenklappen von zwei mal zwei Metern glitten auseinander und klappten außen am Rumpf nach oben. Noch bevor die Haltezapfen einschnappten, stand Sturgis schon wieder neben Pitt.

Eine kleine Ewigkeit schien zu vergehen, ehe Pitt sich bewegte. Er drückte Sturgis die Pistole in die Hand und raunte ihm ins Ohr: »Gib mir Rückendeckung.«

Sturgis nickte, und Pitt schlich fast lautlos an die Luke heran und spähte seitwärts hinein. Es war ihm klar, daß er auch im Licht der Abenddämmerung hier an der Lukenöffnung ein gutes Ziel bildete. Aber das mußte er riskieren.

Allmählich begannen seine Augen sich an die Dunkelheit im Laderaum zu gewöhnen. Das einzige, was er erkennen konnte, war so etwas wie ein zusammengerollter Teppich. Nein, es war eine Zeltbahn. Im übrigen war der Laderaum völlig leer.

Eine Ahnung beschlich Pitt, und er winkte Sturgis heran und deutete auf die zusammengerollte Zeltbahn.

»Hast du das da verstaut?«

Sturgis schüttelte den Kopf. »Vor dem Abflug hatte ich die Zeltbahn zusammengelegt«, flüsterte er. »Und dann bin ich noch einmal von Bord gegangen, um –«

Pitt winkte ab. »Halt das Schießeisen bereit«, raunte er. »Für alle Fälle. Aber wir werden es wohl kaum brauchen.«

Im nächsten Moment schwang er sich in den Laderaum, machte einen langen Schritt zur Seite und riß die Zeltbahn hoch.

Eine Gestalt in einer dicken Seemansjacke lag mit geschlossenen Augen am Boden des Laderaums. Dicht über dem Haaransatz des bleichen Gesichts war eine Schwellung erkennbar: bis zur Stirn herunter verkrustet von geronnenem Blut.

Sturgis hielt die Pistole immer noch sinnlos im Anschlag, während er in den Laderaum starrte und völlig fassungslos stammelte: »Also – – also, ich – – ich – –« Und dann raffte er sich zu der naheliegenden Frage auf: »Weißt du, wer das ist?«

»Ja«, antwortete Pitt ruhig. »Ihr Name ist Seagram – Dana Seagram.«

58

Beängstigend schnell wurde der Himmel über der *Mikhail Kurkov* bleifahl und dann dunkel. Schwarze Wolken schoben sich vor die Abendsterne, und der Wind lebte wieder auf und wurde zu einem heulenden Sturm, der die Wogen aufpeitschte und weiße Schaumkronen als deutlich sichtbare Streifen nach Nordosten trieb.

Im großen Steuerhaus des Schiffs herrschte angenehme Wärme. Prevlov stand neben Parotkin, der den Blinkpunkt der *Titanic* auf dem Radarschirm beobachtete.

»Mir gefällt das nicht«, sagte Parotkin verdrossen. »Natürlich wußte ich, daß diese zehn sogenannten Zivilisten hier an Bord irgendwelche militärischen Funktionen haben. Sonst wären sie nicht so schwer bewaffnet, aber –«

»Bitte, Kapitän, meiden Sie das Wort ›militärisch‹«, unterbrach ihn Prevlov höflich, aber bestimmt. »Es handelt sich bei unserem geplanten Unternehmen um eine völlig legale Aktion von Zivilisten.«

»Was ich zu bezweifeln wage«, antwortete Parotkin. »Mir erscheint es eher als ein Akt der Piraterie.«

»Es wird alles so arrangiert, daß nach internationalem Seerecht lediglich ein herrenloses Wrack in unsere Hände gerät.«

»Dazu muß man allerdings das internationale Seerecht sehr weitherzig auslegen«, gab Parotkin zu bedenken.

»Kein Bange«, sagte Prevlov und klopfte Parotkin beruhigend auf die Schulter. »Unser Plan ist fehlerfrei, und der Sturm begünstigt noch unser Vorhaben.«

»Haben Sie dabei an die *Juneau* gedacht?«

»Natürlich.«

Prevlov warf einen Blick auf seine Armbanduhr.

»In genau zwei Stunden und zwanzig Minuten wird eines unserer Atom-U-Boote einhundert Meilen nördlich auftauchen und als angeblicher Frachtdampfer *Laguna Star* Notsignale funken.«

»Und Sie meinen, die *Juneau* wird auf diesen Trick hereinfallen und zur Rettung losbrausen?«

»Amerikaner sind in dieser Hinsicht vorbildlich hilfsbereit«, antwortete Prevlov zuversichtlich. »Ja, die *Juneau* wird reagieren, weil sie das einzige Schiff im Umkreis von dreihundert Meilen ist. Denn die beiden Schleppdampfer können ja die *Titanic* nicht verlassen.«

»Wenn unser U-Boot dann untertaucht, wird man auf den Radarschirmen der *Juneau* nichts mehr sichten.«

»Richtig. Und der Kapitän und seine Offiziere werden annehmen, die *Laguna Star* sei gesunken. Also werden sie lange an der angeblichen Unglücksstelle nach Schiffbrüchigen herumsuchen.«

»Nicht schlecht ausgedacht«, sagte Parotkin anerkennend. »Aber das sind immer noch die beiden Schlepper der US-Marine und die Bergungsmannschaft an Bord der *Titanic*. Wie wollen Sie mit denen fertig werden?«

»Die beiden Schlepper werden im richtigen Augenblick von zwei Agenten unseres Geheimdiensts ausgeschaltet, die wir in die Bergungsmannschaft eingeschleust haben. Diese Agenten werden auch dafür sorgen, daß wir unbemerkt an Bord der *Titanic* kommen.«Prevlov zuckte mit spöttischem Bedauern die Schulter. »Natürlich muß die amerikanische Bergungsmannschaft – – äh, unschädlich gemacht werden und verschwinden. Man wird annehmen, sie hätten in höchster Sturmgefahr das Wrack verlassen und seien ertrunken.«

»Ah, ich verstehe: auf diese Weise wollen Sie aus der *Titanic* ein verlassenes Wrack machen.«

»Das nach internationalem Seerecht dem Kapitän gehört, der es als erster in Schlepptau nehmen kann. Und das werden Sie sein, Kapitän Parotkin.«

»Eine sehr, sehr brutale Aktion«, sagte Parotkin und mied Prevlovs Blick. »Haben Sie je an die Folgen gedacht, wenn dieser Plan scheitert?«

Prevlov nickte ernst. »Auch daran haben wir gedacht, Kapitän. Also müssen wir hoffen, daß der schlimmste Notfall nicht eintritt.« Er deutete auf den großen Blinkpunkt auf dem Radarschirm. »Es wäre doch zu schade, wenn man das legendärste Schiff der Welt zum zweitenmal und für immer versenken müßte.«

59

Tief im Innern des uralten Ozeandampfers bemühten sich Spencer und seine Mannschaft, die Pumpen in Gang zu halten. Im Lichtschein kleiner Atelierleuchten arbeiteten sie klaglos und unermüdlich in den kalten Stahlkammern, um das Wrack über Wasser zu halten.

Gegen 19 Uhr wurde der Sturm heftiger. Das Barometer stand unter 990 Millibar und sank ständig tiefer. Die *Titanic* begann zu schlingern und zu rollen, und Brecher überspülten ihre Ladedecks am Bug. Die Sicht in Nacht und strömendem Regen sank fast auf Null. Die Männer an Bord der Schlepper sahen die riesigen Umrisse des Wracks nur immer augenblickslang vor dem fahlen Hintergrund der von einem Blitz erhellten Wolkenwand. Ihre größte Sorge galt jedoch dem Kabel in den heckwärts tobenden Wogen. Jedesmal wenn der Bug der *Titanic* aus einem Wellental emportauchte, wurde auch das Kabel hochgezogen. Die Belastung war dann so enorm, daß die Männer in diesen Augenblicken auf das Schlimmste gefaßt waren.

Von der Kommandobrücke aus blieb Butera in ständiger Verbindung mit den Männern im Kabelhaus am Achterdeck. Plötzlich übertönte eine krächzende Lautsprecherstimme das Fauchen und Heulen des Windes um die Wände und Fenster der Kommandokabine.

»Käp'n?«

»Hier der Kapitän. Kommen.«

»Leutnant Kelly im Kabelhaus, Sir. Hier hinten passiert etwas sehr Merkwürdiges.«

»Möchten Sie mir das nicht erklären, Leutnant?«

»Also, Sir, das Kabel spielt verrückt. Erst ist es nach backbord geschwenkt, und jetzt gleitet es in einem alarmierenden Winkel weit nach steuerbord hinüber.«

»Verstanden. Halten Sie mich auf dem laufenden. Ende.« Butera schaltete auf einen anderen Kanal um.

»Uphill, kannst du mich hören? Hier spricht Butera. Bitte kommen.«

Uphill antwortete von Bord der *Morse* aus fast sofort. »Ich höre. Kommen.«

»Ich glaube, die *Titanic* ist steuerbord ausgeschert.«

»Kannst du ihre Position ausmachen?«

»Negativ. Der einzige Hinweis ist der Kabelwinkel.«

Es folgten einige Sekunden der Funkstille, während Uphill hastig aus der unerwarteten Entwicklung eine Folgerung zu ziehen versuchte. Dann tönte seine Stimme wieder aus dem Lautsprecher: »Wir machen im Moment knapp vier Knoten Fahrt und müssen mit voller Kraft weiterfahren. Wenn wir nämlich stoppen, um nachzuschauen, was los ist, könnte die *Titanic* breitseits in den Wind schwenken und bei diesem Wellengang kentern.«

»Kannst du sie per Radar erfassen?«

»Leider nicht mehr«, antwortete Uphill. »Ein Brecher hat die Antennen vor zwanzig Minuten weggerissen. Wie ist es bei dir?«

»Die Antennen haben wir noch, aber unsere Anlage ist durch einen Kurzschluß lahmgelegt.«

»Dann müssen wir uns also nach Sicht orientieren, soweit das überhaupt möglich ist. Ende.«

Butera hängte ab und öffnete vorsichtig die zum Steuerbordflügel der Brücke führende Tür. Er stemmte sich gegen den Wind und spähte in den wilden Tumult der Sturmnacht hinaus. Die Suchscheinwerfer reflektierten nur den strömenden Regen. Aber ein aufflammender Blitz erhellte augenblickslang die aufgewühlte See hinter der *Wallace*. Buteras Herzschlag setzte einmal aus, als er feststellte, daß die *Titanic* verschwunden war. Er stolperte hastig durch die Tür in den Kommandoraum zurück und hörte im gleichen Moment die Stimme von Leutnant Kelly aus dem Lautsprecher krächzen.

»Käp'n?«

Butera wischte sich Gischtwasser aus den Augen und griff nach dem Mikrofon. »Was ist, Kelly?«

»Das Kabel ist schlaff.«

»Ein Bruch?«

»Nein, Sir, das Kabel hat noch Zug, aber es liegt einige Fuß tiefer im Wasser. So etwas habe ich noch nie gesehen. Es sieht fast so aus, als wollte uns die *Titanic* passieren.«

Das Wort »passieren« löste die schockartige Erkenntnis in Butera aus. Mit einem Male sah er grausam klar die Situation vor sich. Das nach Steuerbord abwinkelnde Kabel und dessen Schlaffheit bedeuteten natürlich, daß die *Titanic* seitwärts abgetrieben wurde und auf gefährlichen Parallelkurs zur *Wallace* geriet. Wenn dann das Kabel sich wieder straffte . . .

Butera schaltete zum Maschinenraum hinunter und befahl: »Volle Geschwindigkeit voraus!« Und dann rief er wieder die *Morse*. »Ich komme mit Höchstgeschwindigkeit auf euch zu! Hörst du mich, Uphill?«

»Bitte wiederholen«, sagte Uphill.

»Gib Befehl für volle Geschwindigkeit!« rief Butera. »Sonst rammen wir euch von hinten!«

Butera hängte das Mikrophon ab und kämpfte sich wieder auf die Brücke hinaus. Sprühende Gischt raubte ihm fast die Sicht, und er mußte sich fest an die Reling klammern, um auf den Beinen zu bleiben.

Dann sah er es: Schwarz und gewaltig ragte plötzlich der Bug der *Titanic* keine dreißig Meter steuerbord aus dem Regensturm empor, und Butera konnte nur starr vor Entsetzen beobachten, wie die Riesenmasse des Wracks unaufhaltsam näher glitt.

Von einer Woge hoch emporgetragen, hing der Bug der *Titanic* für Sekunden turmhoch über dem Heck der *Wallace*, und Butera konnte nur atemlos emporstarren. Doch diese Sekunden bedeuteten die Rettung. Die wirbelnden Schiffsschrauben gaben der *Wallace* mehr Fahrt, und als der Bug der *Titanic* ins Wellental sank, verfehlte er das Heck des Schleppers um einen knappen Meter.

Die aufpeitschende Sturzsee überspülte das gesamte Schleppschiff mit solcher Wucht, daß es beide Rettungsboote und
einen Ventilatoraufbau verlor. Butera wurde dabei von der
Reling weggerissen und gegen die Wand des Steuerhauses
geschleudert. Sekundenlang war er völlig überflutet und dem
Ersticken nahe. Als das Wasser schließlich abfloß, rappelte er
sich mühsam hoch und kämpfte sich in die Sicherheit des
Steuerhauses zurück.

Noch völlig benommen von dem Schock, beobachtete er, wie
der gespenstisch riesige Rumpf der *Titanic* am Heck vorbeiglitt
und wieder hinter dem Vorhang des sturmgepeitschten Regens
in der Nacht verschwand.

60

»Typisch Dirk Pitt«, sagte Sandecker verwundert und spöttisch
zugleich. »Findet mitten auf dem Ozean im Hurrikan eine
Dame. Wie machst du das eigentlich?«

»Scheint mein Schicksal zu sein«, antwortete Pitt, während er
behutsam die Beule an Danas Kopf verband. »Frauen fühlen
sich unter den unmöglichsten Umständen gerade dann zur mir
hingezogen, wenn mir nicht zum Flirten zumute ist.«

Dana begann leise zu stöhnen.

»Sie kommt zu sich«, sagte Gunn. Er kniete neben einem
Feldbett, das sie zwischen zwei der alten Gymnastikgeräte
gezwängt hatten, um es gegen das Rollen und Stampfen des
Schiffs zu sichern.

Pitt breitete eine Decke bis zum Kinn über ihren Körper. »Sie
hat einen häßlichen Hieb abbekommen. Ihr volles Haar hat
aber vermutlich verhindert, daß es mehr als eine Gehirner-
schütterung ist.«

»Wie ist sie eigentlich in den Hubschrauber gekommen?«
fragte Woodson. »Ich denke, sie sollte sich um die Reporter an
Bord der *Alhambra* kümmern?«

»Das hat sie auch getan«, erklärte Admiral Sandecker. »Einige Fernsehkorrespondenten haben darum gebeten, über das Abschleppen der *Titanic* nach New York von Bord der *Capricorn* aus zu berichten. Ich willigte unter der Bedingung ein, daß Dana sie begleitet.«

»Ich habe alle hinübergebracht«, berichtete Sturgis. »Mrs. Seagram ist nach der Landung auf der *Capricorn* mit den anderen ausgestiegen. Wie sie unbemerkt wieder in den Hubschrauber gekommen sein soll, ist mir ein Rätsel.«

»Überprüfen Sie vor den Flügen nie den Laderaum?« fragte Woodson.

»Ich muß es nicht tun«, antwortete Sturgis. »Außerdem hatte ich fast zwanzig Flugstunden hinter mir und war müde. Wie sollte ich auch auf den Gedanken kommen, daß Dana Seagram sich an Bord schleicht, um ausgerechnet an Bord der *Titanic* zu kommen?«

»Frag sie doch am besten selbst«, sagte Pitt und deutete auf das Feldbett.

Dana schaute mit noch etwas verschleiertem Blick und völlig verständnislos zu den Männern hoch. »Wo bin ich?«

»An Bord der *Titanic*, meine liebe Dana«, sagte Sandecker.

»Das ist doch nicht möglich«, flüsterte Dana.

»Oh doch«, sagte Sandecker und sah Pitt an. »Dirk, es muß noch etwas Scotch in der Flasche sein. Bring mir bitte ein Glas.«

»Nicht nötig«, sagte Dana und richtete sich zum Sitzen auf. Ein Schmerzstrahl zuckte dabei durch ihr Gehirn, und sie tastete unwillkürlich an ihren Kopf und spürte den Verband. »Was ist denn das?« fragte sie verwirrt.

»Laß uns erst einmal die Fragen stellen, Dana«, sagte Dirk Pitt, und er wunderte sich dabei nicht mehr, wie leicht ihm die vertrauliche Anrede über die Lippen kam. »Wir haben dich im Hubschrauber gefunden. Wie bist du da hineingekommen?«

»Im Hubschrauber?« Dana runzelte die Stirn und tastete unwillkürlich wieder an den Verband. »Ja, jetzt erinnere ich mich. Ich habe mein Make-up-Täschchen offenbar beim Flug von der *Alhambra* unter den Sitz rutschen lassen.« Sie zwang sich zu einem matten Lächeln. »Ohne ihre Make-up-Utensilien fühlt sich eine Frau recht hilflos. Ich bin daher wieder in den Hubschrauber gestiegen und fand das Täschchen auch eingeklemmt zwischen den Klappsitzen. Als ich mich bückte, da – –« Sie hielt inne und fügte unsicher hinzu: »Merkwürdig, ich erinnere mich nur noch an ein Paar Stiefel.«

»Stiefel?« wiederholte Pitt verwundert.

»Ja, es waren spitze Cowboystiefel. Ich kniete da zwischen den Sitzen und wollte das eingeklemmte Täschchen mit den Make-up-Utensilien herausziehen. Da waren plötzlich diese hellen Stiefel vor meinen Augen, und dann schien die ganze Welt zu explodieren. Mir wurde schwarz vor Augen ... und das ist es ...« Ihre Stimme erstarb.

Pitt sah sie an, und für kurze Zeit war etwas in diesem Blickwechsel, das ihn beunruhigte und zugleich mit einer unerklärlichen Freude erfüllte. Er verdrängte dieses Gefühl, indem er fast schroff sagte: »Ich glaube, wir lassen Dana jetzt lieber in Frieden. Sie muß sich ausruhen.«

Sandecker folgte Pitt zum Eingang der Haupttreppe. »Was hältst du davon?« fragte der Admiral. »Wer könnte ein Interesse daran haben, Dana niederzuschlagen?«

»Derselbe, der Henry Munk ermordet hat«, antwortete Pitt. »Oder, besser gesagt, dieselben.«

»Du meinst, sie hat einen der russischen Agenten entlarvt?«

»Nein, in ihrem Falle glaube ich eher, daß sie im falschen Augenblick am falschen Ort war.« Er sah Sandecker nachdenklich an. »Die Cowboystiefel gehören übrigens Ben Drummer. Aber eines ist sicher: Drummer war seit gestern hier an Bord. Er kann also unmöglich Dana fünfzig Meilen von hier entfernt niedergeschlagen haben.«

In diesem Moment trat Woodson zu den beiden und meldete: »Tut mir leid, daß ich stören muß, aber wir haben gerade eine wichtige Nachricht von der *Juneau* bekommen. Eine schlechte Nachricht, wie ich fürchte.«

»Als ob wir nicht schon genug schlechte Neuigkeiten zu verdauen haben«, sagte Sandecker brummig. »Was ist es denn jetzt?«

»Die Meldung vom Kapitän des Raketenkreuzers lautet: ›Haben Notruf von dem ostwärts fahrenden Frachter *Laguna Star* einhundertzehn Meilen östlich unserer Position empfangen. Muß Hilfe leisten. Ich wiederhole: Muß Hilfe leisten. Tut mir leid, den Geleitschutz für längere Zeit aufgeben zu müssen. Viel Glück für die *Titanic.*‹«

»Das können wir brauchen«, sagte Sandecker grimmig.

Und Pitt dachte nur mit einem Gefühl unbehaglicher Vorahnung: Jetzt wird es ernst.

61

In Admiral Joseph Kempers Büro im Pentagon herrschte Alarmstimmung. Der Präsident und sein Sicherheitsberater für Angelegenheiten des Kreml, Marshall Collins, lehnten an Sesseln, und ihnen gegenüber saßen Mel Donner, der CIA-Direktor Warren Nicholson und Gene Seagram auf dem Sofa vor dem flachen Tisch mit dem Stilleben von angebissenen Sandwiches, halb leeren Gläsern und vollen Aschbechern. Die Luft war entsprechend schal und rauchgeschwängert.

Admiral Kemper stand vor einer Wandkarte, deutete die augenblicklichen Positionen der Bergungsflotte an und berichtete von dem Hurrikan und von dem Notruf, den die *Juneau* empfangen hatte.

»War es denn wirklich notwendig, die *Juneau* von ihrer eigentlichen Aufgabe abzuziehen?« fragte der Präsident.

»Ein Notruf hat immer Vorrang«, antwortete Kemper ernst.

»Ich verstehe«, sagte der Präsident. »Und wie stehen die Chancen der *Titanic* in diesem Hurrikan?«

»Solange die Schlepper ihren Bug auf Kurs gegen Wind und Wellen halten können, sind die Chancen nicht schlecht, daß das

Wrack den Sturm übersteht«, antwortete Kemper und zuckte fatalistisch mit den Schultern. »Wir können also nur warten und hoffen.«

In diesem Augenblick hing das Schleppkabel jedoch bereits schlaff vom Heck der *Wallace* herab, und das abgetrennte Ende baumelte unsichtbar fünfhundert Meter unter den aufgewühlten Wellen.

Butera stand neben der großen elektrischen Winde und schrie durch das Heulen des Sturms in Leutnant Kellys Ohr: »Wie konnte das passieren? Das Kabel ist doch für noch viel stärkere Belastung berechnet!«

»Ich kann es mir nicht erklären!« schrie Kelly zurück. »Das Kabel war nicht besonders straff gespannt, als es riß.«

»Holen Sie es hoch, Leutnant. Wir wollen uns das anschauen.«

Der Leutnant nickte und gab die entsprechenden Befehle. Die Bremsen wurden gelockert, und die riesige Rolle begann sich zu drehen und das Kabel aus der See heraufzuholen. Ein dichter Vorhang von Gischt sprühte gegen das Kabelhaus. Das Kabelgewicht zog das Heck der *Wallace* wie ein Anker nach unten. Jede Woge schlug daher bis hoch über das Steuerhaus und brach mit einer solchen Gewalt zurück, daß das ganze Schleppschiff unter der heckwärts abfließenden Flut erzitterte.

Schließlich tauchte das Ende des Schleppkabels am Heck empor und glitt auf die Rolle. Sobald die Bremsen angezogen waren, traten Butera und Kelly an die Rolle heran und begannen die ausgefransten Kabelstränge zu untersuchen.

Butera stieß einen unterdrückten Fluch aus, als er die abgeschmolzenen Stränge befühlte.

Der Leutnant äußerte seinen Zorn deutlicher, als er heiser rief: »Welches verdammte Schwein hat denn das Kabel mit einem Schneidbrenner gekappt?«

Pitt kauerte gerade auf Händen und Knien im Laderaum des Hubschraubers und leuchtete mit der Taschenlampe unter die zusammengeklappten Sitze, als das Schleppkabel der *Titanic* ins Wasser fiel. Ohne die Zugkraft der Schlepper verlor das Wrack sofort seinen stetigen Kurs und wurde breitseits gegen Wind und Wellen getrieben.

Inzwischen hatte Pitt Danas Schminktäschchen zwischen den Vordersitzen dicht bei der Trennwand des Cockpits gefunden. Obwohl er nicht an Danas Bericht gezweifelt hatte, war er erleichtert, als er jetzt ihre Erklärung bestätigt fand.

Allerdings machte er im nächsten Moment eine andere Entdeckung, die ihn sehr beunruhigte. In die Trennwand war eine Vertiefung eingelassen, die Platz für ein Rettungsschlauchboot für zwanzig Mann bot. Doch die gelbe Schutzhülle vor der Einbuchtung hing schlaff herunter: Das Schlauchboot war verschwunden.

Ehe Pitt noch seine Folgerungen aus diesem Verschwinden ziehen konnte, krachte die erste Woge mit voller Wucht breitseits gegen die jetzt ungelenkt dahintreibende *Titanic*. Der Rumpf neigte sich unter dem Anprall gefährlich nach Steuerbord. Pitt wollte sich an eine der Sitzlehnen klammern, aber seine Hände griffen ins Leere, und er wurde über den Boden schräg nach unten geschleudert. Sein Kopf prallte dabei so hart gegen die halb offene Laderaumluke, daß er sofort die Besinnung verlor und nichts mehr von der zehn Zentimeter langen Platzwunde an seinem Schädel spürte.

Einige Stunden vergingen, ehe er wieder zu sich kam. Als erstes spürte er Sturmböen, die ihn eisig kalt umwehten. Sein Gehirn hatte nicht registriert, was inzwischen geschehen war. Er wußte nicht, daß der Hubschrauber aus seiner dreifachen Verankerung gerissen und seitwärts auf das Bootsdeck geschleudert worden war, bevor er die Reling durchbrach und in die aufgewühlten See hinabstürzte.

62

Die Russen enterten die *Titanic,* als der Sturm etwas abflaute.
Spencer und seine Pumpmannschaft tief unten in den Kessel-
und Maschinenräumen des Wracks wurden von dem Angriff so
überrumpelt, wie es Prevlov geplant und in die Tat umgesetzt
hatte.

Inzwischen waren die fünf anderen Männer des russischen
Kommandotrupps mit ihren Maschinenpistolen in die Sport-
halle eingedrungen. Woodson reagierte als erster. Er sprang
von seinen Radiogeräten auf und stürzte sich in sinnlosem
Heldentum auf den Eindringling, der ihm am nächsten stand.
Die Feuergarbe einer Maschinenpistole zerriß ihm Brust und
Herz.

Drummer konnte Woodsons Mörder noch einen ungezielten
Faustschlag an die Schläfe versetzen, bevor ihn ein Hieb mit
dem Lauf der Maschinenpistole außer Gefecht setzte. Sturgis
hatte sich gleichzeitig auf einen anderen Eindringling gestürzt.
Aber sein Angriff kam zu spät. Noch während er mit seinem
Widersacher zusammenprallte, traf ihn ein Kolbenhieb an der
Schläfe, und er brach wie tot zusammen.

Giordino hatte inzwischen den vierten Russen mit einem
Schraubenschlüssel angegriffen. Ein Schuß krachte, die Kugel
traf die zum Schlag erhobene Hand, und der Schraubenschlüssel fiel klirrend zu Boden.

Sandecker, Gunn und Bascom standen so weit abseits, daß sie
überhaupt nicht in den Kampf eingreifen konnten. Dana aber
hatte sich auf ihrem Bett aufgerichtet und schrie und schrie.

In diesem Moment betrat Prevlov die provisorische Kommandozentrale der *Titanic.* Er erfaßte die Situation mit einem Blick
und konnte sich daher die Kavaliersgeste leisten, Dana beschwichtigend zuzulächeln.

»Keine Panik, Miß«, sagte er in erstaunlich akzentfreiem
Englisch. »Wenn Sie sich vernünftig benehmen, geschieht
Ihnen nichts.«

Dana starrte Prevlov wie ein Gespenst an, aber sie hörte tatsächlich zu schreien auf. Nur ein unkontrollierbares Zittern durchzuckte noch ihren Körper, als sie die größer werdende Blutlache neben Omar Woodsons Leiche sah.

»Ihr Widerstand war sinnlos«, sagte Prevlov und musterte die Amerikaner mitleidlos kühl. »Ein Toter und drei Verwundete – für nichts.«

»Wer sind Sie?« fragte Sandecker in ohnmächtigem Zorn. »Was soll dieser mörderische Überfall bedeuten?«

»Oh, es tut mir leid, daß wir uns unter so unglücklichen Umständen kennenlernen müssen«, sagte Prevlov mit ironischem Bedauern. »Sie sind natürlich Admiral James Sandecker, nicht wahr?«

»Beantworten Sie meine Fragen«, sagte Sandecker scharf.

»Mein Name spielt keine Rolle«, sagte Prevlov. »Und die Antwort auf Ihre zweite ziemlich melodramatische Frage dürfte doch klar sein: Ich übernehme dieses Schiff im Namen der Union der Sozialistischen Sowjet-Republiken.«

»Sie wissen ganz genau, daß unsere Regierung das nicht dulden wird.«

Prevlov schüttelte den Kopf – immer noch mit diesem spöttisch amüsierten Lächeln. »Sie irren sich, Admiral. Wegen der legitimen Besetzung eines verlassenen Wracks wird Ihre Regierung keinen Krieg entfesseln.«

»Legitime Besetzung?« wiederholte Sandecker empört. »Laut Seerecht ist ein verlassenes Wrack ein Schiff, das von seiner Mannschaft endgültig aufgegeben wurde.« Er deutete auf Gunn und Bascom. »Auf diesem Schiff ist noch eine Mannschaft. Ihre Anwesenheit hier, Sir, ist also ein offenkundiger Akt von Piraterie.«

»Wollen wir uns doch jetzt nicht über die verschiedenen Auslegungsmöglichkeiten des Seerechts streiten«, sagte Prevlov und hob beschwichtigend die Hand. »Im Moment haben Sie natürlich de jure recht, aber –«

»Sie wollen doch nicht etwa die *Titanic* mitten in einem

Hurrikan hilflos dahintreiben lassen und uns einfach über Bord befördern?«

»Schon wieder diese Melodramatik, Admiral«, sagte Prevlov mit ironischem Vorwurf in der Stimme. »So etwas haben wir nicht vor. Außerdem ist mir klar, daß in die *Titanic* Wasser eindringt. Ich brauche daher Ihren Bergungsingenieur – Spencer heißt er, glaube ich – und seine Mannschaft. Sie müssen die Pumpen in Betrieb halten, bis der Sturm aufhört. Danach werden Sie und Ihre Leute auf einem Rettungsfloß ausgesetzt, um unser Bergungsrecht auch de facto zu sichern.«

»Wenn Sie sich dieses Recht sichern wollen, können Sie uns nicht am Leben lassen«, sagte Sandecker, der inzwischen seine übliche Gelassenheit zurückgewonnen hatte. »Wir könnten vor jedem internationalen oder nationalen Gerichtshof bezeugen, mit welchen kriminellen Mitteln Sie sich dieses Bergungsrecht erzwungen haben. Das wissen Sie ebensogut wie ich.«

Prevlov sah ihn nur ausdruckslos an, wandte sich dann lässig, fast verächtlich ab und gab einem der Männer seines Kommandos auf Russisch einen Befehl. Der Mann nickte, stieß die Radiogeräte vom Tisch und zertrümmerte sie mit dem Schaft seiner Maschinenpistole.

»Ihr Kommandoraum ist überflüssig geworden«, sagte Prevlov, ohne einen der Amerikaner direkt anzuschauen. »Ich habe meine Kommunikationsgeräte im Hauptspeisesaal des D-Decks installieren lassen. Wenn Sie uns jetzt ohne Widerstand dorthin begleiten, sorge ich für Ihre Sicherheit, bis das Wetter sich bessert.«

»Würden Sie mir eine Frage beantworten?« forderte Sandecker verdrossen. »Das sind Sie mir wenigstens schuldig.«

»Natürlich, Admiral.«

»Wo ist Dirk Pitt?«

»Ich muß Ihnen leider mitteilen, daß Mr. Pitt in Ihrem Hubschrauber war, als der über Bord gespült wurde«, sagte Prevlov mit ironischem Mitgefühl.

63

Admiral Kemper saß dem Präsidenten gegenüber und rührte mit dem Teelöffel gedankenlos den längst aufgelösten Zucker in seiner Kaffeetasse um. Beide sahen sehr ernst aus. Inzwischen hatten sie die anderen Hiobsbotschaften längst erfahren: Das Kappen des Schlepptaus und Dana Seagrams unerwartetes Auftauchen an Bord der *Titanic*. Man hatte Gene Seagram darüber informiert, und sein ohnehin labiler Nervenzustand war dadurch noch prekärer geworden.

Der Admiral räusperte sich und versuchte seiner Stimme einen optimistischen Beiklang zu geben, als er berichtete: »Der Flugzeugträger *Beecher's Island* nähert sich dem Suchgebiet. Im Morgengrauen werden die Suchflugzeuge starten.« Kemper zwang sich zu einem dünnen Lächeln. »Machen Sie sich keine Sorgen, Mr. Präsident. Bis morgen nachmittag haben wir die *Titanic* wieder in Schlepptau. Dessen bin ich fast sicher.«

Der Präsident sagte mit mildem Vorwurf: »Ich soll mir keine Sorgen um ein Schiff machen, das hilflos in einem der schlimmsten Hurrikane seit Jahren als halb verrostetes Wrack im Ozean dahintreibt? Ihr Optimismus erscheint mir ziemlich ungerechtfertigt, Admiral.«

Kemper seufzte. »Zweckoptimismus, Mr. Präsident«, gestand er mit einem resignierten Lächeln. »Tatsächlich haben wir alle Möglichkeiten einkalkuliert: nur nicht diesen unberechenbaren Hurrikan.«

»Es könnte noch alle möglichen anderen Zwischenfälle geben, die wir nicht einkalkuliert haben«, sagte der Präsident in düsterer Vorahnung.

Fast im Flüsterton fragte Kemper:

»Wenn nun wirklich das Schlimmste eintritt, Mr. Präsident? Was dann?«

Der Präsident machte eine unwillige Geste. »Was bleibt uns dann übrig? Wir müssen Sandecker, Pitt und die anderen aufgeben.«

»Und das *Projekt Sizilien?*«

»Auch das *Projekt Sizilien* müssen wir in dem Falle aufgeben«, sagte der Präsident leise.

64

Die dunklen Schleier der Bewußtlosigkeit begannen sich zu lichten, und Pitt spürte, daß er mit dem Kopf nach unten und von Nässe umgeben auf etwas Hartem lag.

Nach einer Weile konnte er das eine Auge öffnen, das nicht von Blut verkrustet war. Er spähte nach links und rechts und erkannte, daß er noch in dem Hubschrauber war. Seine Beine lagen zusammengekrümmt schräg über ihm am Boden, und Rücken und Schultern wurden durch die hintere Trennwand gestützt. Wasser schwappte einige Zoll hoch um seinen Körper. Durch sein Gehirn zuckte ein stechender Schmerz, als er sein Gesicht mit dem Salzwasser abspülte, um die Blutkruste vom Lid des anderen Auges zu lösen. Zuerst tränte das Auge nur, aber allmählich gewann er seine volle Sehfähigkeit zurück.

Ebenso behutsam wie mühsam kroch er seitwärts und stellte fest, daß sich die Tür des Laderaums beim Sturz quer über das Deck der *Titanic* verklemmt hatte. Blieb ihm also nur noch der Ausweg durch die Tür zur Pilotenkabine.

Pitt begann sich an den Befestigungsringen über den Boden des Laderaums hochzuhangeln. Der Schmerz tobte in seinem Kopf, und er mußte immer wieder haltmachen, um Atem zu schöpfen und den bohrenden Kopfschmerz abklingen zu lassen. Schließlich konnte er hochgreifen und den Türriegel berühren. Die Anstrengung, den Türriegel zu öffnen, erschöpfte ihn so sehr, daß er beinahe wieder über den ganzen Ladeboden zur hinteren Trennwand hinuntergerutscht wäre. Er brauchte fast zwei Minuten, ehe er die Kraft aufbrachte, sich gegen das Gewicht der Türklappe nach oben in die Pilotenkabine zu stemmen. Es war so schwierig, als müßte er sich ohne Leiter durch eine Falltür in eine Bodenkammer zwängen.

Als er es geschafft hatte, band er zuerst ein nasses Taschentuch um seine vom Türrahmen blutig zerschrammten Finger und spähte durch die Dunkelheit der Pilotenkabine. Bald konnte er erkennen, daß der Weg nach draußen frei war. Die Kabinenluke war aus den Angeln gerissen und die Rundglasscheiben zertrümmert. Der Sturmwind trieb immer wieder sprühende Gischt in die Kabine, und zum erstenmal begann Pitt sich Gedanken über die Position des Hubschraubers zu machen. Als nächstes fragte er sich, wie lange er besinnungslos gewesen war. Zehn Minuten? Eine Stunde? Oder die halbe Nacht? Er wußte es nicht, denn seine Armbanduhr war ihm irgendwann vom Handgelenk gerissen worden. Nur soviel war ihm klar: Es war noch Nacht.

Er tastete sich weiter und klomm zum Pilotensitz hinauf. Durch die hereinfauchenden Windböen starrte er angestrengt in die Dunkelheit.

Seine Augen hatten sich an das schwache Licht gewöhnt, und er erkannte, daß sich über ihm und nach beiden Seiten die riesige Rumpfwand der *Titanic* erstreckte. Und unter sich hörte er das Rauschen und Toben der aufgewühlten Wellen, ohne sie direkt sehen zu können.

Der Sturm war etwas abgeflaut, aber das ziellose Schlingern und Rollen des riesigen Wracks verriet Pitt, daß das Schiff aus irgendeinem Grunde nicht mehr vom Kabel der beiden Marineschlepper kursgerecht gegen Wind und Wellen gezogen wurde.

Vorsichtig schob Pitt sich durch eines der zerbrochenen Fenster und ließ sich über die abgerundete Bugnase des Hubschraubers auf das Deck der *Titanic* gleiten. So durchfroren, unterkühlt und zerschunden er auch war, bereitete es ihm doch ein Gefühl der Genugtuung, die nassen Deckplanken der *Titanic* unter seinen Füßen zu spüren.

Aber welches Deck war es? Pitt beugte sich über die Reling und spähte nach oben. Die verbogene und angebrochene Reling des

Decks über ihm war mit einem halb herausgerissenen Teilstück des Hubschraubers verklammert. Er selbst stand also auf der B-Deck-Promenade.

Als er hinunterspähte, wurde ihm klar, weshalb der Hubschrauber hier wie ein Schwalbennest an einer Felswand hing. Beim Sturz über Bord hatten sich die Landekufen in einer der Aussichtsnischen des Promenadendecks verhakt. Die hohen Wogen hatten dann den Hubschrauber noch fester an die Seitenwand des Wracks gepreßt.

Pitt hatte keine Zeit, sich über das Wunder seiner Rettung zu freuen. Der Sturm war wieder stärker geworden. Dem relativ ruhigen Zentrum des Hurrikans folgte jetzt offenbar der Schlußquadrant. Pitt hatte Mühe, sich auf den Beinen zu halten, und er bemerkte, daß die Schrägneigung der *Titanic* nach Steuerbord stärker geworden war.

Fast im gleichen Moment erspähte er keine zweihundert Meter von der Steuerbordseite entfernt die kreisenden Positionslichter eines anderen Schiffs, dessen Umrisse und Größe im wieder stärker herabprasselnden Regen nicht zu erkennen waren. Konnte es einer der Marineschlepper sein? Oder war etwa die *Juneau* zurückgekehrt?

Doch dann flammte ein Blitzstrahl auf, und vor dem Hintergrund der sturmdurchtosten Nacht sichtete Pitt einen Moment lang die unverkennbare Kuppel des Radar-Antennenschirms der *Mikhail Kurkov*.

Nur ein paar Sekunden verharrte Pitt noch, ehe er sich mühsam über Kajüttreppen zum Hubschrauberlandeplatz auf dem Bootsdeck hinaufkämpfte. Durchnäßt und keuchend vor Erschöpfung hockte er sich nieder, tastete nach einem der Verankerungsseile des Hubschraubers und befühlte die zertrennten Enden der Nylonfasern. Dann richtete er sich auf, stemmte sich gegen den heulenden Wind und verschwand hinter dem Regenvorhang, der das Schiff umhüllte.

65

Der 1.-Klasse-Speisesaal der *Titanic* mit seiner kunstvoll verzierten Decke war nur vorn provisorisch erleuchtet. Im Hintergrund herrschte undurchdringliche Dunkelheit. In den wenigen noch erhaltenen Bleiglasfenstern sah man die gespenstisch verzerrten Widerspiegelungen der gefangenen Amerikaner und ihrer russischen Bewacher mit den Maschinenpistolen.

Die Russen hatten auch Spencer nachgeholt. Er stand noch immer unter dem schockierenden Einfluß des Überfalls und starrte Sandecker fassungslos an.

»Pitt und Woodson sind tot? Ich kann es einfach nicht glauben.«

»Bedauerlich, aber wahr«, sagte Prevlov ungerührt. »Und auch Sie und Ihre Männer sollten unsere Langmut nicht überschätzen, Mr. Spencer. Wenn die Pumpmannschaft nicht richtig arbeitet, bedeutet das für Sie alle hier den Tod. Für uns gibt es immer noch den Rückzug auf die *Mikhail Kurkov*. Ist das klar?«

Keiner antwortete. Aber Sandecker, Spencer und all die anderen wußten, daß Prevlovs Worte keine leere Drohung waren. Die Hoffnungslosigkeit ihrer Lage wurde ihnen deutlicher bewußt als je zuvor seit Beginn des Überfalls.

In die gespannte Stille hinein tönte plötzlich eine Stimme, bei deren Klang sogar Prevlov einen Moment lang seine stoische Ruhe verlor.

»Ja, Sie haben sich sehr deutlich ausgedrückt, André Prevlov.« Wie eine Erscheinung aus einer Unterwasserhölle trat Pitt in den Lichtschein: Naß von Kopf bis Fuß, mit einer blutverkrusteten Wunde an der bleichen Stirn, aber mit einem undeutbaren Lächeln.

Prevlovs Gesicht war wieder maskenhaft starr, als er sich eine Zigarette anzündete und eine Rauchwolke ausstieß. »Und Sie sind Dirk Pitt, nehme ich an?«

»Richtig erraten.«

»Sie scheinen ein besonders widerstandsfähiger Mann zu sein, Mr. Pitt. Man hat mir berichtet, Sie seien tot.«

»An Bord eines Schiffs kursieren oft die unsinnigsten Gerüchte«, sagte Pitt leichthin.

Prevlov erteilte einen kurzen Befehl auf Russisch, und einer seiner Männer ging auf Pitt zu. »Nur eine Vorsichtsmaßnahme«, sagte Prevlov in dem gleichen leichten Plauderton wie Pitt. »Ich hoffe, Sie haben nichts dagegen, Mr. Pitt?«

Pitt lächelte nur und hob bereitwillig die Hände. Der Wachtposten tastete Pitt schnell und geschickt von oben bis unten ab, trat zurück und schüttelte den Kopf.

»Keine Waffe«, kommentierte Prevlov. »Sehr vernünftig. Aber das war ja bei einem Mann von Ihrem Ruf zu erwarten.«

»Soll ich das Kompliment nun erwidern?« fragte Pitt spöttisch.

»Ich schätze Sie nämlich, ich weiß soviel von Ihnen wie Sie von mir.«

»Daß Sie mich sofort erkannt haben, zeigt mir, wie gut Sie informiert sind«, antwortete Prevlov. »Nun möchte ich noch ganz gern aus Ihrem Munde hören, was Sie sonst noch über uns wissen und weshalb Sie sich freiwillig gestellt haben. In diesem Monstrum von Wrack gäbe es doch genug Schlupfwinkel.«

»Mehr als genug«, sagte Pitt mit einem undeutbaren Beiklang in der Stimme, und dann wechselte sein Tonfall unvermittelt zu etwas theatralisch klingender Resignation, als er hinzufügte: »Aber ein Mann muß wissen, wann er geschlagen ist.«

»Sie müssen also zugeben, daß wir gut gearbeitet haben«, sagte Prevlov mit einem Anflug von Eitelkeit.

»In gewissem Sinne wirkungsvoll«, bestätigte Pitt. »Es hat jedenfalls einige Mühe gekostet, die Identität Ihrer berühmten Agenten Silber und Gold zu erkennen.« Pitt sah Drummer an und sagte: »War es eigentlich all die Mühe wert, Drummer?

»Drummer!« rief Sandecker erregt. »Dieser verdammte –«

Pitt unterbrach ihn mit einer beschwichtigenden Geste. »Es hat keinen Sinn mehr, sich darüber aufzuregen. Jedenfalls war die

Methode, Nachrichten mit einem kleinen Unterwasser-Tongerät mit Batterieantrieb von hier zur *Mikhail Kurkov* zu leiten, sehr gut ersonnen. Mir hätte das schon auffallen müssen, als der Sonartechniker an Bord der *Capricorn* dieses seltsame ›Ping-ping‹ meldete, das er in seinem Unterwasserortungsgerät schon seit zwei Monaten in unregelmäßigen Abständen gehört hatte. Aber da wir diese Meldesignale nicht entschlüsseln konnten, hielten wir sie für das Geräusch eines losen Gegenstands, der in der Strömung hin und wieder gegen das noch am Boden liegende Wrack prallte und dabei diese Töne erzeugte. Merker sandte diese Signale, und Munk mußte sterben, als er dem Verräter auf die Schliche kam.«

»Das hätte ich nie gedacht«, sagte Giordino grimmig. »Er hat schwerer als alle anderen gearbeitet, um die *Titanic* über Wasser zu halten.«

»Stimmt«, bestätigte Pitt mit ironischem Grimm. »Bei seinen Erkundungs- und Prüfungsgängen durch das Schiff hatte er genug Zeit, mit einem Schneidbrenner kleine Lecks durch den Rumpf zu bohren.«

»Aber warum das?« fragte Spencer verblüfft. »Wenn doch die Russen das Wrack unbedingt in ihre Hände bekommen wollten?«

»Es war der riskante Versuch, das Schleppmanöver zu verzögern«, erklärte Pitt. »Die Russen konnten die *Titanic* nur während der relativen Windstille im Zentrum des Hurrikans entern. Wenn aber unsere Schlepper die *Titanic* ohne Komplikationen hätten ziehen können, dann wären wir nie direkt ins Hurrikanzentrum gekommen. Die stärkere Schrägneigung durch die neuen Lecks verlangsamte das ganze Schleppmanöver. Dann brauchte Drummer mit dem Schneidbrenner nur noch das Kabel zu durchtrennen, und die *Titanic* trieb dorthin, wo unsere russischen Freunde sie einigermaßen sicher entern konnten.«

Drummers Reaktion war seltsam. Er verteidigte sich nicht, sondern trat nur neben einen der Russen, dessen Gesicht von der tief in die Stirn gezogenen Mütze und einem dickem Schal fast verdeckt war.

»Wer von euch beiden ist nun eigentlich Silber und wer Gold?« fragte Pitt.

»Jetzt spielt es ja keine Rolle mehr«, sagte Drummer mit selbstgefälligem Grinsen. »Ich bin Gold.«

»Dann ist Ihr Bruder also Silber?«

»Das wissen Sie auch?« fragte Drummer erstaunt.

»Mit Hilfe des FBI war das nicht schwer herauszufinden«, erklärte Pitt und sah Prevlov an. »Sie und Ihre Kameraden vom Sowjetischen Marine-Geheimdienst haben wirklich gute Arbeit geleistet. Es war schwierig, die Fährte der beiden bis nach Halifax, Nova Scotia, zurückzuverfolgen, wo sie seinerzeit im Abstand von zehn Minuten zur Welt kamen.«

»Mein Gott«, stieß Spencer hervor. »Zwillinge.«

»Ja, aber keine eineiigen«, erklärte Pitt. »Sie sehen nicht einmal wie Brüder aus.« Er musterte den vermummten Russen mit amüsiertem Lächeln. »Wollen Sie nicht endlich Ihre Maske fallen lassen, Merker?«

Der vermeintliche Russe schob seine Mütze aus der Stirn zurück und seinen Schal unters Kinn.

»Dieser Dreckskerl hat Woodson umgebracht!« rief Giordino entsetzt und empört zugleich. »Er war sein Freund!«

»Im Spionageleben gibt es keine Freunde«, sagte Drummer mit echter Bitterkeit.

»Merker und Drummer«, sagte Admiral Sandecker düster. »Silber und Gold. Ich habe Ihnen beiden vertraut, und Sie haben NUMA seit zwei Jahren für ein paar lausige Dollar verraten.«

»Ein paar lausige Dollar sind leicht untertrieben, Admiral«, sagte Merker. »Mein Bruder und ich haben genug verdient, um viele Jahre angenehm davon leben zu können.«

»Wie kommt Merker eigentlich hierher?« fragte Gunn. »Er sollte doch noch in Doc Baileys Krankenrevier an Bord der Capricorn liegen?«

»Er hat sich im Hubschrauber versteckt«, erklärte Pitt und betupfte mit einem Taschentuch die Platzwunde an seinem Kopf, die sich wieder geöffnet hatte.

»Das ist doch fast unmöglich, Dirk!« rief Sturgis. »Du warst ja dabei, Dirk, als ich die Ladeluke öffnete. Nur Mrs. Seagram war in dem Hubschrauber.«

»Merker war wirklich im Laderaum des Hubschraubers«, erklärte Pitt. »Und zwar hat er das Rettungsfloß irgendwo an Bord der *Capricorn* versteckt und sich in der dafür vorgesehenen Einbuchtung hinter dem Vorhang im Laderaum des Hubschraubers verborgen. Du wirst dich erinnern, Jack, daß wir unsere ganze Aufmerksamkeit auf die Ladeluke gerichtet hatten. Ich meine, in den Sekunden nach Auslösung der Öffnungselektronik.«

»Das stimmt«, bestätigte Sturgis. »Aber dann muß er durch die Tür vom Laderaum in die Pilotenkabine geschlüpft sein und dann unbemerkt durch die Außentür –«

Pitt nickte. »Anders kann es nicht gewesen sein. Es gab genug Geräusche, die seine Schritte übertönen konnten. Wir waren inzwischen außer Sicht der Kabinenleiter, und er ist hinter dem Hubschrauber davongeschlichen.«

»Dann muß er auch kurz vor der Landung aus einer Fensterluke des Laderaums den Hammer in die Rotorflügel geschleudert haben«, sagte Sturgis nachdenklich. »Aber warum das?«

»Sie sind leer von der *Capricorn* herübergeflogen«, sagte Merker, »und hatten keine Fracht auszuladen. Ich konnte nicht riskieren, daß Sie vielleicht wieder abflogen, ohne die Ladeluke überhaupt zu öffnen.«

»Das war zwar kaum zu erwarten, ist aber immerhin eine Erklärung«, sagte Sturgis mürrisch.

»Und dann wurden Sie sehr aktiv«, sagte Pitt zu Merker. »Sicherlich mit Hilfe eines Lageplans, den Ihr Bruder Ihnen zugeschmuggelt hatte, und mit dessen Schneidbrenner haben Sie sich ans Werk gemacht. Während Bascom und seine Männer sich zwischen zwei Inspektionsgängen im Kommandoraum ausruhten, waren Sie unbemerkt unterwegs. Zuerst haben Sie das Schleppkabel durchtrennt und anschließend die Verankerungsseile des Hubschraubers. Sicherlich haben Sie geahnt, daß der Hubschrauber mit mir an Bord über die Reling geschleudert werden würde, sobald die ersten Wogen die *Titanic* breitseits treffen.«

»Ja, ich konnte hoffen, zwei Fliegen mit einer Klappe zu schlagen«, bestätigte Merker. »Warum sollte ich nicht –«

Er hielt unwillkürlich inne, als der Feuerstoß einer Maschinenpistole gedämpft irgendwo aus dem Innern des Wracks heraufschallte.

»Ich fürchte, Ihre Männer an den Pumpen unten machen Schwierigkeiten«, sagte Prevlov. »Es wird Zeit, daß wir dieses nutzlose Palaver abbrechen, und die *Mıkhail Kurkov* kann dann das Schleppmanöver fortsetzen, das Ihre Schiffe unglücklicherweise nicht zu Ende führen konnten. Drummer wird Ihren Männern die Stellen zeigen, wo er unter der Wasserlinie Lecks in den Rumpf des Wracks gebohrt hat, Admiral. Ich fordere Sie jetzt zum letztenmal auf, Ihren Männern die notwendigen Befehle zur Fortsetzung ihrer Arbeit an den Pumpen und beim Abdichten der Lecks zu erteilen.«

»Momentan habe ich hier keine Befehlsgewalt, Prevlov«, sagte Sandecker grimmig. »Das wissen Sie ganz genau. Und wenn meine Männer Ihre Befehle nicht befolgen –«

»Sie werden meine Befehle befolgen!« unterbrach ihn Prevlov schneidend scharf und nickte einem seiner Männer zu, der sofort die Mündung seiner Maschinenpistole auf Dana richtete. »Ich weiß, daß ihr Amerikaner gern eure Ritterlichkeit gegenüber Frauen beweist. Dieser Mann dort ist ein glänzender Scharfschütze. Buski ist übrigens sein Name. Er versteht auch einigermaßen gut Englisch.« Er wandte sich dem Mann mit der Maschinenpistole im Anschlag zu. »Buski, ich fange jetzt zu zählen an. Bei fünf schießt du Mrs. Seagram in den rechten Arm. Bei zehn in den linken; bei fünfzehn ins rechte Knie und so weiter, bis Admiral Sandecker seinen Widerstand aufgibt und seinen Männern die nötigen Befehle erteilt.«

»Eine wirkungsvolle Methode«, sagte Pitt grimmig. »Wir anderen werden dann erschossen, sobald wir für Ihre Zwecke überflüssig sind. Eisenteile gibt es ja hier an Bord genug, um die Leichen so schwer zu machen, daß sie nie wieder auftauchen. Dann werden Sie behaupten, wir hätten das Wrack im Hubschrauber verlassen, der verunglückt ist: genau passend für Ihren Plan.«

»Ich habe keine Lust und Zeit, mir das Geschwätz länger anzuhören«, sagte Prevlov gereizt. »Buski –«

»Sie sind ein seltsamer Mensch, Prevlov«, sagte Pitt. »Interessiert es Sie gar nicht, warum ich Drummer und Merker nicht rechtzeitig unschädlich gemacht habe?«

»Das spielt jetzt keine Rolle mehr«, sagte Prevlov. »Sie und Ihre Freunde sind verloren, Pitt. Keiner kann Ihnen mehr helfen.« Er nickte Buski zu.

»Eins –«

»Sobald Hauptmann Prevlov bis vier gezählt hat, werden Sie sterben, Buski«, sagte Pitt sehr ruhig.

Buski grinste nur ungläubig und antwortete nicht.

»Zwei –«

»Wir haben Ihre Pläne für die Enterung der *Titanic* gekannt«, erklärte Pitt so ruhig wie zuvor. »Seit achtundvierzig Stunden wissen Admiral Sandecker und ich darüber Bescheid.«

»Das war Ihr letzter Bluff«, sagte Prevlov. »Drei –«

Pitt machte eine fatalistische Geste. »Dann müssen Sie die Verantwortung für all die Bluttaten tragen, Prevlov.«

»Vier –«

Ein Gewehrschuß krachte ohrenbetäubend laut durch den Speisesaal, und die Kugel traf Buski mitten in die Stirn und riß seinen Kopf zurück.

Noch bevor die Maschinenpistole seinen Händen entglitt und er zusammenbrach, hatte Pitt mit einem schnellen Seitenschritt und hartem Schulterstoß Dana zu Boden gestoßen, um sie aus der Schußlinie zu bringen. Giordino warf sich auf

Sandecker und riß ihn mit dem geübten Schwung eines Rugbyspielers von den Beinen.

Die übrigen Männer der Bergungsmannschaft brauchten keine zwei Sekunden, um ihre Geistesgegenwart und ihren Selbsterhaltungstrieb zu beweisen. Sie stoben auseinander und warfen sich in Deckung, wo es gerade ging. Drummer und Merker ebenfalls.

Der Nachhall des ersten Schusses war kaum verklungen, als Prevlovs Männer die ersten Salven aus ihren Maschinenpistolen in den dunklen Hintergrund des Speisesaals abfeuerten. Es war eine sinnlose Verteidigungsgeste. Der erste Mann der russischen Kommandogruppe brach sofort zusammen. Der zweite ließ seine Maschinenpistole im nächsten Moment fallen und griff sich an den Hals, als könnte er die klaffende Wunde dort noch mit den Händen schließen. Der dritte brach in die Knie und starrte mit glasigem Blick auf die beiden kleinen Löcher, die sich plötzlich in Brusthöhe seiner Überjacke abzeichneten.

Jetzt stand Prevlov allein da. Sein Blick glitt über die am Boden liegenden Männer und richtete sich dann auf Pitt. Sein Gesichtsausdruck zeigte die Gefaßtheit eines Mannes, der Niederlage und Tod vor sich sieht.

Gunn war schon bei ihm und hatte ihm seine Pistole abgenommen. Prevlov salutierte mit resignierter Ruhe und sagte zu Pitt: »Gratuliere, Mr. Pitt. Und wann bekomme ich meinen Gnadenschuß?«

»Überhaupt nicht«, sagte Pitt ernst. »Wir haben mehr mit Ihnen vor, André Prevlov.«

Einige Sekunden lang starrte Prevlov seinen Gegner fassungslos an. Dann begann er die Zusammenhänge zu begreifen. Er sollte wirklich nicht sterben.

Es war eine Falle gewesen, in die er trotz all seiner Schlauheit naiv hineingetappt war.

Ein Name hallte plötzlich in höhnisch vielfältigem Echo durch sein Gehirn: Marganin – – Marganin – – Marganin – –

66

Unter einem Seal stellt man sich normalerweise ein Meeres-
säugetier mit Schwimmflossen und weichem Fell vor, aber die
Gestalten, die plötzlich um Prevlov und die gefallenen Männer
seines Kommandos auftauchten, ähnelten ihren Namensvet-
tern kaum. Die United States Navy SEAL (eine Abkürzung für
sea, air und land) waren Mitglieder einer außergewöhnlichen
Elite-Kampfgruppe, die für alle Phasen des Kampfes von der
Unterwasserzerstörung bis zum Dschungelkrieg trainiert
waren.

Es waren fünf Männer in schwarzen Tauchanzügen mit Kappen und engen, slipperartigen Stiefeln. Schwarze Tarnfarbe
machte die Gesichter unkenntlich. Vier von den Männern
trugen Schnellfeuergewehre mit umklappbarem Schaft, und
der fünfte hielt eine Stoner-Waffe fest im Griff, ein gefährlich
aussehendes Ding mit zwei Läufen. Einer von den SEALs löste
sich von den anderen und half Dana auf die Beine.

Sie begann ihre schmerzenden Glieder zu massieren und
humpelte zum Eingang, um dem Anblick des Massakers zu
entgehen.

Pitt schüttelte dem Mann im schwarzen Tauchanzug die Hand
und stellte ihn Sandecker vor, der sich noch auf Giordinos
Schulter stützen mußte.

»Admiral Sandecker, darf ich unseren Befreier vorstellen:
Leutnant Fergus, United States Navy SEALs.«

Sandecker beantwortete den militärischen Gruß von Fergus
mit einem freundlichen Nicken. »Gerade noch rechtzeitig,
Leutnant –«, begann er und wurde vom Widerhall einer
Gewehrsalve aus dem Innern des Schiffs unterbrochen.

»Ein letztes Widerstandsnest«, sagte Fergus, und beim Lächeln
leuchteten seine Zähne unnatürlich weiß aus dem geschwärzten Gesicht.

»Dann ist das Schiff also wieder fest in unseren Händen?«
fragte Sandecker.

»Ganz und gar.«

»Und die Pumpmannschaft?«

»Ist unversehrt und wieder an der Arbeit.«

»Wie viele Männer gehören zu Ihrem Kommando?« fragte Sandecker.

»Zwei Kommandoeinheiten, Admiral. Mit mir insgesamt zehn Mann.«

Sandecker hob erstaunt die Brauen. »Nur zehn?«

»Die übliche Anzahl bei einem Angriff dieser Art«, erklärte Fergus leichthin.

»Die Marine hat seit meiner Dienstzeit erstaunliche Fortschritte gemacht«, sagte Sandecker ein wenig wehmütig. »Irgendwelche Verluste?«

»Bis vor fünf Minuten waren zwei meiner Männer leicht verwundet, und einer wird vermißt.«

»Wie sind Sie überhaupt an Bord gekommen?« fragte der Admiral.

»Auf etwas riskante Weise«, erklärte Fergus. »Fünfzehn Meter unter Wasser aus den Torpedorohren eines Atom-U-Boots. Dadurch habe ich einen meiner Männer verloren. Die See war höllisch rauh. Eine Welle muß ihn gegen den Rumpf der *Titanic* geschleudert haben, als wir nacheinander die Strickleitern erklommen, die Mr. Pitt heruntergelassen hatte.

»Merkwürdig, daß keiner von uns anderen Sie hat an Bord kommen sehen«, sagte Spencer.

»Ihr wart zu der Zeit alle im provisorischen Kommandoraum und habt auf meinen großen Auftritt gewartet, bei dem ich euch nahelegte, Giordino und mich allein auf dem Wrack zurückzulassen. Zuvor hatte ich Leutnant Fergus und seine Männer schon in die Kabine des Chefstewards auf dem C-Deck gebracht.«

Spencer schüttelte den Kopf und mußte trotz der immer noch gespannten Atmosphäre grinsen. »An dir ist wirklich ein Schauspieler verlorengegangen, Dirk Pitt. Uns alle so mit dieser heldenmütigen Rede an der Nase herumzuführen.«

»Ja, da hast du uns ganz schön hochgenommen«, pflichtete Gunn bei. »Aber es hätte auch schiefgehen können.«

»Das stimmt«, bestätigte Pitt. »Ein Risiko war dabei. Aber glücklicherweise konnte ich Fergus und seine Männer gerade noch rechtzeitig alarmieren und einsetzen. Mein Auftritt hier verschaffte uns den nötigen Zeitgewinn.«

»Verzeihen Sie, Sir«, sagte Bascom, »aber warum sind die Russen so brennend an diesem rostigen alten Kahn interessiert?«

»Das habe ich mich auch gerade gefragt«, sagte Spencer. »Worum geht es eigentlich?«

»Ich schätze, es ist jetzt kein Geheimnis mehr«, sagte Pitt, nachdem er mit Sandecker einen Blick ausgetauscht hatte. »Für das Wrack haben sich die Russen überhaupt nicht interessiert, sondern nur für ein äußerst seltenes Element namens Byzanium, das im Jahre 1912 mit der *Titanic* unterging. Entsprechend aufbereitet und in einem ausgeklügelten Verteidigungssystem installiert, macht es Interkontinentalraketen so wirkungslos wie alte Steinschloßgewehre.«

Bascom stieß einen leisen Pfiff aus. »Und dieses Zeug liegt noch irgendwo unter Deck?«

»Verschüttet unter mehreren Tonnen von verbogenem Stahl und Schutt, aber es ist noch da.«

»Das Byzanium gehört dem russischen Volk«, sagte Prevlov und verlor für kurze Zeit seine Beherrschung. »Unser Überfall auf das Wrack war nur ein Vergeltungsschlag für all das, was die Amerikaner uns angetan haben.«

Pitt hob besänftigend die Hand. »André Prevlov, wir wollen das jetzt nicht erörtern. Ich nehme an, wir werden in naher Zukunft ohnehin noch einige Dinge klären müssen.« Er nickte den Männern von SEAL zu. »Führen Sie Prevlov, Merker und Drummer in eine der großen Kabinen«, befahl er. »Wir werden uns inzwischen um die Verwundeten kümmern.«

5
Southby

Juni 1988

67

Am Freitag morgen saß Dr. Ryan Prescott allein im Hauptbüro der NUMA-Sturmwarnzentrale. Hurrikan »Amanda« hatte im Küstengebiet von Neufundland noch große Zerstörungen verursacht, bis der Wirbelsturm schließlich seine Kraft verlor und sich über dem St.-Lorenz-Golf auflöste. Der Kampf war vorüber. Nach zweiundsiebzig Stunden pausenloser Berechnungen und Warnmeldungen war die Arbeit der Meteorologen geschafft.

Prescott stand müde von seinem Schreibtisch auf und warf noch einen letzten Blick auf die Wandkarte mit der zerstörerischen Fährte des Hurrikans. Eine kleine Markierung mit der Aufschrift *Titanic* erweckte noch einmal seine Aufmerksamkeit. Nach dem letzten Bericht des NUMA-Hauptquartiers in Washington hatte man seit mehr als vierundzwanzig Stunden nichts von der *Titanic* gehört.

Prescott hob eine Tasse mit kaltem Kaffee. »Auf die *Titanic*«, toastete er laut in den leeren Raum. »Möge sie der sinnlosen Zerstörungsflut von Hurrikan ›Amanda‹ entgangen sein und ihre Fahrt nach New York fortsetzen können.«

Er schnitt eine Grimasse, als er den schalen Kaffee trank. Dann wandte er sich ab und ging aus dem großen Raum in die kühle Frische des Morgens hinaus.

68

Im ersten Licht der Dämmerung war die *Titanic* noch über Wasser. Das hilflos dahintreibende Wrack schlingerte und rollte zwar heftig unter den breitseits anprallenden Wogen des abziehenden Hurrikans, aber sie hielt sich zäh und tapfer an der Oberfläche.

Aus der Geborgenheit des Steuerhauses der *Mikhail Kurkov* spähte Kapitän Parotkin durch sein Fernglas zur *Titanic* hinüber und wunderte sich im stillen, wie das Wrack diese Sturmnacht überstanden hatte. Er bemerkte die gelockerten Nieten und geborstenen Schweißnähte und ahnte, daß an vielen Stellen des Rumpfs Wasser ins Schiff drang. Allerdings konnte er nicht die erschöpften Männer der Bergungsmannschaft sehen, die Schulter an Schulter mit den Kommandoeinheiten von SEAL und den Männern von den Marineschleppern tief in der Dunkelheit und Kälte unter der Wasserlinie verzweifelt darum kämpften, das Wrack über Wasser zu halten. Der Bug der *Titanic* war schon mehr als sechs Meter untergetaucht, und die Schlagseite hatte jetzt fast dreißig Grad steuerbord erreicht.

»Schon eine Nachricht von Hauptmann Prevlov?« fragte der Kapitän, ohne das Fernglas abzusetzen.

»Nein, noch nichts«, antwortete der 1. Offizier.

»Es sieht nicht sehr gut aus«, sagte Parotkin. »Von hier aus ist nicht zu erkennen, daß Hauptmann Prevlov noch die Kommandogewalt auf dem Wrack hat.« Er seufzte.

»Ich muß also annehmen, daß die Übernahmeaktion gescheitert ist.«

»Vielleicht hatte Hauptmann Prevlov nur keine Zeit, einen Lagebericht zu geben.«.

»Die Funkverbindung ist tot.« Parotkin schüttelte verdrossen den Kopf. »Prevlov vielleicht auch. Dann lastet allein auf mir die Verantwortung, die *Titanic* mit allen, die noch lebend an Bord sind, zu zerstören.«

Der 1. Offizier sah Parotkin bestürzt an. »Gibt es keine andere Möglichkeit, Kapitän?«

Parotkin schüttelte den Kopf. »Die Befehle sind ganz eindeutig. Wir müssen das Schiff lieber versenken, als es in die Hände der Amerikaner fallen zu lassen.« Er fuhr sich mit einer nervösen Bewegung über die Augen. »Die Mannschaft soll die Abschußrampe und die Rakete schußbereit machen.«

Einige Sekunden starrte der 1. Offizier seinen Vorgesetzten ausdruckslos an. Dann wandte er sich langsam ab und erteilte dem Steuermann den Befehl, den Kurs fünfzehn Grad weiter nördlich zu verlegen.

Dreißig Minuten später war alles bereit. Die *Mikhail Kurkov* war in der richtigen Position zum Abfeuern der Rakete. Parotkin stand hinter dem Mann am Radargerät. »Etwas Wichtiges in Sicht?« fragte er.

»Acht Düsenflugzeuge einhundertzwanzig Meilen West in schneller Annäherung.«

»Schiffe?«

»Zwei kleine Schiffe Kurs zwei-vier-fünf etwa einundzwanzig Meilen südwestlich.«

»Das werden die zurückkehrenden Schleppschiffe sein«, bemerkte der 1. Offizier.

Parotkin nickte. »Die Flugzeuge machen mir mehr Sorgen. In zehn Minuten werden sie über uns sein. Ist die Raketenmannschaft bereit?«

»Jawohl, Kapitän.«

»Dann beginnen Sie mit dem Countdown.«

Der 1. Offizier gab den Befehl durchs Telefon, und dann gingen sie hinaus und beobachteten vom Steuerbordbrückenflügel, wie die vordere Ladeluke zur Seite glitt und eine Siebeneinhalbmeter-Stoski-Oberflächenrakete sich aus ihrem Tarnrohr in Schußposition hob.

»Eine Minute bis zum Abschuß«, meldete die Stimme eines Raketentechnikers aus dem Lautsprecher der Kommandobrücke.

Parotkin spähte wieder durch das Fernglas zur *Titanic* hinüber. In der Morgendämmerung konnte er die Umrisse des Wracks vor den am Horizont dahinjagenden Wolkenbänken deutlich erkennen.

Er spürte ein unwillkürliches Erschauern, und sein Blick wurde noch düsterer als sonst. Von Seeleuten würde er von nun an für alle Zeiten als der Kapitän verfemt und verflucht werden, der den gerade erst geborgenen und hilflos dahintreibenden Ozeanriesen wieder in das Tiefseegrab hinabgeschickt hatte.

Während er das noch dachte und auf das Ende des Countdowns wartete, hörte er schnelle Schritte vom Steuerhaus her. Der Radiomann kam auf den Brückenflügel gestürzt. »Kapitän!« rief er keuchend vor Erregung. »Eine dringende Meldung von einem amerikanischen U-Boot.«

»Noch dreißig Sekunden bis zum Abschuß«, tönte die Stimme aus dem Lautsprecher.

Parotkin riß dem Radiomann den Zettel aus der Hand und las: USS DRAGONFISH AN UDSSR MIKHAIL KURKOV WRACK RMS TITANIC UNTER SCHUTZ DER UNITED STATES NAVY JEDER ANGRIFFSAKT IHRERSEITS HAT EINEN SOFORTIGEN GEGENANGRIFF ZUR FOLGE

–GEZEICHNET KAPITAN USS U-BOOT DRAGONFISH
»Zehn Sekunden – Zählung«, tönte die Stimme des Raketentechnikers aus dem Lautsprecher. »... sieben ... sechs ...«

Parotkin sah mit einem Male so erleichtert aus, daß sein immer ernstes Gesicht nahezu heiter wirkte.

»... fünf ... vier ... drei ...«

»Countdown abbrechen«, befahl er laut.

»Countdown abbrechen«, wiederholte der 1. Offizier ins Brückenmikrophon und wischte sich den Schweiß von der Stirn. »Und die Rakete einholen und sichern.«

»Gut«, sagte Parotkin, und der Schimmer eines Lächelns huschte über sein Gesicht. »Das entspricht zwar nicht ganz den mir erteilten Befehlen, aber ich glaube, unsere Vorgesetzten werden mein Verhalten billigen. Schließlich ist die *Mikhail*

Kurkov das beste Schiff ihrer Art auf der ganzen Welt. Warum sollten wir sie wegen des sinnlosen und verrückten Befehls eines Mannes opfern, der inzwischen vermutlich tot ist?«

»Das ist genau meine Meinung.« Der 1. Offizier erwiderte das Lächeln. »Es wird unsere Vorgesetzten auch interessieren, daß wir trotz modernster Erkundungsgeräte die Anwesenheit eines feindlichen U-Boots in unmittelbarer Nähe nicht orten konnten. Die Amerikaner scheinen äußerst wirkungsvolle Methoden entwickelt zu haben, sich unbemerkt unter Wasser anzuschleichen.«

Parotkin nickte ernst. »Jetzt wissen die Amerikaner auch, daß unser ozeanisches Forschungsschiff mit verborgenen Raketen bestückt ist. Sehr unangenehm.«

»Ihre Befehle, Kapitän?«

Parotkin beobachtete, wie die Stoski-Rakete sich wieder in ihr Tarnrohr senkte. »Kurs in Richtung Heimat«, sagte er lakonisch, während er sich abwandte und in Richtung der *Titanic* übers Meer spähte.

Was war mit Prevlov und seinen Männern geschehen? Waren sie vielleicht noch am Leben? Würde er je die wahren Zusammenhänge erfahren?

69

»Wir sind erledigt«, sagte Spencer so leise, daß Pitt ihn kaum verstand.

»Sag das noch einmal.«

»Wir sind erledigt«, wiederholte Spencer resigniert. Sein Gesicht war mit Flecken von Öl und schleimigen Rost verschmiert. »Es ist ein hoffnungsloser Fall. Wir haben die meisten von Drummer gebohrten Löcher geflickt, aber die Wellen haben dem Rumpf furchtbar zugesetzt. Es dringt immer noch an vielen Stellen Wasser ein.«

»Wir müssen die *Titanic* bis zur Rückkehr der Schleppschiffe über Wasser halten«, sagte Pitt beschwörend. »Mit der zusätzlichen Hilfe der Schlepperpumpen können wir das Wasser schneller herausbringen, als es eindringt, und dann die anderen Schäden beseitigen.«

»Es ist wirklich ein Wunder, daß der alte Kahn nicht schon vor Stunden gesunken ist.«

»Wieviel Zeit kannst du mir lassen?« fragte Pitt.

Spencer blickte müde auf das Wasser hinunter, das ihm um die Knöchel spülte. »Die Pumpmaschinen laufen dauernd auf Hochtouren und sind überlastet. In spätestens anderthalb Stunden ist auch der Treibstoff alle.«

»Und wenn du genug Dieselöl hättest?«

»Dann könnte ich das Wrack wahrscheinlich ohne fremde Hilfe bis Mittag über Wasser halten.«

»Wieviel Dieselöl brauchst du?«

»Achthundert Liter würden genügen.«

Sie schauten beide hoch, als Giordino die Leiter herunterkam und in das Wasser stapfte, das den Boden von Kesselraum 4 bedeckte.

»Man könnte fast verrückt werden«, stöhnte er. »Da kreisen acht Flugzeuge oben um das Schiff: sechs von der Marine und zwei Aufklärungsflugzeuge. Aber ihr glaubt doch nicht etwa, daß ich denen irgendwie unsere prekäre Lage klarmachen konnte. Ich habe alles mögliche versucht, aber sie wackeln immer nur bei jedem Vorbeiflug fröhlich mit den Flügeln.«

Pitt kratzte sich nachdenklich am Kinn. »Es muß doch irgendeine Möglichkeit geben.«

»Klar«, sagte Giordino in mürrischem Sarkasmus. »Einfach den Automobilklub anrufen und den Pannendienst kommen lassen.«

Pitt und Spencer starrten einander an. Sie hatten im gleichen Augenblick dieselbe Idee gehabt.«

»Brillanter Einfall«, sagte Spencer.

»Ja«, ergänzte Pitt. »Vielleicht können wir wirklich den Pannendienst kommen lassen.«

Giordino musterte die beiden verblüfft. »Übermüdung erzeugt seltsame Wahnvorstellungen«, sagte er. »Ihr wißt doch ganz genau, daß die Russen unseren Sender zertrümmert haben. Und die russischen Geräte haben bei der Schießerei Kugeln abbekommen und funktionieren auch nicht.« Er schüttelte den Kopf. »Den Fliegern können wir höchstens mit einem Eimer Farbe und einem großen Pinsel eine Nachricht aufs Deck malen. Aber wir haben keine Farbe.«

»Das ist dein Problem«, sagte Spencer. »Wir sehen es anders. Du solltest nicht nach oben schauen, sondern nach unten.«

Pitt bückte sich und zog einen großen Hammer aus einem Werkzeugkasten. »Vielleicht haben wir damit Erfolg«, sagte er und begann so heftig gegen eine der Außenplatten der *Titanic* zu hämmern, daß es im Maschinenraum dröhnend widerhallte.

»Meint ihr etwa, daß eines von unseren U-Booten in der Nähe ist und das über Echolot hören könnte?« fragte Giordino verblüfft.

»Wie ich Admiral Kemper kenne, ist die *Dragonfish*, von der die SEAL-Kommandoeinheiten herübergekommen sind, bestimmt noch in der Nähe. Vor allen Dingen schon deshalb, weil die *Juneau* uns im Moment keinen Feuerschutz geben kann. Wir können also nur hoffen, daß irgendwo unter uns ein aufmerksames Ohr die Art von Urwaldtrommel richtig als Alarmsignal deutet.«

Einer der beiden Sonartechniker an Bord des U-Boots *Dragonfish* hatte das passive Hörgerät eingeschaltet. Mit gerunzelter Stirn lauschte er auf den merkwürdigen Rhythmus, der aus seinem Kopfhörer tönte. Dann nahm er die Hörer ab und reichte sie dem neben ihm stehenden Offizier.

»Zuerst dachte ich, es sei ein Hammerkopfhai«, sagte der Sonartechniker. »Die geben so komische Klopfgeräusche von sich. Aber diese Töne klingen deutlich metallisch.«

Der Offizier preßte einen der Hörer ans Ohr, und sein Blick

wurde plötzlich sehr wachsam. »Das hört sich an wie ein SOS.«

»So habe ich es auch verstanden, Sir. Irgend jemand hämmert das Notsignal gegen einen Schiffsrumpf.«

»Woher kommt es?«

Der Sonartechniker drehte an einem kleinen Lenkrad, das die Sensoren im Bug des U-Boots bewegte, und spähte auf die Meßgeräte. »Der Kontakt ist bei drei-null-sieben Grad zweitausend Meter nordwestlich. Es muß die *Titanic* sein, Sir. Nachdem die *Mikhail Kurkov* sich zurückgezogen hat, ist die *Titanic* das einzige Schiff in diesem Gebiet.«

Der Offizier gab die Kopfhörer zurück, verließ die Sonarkabine und stieg die Wendeltreppe zum Kommandoturm hinauf. Ein mittelgroßer Mann mit graumeliertem Schnurrbart blickte ihm erwartungsvoll entgegen. Er trug die Eichenblätter eines Fregattenkapitäns an seinem Kragen.

»Es muß tatsächlich die *Titanic* sein, Sir«, berichtete er. »Jemand hämmert dort ein SOS an die Bordwand.«

»Sind Sie ganz sicher?«

»Jawohl, Sir. Der Kontakt ist deutlich.« Der Offizier hielt inne und fragte dann: »Werden wir etwas unternehmen?«

Der U-Boot-Kommandant starrte ein paar Sekunden nachdenklich vor sich hin. »Wir hatten lediglich die Aufgabe, die Kommandoeinheiten von SEAL auszusetzen und die *Mikhail Kurkov* abzuwehren. Im übrigen sollten wir auf geheimer Tauchstation bleiben, falls die Russen etwa mit einem ihrer U-Boote eine Gegenaktion starten wollen. Wenn wir jetzt auftauchen, um der *Titanic* zu helfen, sind wir in einer sehr schlechten Position.«

»Ich könnte mir vorstellen, daß die *Titanic* nach diesem Sturm in einer noch viel schlechteren Position ist.«

Der Kommandant hatte schon eine Zurechtweisung auf den Lippen, aber plötzlich fiel ihm etwas ein, und er fragte: »Warum meldet sich die *Titanic* nicht per Sprechfunk? Wann haben wir überhaupt den letzten Lagebericht von der *Titanic* empfangen?«

Einer der Radiotechniker schaute in seinem Logbuch nach. »Gestern wenige Minuten vor achtzehn Uhr, Sir. Sie forderten den neuesten Bericht über Geschwindigkeit und Richtung des Hurrikans an.«

Der Kommandant nickte und wandte sich wieder dem Offizier zu. »Könnte sein, daß Sie recht haben. Wenn sich die Leute auf der *Titanic* seit mehr als zwölf Stunden nicht gemeldet haben, ist vielleicht ihr Sendegerät ausgefallen.«

»Das ist durchaus möglich.«

»Also müssen wir uns das doch anschauen«, sagte der Kommandant. »Periskop ausfahren.«

Ein Elektromotor begann zu summen, und das Periskoprohr glitt langsam aufwärts. Der Kommandant umfaßte die Handgriffe und spähte durch die Optik.

»Sieht recht ruhig aus«, sagte er. »Aber sie hat schwere Schlagseite nach Steuerbord, und der Bug ist unter Wasser. Es ist jedoch keine Notflagge gehißt, und auf den Decks ist keiner in Sicht – Nein, das stimmt nicht. Jemand steht auf dem Dach des Brückenhauses.« Er stellte die Optik schärfer ein. »Du meine Güte!« rief er. »Das ist ja eine Frau!«

»Eine Frau, Sir?« fragte der Offizier verblüfft.

»Sehen Sie sich das selbst an.«

Und der Offizier sah es: eine junge, blonde Frau über dem Brückenhaus der *Titanic*. Sie schwenkte etwas Weißes aus Stoff, und der Offizier konnte den Verdacht nicht unterdrücken, daß es ein Büstenhalter war.

Zehn Minuten später war die *Dragonfish* aufgetaucht und lag im Schatten der *Titanic*.

Es dauerte dann nur noch zwanzig Minuten, bis Reservetreibstoff aus dem Dieselhilfsmotor des U-Boots durch eine Schlauchleitung über die immer noch hohen Wellen und durch eine hastig aufgeschweißte Öffnung ins Innere der *Titanic* floß.

»Das kommt von der *Dragonfish*«, sagte Admiral Kemper, als er die letzte einer langen Liste von Meldungen überflog. »Der Kapitän hat zur Unterstützung von Pitt und seiner Bergungsmannschaft einen Arbeitstrupp an Bord der *Titanic* geschickt. Nach seiner Schätzung könnte das Wrack trotz verschiedener Lecks an der Oberfläche gehalten und abgeschleppt werden, falls nicht ein weiterer Hurrikan auftaucht.«

»Mal endlich eine etwas erfreulichere Nachricht«, seufzte Marshall Collins und unterdrückte ein Gähnen.

Im geräumigen Büro des Admirals waren außer dem Präsidenten wieder jene Männer versammelt, die von Anfang an den Krisenstab gebildet hatten.

»Er berichtet auch, daß Mrs. Seagram an Bord der *Titanic* eine bühnenreife Leistung vollbracht hat.« Der Admiral warf dem noch immer schwer angeschlagen wirkenden Gene Seagram einen entschuldigenden Blick zu. »Was der Kapitän damit meint, ist mir leider unklar.«

Seagram zwang sich zu einem matten Lächeln. »Hauptsache, sie ist gesund«, sagte er leise. »Dann kann sie von mir aus so viele bühnenreife Leistungen vollbringen, wie sie will. Wissen möchte ich nur noch, wie sie überhaupt auf die *Titanic* geraten ist.«

»Das werden wir auch noch irgendwann erfahren«, sagte Mel Donner, der sich gerade eine Tasse Kaffee einschenkte.

Der sehr müde aussehende Fregattenkapitän Keith kam in diesem Moment herein und reichte Kemper eine weitere Meldung.

»Die ist von Admiral Sandecker«, erklärte Kemper. »Und die Nachricht dürfte besonders Sie sehr interessieren, Mr. Nicholson.« Er machte eine kleine Pause und las vor: »Sandecker meldet: ›Besucher aus der Verwandschaft sind freundlich aufgenommen und in Gästezimmern untergebracht worden. War eine turbulente Party gestern nacht, und ich habe gern und laut mein Lieblingslied gesungen: Gold und Silber hätt' ich gern. Grüßen Sie Vetter Warren Nicholson und sagen Sie ihm, ich hätte ein Geschenk für ihn. Haben uns prächtig amüsiert. Wünschte, ihr wärt alle hier. Gezeichnet Sandecker.‹«

»Der Admiral drückt sich da ziemlich rätselhaft aus«, sagte der Präsident.

»Was will er uns nun eigentlich mitteilen?«

Kemper sah ihn ernst an. »Die Russen haben anscheinend während der Windstille im Sturmzentrum die *Titanic* geentert.«

»Anscheinend?« fragte der Präsident scharf.

»Gold und Silber hätt' ich gern!« zitierte Nicholson freudig erregt. »Das kann nur bedeuten, daß sie die beiden russischen Spione mit den Kodenamen Silber und Gold gefaßt haben.«

»Und Ihr Geschenk, Vetter Warren«, sagte Collins grinsend, »das müßte eigentlich Hauptmann André Prevlov sein.«

»Ich muß so schnell wie möglich an Bord des Wracks«, sagte Nicholson zu Kemper. »Können Sie ein Flugzeug für mich bereitstellen, Admiral?«

Kemper griff schon nach dem Telefon. »In dreißig Minuten können Sie an Bord eines Marineflugzeugs starten, das Sie auf dem Flugzeugträger *Beecher's Island* absetzen wird. Von dort sind Sie per Hubschrauber sehr bald auf der *Titanic*.«

Der Präsident trat an eines der großen Fenster. Die Sonne war schon aufgegangen, und er beobachtete das Glitzern ihrer Strahlen auf dem gemächlich dahinfließenden Potomac. Nach all den Aufregungen der vergangenen Wochen und Tage spürte der Präsident eine matte Zufriedenheit – nicht mehr. Denn noch war alles in der Schwebe.

71

Dana lehnte an der Vorderreling auf der Kommandobrücke der *Titanic* und genoß mit geschlossenen Augen die Meeresbrise, die auf ihrer Haut prickelte und ihr blondes Haar zerzauste. Sie fühlte sich so entspannt und frei wie selten zuvor.

Inzwischen wußte sie, daß die Erlebnisse der vergangenen Tage ihr Wesen verändert hatten. Nach all dem Schrecklichen, was sie erduldet und erlebt hatte, sah sie sich selbst und die Welt mit anderen Augen an. Sie war eitel und selbstgefällig gewesen und hatte sicherlich in ihrer Ehe mit Gene viele Fehler begangen. Aber es war ihr auch klar, daß sie jetzt nicht mehr einfach in diese Ehe zurückkehren konnte. Sie würde sich von Gene scheiden lassen. Denn das Mädchen, das er einmal geliebt hatte, existierte einfach nicht mehr. Mit einem Gemisch aus Verwunderung und Freude erkannte sie ihre innere Verwandlung und akzeptierte sie. Die banale Phrase, die sie schon so oft gehört hatte, erschien ihr mit einem Male sinnvoll und wahr: Sie würde ein neues Leben anfangen.

»Ich möchte gern wissen, was du jetzt gerade denkst.«

Sie öffnete die Augen und blickte in das frisch rasierte und lächelnde Gesicht von Dirk Pitt.

»Ich dachte gerade daran, wie sehr gerade die letzten Tage mich verändert haben«, gestand sie offen.

Er schaute in ihre Augen und las darin wieder jene Botschaft, die er schon einmal unter dramatischeren Umständen empfangen hatte. Aber Dirk Pitt – der Mann der Tat – verharrte in einer ihm selbst unerklärlichen Tatenlosigkeit.

Eine Weile standen sie schweigend da und beobachteten die Schleppdampfer *Wallace* und *Morse*, die mit vereinten Kräften das zum Bug der *Titanic* führende Kabel spannten. Schleppmeister Bascom und seine Männer prüften die Halterungen des Schleppkabels und fetteten die Gleitringe ein. Bascom schaute einmal hoch und winkte ihnen zu.

»Wenn doch diese Reise nie enden würde«, flüsterte Dana, als sie zurückwinkten. »Es ist ein so faszinierend unwirkliches Erlebnis und doch so wunderbar.« Sie wandte sich ihm zu und legte in einer sponanten Geste der Zärtlichkeit ihre Hand auf seine. »Hab ich dir eigentlich schon dafür gedankt, daß du mir das Leben gerettet hast?«

In der Tiefe seiner seltsam meergrünen Augen schimmerte ein humorvolles Funkeln, als er antwortete: »Eigentlich habe ich dir nicht das Leben gerettet. Eine Kette von glücklichen Umständen hat das bewirkt. Aber ich hätte nichts dagegen, wenn du mir trotzdem deine Dankbarkeit zeigen würdest.«

Es kam ihr ganz selbstverständlich vor, daß sie die Arme um ihn schlang und sich an ihn schmiegte. »Dirk, Dirk, ich weiß nicht, was plötzlich über mich gekommen ist, aber – «

Er verschloß ihr den Mund mit Küssen. Viel später, als sie zusammen auf dem frisch bezogenen Bett einer der inzwischen gründlich gesäuberten Luxuskabinen lagen, sagte sie träumerisch: »Sich vorzustellen, in einem Bett zu liegen, das viele Jahrzehnte leer und verlassen am Meeresboden gelegen hat.«

»Nicht direkt«, widersprach er sanft. »Immerhin lag es im Schutz der *Titanic*.«

Sie richtete sich auf einen Ellbogen auf und blickte ihm mit melancholischem Ernst in die Augen. »Wer mag dieses Bett vor uns benutzt haben? Auch ein Liebespaar? - Nein, vermutlich zwei von den Superreichen, die schon lange ihre Jugend hinter sich hatten und sich im Bett nur noch anschnarchen konnten.«

Er lachte. »Verdirb uns nicht die Stimmung mit deiner besonderen Art von phantastischer Poesie.«

Sie beugte sich über ihn und legte leicht und sanft ihre Lippen an seinen Mund. »Ist das besser?« raunte sie. »Viel besser«, sagte er und zog sie enger an sich.

72

Prevlov schaute von der Matratze am Boden der Kabine C-95 hoch, als der Wachtposten von SEAL das reparierte und frisch geölte Schloß öffnete und die Tür aufriß. Der Wachtposten hielt seine M-24 schußbereit und ließ Prevlov auch nicht aus den Augen, als er ein wenig beiseite trat, um einen anderen Mann eintreten zu lassen.

Er trug einen Diplomatenkoffer und hatte einen von durchwachten Nächten und einer etwas komplizierten Flugreise zerknitterten Anzug an. Ein mattes Lächeln huschte über sein Gesicht, als er bemerkte, daß Prevlov ihn wiedererkannte.

»Hauptmann Prevlov, Sie scheinen zu wissen, daß ich Warren Nicholson bin.«

»Ja«, sagte Prevlov, als er sich aufrichtete und sehr korrekt verneigte. »Ich konnte ja nicht ahnen, daß ich den Direktor des CIA persönlich in meiner etwas ramponierten Luxuskabine empfangen dürfte. Zumindest nicht unter diesen für mich recht unangenehmen Umständen.«

»Ich bin selbst gekommen, um Sie in die Vereinigten Staaten zu begleiten.«

»Sehr schmeichelhaft.«

»Wir fühlen uns geschmeichelt, Hauptmann Prevlov. Mit Ihnen ist uns ein großer Fang geglückt.«

»Dann wird es also einen Sensationsprozeß in Anwesenheit der Weltpresse geben, und man wird meine Regierung wegen versuchter Piraterie auf hoher See anprangern.«

Nicholson lächelte wieder. »Nein, nur einige führende Mitglieder Ihrer und meiner Regierung werden wissen, daß Sie ein Überläufer sind.«

Prevlov sah Nicholson scharf an. »Ein Überläufer? Das bin ich nicht und werde ich nie werden«, sagte er grimmig.

»Ich glaube, Sie erkennen die Zusammenhänge noch nicht ganz«, sagte Nicholson ruhig. »Da es keinen Prozeß und keine Verhöre geben wird, können Sie nur um politisches Asyl bitten, falls Sie sich Ihr Leben und Ihre Freiheit erhalten wollen.«

»Sie wissen doch ganz genau, daß Sie mich bestimmt verhören und ausfragen lassen, Mr. Nicholson. Kein guter Geheimdienst würde sich die Gelegenheit entgehen lassen, die Kenntnisse und das Wissen eines Mannes in meiner Position auszuwerten. Oder es wenigstens zu versuchen.«

»Welche Kenntnisse?« fragte Nicholson fast heiter. »Sie könnten uns nichts berichten, was wir nicht schon wüßten.«

Prevlov war verblüfft und verwirrt zugleich. Aber er ließ es sich nicht anmerken, während er blitzschnelle Überlegungen anstellte. Es gab nicht viele Möglichkeiten für die Amerikaner, an das Geheimmaterial heranzukommen, das im Tresor seines Büros in Moskau verschlossen lag. Die Zusammenhänge waren ihm noch nicht ganz klar, aber er wußte jetzt bestimmt, daß seine vagen Ahnungen ihn nicht getrogen hatten. Er sah Nicholson an und sagte ruhig: »Leutnant Marganin ist einer von Ihren Leuten.« Es war eine Feststellung, keine Frage.

»Ja.« Nicholson nickte. »Sein richtiger Name war Harry Koskoski, und er ist in Newark, New Jersey, geboren.«

»Das ist doch unmöglich«, sagte Prevlov unruhig. »Ich habe persönlich Pavel Marganins gesamten Lebenslauf in jeder Phase überprüft. Er ist geboren und aufgewachsen in Komsomolsk-na-Amure. Sein Vater war ein Schneider.«

»Stimmt. Der echte Marganin war ein gebürtiger Russe.«

»Dann ist Ihr Mann ein eingeschleuster Doppelgänger?«

»Die Gelegenheit dazu bot sich vor vier Jahren, als einer Ihrer Raketenzerstörer der Kaschin-Klasse im Indischen Ozean explodierte und versank«, erklärte Nicholson mit sichtlicher Selbstzufriedenheit. »Marganin war einer der wenigen Überlebenden. Er wurde von einem Exon-Öltanker entdeckt, starb jedoch kurz bevor das Schiff Honolulu anlief. Es war eine ebenso günstige wie seltene Gelegenheit, und wir mußten schnell reagieren. Von all unseren russisch sprechenden Agenten war Koskoski dem echten Marganin rein äußerlich am ähnlichsten. Mittels Gesichtschirurgie veränderten wir sein Gesicht so, als wäre es bei der Explosion etwas entstellt worden. Dann schafften wir ihn per Flugzeug auf eine kleine abseits liegende Insel etwa zweihundert Meilen von der Stelle entfernt, an der das Schiff versunken war. Als unser unechter sowjetischer Seemann schließlich von eingeborenen Fischern entdeckt und nach Rußland zurückgebracht wurde, war er im Delirium und litt an akutem Gedächtnisschwund.«

»Das übrige weiß ich«, sagte Prevlov ernst. »Wir ehrten ihn als heldenhaften Überlebenden, weihten ihn sogar in seine ganze Lebensgeschichte ein und versetzten ihn ins Marineministerium.« Prevlov lächelte verbittert. »Offenbar reichen Ihre Beziehungen sogar bis dorthin. Denn sonst hätte er es wohl kaum erreicht, als mein persönlicher Adjutant so nahe an die Geheimquellen heranzukommen.«

Nicholson machte ein Pokergesicht. »Marganin ist ein fähiger Mann und hat sich seine Position selbst erarbeitet.«

»Ein brillanter Coup, Mr. Nicholson.«

»Aus dem Munde eines der besten Männer des russischen Geheimdienstes klingt das wie ein sehr schmeichelhaftes Kompliment.«

»Dann stammt der Plan, mich auf die *Titanic* zu bringen, vom CIA, und Marganin hat kräftig mitgemischt.«

»Koskoski alias Marganin hat bei diesem Manöver mitgewirkt. Allerdings war sein Einfluß gering, wie Sie ja selbst am besten wissen. Deshalb konnte er sogar versuchen, Sie bei Ihren Vorgesetzten in Verruf zu bringen. Das Manöver ist mißglückt, wird ihm aber jetzt nützlich sein.«

Prevlov starrte verdrossen zu Boden. Es war ein entscheidender Fehler gewesen, daß er Marganin nicht besser überwacht hatte. Er war einfach davon überzeugt gewesen, daß dieser Leutnant Marganin nichts als ein mittelmäßiger Streber war, der es auf seinen Posten abgesehen hatte.

»Und wohin soll das alles führen?« fragte Prevlov düster.

»Inzwischen hat Marganin schlüssige Beweise für Ihre –

verzeihen Sie den Ausdruck – verräterischen Aktivitäten beschafft, und er kann sogar mit Hilfe von gut gefälschtem Beweismaterial den unverwischbaren Eindruck erwecken, daß Sie von Anfang an die Mission *Titaniç* scheitern lassen wollten.«

»Das ist doch – «

Nicholson unterbrach den Ausbruch von ohnmächtigem Zorn mit einer beschwichtigenden Geste. »Nehmen Sie es nicht so tragisch, André Prevlov. Vielleicht finden Sie sogar noch Gefallen an Ihrem neuen Leben. Die Tatsache bleibt nun einmal bestehen, daß für uns günstige Umstände Sie für die Rolle eines Überläufers geradezu ideal vorbereitet haben. Ihr luxuriöser Lebensstil und Ihre Vorliebe für gewisse Errungenschaften der westlichen Welt haben Ihnen ohnehin in Moskau viel Neid und Mißgunst eingebracht. Deshalb werden Ihre Vorgesetzten aus Ihrem Versagen bei dieser Aktion nur einen Schluß ziehen können: daß Sie sich nämlich für einen sehr hohen Preis verkauft haben.«

»Und wenn ich es leugne?«

Nicholson seufzte mit theatralischer Resignation. »Wir wollen doch nicht die ganze Affäre noch einmal durchhecheln. Nach allem, was ich Ihnen erklärt habe, steht doch fest, daß Ihnen keiner glauben würde. Ich bin sogar sicher, daß Sie in Ihrer Organisation bereits auf der Abschußliste stehen.«

»Und was haben Sie nun mit mir vor?«

»Es gibt zwei Möglichkeiten. Wir könnten Sie an irgendeinem Ort in den Staaten freilassen.«

Prevlov schüttelte den Kopf. »Sie kennen die Killerorganisation des KGB nicht. Man würde mich binnen kurzer Zeit aufstöbern und liquidieren.«

»Dann bleibt Ihnen nur die Möglichkeit, mit uns zusammenzuarbeiten.« Nicholson zögerte einen Moment und sagte dann mit entwaffnender Ehrlichkeit: »Sie sind ein außergewöhnlich tüchtiger Mann, Hauptmann. Wir verschleudern nicht gern so brillante Geisteskräfte. Wie wertvoll Sie für die westlichen

Geheimdienste sein könnten, brauche ich Ihnen wohl nicht erst zu erklären. Deshalb möchte ich Ihnen die Leitung eines neuen Spezialkommandos anvertrauen. Diese Aufgabe entspricht genau Ihren Kenntnissen und Fähigkeiten.«

»Wahrscheinlich erwarten Sie jetzt noch Dankbarkeit von mir«, sagte Prevlov, aber es klang mehr ironisch als verbittert, und Nicholson spürte, daß der Bann gebrochen war.

»Natürlich müßte Ihr Gesicht chirurgisch verändert werden«, erklärte Nicholson. »Ihr Englisch ist ausgezeichnet, und ein Schnellkurs in amerikanischem Slang und gewissen Eigenarten unserer Popszene und unseres Sport- und Kulturbetriebs werden den Rest besorgen. Am Ende wird es für den KGB nicht mehr den geringsten Hinweis auf Ihre frühere Persönlichkeit geben.«

Es war deutlich zu erkennen, daß Prevlov sich mit dieser Möglichkeit vertraut zu machen begann.

»Ihr Gehalt setzen wir vorerst einmal auf vierzigtausend pro Jahr plus Spesen und Wagen an.«

»Vierzigtausend Dollar?« fragte Prevlov so gelassen, wie es ihm im Moment nur möglich war.

»Kein schlechter Anfangssold, nicht wahr?« Nicholson lächelte gewinnend. »Bei Ihnen, Hauptmann Prevlov, kann ich mir gut vorstellen, daß Sie recht bald Gefallen finden an den Bequemlichkeiten und Freuden des westlich dekadenten Lebensstils.«

»Das hat man mir in Moskau schon vorgeworfen«, sagte Prevlov und streckte Nicholson entschlossen die Hand hin. »Sollen meine Feinde in Moskau also recht behalten. Sie haben mich überzeugt, Nicholson. Ich mache mit.«

Nicholson schüttelte ihm die Hand. »Ich glaube nicht, daß Sie es bereuen werden, André Prevlov.«

73

Während der letzten Stunden des langen Schleppmanövers war
der Himmel sonnig und klar. Seit der Morgendämmerung
beobachteten Boote der Küstenwache die Flotte von Privatjach-
ten mit vielen Neugierigen an Bord, die das legendäre Wrack
der *Titanic* als erste aus der Nähe sehen wollten.

In der Luft herrschte fast die gleiche Betriebsamkeit wie auf
dem Wasser. Schwärme von Sportflugzeugen und Hubschrau-
bern summten wie riesige Hornissen um das Wrack, um den
Fotografen und Kameramännern den eindrucksvollsten Blick-
winkel für Aufnahmen von der *Titanic* zu ermöglichen.

Aus der Vogelperspektive eintausendfünfhundert Meter höher
wirkte das immer noch mit Schlagseite dahingleitende Schiff
wie ein ungeheuerlicher Kadaver, den Schwärme von weißen
Ameisen und Fliegen von allen Seiten angriffen.

Die *Thomas J. Morse* rollte ihr Schleppseil vom Bug der
Samuel R. Wallace ein, fiel vom Heck des Wracks zurück,
befestigte dort eine Trosse und schwenkte leicht nach achtern
ab, um auf diese Weise stabilisierende Bugsierhilfe für die
ungefüge Masse beim Durchqueren der Verrazano-Meerenge
und den East River aufwärts zum alten Brooklyn Navy Yard zu
geben.

Das Lotsenboot glitt dicht an die *Wallace* heran, und der Lotse
sprang an Bord. Dann fuhr es weiter, bis die am Freibord
herabhängenden alten Autoreifen gegen die rostigen Rumpf-
platten der *Titanic* rieben. Eine halbe Minute später klomm der
Cheflotse des New Yorker Hafens die herabgelassene Strickleit-
ter zum Ladedeck empor.

Pitt und Sandecker begrüßten ihn und führten ihn zur Brük-
kennock an der Backbordseite hinauf. Der Cheflotse legte beide
Hände auf die Reling, um mit dieser symbolischen Geste die
Führung zu übernehmen. Mit ernstem Kopfnicken erteilte er
den Befehl zum Weiterschleppen. Pitt gab ein Handzeichen,
und Butera ließ zur Antwort die Schiffssirene ertönen. Dann

befahl der Schleppkapitän »langsam voraus« und steuerte den Bug der *Wallace* in den Hauptkanal unter der Verrazano-Brücke, die Long Island mit Staten Island verbindet.

Als dieser außergewöhnliche Geleitzug in die Upper New York Bay einfuhr, ging Butera immer wieder von einer Seite der Kommandobrücke auf die andere, um das Wrack, den Wind, die Strömung und das Schleppkabel zu beobachten und mit der Steuerung entsprechend darauf zu reagieren.

Schon in der Nacht hatten sich Tausende von Schaulustigen an den Ufern aufgereiht. Als das Wrack dann in den Hafen geschleppt wurde, herrschte in den Straßen von Manhatten eine unheimliche Stille, und in den Wolkenkratzerbüros mit Blick auf den Hafen drängten sich die Angestellten, um das einmalige Schauspiel zu beobachten.

Am Ufer von Staten Island begann ein Reporter seinen Bericht mit der theatralischen Behauptung:

Es gibt Geister. Ich weiß es, denn ich habe einen heute morgen gesehen. Wie ein riesiges Phantom aus der Tiefe ist er unter der Verrazano-Brücke an mir vorbeigeglitten. Eine Aura von Tragödie, Untergang und Auferstehung umhüllt das gigantische Wrack der *Titanic*. Der Anblick erweckt die widersprüchlichsten Empfindungen von Stolz über Trauer bis zu unbeschreiblichem Grauen ...

Die meisten Beobachter dieses ungeheuerlichen Bergungsmanövers mochten ähnlich empfunden haben. Jedenfalls herrschte an den Ufern lange Zeit eine unheimlich dumpfe Stille.

Arthur Mooney, der Kapitän eines der Feuerwehrschiffe des New Yorker Hafens, brach als erster den Bann. Der gebürtige New Yorker irischer Abstammung, der neunzehn Jahre zur See gefahren war, hieb mit der Faust auf die Reling und schrie seiner Mannschaft zu:

»Los! Hoch die Hintern, Jungens. Ihr seid keine Schaufensterpuppen. Das Schiff dort macht seine Jungfernfahrt, nicht wahr? Dann wollen wir es auch nach guter alter New Yorker Tradition willkommen heißen!«

»Aber, Käp'n«, protestierte einer von der Mannschaft, »das ist doch nicht so wie damals, als die *Queen Elizabeth II* oder die *Normandie* zum ersten Male in den Hafen einfuhren. Es ist doch nur ein altes Wrack.«

»Bist selber ein altes Wrack!« rief Mooney. »Das Schiff dort ist der berühmteste Ozeandampfer aller Zeiten. Wenn es auch etwas heruntergekommen aussieht und mit ein bißchen Verspätung eintrifft. Was bedeutet das schon? Dreht die Schläuche auf und schaltet die Sirenen ein.«

Es war wie eine Wiederholung der Feier nach dem Auftauchen der *Titanic* – nur auf einer viel grandioseren Bühne und vor einer unermeßlichen Zuschauermenge. Als das Wasser in großen Fontänen über Mooneys Feuerwehrschiff emporsprühte und die Sirene ertönte, folgten weitere Feuerwehrschiffe dem Beispiel. Auch die Sirenen der vor Anker liegenden Frachter stimmten in den wilden Chor ein. Die Autohupen der an den Ufern von New Jersey, Manhatten und Brooklyn parkenden Wagen und dann auch noch die Willkommensrufe aus Millionen Kehlen vervollständigten das gigantische Konzert.

Angefangen hatte es mit dem Schrillen einer einzigen Sirene, und jetzt war es eine donnernde, dröhnende Geräuschkulisse, die den Boden und jedes Fenster in der Stadt erbeben ließ. Es war ein brausender Willkommensruf, dessen Echos über alle Ozeane der Welt zu hallen schienen.

Die *Titanic* hatte ihren Zielhafen erreicht.

74

Kaum war die *Titanic* am Kai vertäut und ein provisorischer Laufsteg an Bord gelegt, da stürmten auch schon Heerscharen von Reportern und Kameramännern auf das Wrack und umdrängten Admiral Sandecker, der am oberen Absatz der vom D-Deck emporführenden Haupttreppe stand.

Natürlich war dies Admiral Sandeckers großer Augenblick. Er genoß das, weil es auch seinem Nationalen Unterwasser- und Marine-Amt zu größerer Popularität verhalf. Schließlich wurde NUMA mit dem Geld der Steuerzahler finanziert, und jetzt konnte der Admiral durch die Massenmedien wirkungsvolle Reklame für seine Meeresforschungsarbeiten machen.

Pitt war dieser ganze Rummel völlig gleichgültig. Im Augenblick wünschte er sich nichts sehnlicher als eine Dusche und dann ein sauberes, weiches Bett. Er bahnte sich seinen Weg den Laufsteg hinunter und verschwand in der Menge, die sich trotz aller Absperrungsmaßnahmen auf dem Kai drängte.

Sechs Häuserblocks weiter und eine halbe Stunde später fand Pitt schließlich einen Taxifahrer, der mehr an einem Fahrgast als am Bestaunen eines Wracks interessiert war.

Pitt zögerte und blickte auf sein verschwitztes schmieriges Hemd unter der ebenso schmierigen Windjacke hinab. Er brauchte keinen Spiegel, um festzustellen, daß er mit seinen vor Ermüdung rot umränderten Augen und den Bartstoppeln wie ein Streuner aus der Bowery aussah. Aber dann sagte er sich, daß er soeben von Bord des einstmals luxuriösesten Ozeandampfers der Welt gekommen war.

»Fahren Sie mich zum Hotel The Pierre«, sagte er.

»Ziemlich teure Luxusherberge«, meinte der Taxifahrer mit einem skeptischen Blick durch den Innenrückspiegel.

»Für mich ist heute nichts zu teuer«, sagte Pitt leichthin.

Der Taxichauffeur zuckte mit den Schultern und fuhr los. Zwanzig Minuten später betrat Dirk Pitt die Halle des berühmten Hotels mit Blick auf den Central Park. Der Angestellte hinter dem Empfangspult musterte ihn mit unverhohlener Mißbilligung.

»Tut mir leid, Sir«, sagte er, bevor Pitt noch den Mund öffnen konnte. »Aber wir haben kein Zimmer frei.«

Wenn er seinen richtigen Namen nannte, würde ein Rudel von Reportern ihn binnen kurzem aufstöbern, sagte sich Pitt. Aber er wollte jetzt nicht als Held gefeiert werden, sondern ungestört schlafen.

»Falls Sie mein Äußeres stört, darf ich Ihnen vielleicht dazu erklären, daß ich noch keine Zeit zum Umziehen hatte«, sagte Pitt lässig. »Ich bin übrigens Professor R. Malcolme Smythe, Schriftsteller und Archäologe, und kehre gerade von viermonatigen Ausgrabungsarbeiten im Amazonasgebiet zurück. Mein Assistent wird in Kürze mit dem Gepäck ankommen.«

Der Mann hinter dem Empfangspult zögerte noch. Die Geschichte erschien ihm nicht ganz geheuer.

»Ich verbürge mich für den Professor«, sagte in diesem Moment eine Stimme hinter Pitt. »Geben Sie ihm Ihre beste Suite und schicken Sie die Rechnung an diese Adresse.«

Eine Karte wurde auf die Tafel geworfen, und das Gesicht des Hotelangestellten erhellte sich, als er die Adresse las. Im nächsten Moment lagen ein Zimmerschlüssel und die Meldekarte vor Pitt.

Er drehte sich langsam um und sah vor sich das ausgezehrte Gesicht von Gene Seagram.

Als Pitt kurze Zeit später in der Badewanne lag und an einem Wodka on the rocks nippte, fragte er: »Wie haben Sie mich so schnell aufgestöbert?«

»Das war nicht schwierig«, antwortete der auf einem kleinen Badehocker sitzende Seagram. »Ich habe Sie beim Verlassen der *Titanic* beobachtet und bin Ihnen gefolgt.«

»Ich dachte, Sie würden jetzt an Bord sein und die Ankunft des Schiffs feiern.«

»Die *Titanic* bedeutet mir nichts. Ich bin nur an dem Byzanium in der Tresorkammer interessiert. Man hat mir erklärt, es würde mindestens zwei Tage dauern, ehe man das Wrack ins Trockendock bugsieren und die Trümmer aus dem Laderaum schaffen kann.«

»Dann haben Sie doch jetzt erst einmal Ruhe«, sagte Pitt freundlich. »In wenigen Wochen sind Ihre Probleme gelöst. Das *Projekt Sizilien* existiert dann nicht mehr nur auf Zeichenbrettern, sondern wird Wirklichkeit.«

Seagram schaute auf den Badeteppich hinunter, als er leise sagte: »Ich wollte mit Ihnen über Dana sprechen.«

Das war zu erwarten, dachte Pitt resigniert. Wie sollte er sich jetzt verhalten. Einfach weiter im freundlichen Plauderton mit dem Mann sprechen, dessen Ehefrau seine Geliebte war? »Wie geht es ihr nach ihren schlimmen Erlebnissen?« fragte er etwas lahm.

»Recht gut, nehme ich an«, antwortete Seagram mit einem Schulterzucken.

»Das nehmen Sie nur an? Vor zwei Tagen wurde sie mit einem Marineflugzeug von Bord geholt. Haben Sie sie seit ihrer Landung nicht gesehen?«

»Sie läßt sich verleugnen … sagt einfach, zwischen uns sei alles aus.«

»Wenn das Danas Meinung ist, müssen Sie sich wohl oder übel damit abfinden.«

»Nein, ich finde mich nicht damit ab!« Seagram war aufgesprungen, und einen Moment lang dachte Pitt, er werde sich auf ihn stürzen. Aber Seagram schüttelte nur in ohnmächtiger Wut die Fäuste, und in seinem Blick flackerte die Flamme ausbrechenden Irrsinns, als er schrie: »Nie werde ich Dana aufgeben! Keiner kann sie mir wegnehmen! Sie auch nicht!«

»Aber ich – «

»Sie brauchen sich nicht zu verteidigen!« unterbrach ihn Seagram bebend vor Wut. »Ich weiß Bescheid!« Plötzlich packte er ein Zahnputzglas und schleuderte es zu Boden.

»Wenn Sie jetzt nicht wehrlos in der Badewanne lägen, dann würde ich – «

»Gar nichts würden Sie!« rief Pitt. »Sie sind ein Nervenbündel und reif für den Psychiater! Verschwinden Sie jetzt und lassen Sie mich in Ruhe!«

Gene Seagram stierte ihn noch ein paar Sekunden an. Dann verbarg er plötzlich das Gesicht in den Händen, und ein würgendes Schluchzen drang aus seiner Kehle, als er sich jäh abwandte und hinausstürzte.

75

Dana musterte sich träumerisch und nachdenklich zugleich in dem hohen Wandspiegel. Die Kopfverletzung wurde durch eine neue Frisur geschickt verdeckt, und nur noch ein paar verblassende blaue Flecke an ihrem sonst makellos hübschen und schlanken Körper erinnerten an die überstandenen Gefahren. In ihren Augen entdeckte sie einen neuen Glanz. Es war ein Schimmer von Erwartung darin, ein Ausdruck, der ihrem Gesicht einen fast mädchenhaften Charme gab.

»Möchtest du frühstücken?« tönte Marie Sheldons Stimme von unten her in ihre träumerischen Gedanken hinein.

Dana zog einen Morgenrock mit Spitzenbesatz an. »Vielen Dank!« rief sie durch die offene Tür. »Nur Kaffee. Wie spät ist es eigentlich?«

»Kurz nach neun.«

Marie schenkte Kaffee ein, als Dana in die Küche trat. »Was steht heute auf deinem Stundenplan?« fragte sie, ohne hochzuschauen.

»Ach, ein typisch weiblicher Zeitvertreib«, antwortete Dana. »Ich werde einkaufen gehen.«

»Weiter nichts?« fragte Marie erstaunt. »Du willst auf all die verlockenden Angebote von Fernsehsendern und Frauenmagazinen nicht eingehen?«

»Nur weil ich mit zwanzig Männern an Bord eines alten Wracks war, tut alle Welt jetzt so, als wäre ich eine Superheldin.«

»Immerhin hast du eines der tollsten Abenteuer dieses Jahrhunderts erlebt.«

Dana zuckte nur schweigend mit den Schultern. Warren Nicholson hatte Dana und alle anderen an Bord der *Titanic* zu absolutem Stillschweigen verpflichtet. Von dem Angriff der Russen auf die *Titanic* durfte nichts an die Öffentlichkeit dringen.

»Ein Erlebnis war es schon«, sagte sie schließlich ausweichend. »Meine Einstellung zum Leben hat es jedenfalls verändert.«

»Und wie wird sich das äußern?« fragte Marie neugierig.

»Erstens einmal werde ich meine Scheidung einreichen.«

»Du willst es nicht noch einmal mit Gene versuchen?«

»Nein«, sagte Dana fest. »Das ist aus und vorbei. Ich will meine neue Freiheit genießen – wenigstens eine Weile lang.«

Marie musterte ihre Freundin mit wissendem Blick. »Da steckt doch ein anderer Mann dahinter.«

»Vielleicht –«

»Na, wenn du schon so geheimnisvoll tust, will ich wenigstens offen sprechen.« Marie zögerte einen Moment und sagte dann: »Ich habe dir doch von Mel erzählt – «

»Du und Mel Donner?«

Marie nickte. »Mel und ich, wir wollen heiraten. Ich habe dieses Leben als Junggesellin reichlich satt.«

Dana eilte um den Tisch und umarmte ihre Freundin. »Oh, ich freue mich so sehr für dich, Marie. Also fangen wir beide ein ganz neues Leben an.«

»Aber ich wähle den leichteren Weg, Liebste«, sagte Marie und küßte Dana auf die Wange. »Deshalb mache ich mir Sorgen um dich. Riskier nicht zuviel. Es könnte gefährlich werden.«

»Ich liebe das Risiko und die Gefahr«, antwortete Dana schwärmerisch.

»Und wer hat das alles bewirkt?«

Dana sah Marie mit einem geheimnisvollen Lächeln an. »Du wirst es bald erfahren. Ich brauche nur eine bestimmte Telefonnummer zu wählen.«

Der Präsident trat hinter seinem Schreibtisch im Ovalen Büro hervor und begrüßte den Führer der Senatsmehrheit, John Burdick, mit ungezwungener Höflichkeit.

»Freut mich, Sie zu sehen, John. Wie geht es Josie und den Kindern?«

Burdick war groß und schlank, und sein schwarzer Haarschopf kam selten mit einem Kamm in Berührung. »Josie geht es gut«, antwortete er. »Und die Kinder? Na, die bekomme ich selten genug zu sehen. Wie das heutzutage so ist.«

Sie setzten sich und begannen Fragen des Staatshaushalts zu diskutieren. Obwohl sie als Parteiführer in Opposition zueinander standen, waren sie privat gut miteinander befreundet. Dadurch konnten sie auch manche Meinungsverschiedenheiten hinsichtlich der Wohlfahrtsprogramme und Verteilung von Steuergeldern hinter verschlossenen Türen schlichten. Aber beiden war klar, daß die Vereinigten Staaten schon seit Jahren am Rande eines Staatsbankrotts dahinbalancierten.

»Wir können nichts daran ändern, John«, sagte der Präsident im Laufe des Gesprächs. »In den vergangenen zehn Jahren haben wir unsere arbeitende Bevölkerung mit Steuererhöhungen derartig überlastet, daß wir auf diese Weise den Staatshaushalt bestimmt nicht mehr ausgleichen können.«

»Vielleicht gäbe es eine andere Möglichkeit dazu«, sagte John Burdick ruhig. »Sie könnten beispielsweise das Budget der Meta-Abteilung kürzen, Mr. Präsident.«

Nun war es also doch passiert. Findige Köpfe im Kongreß hatten die Tarnung der Meta-Abteilung durchschaut. Früher oder später hatte es dazu kommen müssen. Immerhin hatte es lange genug gedauert.

Der Präsident sah seinen Besucher lange Zeit nachdenklich an und sagte: »Wenn Sie mir versprechen, John, daß Sie noch ein paar Wochen lang für sich behalten, was Sie über die Meta-Abteilung wissen, dann könnte ich Ihnen jetzt vielleicht Einzelheiten anvertrauen, die Ihnen zu denken geben.«

John Burdick runzelte die Stirn. »Sie bestreiten also nicht, daß die Bergung des wertlosen alten Wracks der *Titanic* mehr als doppelt soviel gekostet hat, als offiziell angegeben wurde?«

»Ich bin sicher, John, daß Sie noch viel mehr wissen«, antwortete der Präsident lächelnd. »Nur die Hauptsache über Zweck und Ziel der Meta-Abteilung wissen Sie offenbar nicht, sonst würden Sie anders darüber denken.«

»Wollen Sie mich nicht aufklären, Mr. Präsident?«

»Ihr Stillschweigen für die nächsten Wochen vorausgesetzt: gern.«

»Einverstanden«, sagte John Burdick.

Eine Stunde später saß Senator John Burdick wieder in seinem Büro. Was der Präsident ihm über das neuartige Verteidigungssystem anvertraut hatte, war so eindrucksvoll gewesen, daß er jetzt mit der Geheimakte über die Meta-Abteilung aufstand, um sie in den unersättlichen Schlund einer Zerreißmaschine zu werfen.

76

Es war ein atemberaubender Anblick, die *Titanic* in der Schlucht eines Trockendocks aufgebockt zu sehen.

Die Arbeiten hatten bereits begonnen. Männer mit Schweißbrennern arbeiteten sich durch die verschütteten Gänge. Von oben her schoben sich die Greifer zweier riesiger Kräne in die Dunkelheit der Laderäume und tauchten in kurzen Abständen mit verbogenen und zerquetschten Trümmerresten zwischen ihren Eisenzähnen wieder empor.

Zwei Tage später war es soweit. Aus Sicherheitsgründen trugen die Akteure des Bergungsunternehmens aluminiumfarbige Schutzhelme und sahen daher seltsam fremdartig aus. Gene Seagram, übernervös vor hysterischer Ungeduld, ging hin und her und warf zwischendurch einen schnellen Blick dorthin, wo ein Spezialist an der Tresorkammer arbeitete. Mel Donner musterte Seagram mit einer Mischung aus Besorgnis und Mitleid. In seiner Nähe stand Herb Lusky, ein Mineraloge der Meta-Abteilung, mit seinen Analysegeräten. Admiral Sandecker und Kemper unterhielten sich etwas abseits von den anderen.

Pitt hatte zuvor noch einen Rundgang über die Oberdecks gemacht, auf denen sich vor nicht allzu langer Zeit so dramatische Geschehnisse abgespielt hatten. Jetzt arbeiteten dort Männer, die nichts von jenen Ereignissen wußten – und auch nie etwas davon erfahren sollten. Nach einem letzten Blick in die provisorische Kommandozentrale in der ehemaligen Sporthalle des Wracks stieg Dirk Pitt aus Sonnenschein und Sommerwärme in die Tiefe des Schiffes hinab. Dort unten roch es immer noch nach verschimmelt fauligem Holz und Algen und Tang. Ein Frosthauch wehte ihm entgegen, als er die Laderäume erreichte. Vorsichtig stieg er über undefinierbare Überreste von Frachtstücken und Metall und zwängte sich durch die Öffnung zum vordersten Laderaum im G-Deck.

Der Spezialist mit dem Schneidbrenner hatte gerade seine Arbeit an einer der massiven Angeln der Tresortür beendet, schaltete den Brennerstrahl aus und schob seinen Schutzschild vom Gesicht hoch.

»Wie sieht es aus?« fragte Pitt.

»Damals haben sie wirklich solide Tresortüren gebaut«, antwortete der Mann. »Ich habe den Schloßmechanismus und die Angeln weggebrannt. Aber die Tür sitzt noch eisern fest.«

»Was jetzt?«

»Wir werden ein Kabel von dem Doppleman-Kran herablassen und an der Tresortür befestigen«, erklärte der Panzerschrankspezialist. »Dann können wir nur hoffen, daß der Kran mit diesem Ungetüm von Panzertür fertig wird.«

Es dauerte noch fast eine Stunde, ehe das zwei Zoll starke Stahlkabel fachmännisch an der Tür der Tresorkammer befestigt war. Dann wurde über Sprechfunk das Signal zum Kranführer hochgegeben, und unten traten alle hinter einen Wall von Schutt zurück. Denn ein zerreißendes Kabel von dieser Stärke konnte wie mit einem gewaltigen Peitschenschlag mehrere Menschen töten.

Aus der Deckung beobachteten Pitt und die anderen, wie das Kabel sich zu spannen begann. Zuerst rührte sich nichts. Das straff gespannte Kabel begann geheimnisvoll zu beben. In die gespannte Stille tönte leise das Dröhnen des starken Kranmotors herunter.

Plötzlich bildete sich ein dünner Spalt am oberen Rand der Tresortür. Schmale Risse zeigten sich an beiden Seiten und schließlich auch am unteren Rand. Mit einem unheimlichen Stöhnen und Knirschen lockerte sich schließlich die gewaltige Masse der Panzertür.

Kein Tropfen Wasser kam aus der Schwärze der Tresorkammer, während die Panzertür langsam an dem Krankabel nach oben entschwand. In all den Jahrzehnten am Meeresboden war die Tresorkammer wasserdicht geblieben.

Die Männer warteten in dumpfer Spannung, bis von oben her das Signal gegeben wurde, daß die Panzertür nicht mehr herabstürzen konnte und geborgen war. Ein seltsam muffigfauliger Gestank wehte ihnen entgegen, als sie sich jetzt der Tresorkammer näherten.

Pitt hatte sich von einem der Arbeiter eine Handleuchte geben lassen und ließ deren Strahl jetzt durch das Innere der Tresorkammer huschen.

Hinter ihm drängten sich die anderen. Sie sahen alle die zehn Holzkisten, die mit dicken Lederriemen in den Halterungen festgezurrt waren. Aber sie sahen noch etwas anderes, das sie mit Grauen und würgendem Ekel erfüllte. Es waren die mumifizierten Überreste eines Menschen.

77

Er lag in einer Ecke der Tresorkammer. Seine Augen waren geschlossen und tief in den Höhlen versunken. Die Haut geschwärzt und pergamentartig spröde. Nur das weiße Kopfhaar und der Bart waren gut erhalten. Die fast zum Skelett zusammengeschrumpfte Mumie war eingehüllt in einen schimmelpilzartigen Überzug, der deutlich sichtbar zerfiel, als Luft in die Kammer drang.

Den Männern am Eingang wehte eine Woge so sumpfartig stinkender Verwesungsgase entgegen, daß einige würgend und sich übergebend beiseite treten mußten.

Donner unterdrückte das Gefühl von Ekel und fragte fast atemlos: »Wer mag das sein?«

Pitt betrachtete die mumifizierte Leiche mit einem seltsamen Gefühl zwischen morbider Faszination und Abscheu. »Ich glaube, sein Name war Joshua Hays Brewster.«

»Brewster?« flüsterte Seagram, und eine schreckliche Vorahnung verdüsterte seinen flackernden Blick.

Sandecker wandte sich schaudernd ab und fragte Pitt: »Du wußtest davon?«

Pitt nickte. »Kommodore Bigalow hat mich eingeweiht. Aber ich hätte nicht gedacht – «

Er sprach das nicht aus, was auch die anderen Männer empfanden und was sie noch in den nächsten Wochen und Monaten als grauenhafte Alptraumvision heimsuchen würde.

»Rufen Sie das Büro des Leichenbeschauers an«, befahl Sandecker einem der Arbeiter mit gedämpfter Stimme. »Und alle anderen, die hier nichts zu suchen haben, sollen verschwinden.«

Die Dockarbeiter befolgten nur zu gern den Befehl und flohen aus der Nähe dieser Schreckenskammer mit den grausigen Überresten eines vor sechsundsiebzig Jahren wie in einer Hölle für Selbstmörder verendeten Menschen.

Seagram trat neben Lusky und packte dessen Arm mit wilder

Heftigkeit. »Los, Herb, worauf warten Sie noch?« Seagrams Stimme klang dünn, fast kreischend vor hysterischer Überreiztheit. »Machen Sie sich an die Arbeit. Wir wollen endlich wissen, woran wir sind.«

Lusky betrat zögernd die Tresorkammer und öffnete mit dem Brecheisen eine der Kisten, die am weitesten von der Leiche entfernt stand. Dann untersuchte er außerhalb der Tresorkammer eine Gesteinsprobe – eine zweite und eine dritte. In seinem Blick spiegelten sich Ungläubigkeit und Enttäuschung.

»Das Zeug ist völlig wertlos«, sagte er leise.

»Was sagen Sie da?« Seagram packte seine Schultern.

Lusky schüttelte ärgerlich den Griff ab. »Lassen Sie Ihre Enttäuschung nicht an mir aus«, sagte er scharf. »Ich bin ebenso überrascht wie Sie alle.«

»Nehmen Sie Proben aus den anderen Kisten«, sagte Seagram drängend.

Lusky nickte nur und machte sich wieder an die Arbeit, während die Männer in nervöser Unruhe warteten. Schließlich richtete er sich auf.

»In allen zehn Kisten das gleiche«, stammelte er fassungslos. »Ganz gewöhnlicher Kies und Geröll, wie man es unter jedem Straßenbett findet.«

Dumpfes Schweigen folgte. Die Männer starrten auf die wertlosen Gesteinsproben und dachten alle das gleiche.

Der ganze gewaltige Einsatz von menschlichem Erfindungsgeist, von Ingenieurskunst und mehr als einer dreiviertel Milliarde Dollar war vergeblich gewesen. Munk und Woodson und all die anderen waren umsonst gestorben. Sie waren die Opfer eines gigantischen und zugleich makabren Täuschungsmanövers geworden, das jemand vor sechsundsiebzig Jahren inszeniert hatte. Das Byzanium war nicht an Bord der *Titanic* – war nie dort gewesen.

Seagram war es, der schließlich das Schweigen brach. Dieser letzte heimtückische Schicksalsschlag zerbrach die dünne Grenzwand der Vernunft in seinem Gehirn. Der Wahnsinn äußerte sich zuerst in einem dünnen, meckernden Lachen, das gespenstisch im Laderaum widerhallte. Das Lachen wurde zu einem kreischenden Geheul, als Seagram in die Tresorkammer stürzte und den Kopf der Leiche packte.

»Betrogen hast du mich!« schrie er. »Betrogen – betrogen – betrogen – « Eine Wolke von stinkendem Qualm schien ihn zu umhüllen.

Es gab einen dumpf klatschenden Laut, und plötzlich stand Seagram nur noch mit dem Mumienschädel in den Händen da. In seinem vom Irrsinn umnebelten Verstand glaubte er zu sehen, wie sich die geschwärzten, pergamentartigen Lippen zu einem gräßlichen Grinsen öffneten.

Das stieß ihn endgültig in den Abgrund des Wahnsinns. Über Raum und Zeit hinweg schien Joshua Hays Brewsters Irrsinn wie eine ansteckende Pest nun auch Gene Seagram ergriffen zu haben, als er wimmernd und stöhnend zusammenbrach, immer noch den Totenschädel festhaltend und sinnlose Wortfetzen und Flüche stammelnd.

Es war kein Nervenzusammenbruch, stellten die Ärzte später fest. Es war ein Fegefeuer des Wahnsinns, aus dem Gene Seagram nie mehr in die Realität zurückfinden würde.

78

Sechs Tage später betrat Donner das Hotel, in dem Admiral Sandecker am Frühstückstisch saß, und ließ sich ihm gegenüber nieder.

»Haben Sie schon das Neueste gehört?« fragte Donner.

Sandecker ließ die Gabel mit einem Bissen Omelett halbwegs zwischen Teller und Mund in der Schwebe und antwortete mißmutig: »Wenn es weitere schlechte Nachrichten sind, können Sie sie gern für sich behalten.«

»Man hat mich heute morgen aufgehalten, als ich aus meiner Wohnung kam«, erklärte Donner ungerührt und legte ein

Schriftstück auf den Tisch. »Eine Zwangsvorladung zur Aussage vor einem Untersuchungsausschuß des Kongresses.«

Sandecker schob den Bissen Omelett in den Mund, ohne das Schriftstück anzuschauen. »Gratuliere«, sagte er kurze Zeit später lakonisch.

»Das gleiche gilt für Sie, Admiral. Ich wette, daß schon jetzt ein Bundes-Marshall in Ihrem Vorzimmer herumlungert, um Ihnen die gleiche Vorladung zuzustellen.«

»Wer steckt dahinter?«

»Irgendein ehrgeiziger junger Senator aus Wyoming, der sich nur zu gern schon vor seinem vierzigsten Geburtstag politisch profilieren möchte – wie man heute so schön sagt«, erklärte Donner mürrisch. »Der Idiot möchte sogar, daß Gene Seagram aussagt. Sie können sich also vorstellen, mit wem wir es zu tun haben.«

Sandecker trank einen Schluck Kaffee und musterte Mel Donner über den Tisch hinweg. »Wie sollen wir uns verhalten?«

»Der Präsident hat mich gestern nacht aus dem Weißen Haus angerufen«, antwortete Donner. »Er meint, wir können jetzt nur noch unsere Karten offen auf den Tisch legen.«

»Müssen wir wirklich diese ganze schmutzige Wäsche in aller Öffentlichkeit waschen? Wem nützt das etwas?«

»Das sind die Nachteile der Demokratie«, sagte Donner resigniert. »Alles muß in der Öffentlichkeit breitgetreten werden, selbst wenn daraus feindliche Diktaturen ihren Nutzen ziehen können.«

Sandecker seufzte. »Ich schätze, ich werde mich nach einem neuen Posten umsehen müssen.«

»Tut mir leid, daß alles so kommen mußte, Admiral.«

»Mir auch«, ergänzte Sandecker trocken. Er leerte seine Kaffeetasse und setzte sie mit einem entschlossenen Ruck auf die Untertasse zurück. »Aber wir sollten den Kampf noch nicht ganz aufgeben. Dazu gehört allerdings, daß wir wissen, was der Gegner vorhat. Wissen Sie schon, wen dieser Senator aus

Wyoming als Hauptzeugen vorladen lassen will?«

»Soviel ich weiß, will er zuerst die Bergungsaktion der *Titanic* untersuchen lassen, was zwangsläufig zu den Aktivitäten der Meta-Abteilung führt und damit auch den Präsidenten selbst in die Affäre verwickelt. Der erste Zeuge wird also wahrscheinlich Dirk Pitt sein.«

Sandeckers Blick wurde plötzlich heller. »Pitt, haben Sie gesagt?«

»Ganz recht.«

»Interessant«, sagte Sandecker leise. »Äußerst interessant.«

»Da komme ich nicht mehr ganz mit.«

Sandecker tupfte seinen Mund mit der Serviette ab und faltete sie pedantisch sorgfältig zusammen, bevor er sie neben den Teller legte. »Es ist Ihnen offenbar nicht aufgefallen, daß Dirk Pitt sich unsichtbar gemacht hat, kaum daß die Männer in den weißen Kitteln Seagram von Bord der *Titanic* geschleppt hatten.«

Donner runzelte die Stirn. »Sie wissen doch bestimmt, wo er ist, Admiral. Sie selbst sind mit ihm befreundet. Und Giordino.«

»Meinen Sie nicht, daß wir versucht haben, ihn ausfindig zu machen?« antwortete Sandecker mißmutig. »Er ist weg. Einfach verschwunden.«

»Aber ich kann mir nicht vorstellen, daß er nicht irgendeinen Hinweis gegeben hat.«

Sandecker nickte langsam. »Gesagt hat er etwas«, bestätigte er. »Aber es ergibt einfach keinen Sinn.«

»Was hat er gesagt?«

»Er wolle Southby suchen, hat er erklärt.«

»Wer, zum Teufel, ist Southby?«

»Wenn ich das wüßte«, sagte Sandecker seufzend. »Wenn ich das nur wüßte –«

79

Pitt lenkte den Leihwagen vorsichtig über die nasse, schmale Landstraße. Buchen säumten die Allee, und der Regen peitschte die tiefer hängenden Zweige und besprühte die Windschutzscheibe mit einem Film von Nässe, aus dem die Scheibenwischer nur mit Mühe durchsichtige Kreissegmente heraussägten.

Nach einer enttäuschend langen Suche fühlte Pitt sich jetzt müde und erschöpft. Bei seinen Nachforschungen hatte er dort begonnen, wo Joshua Hays Brewster und seine Bergleute gestartet waren: im Hafen von Aberdeen, Schottland. Er hatte ihren von Toten gesäumten Weg durch England bis fast zu dem alten Ozeandock verfolgt, von dem die *Titanic* zu ihrer Jungfernfahrt in See gestochen war.

Von den hin und her gleitenden Scheibenwischern warf er einen kurzen Seitenblick auf das neben ihm liegende Notizbuch. Es war mit den Aufzeichnungen von Daten, Orten, Anmerkungen und herausgerissenen Zeitungsartikeln angefüllt, die er unterwegs gesammelt hatte. Die staubigen Archive der Vergangenheit waren nicht besonders aufschlußreich gewesen.

»ZWEI AMERIKANER TOT AUFGEFUNDEN« berichteten die Glasgower Zeitungen vom 7. April 1912. Die folgenden Einzelheiten waren spärlich genug. Jedenfalls lagen die beiden Coloradaner John Caldwell und Thomas Price in einem örtlichen Friedhof begraben.

Ihre Grabsteine enthüllten nichts weiter als ihre Namen und Todestage. Das gleiche galt für Charles Widney, Walter Schmidt und Warner O'Deming. Von Alvin Coulter fand er keine Spur.

Doch dann blieb noch Vernon Hall. Bisher hatte Pitt dessen Grab nicht finden können. Wo war er ums Leben gekommen? Nur ein winziger Hinweis, eine einzige Ortsangabe bot einen Anhaltspunkt. Oder hatte er diese Eintragung in Joshua Hays

Brewsters Tagebuch falsch gedeutet? Jagte er einem Gespenst nach? So wie die ganze Jagd nach dem Byzanium bisher eine Art Gespensterjagd gewesen war?

Aus dem Augenwinkel bemerkte er einen Wegweiser, auf dem die Entfernung nach Southampton mit zwanzig Kilometern angegeben war.

Pitt fuhr auf der kurvenreichen Straße weiter, bis im grünen Weideland der Küstenebene ein kleiner Ort in Sicht kam. Aber dann sah er durch den Regenschleier die verblichenen Buchstaben eines anderen Wegweisers, und er trat so hart auf die Bremse, daß der Wagen ins Schleudern geriet. Sobald er ihn wieder in der Gewalt hatte, legte er den Rückwärtsgang ein und fuhr langsam zu jener Stelle zurück, an der ein Feldweg von der Landstraße abzweigte.

Im strömenden Regen stieg er aus und schob die Weidenzweige beiseite, die den Wegweiser halb verdeckten. Seine Müdigkeit war mit einem Male wie weggeblasen. Er glaubte plötzlich dem Geheimnis von Joshua Hays Brewster und dem Byzanium näher als je zuvor zu sein.

War vielleicht doch nicht alle Mühe umsonst gewesen?

80

Marganin saß auf einer Bank nahe beim Springbrunnen auf dem Swerdlow-Platz gegenüber dem Bolschoi-Theater und las eine Zeitung. Eine leichte Erregung befiel ihn, als er – ohne aufzuschauen – spürte, daß jemand sich neben ihn gesetzt hatte.

Der dicke Mann im zerknüllten Anzug lehnte gemächlich auf der Bank und aß einen Apfel. »Gratuliere zur Beförderung, Fregattenkapitän«, murmelte er zwischen zwei Bissen.

»So wie die Ereignisse sich entwickelt haben, mußte Admiral Sloyuk so handeln«, sagte Marganin, ohne die Zeitung zu senken.

»Und wie ist Ihre Situation jetzt: nachdem Prevlov nicht mehr da ist?«

»Der Hauptmann ist zum Feind übergelaufen, und es war nur logisch, mir seinen Posten als Abteilungsleiter im Auslandsgeheimdienst des Sowjetischen Marineministeriums anzuvertrauen.«

»Unsere zielbewußte Arbeit über Jahre hinweg trägt nun also Früchte.«

Marganin blätterte ein Zeitungsblatt um. »Wir haben erst die Leiter an den Baum gelehnt«, sagte er in einem bei ihm erstaunlichen Anfall von symbolträchtigem Phantasiereichtum. »Die Früchte müssen wir noch pflücken.«

»Sie müssen jetzt noch vorsichtiger operieren als zuvor.«

»Das ist mir klar«, bestätigte Marganin. »Die Affäre Prevlov hat den Marinegeheimdienst beim Kreml sehr in Verruf gebracht. Wir werden jetzt noch einmal doppelt und dreifach überprüft werden, was unsere politische und geheimdienstliche Zuverlässigkeit betrifft. Es wird lange dauern, ehe man mir so vertraut wie Hauptmann Prevlov.«

»Wir werden uns um eine schnellere Glättung der Wogen bemühen«, sagte der Dicke etwas rätselhaft und tat eine Weile so, als kaute er heftig an einem Stück Apfel. Dann raunte er zwischen Kaubewegungen: »Wenn Sie jetzt gehen, mischen Sie sich in die Menge am U-Bahn-Eingang drüben. Einer von unseren Leuten ist ein äußerst geschickter Taschendieb, und er wird diese Fähigkeit jetzt umgekehrt dazu benutzen, Ihnen unbemerkt einen Briefumschlag in die Brusttasche zu manövrieren. Der Umschlag enthält das Protokoll der letzten Zusammenkunft des Stabschefs der United States Navy mit seinen Flottenkommandanten.«

»Ein ziemlich heikles Material.«

»Aber so geschickt frisiert, daß Ihre Vorgesetzten trotz der meist echten Angaben falsche Schlüsse ziehen werden.«

»Die Weitergabe gefälschter Dokumente wird meiner Position nicht gerade dienlich sein.«

»Machen Sie sich keine Sorgen«, sagte der Dicke. »Morgen wird einem Agenten des KGB das gleiche Material zugespielt. Daraufhin wird der KGB es als glaubwürdig klassifizieren. Bei Admiral Sloyuk werden Sie also Ehre damit einlegen.«

»Auf diese Weise könnte ich meine Stellung wirklich ausbauen«, bestätigte Marganin, immer noch in die Zeitung starrend. »Sonst noch etwas?«

»Wir müssen einander Lebewohl sagen«, flüsterte der dicke Mann.

»Lebewohl?«

»Ja, ich bin lange genug Ihr Kontaktmann gewesen. Fast zu lange. Das Risiko wird immer größer. Wie ich gehört habe, bleiben Sie in Ihrem alten Offiziersquartier im Marinelager?«

»Ja, ich bleibe dort«, bestätigte Marganin. »Es hätte keinen Sinn, wenn ich den Lebensstil von Prevlov zu imitieren versuchte. Ich habe ja keinen Vater in der höchsten Parteihierarchie. Also werde ich weiterhin so leben, wie es einem karg besoldeten Marineoffizier zusteht.«

»Sehr vernünftig. Mein Ersatzmann ist bereits bestimmt. Er wird einer von den Ordonnanzen sein, die die Offiziersquartiere in Ihrer Abteilung reinigen.«

»Ich werde Sie vermissen, mein alter Freund«, sagte Marganin langsam.

»Ich Sie auch.«

Sekunden des Schweigens folgten, bis der Dicke schließlich sehr leise sagte: »Viel Glück, Harry.«

Als Marganin die Zeitung zusammenfaltete, war der dicke Mann verschwunden.

81

»Dort drüben ist unser Bestimmungsort«, sagte der Hubschrauberpilot laut durch das Knattern des Rotors. »Ich setze Sie auf der Wiese bei der zum Friedhof führenden Straße ab.«

Sandecker spähte aus dem Kabinenfenster. Der Himmel war bedeckt, und Nebelschleier lagen in den Niederungen rings um das winzige Dorf. Der Admiral schaute zur Seite. Neben ihm saßen Mel Donner und Sid Koplin. Der Mineraloge, der seinerzeit auf Nowaja Semlja die Byzanium-Mine entdeckt hatte, sollte auch jetzt beim Ende der langen Suche dabeisein.

Der Pilot lenkte den Hubschrauber in einer sanften Kurve um den Kirchturm und dann nach unten auf die Wiese hinter dem Friedhof. Sandecker spürte einen leichten Stoß, als die Kufen den Boden berührten. Einen Augenblick später schaltete der Pilot den Motor ab, und die Rotorflügel schwirrten immer langsamer und blieben stehen.

In der plötzlichen Stille nach dem Flug von London hierher wirkte die Stimme des Piloten unnatürlich laut. »Wir sind da, Sir.«

Sandecker nickte dankend und öffnete die Kabinentür. Draußen wartete Pitt und kam ihm mit ausgestreckter Hand entgegen.

»Willkommen in Southby, Admiral«, sagte er lächelnd.

Sandecker erwiderte zwar das Lächeln, aber in seiner Stimme schwang ein leiser Vorwurf mit, als er sagte: »Wenn du noch mal einfach verschwindest, ohne mir Bescheid zu sagen, muß ich dienstlich werden und Disziplinarmaßnahmen einleiten.«

Dirk Pitt las aus den Augen des Admirals, daß es nicht so ernst gemeint war, machte aber pflichtgemäß ein schuldbewußtes Gesicht. »Wird nicht wieder vorkommen, Admiral«, sagte er und wandte sich Donner zu. »Freut mich, daß du auch dabei bist, Mel.«

»Das wollte ich mir nicht entgehen lassen«, sagte Donner und deutete auf Sid Koplin. »Ihr kennt euch ja bereits.«

»Ganz flüchtig«, sagte Pitt grinsend. »Offiziell sind wir einander nie vorgestellt worden.«

Koplin nahm Pitts ausgestreckte Rechte in beide Hände. Das war nicht derselbe Mann, den Pitt im Schneesturm auf Nowaja Semlja vor dem sicheren Tode bewahrt hatte. Koplins Händedruck war fest, und sein Blick klar und wachsam.

»Es war schon immer mein Wunsch, endlich einmal dem Mann zu begegnen, der mir das Leben gerettet hat«, sagte er mit bewegter Stimme. »Ich danke Ihnen, Dirk Pitt.«

»Nicht der Rede wert«, sagte Pitt abwehrend und blickte nervös zu Boden.

Du meine Güte, dachte Sandecker, der Bursche ist doch tatsächlich verlegen. Ich hätte nie gedacht, daß irgend etwas Dirk Pitt aus der Fassung bringen oder gar verlegen machen könnte.

Der Admiral befreite Pitt aus der unbehaglichen Situation, indem er seinen Arm ergriff und ihn in Richtung des Dorffriedhofs führte.

»Ich hoffe, du bist deiner Sache sicher«, sagte Sandecker. »Die Briten sehen es nicht gern, wenn wir Kolonisten in ihren Friedhöfen herumgraben.«

»Unser Präsident hat mit dem englischen Premierminister persönlich telefoniert, um all die bürokratischen Hindernisse für eine Exhuminierung zu umgehen«, erklärte Pitt. »Und ich hoffe, diese Bemühungen waren jedenfalls nicht umsonst.«

Sie überquerten die Straße, gingen durch die offenen Flügel eines alten Schmiedeeisentors und betraten den Friedhof, der sich rings um die Kirche ausbreitete. Einige Zeit schritten sie schweigend dahin und lasen die Aufschriften auf den verwitterten Grabsteinen.

Dann deutete Sandecker auf das Dorf. »Liegt sehr abseits. Wie bist du auf dieses Dorf gekommen?«

»Glück war dabei«, gestand Pitt. »Aber es war kein reiner Zufall. Als ich die Fährte der Coloradaner von Aberdeen aus verfolgte, war mir noch völlig unklar, was Southby dabei für eine Bedeutung hatte. Du wirst dich erinnern, daß der letzte Satz in Brewsters Tagebuch lautete: ›Wie sehr sehne ich mich danach, später nach Southby zurückzukehren‹ Und Kommodore Bigalow hat mir anvertraut, Brewsters letzte Worte, bevor er sich in die Tresorkammer der *Titanic* einsperren ließ, lauteten: ›Gott sei Dank für Southby.‹ Meine einzige schwache Vermutung war, daß Southby britisch klang. So begann ich also den Weg der Bergleute so genau wie möglich nach Southampton zu verfolgen – «

»Mittels der Gräber«, ergänzte Donner.

»Ja, sie waren wie Wegweiser für mich«, bestätigte Pitt. »Hinzu kam die Tatsache, daß in Brewsters Tagebuch verzeichnet stand, wann und wo die Männer umgekommen waren. Bis auf Alvin Coulter und Vernon Hall. Wo Coulter begraben liegt, bleibt ein Geheimnis, aber Halls Grab ist hier auf dem Friedhof von Southby.«

»Sie haben dieses winzige Dorf auf der Landkarte entdeckt?«

»Nein, das war ja gerade die Schwierigkeit. Ich habe den Ort auf keinem Reiseführer und keiner Landkarte finden können. Eigentlich wollte ich von Southampton aus schon die Postbehörde einschalten. Aber dann bemerkte ich etwa achtzehn Kilometer vor Southampton einen alten Wegweiser mit handgemalten, halb verblichenen Buchstaben. Dieser Wegweiser, der eigentlich für eine Farm bestimmt war, führte mich in das drei Kilometer entfernte Southby.«

Sie gingen schweigend auf das Grab zu, bei dem drei Männer warteten. Zwei trugen die übliche Arbeitskleidung von Bauern und der dritte die Uniform eines Landpolizisten. Pitt machte die Männer miteinander bekannt, und Donner überreichte dem Polizisten den Exhuminierungsbefehl.

Das Grab war mit einer Steintafel bedeckt, deren Abschluß der Grabstein bildete. Die Inschrift lautete nur:

VERNON HALL
Gestorben am 8. April 1912
R.I.P.

Mitten in die horizontale Steintafel war ein altes Segelschiff mit drei Masten eingemeißelt.

»›... Gottlob liegt das wertvolle Erz, das wir diesem erbarmungslosen Eisgebirge entrissen haben, sicher in der Panzerkammer des Schiffs. Nur noch Vernon kann von hier aus über das grauenhafte Abenteuer berichten, denn ich werde in einer Stunde auf dem großen Dampfer der White-Star-Linie nach New York abreisen ...‹«, zitierte Pitt die Worte aus Joshua Hays Brewsters Tagebuch.

»Vernon Halls Grabkammer«, sagte Donner in verwunderter Erkenntnis. »Unser englisches Wort ›vault‹ hat ja die Doppelbedeutung von Panzerkammer oder Grabkammer. Und weil Brewster von einem Schiff berichtete, dachten wir nur an die *Titanic*. Dabei meinte er die Grabkammer hier unter dem eingemeißelten Schiff.«

»Ob er uns wirklich mit diesem makabren Wortspiel in die Irre geführt hat?« fragte Sandecker gedankenvoll.

»In wenigen Minuten werden wir es wissen«, sagte Pitt. Er nickte den beiden Farmern zu, die mit großen Brecheisen die Steintafel hochzustemmen begannen. Sobald die Steintafel beiseite geschoben war, begannen die Männer zu graben.

»Aber warum hat er das Byzanium hier vergraben?« fragte Sandecker, immer noch skeptisch. »Warum hat er es nicht wirklich an Bord der *Titanic* schaffen lassen?«

»Dafür gab es gewichtige Gründe«, erklärte Pitt. »Brewster hatte grauenhafte Erlebnisse hinter sich und war dem Wahnsinn so nahe wie neulich Gene Seagram, als er sich um die Früchte seiner Arbeit betrogen sah. Man muß sich das vorstellen. Brewsters Freunde waren alle ermordet worden. Er war in einem fremden Land – von gnadenlosen französischen Agenten gejagt. Vermutlich hatte sich in seinem schon halb vom Irrsinn verwirrten Gehirn die fixe Idee eingenistet, daß er das Byzanium nie mehr an Bord der *Titanic* schaffen könnte. Deshalb ließ er das Erz in Vernon Halls Grabkammer zurück und füllte die Erzkisten mit wertlosem Gestein. Wahrscheinlich hat er sein Tagebuch beim hiesigen Pfarrer mit der Bitte zurückgelassen, es an das amerikanische Konsulat in Southampton zu senden. Ich nehme an, Brewster hat die verschlüsselte Beschreibung des Erzverstecks gewählt, weil er in seinem damaligen Zustand von Verfolgungswahn und ausbrechendem Irrsinn sogar einem alten Dorfpfarrer nicht traute. Dabei hat er wohl gehofft, im Falle seiner Ermordung werde ein kluger Kopf in der damaligen Geheimdienstabteilung der amerikanischen Armee die wahre Bedeutung seiner doppelsinnigen Beschreibung erkennen.«

»Aber er ist unbehelligt an Bord der *Titanic* gekommen«, sagte Donner. »Die Franzosen haben ihm nichts getan.«

»Ich vermute, der Boden ist den französischen Agenten zu heiß unter den Füßen geworden«, meinte Pitt. »Die englische Polizei muß ja die Fährte der Toten ebenso verfolgt haben wie ich.«

»Die Franzosen mußten einen internationalen Skandal von gigantischem Ausmaß befürchten und haben im letzten Moment einen Rückzieher gemacht«, warf Koplin ein.

»Das ist eine Theorie«, bestätigte Pitt.

Sandecker schüttelte gedankenvoll den Kopf. »Die *Titanic* versank ... und damit geriet alles durcheinander.«

»Warum hat Brewster sich in der Tresorkammer der *Titanic* einschließen lassen?« fragte Donner verwirrt. »Er hätte doch versuchen können, sich zu retten.«

»Schuldbewußtsein ist ein gewichtiges Selbstmordmotiv«, erklärte Pitt. »Brewster war verrückt. Soviel wissen wir. Sein Plan, das Byzanium den ursprünglichen Besitzern zu stehlen und an seine eigene Regierung zu verkaufen, hatte vielen Leuten das Leben gekostet – unter anderem auch acht seiner engsten Freunde. Viele Männer und Frauen haben sich wegen weit geringerer Verfehlungen das Leben genommen.«

»Nicht weitergraben!« rief Koplin in diesem Moment. Er kniete über einem offenen Kasten mit Geräten und Meßinstrumenten zur Analyse von Mineralen. »Aus der Füllmasse über dem Sarg lese ich radioaktive Ausstrahlung ab.«

Die Männer mit den Schaufeln klommen aus dem Loch. Die

übrigen scharten sich um Koplin und beobachteten gespannt, wie er mit seinen Geräten hantierte und dann an das offene Grab trat.

Sandecker zog eine Zigarre aus der Brusttasche, steckte sie zwischen die Lippen, zündete sie aber nicht an. Keiner sprach ein Wort. In der Morgenstille war nur das Zwitschern von Vögeln zu hören – unnatürlich fröhlich klingende Laute in dem nervösen Schweigen.

Koplin musterte die mit Gesteinsbrocken vermischte Erde. Schließlich bückte er sich ins Grab hinab, nahm einige kleinere Steinbrocken und untersuchte sie.

Als er hochschaute, verklärte ein Lächeln sein Gesicht, und wie einen Jubelruf sprach er das eine Wort aus: »Byzanium!«

»Es ... ist also da?« fragte Donner in ehrfurchtsvollem Flüsterton. »Es liegt wirklich alles in dem Grab?«

»Hochgradiges Erz«, verkündete Koplin. »Es muß natürlich aufbereitet werden. Aber es ist mehr als genug da, um das *Projekt Sizilien* zu vollenden.«

»Gott sei Dank«, sagten Donner und Pitt fast gleichzeitig.

Koplin blickte in das Grab. »Genie und Irrsinn sind einander wirklich sehr nahe«, sagte er nachdenklich. »Brewster hat das Erz als Grabfüllung benutzt. Ein Laie hätte das Erz in dem Sarg vermutet und dort nichts als die Gebeine des Toten gefunden. Nur ein Mineraloge mit entsprechenden Meßgeräten konnte feststellen, wie wertvoll die Grabfüllung war.«

»Ein ideales Versteck«, bestätigte Donner. »Praktisch für jeden zugänglich.«

Sandecker ging auf Pitt zu, ergriff dessen Hand und sagte nur: »Ich danke dir.«

Pitt antwortete nicht. Er fühlte sich unsagbar müde – zu müde, um diesen Triumph jetzt schon genießen zu können.

Sandecker schien Pitts Gefühle zu erraten. »Du siehst so aus, als brauchtest du Erholung«, sagte er leise. »Ich will dich mindestens drei Wochen nicht in meinem Büro sehen.«

»Das habe ich gehofft«, sagte Pitt mit einem matten Lächeln.

»Aber könntest du mir wenigstens verraten, wo du dich verkriechst?« fragte Sandecker. »Nur falls NUMA in einem dringenden Notfall Verbindung mit dir aufnehmen muß.«

»Natürlich«, sagte Pitt und überlegte einen Moment. »Ich habe da bei den Bergungsarbeiten eine bemerkenswert hübsche und tapfere Frau kennengelernt. Mit der möchte ich ein paar ruhigere Tage verbringen als an Bord der *Titanic*. Ich schätze, du kennst sie und weißt auch, wo sie für NUMA erreichbar sein wird.«

Sandecker schmunzelte wissend und vergnügt. »Dann wünsche ich euch beiden schöne Tage.«

»Danke.«

Koplin trat heran und legte Pitt die Hand auf die Schulter. »Ich hoffe, wir sehen uns irgendwann einmal wieder.«

»Das hoffe ich auch«, sagte Pitt herzlich.

Donner sah ihn an. »Endlich geschafft«, sagte er, und seine Stimme klang heiser vor innerer Erregung.

»Ja«, sagte Pitt. »Wir sind am Ziel.«

Er nickte den Männern mit diesem matten, müden Lächeln zu, wandte sich ab und ging davon. Alle ahnten es: Dirk Pitt wollte jetzt allein sein.

Sie sahen, wie er durch das Friedhofstor trat, auf der Straße kleiner wurde und in den Schleiern des aufsteigenden Morgennebels verschwand.

»Er kam aus dem Nebel und verschwindet wieder im Nebel«, sagte Koplin und dachte dabei an den Augenblick, als Pitt auf dem Hang des Bednaja-Gebirges aus den Nebeln des Schneesturms aufgetaucht war.

Donner sah ihn verwundert an. »Was hast du gesagt?«

»Ach, ich habe nur laut gedacht.« Koplin zuckte mit den Schultern. »Nichts weiter.«

August 1988

Auswertung

Am Nachmittag des 30. August 1988 glitt tief unter den ruhigen Wogen des Pazifik ein riesiges, zigarrenförmiges U-Boot dahin. Im Innern des U-Boots bereiteten Spezialisten vier Fernlenkraketen zum Abschuß auf verschiedene Ziele sechstausend Meilen östlich vor.

Um Punkt 15 Uhr zündete das erste Geschoß seinen Raketenantrieb, zischte durch das Wasser, brach in einem Sprühregen weißer Gischt an die Oberfläche und stieg mit einem Donnergrollen in den blauen Pazifikhimmel empor. In Abständen von je dreißig Sekunden folgten die drei weiteren Raketengeschosse. Mit langen Kometenschweifen orangefarbener Flammen im Gefolge kurvten die vier potentiellen Massenvernichtungsgeschosse in den Weltraum empor und verschwanden.

Als sie dann jedoch dreißig Minuten später auf ihrer wieder nach unten gerichteten Flugbahn waren, explodierten sie eine nach der anderen in gigantischen Feuerbällen schon etwa neunzig Meilen vor ihren angesteuerten Zielen.

Es war das erstemal in der Geschichte der amerikanischen Raketenentwicklung, daß die anwesenden Techniker, Ingenieure und für das nationale Verteidigungsprogramm verantwortlichen Offiziere das plötzliche und scheinbar katastrophale Scheitern von vier bis zu diesem Moment reibungslos verlaufenen Raketenabschüssen spontan bejubelten.

Projekt Sizilien hatte sich bereits beim ersten Versuch als voller Erfolg erwiesen.

GOLDMANN

*Das Gesamtverzeichnis aller lieferbaren Titel erhalten Sie
im Buchhandel oder direkt beim Verlag.*
Nähere Informationen über unser Programm erhalten Sie auch im Internet unter:
www.goldmann-verlag.de

★

Taschenbuch-Bestseller zu Taschenbuchpreisen
– Monat für Monat interessante und fesselnde Titel –

★

Literatur deutschsprachiger und internationaler Autoren

★

Unterhaltung, Kriminalromane, Thriller
und Historische Romane

★

Aktuelle Sachbücher, Ratgeber, Handbücher und
Nachschlagewerke

★

Bücher zu Politik, Gesellschaft, Naturwissenschaft und Umwelt

★

Das Neueste aus den Bereichen
Esoterik, Persönliches Wachstum und Ganzheitliches Heilen

★

Klassiker mit Anmerkungen, Anthologien und Lesebücher

★

Kalender und Popbiographien

★

Die ganze Welt des Taschenbuchs

★

Goldmann Verlag • Neumarkter Str. 18 • 81673 München

Bitte senden Sie mir das neue kostenlose Gesamtverzeichnis

Name: _____

Straße: _____

PLZ / Ort: _____